SCHATTENSEE

Matthias Moor, Jahrgang 1969, lebt seit über dreißig Jahren am Bodensee. Er ist verheiratet, hat zwei Kinder, arbeitet als Gymnasiallehrer und Autor und liebt den Bodensee mit seinen vielgestaltigen Landschaften. Wenn mal nichts anliegt, fährt er am liebsten mit seinem Boot zum Angeln auf den See hinaus. Besuchen Sie den Autor auf www.matthias-moor.de.

MATTHIAS MOOR

SCHATTENSEE

Bodensee Krimi

emons:

Bibliografische Information der Deutschen Nationalbibliothek
Die Deutsche Nationalbibliothek verzeichnet diese Publikation
in der Deutschen Nationalbibliografie; detaillierte bibliografische
Daten sind im Internet über http://dnb.d-nb.de abrufbar.

© Emons Verlag GmbH
Alle Rechte vorbehalten
Umschlagmotiv: lookphotos/age fotostock
Umschlaggestaltung: Nina Schäfer, nach einem Konzept
von Leonardo Magrelli und Nina Schäfer
Umsetzung: Tobias Doetsch
Gestaltung Innenteil: DÜDE Satz und Grafik, Odenthal
Lektorat: Carlos Westerkamp
Druck und Bindung: CPI – Clausen & Bosse, Leck
Printed in Germany 2023
ISBN 978-3-7408-1478-6
Bodensee Krimi
Originalausgabe

Unser Newsletter informiert Sie
regelmäßig über Neues von emons:
Kostenlos bestellen unter
www.emons-verlag.de

Dieser Roman wurde vermittelt durch die
Literaturagentur Beate Riess, Freiburg.

All den Menschen gewidmet,
die in schwierigen Zeiten anständig und mutig bleiben

Der Roman spielt teilweise zur Zeit des Nationalsozialismus und hat diesen zum Thema. Die Unmenschlichkeit des nationalsozialistischen Regimes drückt sich auch in seiner »vergifteten« Sprache aus. Deshalb werden von der NS-Ideologie geprägte Begriffe kursiv gesetzt.

Prolog

Elvira war vierzehn. Sie warf die Schultasche in die Ecke, doch ihre Mutter zuckte nicht einmal. Wie abwesend saß sie hinter dem Küchentisch. Elvira erschrak, auch wenn sie nicht zum ersten Mal so dasaß: graugesichtig und mit einem leeren, trostlosen Blick. Die Mutter starrte auf ihre Kaffeetasse, seit dem Frühstück musste sie so verloren dasitzen. Unfähig, sich zu regen, unfähig, sich von dem zu lösen, das sie quälte. Da wusste Elvira, dass die dunkle Zeit wieder begonnen hatte.

Wo bist du, Mama?, fragte sie sich, wie sie sich das immer fragte, wenn eine solche Phase anbrach. Mittlerweile hatte sie eine dunkle Ahnung, durch welch grausame Gefilde ihr Geist schweifte, doch Genaues wusste sie nicht.

Graugesichtig, trostlos, leer: Elvira war überzeugt, dass ihre Mutter schon auf diese Weise in die Welt geblickt hatte, als sie Elvira stillte. Natürlich konnte sie daran keine Erinnerungen haben, dennoch war die Vorstellung Wirklichkeit: Sie trank an der Brust ihrer Mutter, doch die nahm sie gar nicht wahr, fühlte ihr Kind nicht, sondern starrte in ein alles verschlingendes Nichts.

Sie liebt dich nicht, das spürte Elvira schon als Baby, noch bevor sie es denken konnte, und auch wenn sie tief in ihrem Inneren wusste, dass das nicht stimmte, ließ sie das Gefühl nie los.

Du bist schuld, dachte sie, ohne zu wissen, woran. Und die Scham war wie ein Magnet, der alle Kräfte aus ihr saugen wollte, dem sie mit aller Macht widerstehen musste.

Über ihren Vater wusste sie nicht viel. Er war vor ihrer Geburt gestorben. An einer schlimmen Krankheit, hatte die Mutter ihr erzählt, mehr nicht, doch Elvira ahnte, dass das nicht stimmte.

Die Mutter musste ihn sehr geliebt haben, wohl mehr, als sie ihre Tochter liebte. Auch ihre Großeltern waren tot. Sie beide waren allein auf der Welt, und wenn die dunkle Zeit anbrach, gab es niemanden außer Elvira.

Sie betrachtete die erstarrte Mutter, ging zu ihr in die Küche, wollte tief Luft holen, doch der Gedanke an die nächsten Wochen schnürte ihr die Kehle zu. Sie setzte sich ihr gegenüber, die Mutter schien keine Notiz davon zu nehmen.

Es gab andere Phasen, wo es schon im Treppenhaus nach einem leckeren Mittagessen roch, in denen die Mutter sie mit einem herzlichen Lachen empfing. In denen die Mutter fröhlich und gesprächig war, wie es ihrer Natur entsprach. Früher war Elvira dann in ihre Arme gelaufen und hatte sie fest an sich gedrückt, aus Freude und weil sie so hoffte, die Mutter im Leben halten zu können. Sie gingen in den Zoo oder einkaufen und fuhren am Wochenende ans Meer. Elvira hoffte dann, dass die dunkle Zeit, in der die Mutter zu einem Gespenst wurde, endgültig vergangen wäre.

Doch sie kehrte immer wieder, immer wieder. Immer wieder. Elvira spürte, wenn das Lachen der Mutter bloß gespielt, sie in ihren Gedanken ganz woanders war. Da wusste sie, dass sie bald selbst die Tür aufschließen und das Essen kochen musste.

Mittlerweile hoffte Elvira nur noch darauf, dass die guten Phasen möglichst lang anhielten und die schlechten nur Wochen und nicht Monate dauerten. Dass ihre Mutter überhaupt noch lebte, wenn sie nach Hause kam.

»Warum bist du so traurig? Was ist los?«, fragte sie, während die Mutter reglos auf die Kaffeetasse starrte. Sie fragte das zum hunderteintausendsten Mal, ohne eine Antwort zu erwarten. Ihre Stimme klang, als wäre sie vor langer Zeit auf Tonband aufgenommen worden.

»Es ist wegen deines Vaters«, antwortete sie mit brüchiger Stimme. Überrascht, erschrocken, mit großen Augen sah Elvira sie an.

Da begann die Mutter zu erzählen. Sie würde ihr das, sagte sie, nur ein einziges Mal erzählen.

Danach war Elviras Brust erfüllt von Trauer, Schmerz und

einer unermesslichen Wut, die sie wie ein Raubtier zerreißen wollte.

✳✳✳

Elvira war seit zwei Monaten achtzehn und kam zu Besuch aus Tel Aviv, wo sie studierte, als sie ihre Mutter tot im Bett fand. Sie hat gewartet, bis ich achtzehn geworden und ausgezogen bin, war ihr erster Gedanke. Sie war bestürzt, traurig, doch nicht verzweifelt oder überrascht. Sie hatte schon lange damit gerechnet, es war zu erwarten gewesen.

Die Sorge um Elvira hatte sie im Leben gehalten, hatte sie vom Selbstmord abgehalten. Vielleicht mehr die Sorge, dachte sie, als die Liebe. Wäre ihre Mutter damals nicht mit ihr schwanger gewesen, wer weiß, vielleicht wären ihre Eltern heute beide noch da.

Elvira hatte sich früh von ihrer Mutter lösen müssen, um zu überleben, um von ihrer Trauer und ihrem Schmerz nicht mit hinabgezogen, nicht davon verschlungen zu werden. Sie hatte früh gelernt, sich andere Menschen zu suchen, auf die sie zählen konnte, Freundinnen und einige Lehrer. Sie lernte, das Trauma der Mutter zu akzeptieren und zu verstehen, auch um sie nicht hassen zu müssen.

Sie hasste ihre Mutter nicht, doch die Trauer, der Schmerz und die Wut würden sie zeitlebens begleiten, würden immer ein Teil von ihr sein. Sie waren das Vermächtnis ihrer Mutter, zusammen mit dem fröhlichen Lachen, mit dem sie in den guten Tagen die Wohnungstür geöffnet hatte.

Diese Geister ihrer Mutter würde sie nie wieder los.

1

Martin Schwarz saß mit einem Bierchen in seinem Lieblingssessel vor dem Fenster und blickte hinaus auf den Überlinger See. Wo an klaren Tagen die Schweizer Alpen zu sehen waren, hatte sich an diesem Abend ein Sommergewitter zusammengebraut, eine gigantische, alles verschlingende Wolkenfront, die allmählich näher rückte und bald lospoltern würde. Doch noch war es ruhig, abgesehen von einem dumpfen Grollen in der Ferne, als bebten leise die Berge.

Seit der Kindheit mochte Martin diesen Anblick, wenn es plötzlich düster wurde, als wäre blaue Stunde, und die Welt den Atem anhielt. Man wusste, dass Schlimmes drohte, aber auch, dass man selbst in Sicherheit war.

Die Front hatte fast alle Farben verschwinden lassen, alles war in ein dunkles Blaugrau getaucht, mit einem schwachen violetten Schimmer und nur wenigen, sich kaum voneinander abhebenden Schattierungen. Da waren die schweren Wolken, die jeden Moment auf den See hinabzustürzen schienen, das stille, glatte Wasser, das bald aufgepeitscht sein würde, und die Insel Mainau, die wie ein Zauberberg daraus hervorstieg. Und die reglose alte Weide am Ufer vor ihrem Haus. Als Kind hatte er sie für einen Riesen gehalten, der nachts zum Leben erwachte, die dürren Zweige wie Haar schüttelte und das Haus vor Geistern schützte.

Martin lächelte. Er liebte es, diese Märchenwelt aus seinen Kindertagen, die von Rittern, Feen und in den Tiefen des Bodensees schlummernden Ungeheuern bevölkert war, für seine sechsjährige Tochter Kim zu neuem Leben zu erwecken. Auch deshalb, zur Inspiration, saß er abends gern hier am Fenster mit seinem Feierabendbier. Zumal er für heute Abend noch keine Geschichte hatte. Und diese Geschichten für Kim gerade wichtiger waren denn je. Wie wäre es also, wenn im Mainau-Schloss ein böser Hexenmeister wohnte, der der Welt das Licht rauben und es in sein Schloss sperren würde? Alle Tage wären dann wie Nächte, bestünden aus Schiefer, Basalt und Granit, und jede Freude wäre verschwunden.

Martin atmete tief ein und trank noch einen Schluck. Kim machte ihm gerade Sorgen. Seit fast anderthalb Jahren lebte er von seiner Frau Elsa getrennt. Sie bemühten sich, das Leben für Kim so angenehm wie möglich zu gestalten, dennoch litt sie. Was ja auch verständlich war: Kim wünschte sich, dass ihre Eltern wieder zusammenkommen würden, dass sie nicht zwei Zuhause hätte, sondern eins, dass sie nicht jede Woche zwischen Konstanz und Waldshut pendeln müsste, dass ihre Welt und ihr Herz nicht mehr zerrissen wären.

Seit ein paar Monaten hatte Elsa einen neuen Partner, und Martin hatte den Eindruck, dass Kim ihn nicht sonderlich mochte. Jedenfalls fuhr sie nicht mehr so gern am Wochenende zu ihrer Mutter und freute sich nur darauf, wenn der Neue auf Reisen war. Kim wollte nicht darüber sprechen, und Martin respektierte das. Er konnte auch nicht verhehlen, dass ihn Kims Antipathie erleichterte. Denn die Angst, dass Kim zur Mutter ziehen könnte, ließ ihn manchmal schlecht schlafen.

Martin hatte diesen Per Stenhoven noch nicht kennengelernt, ihn aber gegoogelt. Der Mittfünfziger war ein renommierter Psychiater, Professor an der altehrwürdigen ETH und Leiter einer schlossähnlichen Privatklinik in Zürich, in der Mitglieder der globalen Oberschicht, die an traurigen Herzen litten, therapiert wurden. Dazu war dieser Per noch gut aussehend, durchtrainiert, in diversen gemeinnützigen Vereinigungen ehrenamtlich engagiert und vernetzt bis in hohe Kreise der Schweizer Politik. Ein wahrer Musterknabe, allem Anschein nach. Und auch beruflich passte es perfekt: Elsa hatte eine psychoanalytische Praxis in Waldshut, da konnten sie abends bei einem Glas Rotwein über die Störungen ihrer Patienten fachsimpeln.

Tja, dieser Per war eine andere Liga als er: ein Ex-KSK-Soldat, der vor über zehn Jahren traumatisiert aus Afghanistan zurückgekehrt war und sich dann, nach einigen alkoholumnebelten

Jahren, mühsam aus einem Sumpf aus Schuldgefühlen, Selbstmitleid und Lebensmüdigkeit herausgekämpft und eine kleine Detektei gegründet hatte, die zwar nicht schlecht lief, aber auch nicht allzu viel abwarf. Ein Haus mit großem Seegrundstück wie das, in dem er lebte, würde er sich selbst in zwanzig Leben als Privatdetektiv nicht leisten können, und auch das war ein Grund, weshalb er immer noch bei seiner Mutter wohnte. Nicht zuletzt daran war seine Ehe gescheitert.

Martin seufzte und trank noch einen Schluck. Dass er die schweren Jahre überlebt hatte, verdankte er in erster Linie Elsa, und das würde er ihr nie vergessen. Bei seinem ersten großen Fall war er seiner ehemaligen Mitschülerin auf einem Klassentreffen wiederbegegnet, sie verliebten sich sofort ineinander und verbrachten eine wilde Nacht in seiner Trinkerhöhle. Ihre Liebe, ihre Achtung und ihr Vertrauen gaben ihm in dieser harten Zeit die Kraft, wieder aufzustehen; als er noch am Boden lag und sich gerade aufzuraffen begann, hatte sie den Mann in ihm gesehen, der er sein könnte, und daran geglaubt, dass er so werden würde. Durch Elsas Vertrauen hatte er seinen inneren Kompass wiedergefunden, wobei dieser nie so präzise anzeigte, wohin es im Leben gehen sollte: Die Nadel sprang oft und zitterte und drehte sich auch mal um hundertachtzig Grad. Anders als bei Per Stenhoven, schätzte Martin, bei dem hatte sie wohl schon steil nach Norden gezeigt, als er das Licht der Welt erblickte.

Jetzt waren Elsa und er also getrennt. Dabei ging es Martin nicht so schlecht wie Kim. Er mochte Elsa nach wie vor, doch er liebte sie nicht mehr; der Schmerz, den er die ersten Monate nach der Trennung verspürt hatte, war verwunden. Elsa und er hatten sich geeinigt, dass Kim unter der Woche bei ihm und seiner Mutter lebte. Die mit seiner Tochter verbrachte Zeit war für ihn wie ein Geschenk: die Spaziergänge am See entlang zur Insel Mainau, die Brettspielenachmittage, die Radtouren, das Baden und Angeln von ihrem Grundstück aus, wenn sie selbst gefangene Aale über offenem Feuer brieten … Müsste er sich für nur eine Sache im Leben entscheiden, fiele ihm das nicht schwer: Er wollte Kim ein guter Vater sein. Insofern gab sein Kompass ihm jetzt doch eine klare Richtung vor.

Und dann war da noch die Sache mit Alexandra Kaltenbacher. Martin lächelte, als er sie vor seinem geistigen Auge sah. Die dreißigjährige Journalistin hatte er bei seinem letzten Fall kennengelernt. Sie begannen eine Affäre, begehrten und mochten sich, er liebte und vermisste sie – wohl wissend, dass daraus nichts werden würde: Alexandra war über zwanzig Jahre jünger als er, sie lebte in München, war weltoffen, gern unterwegs, skeptisch gegenüber festen Beziehungen und kein einfacher Charakter. Gut, das war er auch nicht. Das wollte er auch gar nicht sein, zumindest meistens.

Obwohl sie beide wussten, dass aus ihrer Beziehung nichts werden würde (oder vielleicht gerade deshalb?), und obwohl sie beide so taten, als wären sie gar nicht richtig zusammen, hielten sie ständig Kontakt, schrieben sich täglich Nachrichten, schickten sich Bilder und besuchten sich regelmäßig. Und fielen dann, wenn Kim endlich schlief, wie ausgehungerte Tiere übereinander her.

Wobei er sich manchmal fragte, was sie an ihm fand. Sein Körper wurde alt, die Haut faltig, das Bindegewebe schwächer, und obwohl er sich felsenfest vorgenommen hatte, seinen Bauchspeck abzutrainieren, war es ihm bisher nur ansatzweise gelungen, er klebte an ihm wie ein Fluch. Und die Muskeln wuchsen auch nicht so, wie er sich das erhofft hatte. Na ja, da waren die paar Hantelübungen an zwei, drei Tagen in der Woche halt zu wenig. Da müsste er wohl Stereoide fressen. Oder hieß es »Steroide«? Doch wie kam man an so was ran?

Vier Mal war Alex inzwischen schon bei ihm in Konstanz gewesen. »Was für 'ne Bonzenhütte«, hatte sie beim ersten Mal mit ungläubigem Blick und abschätzigem Grinsen gemeint. Alex war ziemlich links, doch die Bonzenhütte mit Seegrundstück schien ihr dann doch ziemlich gut zu gefallen.

Und Kim und Alex mochten sich. Kim imponierte die nach außen hin selbstbewusste, eloquente und eigenwillige junge Frau mit der wilden Löwen-Rastamähne, den Piercings und den Lederklamotten. Nur Martins Mutter beobachtete die neue Liaison mit Argusaugen. »Was willst du mit dem ausgeflippten jungen Ding?«, hatte sie nach Alexandras erstem Besuch abfällig gemeint. »Bekämpfst du so deine Midlife-Crisis? Diese Frau ist doch viel zu flatterhaft für dich.« Außerdem sorgte sie sich wegen der Nachbarn, weil dieses junge Ding auch mitten im Winter frühmorgens splitterfasernackt in den See hüpfte und dabei lustvoll schrie. Wobei denen das gefiel, zumindest dem alten Witwer Beck von nebenan. Schon ein paarmal hatte Martin schmunzelnd bemerkt, wie er ergriffen aus dem Fenster blickte, wenn Alex badete.

Auch Elsa hatte seine Mutter von Anfang an mit Skepsis betrachtet. Weil sie Elsa durchschaut hatte oder sie eifersüchtig war, wie Elsa und Alex das vermuteten? Nun ja. Jedenfalls waren nach seiner Rückkehr aus Afghanistan die Mutter und das Haus zwei der Anker gewesen, die ihn im Leben hielten, und er brauchte seine Mutter jetzt wegen Kim. Und ausziehen wollte er auch nicht. Weil er das Haus am See liebte. Weil es sein Zuhause und seine Heimat war.

Mittlerweile war das Blaugrau draußen einem dunklen Grau gewichen, der Zauberer bannte das letzte Licht ins Mainau-Schloss. Das Grollen war lauter und klarer geworden, und auf einmal krachte es derart, dass Martin erschrocken zusammenzuckte. Drüben in Meersburg brannten die Lichter, flackernde orangefarbene Punkte, wie Irrlichter in einem Moor oder kleine Lagerfeuer. Vielleicht rasteten dort die Helden, die das Licht befreien wollten.

Martin lächelte und trank einen weiteren Schluck Helles. Schön mild und süßlich, richtig süffig schmeckte es. Kim war unten und kochte mit seiner Mutter eine kräftige Rindfleischsuppe, der würzige Duft erfüllte das Haus. Rindfleischsuppe war eines von Kims Lieblingsgerichten, weshalb es das auch mitten im Sommer gab. Auch er liebte diese Suppe. Die Markknochen lustvoll schmatzend auszusaugen, war für ihn früher eine große Sache gewesen, auf die er sich schon mal einen ganzen Schulvormittag lang gefreut hatte.

Das Leben, dachte Martin, war gerade nicht allzu schlecht. Und Kims Kummer, hoffte er, würde sich mit der Zeit auch legen.

Da klingelte das Telefon. Jemand rief auf seiner Geschäftsnummer an.

»Detektei Martin Schwarz, ja bitte?«

»Guten Tag«, sprach eine Frau mit fester Stimme und einem Akzent, den Martin nicht zuordnen konnte. »Mein Name ist Elvira Wolff. Ich bin die Tochter des Hegau-Skeletts.«

Martin war verwirrt – und elektrisiert. Von dem rätselhaften Toten, der vor gut einer Woche bei Waldarbeiten auf einer Anhöhe in einem Wald nahe der Schweizer Grenze gefunden worden war, hatte er in der Südzeitung gelesen.

»Woher wissen Sie das?«, fragte er. »Ich meine, nach meinem Kenntnisstand ist noch gar nicht klar, um wen es sich handelt. Und wann der Tote gestorben ist.«

»Doch, ich weiß das. Und ich habe einen Auftrag für Sie.«

Vor Verblüffung war Martin kurz still. Dann: »Und der wäre?«

»Sie sollen den Mörder meines Vaters finden.«

Sprachlos schüttelte Martin den Kopf. Die Dame klang sehr entschieden. Doch warum der Mann gestorben war, ob es sich überhaupt um ein Verbrechen handelte, war laut Südzeitung völlig ungewiss. Da keine Textilreste oder Schmuckstücke bei dem Toten gefunden worden waren, konnte die Rechtsmedizin auch nicht genau feststellen, wie lange der Tote schon unter der Erde lag. Sicher mehrere Jahrzehnte, hieß es. Jedenfalls war er in etwa fünfzig Zentimetern Tiefe vergraben worden. Da ein Tötungsdelikt nicht ausgeschlossen werden konnte – vielleicht hatte jemand ein Mordopfer verschwinden lassen wollen –, hatte die Konstanzer Staatsanwaltschaft ein Todesermittlungsverfahren eingeleitet. Die DNA des Mannes war bereits mit der von zahlreichen Vermissten abgeglichen worden, bisher jedoch ohne Ergebnis.

»Ich fürchte, ich kann noch nicht ganz folgen«, sagte Martin nach einer Pause.

»Hm«, meinte die Frau. Es klang ein wenig unwirsch. »Haben Sie ein paar Minuten Zeit? Dann erklär ich Ihnen das.«

Draußen blitzte es, für einen Augenblick war die Welt taghell, um gleich darauf wieder in tiefe Dunkelheit zu versinken.

2

Als eine ältere Frau das libanesische Restaurant in der Nähe des Konstanzer Hauptbahnhofs betrat, wusste Martin Schwarz sofort, dass es sich um Elvira Wolff handelte. Die rüstige, putzmuntere Person passte perfekt zu der energischen Stimme, mit der er vor ein paar Tagen am Telefon gesprochen und die sich ihm als »Tochter des Hegau-Skeletts« vorgestellt hatte. Sie war klein und schlank, fast schon zierlich, und flößte ihm dennoch sofort Respekt ein. Eine kleine Gewalt, dachte Martin und schmunzelte. So nannte sein Freund Frank Zwille Martins Mutter.

»Guten Abend«, sagte sie mit einem weichen Akzent.

Martin Schwarz stand auf und erwiderte den Gruß. »Es freut mich außerordentlich, Sie kennenzulernen«, sagte er ehrfürchtig und feierlich, als stünde eine Nobelpreisträgerin vor ihm.

»Jetzt setzen Sie sich schon«, meinte Elvira Wolff und grinste. »Noch nie eine echte Jüdin gesehen?«

Martin schluckte. Sie hatte es erfasst. Er hatte noch nie mit einer echten Jüdin gesprochen, oder einem Juden, zumindest nicht wissentlich. Er hatte keine jüdischen Menschen im Bekanntenkreis, kannte nur welche aus dem Fernsehen. Juden waren für ihn fremde Wesen mit einer furchtbaren Vergangenheit, für die Deutschland hauptverantwortlich war.

Wobei, so stimmte das nicht, es war viel schlimmer. Wenn jemand »Jude« sagte, dachte Martin an einen arabisch aussehenden Mann um die fünfzig mit fleischiger Nase und wulstigen Lippen. Oder an einen orthodoxen Juden mit schwarzem Hut, Nickelbrille und Schläfenlocken. Oder an einen verschlagen dreinblickenden Bankier mit Zylinder oder einen hyperintellektuellen amerikanischen Ostküsten-Literaten mit fein ziselierten, kühlen Gesichtszügen. Juden konnten gut mit Geld umgehen, waren hochgebildet und jahrtausendelang verfolgt worden und machten jetzt mit unerbittlicher Härte den Palästinensern ihr Land streitig.

Verdammt, dachte Martin beschämt, und diese Ansammlung von Karikaturen hatte er trotz eines siebenjährigen Geschichtsstudiums im Kopf. Oder genau deswegen? Jedenfalls waren ihm diese Gedankenbilder abgrundtief peinlich, und er würde diese Phantasien nie ehrlich zugeben, sondern entsetzt dreinblicken und den Kopf schütteln, wenn jemand so etwas öffentlich bekennen würde. Aber im Prinzip war sein gedanklicher Prototyp eines jüdischen Menschen nicht weit von den finstersten antisemitischen Klischees entfernt. Weil er sich im Studium zu intensiv damit beschäftigt hatte? Oder weil selbst ein Geschichtsstudium nichts gegen das Beharrungsvermögen rassistischer Stereotype ausrichten konnte?

Martin erschauerte. War er ein Antisemit?

Auf jeden Fall war ihm all das schrecklich peinlich. Deshalb fühlte er sich auch so unbeholfen und gehemmt. Als er mit Elvira Wolff telefoniert und sie ihn gefragt hatte, in welchem Restaurant in der Nähe des Bahnhofs sie sich treffen könnten, hatte er den Libanesen vorgeschlagen. Und im nächsten Moment voller Entsetzen gedacht, dass eine Jüdin aus Israel das vielleicht als Affront empfinden könnte. Schließlich waren Israel und der Libanon alles andere als beste Freunde. Wie konnte er nur so verflucht unsensibel sein?

Aber die Sorge war unbegründet gewesen. Ein Libanese? Klasse, hatte Elvira Wolff gemeint, da schmeckt's fast so wie daheim.

Tja.

»Ein großes Hefeweizen«, sagte die Wolff, als die Kellnerin kam und ihnen die Karte reichte. Martin bestellte auch eins.

Eine Weile studierte sie die Speisen. Martin beobachtete sie. Elvira Wolff hatte markante Gesichtszüge und hohe Wangenknochen. Ihre leicht toupierten Haare waren silbern, die braunen Augen sprühten vor Energie. Sie hat keine jüdische Nase, dachte Martin und schämte sich für den Gedanken.

»Was schmeckt hier denn?«, fragte sie. Ihr Blick war zugleich voller Entschiedenheit, Neugierde und Humor.

»Nun ja.« Martin war sich unsicher. Die Frau war schlank

und sah kerngesund aus. Sie aß sicher viel Gemüse.»Also, das Taboulé und die Falafel sind klasse.«

»Hm, und was nehmen Sie?«

»Äh, den Grillteller. Mit Lamm, Rind und Hühnchen. Dazu gibt es Nudelreis. Den mag ich besonders gern.«

»Klingt gut. Gibt's den auch für zwei?«

»Klar. Ist aber viel.«

Elvira Wolff hob die Brauen.»Wir kriegen den schon klein.« Martin lächelte.»Ich habe ihn bisher immer geschafft.« Die Biere kamen.»Na dann«, sagte sie und hob ihr Glas, »auf erfolgreiche Ermittlungen.«

Martin trank einen großen Schluck. Das Weizen war herrlich kühl.»Und Sie glauben also, dass der Tote aus dem Hegau Ihr Vater ist.«

Elvira Wolff nickte entschieden.»Ich bin mir sicher.«

Schon am Telefon hatte sie Martin die Geschichte ihrer Eltern erzählt. Sie hatten sich vor den Deportationen der Nazis versteckt und im Untergrund in Berlin gelebt. Ihre Mutter war 1943 in die Schweiz geflohen, da war sie mit Elvira schwanger gewesen. Im Hegau war sie nachts über die Grenze gegangen, zusammen mit dem Fluchthelfer Franz Haffner. Ihr Vater wollte im Februar 1944 folgen, verschwand aber spurlos. Wie auch Haffner, der ihn ebenso in die Schweiz führen wollte.

»Gab es schon einen Abgleich mit Ihrer DNA?«

»Ist seit gestern in Arbeit. Ich bin dafür extra nach Freiburg gefahren, um die Sache zu beschleunigen. Aber ich bin nicht die Einzige, die sich diesbezüglich bei der Freiburger Rechtsmedizin gemeldet hat. Mehrere hundert Angehörige von Vermissten wollen dort einen DNA-Abgleich. Man sagte mir, ich müsse etwas Geduld haben, es könnte vielleicht acht Tage dauern.«

»Warum warten Sie nicht, bis Sie Gewissheit haben?«

Elvira zuckte mit den Achseln.»Es passt einfach zu gut. Mein Gefühl sagt mir, dass er es ist. Und ich möchte nicht mehr warten, Herr Schwarz. Ich warte schon mein ganzes Leben lang. Meine Mutter ist wartend gestorben. Ich *muss* wissen, was mit meinem Vater passiert ist. Und ich weiß nicht, wie lange ich noch habe. Schließlich werde ich bald achtzig.«

»Oha«, meinte Martin. »Das sieht man Ihnen aber nicht an.«

»Ach ja?« Elvira Wolff hob die Brauen. »Wie sieht denn Ihrer Meinung nach eine Achtzigjährige aus? So als hätte sie schon ein Weilchen im Grab gelegen? Schimmert das Skelett schon durch?«

Martin schluckte. War das jetzt ironisch? Er hatte ihr doch ein Kompliment machen wollen! War das zu gönnerhaft rübergekommen?

»Ist die Polizei an dem Fall dran?«, lenkte er ab.

Ihr Blick verfinsterte sich. »Theoretisch ja. Die zuständigen Kommissare machen keinen allzu motivierten Eindruck. Die tun nichts, bis feststeht, dass es sich bei dem Toten um meinen Vater handelt. Und selbst dann werden sie nur widerwillig an die Sache rangehen. Sie ermitteln gerade in einem anderen Mord, und ich zweifle, ob sie für einen achtzig Jahre alten Fall die nötige Lust und Energie aufbringen. Zumal ein toter Jude ja politisch heikel ist. Und dann noch aus der Nazizeit! Jedenfalls liegen ihre Prioritäten ganz klar auf dem anderen Fall, und das kann ich ihnen auch nicht verdenken. Nirgendwo auf der Welt hat die Polizei die Ressourcen, die sie bräuchte.«

»Wie heißen die Kommissare?«

»Lothar Steck und Malena Henke.«

Martin grinste. Bei seinem letzten Fall um die verschwundene Berufsfischerin von der Insel Reichenau hatte er mit den beiden bereits zu tun gehabt. Da hatte er mit seinem Team maßgeblich zur Aufklärung beigetragen. Steck und Henke würden nicht begeistert sein, wenn sie erfuhren, dass sie wieder parallel ermitteln würden.

»Wissen die beiden, dass Sie mich beauftragt haben?«

Elvira Wolff nickte. »Ich habe auch den Polizeipräsidenten darüber informiert. Die sollen ruhig ein bisschen Druck spüren. Konkurrenz belebt das Geschäft.«

Na, das kann ja heiter werden, dachte Martin. Doch der Fall interessierte ihn. Zunächst wollte er sich aber noch ein besseres Bild von der Frau machen.

»Und Sie sind bei Ihrer Mutter Frieda in Jerusalem aufgewachsen?«, fragte er.

»So ist es. Nach der Flucht in die Schweiz ist meine Mutter nach Palästina emigriert. Heimlich, versteht sich. Damals war Palästina ja noch britisches Mandatsgebiet, und aus Rücksicht auf die Araber wollten die Briten keine Juden mehr ins Land lassen. Obwohl sie genau wussten, was die Deutschen mit den Juden anstellten. Stellen Sie sich das mal vor! Na ja, jedenfalls bin ich dort auf die Welt gekommen. Nach Deutschland wollte meine Mutter nie mehr zurück. Die Deutschen hatten ihre Eltern und – davon war sie überzeugt – ihren Verlobten ermordet, neben weiteren sechs Millionen europäischen Juden. Sie hat nie mit mir Deutsch geredet, obwohl sie es viel besser als Hebräisch sprach. Sie wollte diese Sprache nicht mehr verwenden und auch nicht, dass ich sie lernte.«

»Ihr Deutsch ist ausgezeichnet.«

»Stellen Sie sich vor: Ich habe sogar ein Jahr in Westberlin studiert.«

»Nein!«, sagte Martin, ehrlich überrascht. »Und warum?«

»Damit ich euch Monster besser verstehen kann.«

Martin fiel die Kinnlade runter.

Elvira Wolff lachte laut auf. »Keine Angst, ich werde Sie nicht gleich aufessen. Zumindest nicht heute.« Sie seufzte. »Weiß man so genau, warum man tut, was man tut? Vielleicht liegt es an meinem Vater. Oder daran, dass meine Mutter lange versucht hat, ihre Herkunft zu verleugnen. Tabus sind anziehend, vor allem, wenn die eigene Mutter sie setzt. Meine Eltern waren ja Deutsche, so wie meine Großeltern, Onkel und Tanten, die auch alle von den Nazis ermordet worden sind. Tja, und dann habe ich in der Schule Tucholsky und Heine gelesen. Deutschsprachige Juden. Das hat mich angesprochen und eine Sehnsucht nach der deutsch-jüdischen Kultur geweckt. Ich habe Geschichte studiert und mich intensiv mit Deutschland und dem Holocaust beschäftigt. Das Thema hat mich nie losgelassen. Ich habe vierzig Jahre an einer Schule in Jerusalem Geschichte unterrichtet.«

Martin lächelte. »Meine Mutter ist auch Lehrerin. Ich glaube, Sie würden sich verstehen. Ich habe übrigens auch Geschichte studiert.«

Er staunte über diese außergewöhnliche, stolze Frau. Und er mochte sie. Ihre Offenheit, ihr schwarzer Humor und diese Mischung aus Härte und Herzlichkeit imponierten ihm. Aber so ein bisschen hatte er auch Angst vor ihr.

»Warum ist es Ihnen so wichtig, den Mörder Ihres Vaters zu finden?«

Elvira Wolff verengte die Augen zu Schlitzen. »Es geht um Rache.«

Martin stutzte. Wieder war er sich nicht sicher, ob das ironisch gemeint war.

Sie schmunzelte. Lachte sie ihn aus? Wollte sie ihn provozieren? Dennoch hatte er den Eindruck, dass die Frau ihn mochte, trotz seiner Unsicherheit. Oder vielleicht sogar deswegen.

»Wissen Sie, wie sehr meine Mutter gelitten hat? Wie quälend es für sie gewesen ist, nicht zu wissen, was mit ihrem Verlobten geschah, dem sie ihr Leben verdankte und den sie über alles geliebt hat? Wurde er auf der Flucht getötet? Nach Auschwitz oder Sobibor deportiert? Wo, wenn überhaupt, liegt er begraben? Nach außen hin war sie eine fröhliche, selbstbewusste Frau, aber unter der Oberfläche lagen Schmerz, Wut, Trauer und Depression. Unsere Familie ist von den Deutschen fast vollständig vernichtet worden. All die Wut, Trauer und Schmerzen haben sich auf mich übertragen. Auch ich habe unter der Ungewissheit gelitten, was mit meinem Vater geschehen ist. Sie quält mich bis heute. Und so etwas hört nie auf. Zumindest nicht nach zwei, drei oder vier Generationen. Außerdem denke ich, dass auch Charlotte Förster, die Tochter des Fluchthelfers, erfahren muss, was aus ihrem Vater geworden ist. Sie muss ähnlich gelitten haben wie ich. Und ihr Vater hat meiner Mutter damals das Leben gerettet. Ohne ihn gäbe es weder mich noch meine Familie. Ich fühle mich ihr verpflichtet.«

Martin nickte. All das konnte er verstehen.

Sie fuhr fort: »Aber das sind noch nicht die wichtigsten Gründe. Mir geht es vor allem um Gerechtigkeit: Völkermord bleibt Völkermord, und der verjährt nicht. Die Nachfahren der Opfer werden noch für Generationen die Schmerzen der Shoah tragen müssen. Warum soll es da den Nachfahren der Täter besser gehen? Nach der jüdischen Tradition bestraft Gott einen Menschen für böse Taten auf zehn Generationen, während er einen für gute Taten auf hundert Generationen belohnt. Auch wenn wir die Täter nicht mehr bestrafen können, weil sie tot sind, müssen wir nach ihnen suchen. Wir Juden und Sie als Deutsche. So wie in der Shoah-Gedenkstätte Yad Vashem immer noch Tag für Tag nach den Opfern der Shoah gesucht wird. Es fehlen noch über eine Million Namen, aber jede Woche werden neue ermittelt. Und genauso müssen wir nach den Tätern suchen. Damit deren Kinder, Enkel und Urenkel wissen, was ihre Vorfahren getan haben.«

»Um die Shoah im Gedächtnis zu behalten?«

Elvira Wolff nickte. »Wie die Opfer haben die Täter Kinder, Enkel und Urenkel. Jeder Mensch ist geprägt von den Handlungen, Haltungen und Erfahrungen seiner Vorfahren, davon bin ich felsenfest überzeugt. Unsere Urgroßeltern, Großeltern, Eltern, alle vergangenen Generationen leben in uns weiter, mit ihren Hoffnungen und Ängsten, ihrer Schuld und ihren Lügen und Verbrechen, sie sind ein Teil von uns. Und wenn wir von ihnen und über sie etwas lernen wollen, müssen wir möglichst viel darüber wissen. Und uns mit ihren Leben auseinandersetzen. Nur so können wir es vielleicht in der Gegenwart besser machen.«

Martin nickte ehrfürchtig. Das leuchtete ihm ein. »Und warum engagieren Sie keinen jüdischen Privatdetektiv?«

Elvira Wolff zwinkerte ihm zu. »Ich bin Pädagogin.«

»Ich bin also Teil eines pädagogischen Projekts?«

»Nun ja, nach dem, was ich über Sie gelesen habe, sollen Sie nicht schlecht in Ihrem Beruf sein. Und ich will wirklich unbedingt wissen, was damals passiert ist.«

Der Grillteller kam. Eine Weile aßen sie schweigend.

»Schmeckt hervorragend«, meinte sie dann. »Fast wie zu Hause. Das Gericht und das Restaurant haben Sie gut ausgesucht.«

Martin lächelte. »Wie haben Sie eigentlich vom Hegau-Skelett erfahren?«

»Die Tochter von Franz Haffner hat mich angerufen. Sie hat darüber in der Zeitung gelesen und sich gleich gedacht, dass der Tote im Wald mein Vater sein könnte. Meine Mutter und sie hatten nach dem Krieg noch ein paar Jahre Kontakt.«

Martin stutzte. »Wäre es nicht auch möglich, dass ...«

»Franz Haffners Skelett dort oben liegt?«

Martin nickte.

Elvira schüttelte den Kopf. »Franz Haffner war über eins fünfundachtzig, der Tote ist aber nur knapp eins siebzig. Wie mein Vater.«

»Alles klar.«

»Haben Sie schon einen Plan, wie Sie vorgehen wollen?«

»Darüber muss ich noch nachdenken. Aber ein paar Ideen habe ich schon. Wenn es so ist, wie Sie vermuten, ist Ihr Vater bei der Flucht in die Schweiz getötet worden. Das heißt, der Tatort muss in der Nähe des Fundorts des Skeletts liegen. Vielleicht war der Fundort auch der Tatort. Wobei die Polizei das unmittelbare Umfeld abgesucht und nichts gefunden hat. Keine Kugeln oder Patronenhülsen.«

Elvira nickte. »Jedenfalls liegen die Überreste meines Vaters keine hundert Meter von der Schweizer Grenze entfernt.«

»Möglicherweise wurde Ihr Vater von einem Grenzpolizisten verfolgt, und als er glaubte, ihn nicht mehr vor der Grenze stellen zu können, hat er ihn erschossen. In dem Fall müssten wirklich irgendwo Kugeln und Patronenhülsen im Erdreich liegen. Vielleicht haben der oder die Täter eine Stelle gesucht, wo sie die Leiche im Wald leicht begraben können. Wobei sich mir die Frage stellt, warum Grenzpolizisten die Leiche im Wald vergraben sollten. Und wenn unsere Theorie stimmt, müsste auch Haffners Leiche irgendwo da oben liegen. Jedenfalls werde ich mit meinem Team die weitere Umgebung des Fundorts mit

Metalldetektoren absuchen, ein Freund von mir kann Geräte besorgen. Allzu große Hoffnungen mache ich mir nicht, aber ein Versuch ist es wert. Ich will sowieso dorthin, um mir einen Eindruck von der Gegend zu verschaffen.«

Elvira Wolff nickte. »Sehr gut, ja, das leuchtet mir ein. Ich war übrigens gestern mit einem Polizisten an dem Ort. Ich habe darum gebeten, dass man mir die Stelle zeigt. Die Suchmaßnahmen sind abgeschlossen, das Gelände ist nicht mehr abgesperrt.«

Ihre Stimme klang auf einmal leise und brüchig. Es musste ergreifend für sie gewesen sein, den Ort zu besuchen, an dem vermutlich ihr Vater getötet worden war, nur wenige Schritte von der Schweiz entfernt.

»Könnten Sie mir den Fundort geografisch beschreiben?«

Sie holte ihr Portemonnaie aus der Tasche und nahm einen Zettel heraus. »Hier, das sind die GPS-Daten. Ich habe den Ort auf meinem Handy eingespeichert. Habe mir schon gedacht, dass Sie dorthin möchten. Die Stelle ist in der Nähe des Dorfes Büßlingen. Dort können Sie parken und in den Wald laufen.«

»Danke, das hilft mir sehr.«

Elvira Wolff nickte wieder. »Es würde mich freuen, wenn Sie mich auf dem Laufenden hielten. Ich wohne in einer Ferienwohnung in Allmannsdorf. Im Hechtgang. Meine Mobilnummer haben Sie ja.«

»Und wie lange bleiben Sie in Deutschland?«

»Bis Sie den Mörder meines Vaters und Franz Haffners gefunden haben«, sagte die Dame entschieden. »Eher gehe ich hier nicht weg.«

Nachdem Elvira Wolff aufgebrochen war, blieb Martin noch ein Weilchen sitzen. Er war aufgewühlt, durch den Wind, freute und schämte sich. So konnte er noch nicht ins Bett. Und Kim schlief heute Nacht eh bei der Oma.

Er fingerte sein Handy aus der Tasche. Zwille zog vielleicht noch durch die Konstanzer Kneipen. Wenn Martins Welt- und Selbstbild erschüttert war, half nichts so sehr wie die Warmherzigkeit, Offenheit und gedankliche Klarheit des Radikalmarxisten Frank Zwille.

»Hi, Schatz«, sagte Zwille. So nannte er Martin immer, seit er sich von Elsa getrennt hatte. Martin gefiel das nicht, aber da konnte man nichts machen.

Stimmengemurmel im Hintergrund. Zwille hockte eindeutig in einer Kneipe. Wie jeden Abend. Sehr gut.

»Zwille, ich brauch deinen Rat.«

Zwille kicherte. »Du hast grad mit der Jüdin gegessen, gell?«

Martin hatte ihm von ihrem Anruf und ihrem Treffen erzählt.

»Yupp. Und zwar beim Libanesen.«

»Und jetzt bist du in deinem Deutschsein zutiefst erschüttert.«

Martin seufzte schwer. »Du sagst es!«

»Ich bin im ›Salzfass‹. Ist ja nur ein paar Schritte entfernt. Soll ich dir schon mal ein Bier bestellen?«

»O ja. Ein großes. Und einen Schnaps.«

3

Wenig später betrat Martin das »Salzfass«, eine urige Kneipe mit niedrigen Decken mitten in der Konstanzer Altstadt. Zwille hockte am Tresen wie ein dunkler Fels in der Brandung. An ihm würde Martin sich erst einmal festhalten. Ohne ein Wort zu sagen, kippte Martin den Schnaps herunter.

»Oha«, meinte Zwille mit hochgezogenen Augenbrauen, »die Alte hat dir ja ganz schön zugesetzt.«

Der schwarzhaarige Zwille trug wie immer seine Lederkluft, einen Fünftagebart und drei große goldene Creolenohrringe an jedem Ohr. Er sah aus wie ein Räuberhauptmann oder ein Pirat. Vor fünfhundert Jahren wäre Zwille bestimmt eins davon gewesen. Oder Anführer im Bauernkrieg. Doch, das wäre Zwilles Ding gewesen: Mit einer Horde bäurischer Hungerhaken Schlösser brandschatzen, Adlige aufknüpfen und ein wildes Leben im Dienste der Gerechtigkeit führen. Martin sah es vor sich, wie Zwille nach einer Mordbrennerei an einem prasselnden Lagerfeuer saß und mit verwegenem Blick in eine Hammelkeule biss.

Nun ja, ein wildes Leben führte Zwille auch jetzt, als ultralinker und polyamouröser Punkrocker. Schon ein krasser Typ, sein alter Schulfreund. Aber vor allem ein feiner Mensch. Jedenfalls hatte er ihm mit dem Schnaps gerade das Leben gerettet.

»Tut gut, der Ouzo.«

»Das war ein Arak«, korrigierte Zwille. »Ist grad richtig hip bei Israels Jugend. Passt zum Thema, hab ich mir gedacht.«

Martin trank nachdenklich einen Schluck Bier. »Sag mal, Zwille, ganz ehrlich: Wenn du das Wort ›Jude‹ hörst, woran denkst du dann spontan?«

Zwille warf die Stirn in Falten. »Ganz ehrlich? An einen muskulösen Hintern, eine stark behaarte, durchtrainierte Brust, feurige schwarze Augen, die ›Fick mich‹ rufen, und einen haselnussbraunen beschnittenen Schwanz.«

»Psst!«, zischte Martin und sah sich entsetzt um. Er spürte, wie er knallrot wurde. »So kann man doch nicht übers Judentum reden! Mir ist das ernst!«

»Mir auch. Was siehst denn du? Einen bleichen orthodoxen Juden mit Pickeln und Schläfenlocken? Ferdinand Marian als ›Jud Süß‹? Nazipropagandabilder?«

Martin räusperte sich.

»Ich denke halt an Jaron. Ist ein neuer Lover von mir. Er kommt übrigens gleich.«

Zwille grinste, als er Martins erschrockenes Gesicht sah. »Ich dachte mir, eine jüdische Perspektive kann das Gespräch befruchten. Jaron ist Soziologiedozent aus Tel Aviv und macht ein Forschungssemester an der Uni Konstanz, an meinem alten Lehrstuhl. Da habe ich dieses Jahr mal wieder einen Lehrauftrag, so haben wir uns kennengelernt. Jaron ist aber in Deutschland aufgewachsen und hat eine deutsch-jüdische Mutter.«

Genau Zwilles Typ, dachte Martin, als Jaron wenig später die Kneipe betrat. Er war so Ende dreißig und sah aus wie ein Araber: groß, breite Schultern, Fünftagebart, volle Lippen, und sein Blick hatte zugleich etwas Leidenschaftliches und Melancholisches. O Gott, *wie ein Araber*, dachte Martin: Durfte man so was denken?

Die beiden küssten sich.

Martin sah weg.

Zwille: »Mein Freund Martin ist Detektiv und ermittelt gerade im Auftrag einer Jüdin. Es geht um einen mutmaßlichen Judenmord in der Nazizeit. Martin kennt keine Juden, und das Gespräch mit der Frau hat einen weiteren tief sitzenden Schuldkomplex in ihm freigelegt. Den wollen wir jetzt bearbeiten. Er braucht einen frischen Blick auf jüdisches Leben.«

Martin merkte, dass er wieder rot wurde. Er hasste Zwilles Sarkasmus. »Wieso denn *einen weiteren*?«, fragte er frostig.

»Na, deine latente Homophobie und die damit verbundene Scham.«

Martin verdrehte die Augen. Aber so war Zwille halt, er kam immer schonungslos zum Punkt.

Jaron lächelte Martin an. »Kennst du die heilige jüdische Dreifaltigkeit?«

Schon wieder war Martin verwirrt. Wurde das jetzt ein Theologieseminar? »Äh«, brachte er heraus. Ihm schwirrten Begriffe wie Chanukka, Schabbat, Tempelberg und Thora im Kopf herum.

Jaron erlöste ihn: »Antisemitismus, Shoah und Nahostkonflikt.«

»Was?«

»Die Dreifaltigkeit beherrscht das Denken der Deutschen gegenüber Juden. Im Prinzip gibt es in dieser Hinsicht drei Typen Deutsche. Der erste hasst Juden und macht auch keinen Hehl daraus. Er hat antisemitische Stereotype verinnerlicht und glaubt an eine jüdische Weltverschwörung. Diesen Typ gibt es vor allem bei der extremen politischen Linken wie der Rechten. Er sieht in Juden geldgierige und brutal auf ihren Vorteil bedachte Wesen, die vor nichts zurückschrecken, um ihre Interessen durchzusetzen. Ihr Lieblingsthema: die grausame Politik Israels gegenüber Palästina. Und: wie das Judentum mit dem Holocaust die Welt in Geiselhaft nimmt. Außerdem: Die Wall Street als Instrument der jüdischen Welteroberung.«

Okay, dachte Martin erleichtert. Zu dem Typ gehörte er nicht.

»Typ zwei empfindet ehrliche Scham wegen der Shoah. Er sieht in uns Juden arme Opfer und fasst uns nur mit Samthandschuhen an. Er steckt voller Schuldgefühle, am liebsten würde er ständig vor uns auf die Knie fallen und uns um Verzeihung bitten. Allerdings erwartet er dann auch, dass wir ihm verzeihen, am liebsten jeden Tag, und er ist stinksauer, wenn nicht. Wenn Typ zwei an einen Juden denkt, ploppen in seinem Hirn Bilder von Viehwaggons, Verbrennungsöfen, SS-Männern und Nazikarikaturen auf. Er hat viel über die Shoah gelesen oder zumindest einen Haufen Dokus darüber geguckt und glaubt, wir Juden seien tieftraurige, schutzbedürftige, vom Völkermord noch immer traumatisierte Wesen aus Porzellan, voller Risse und Sprünge, zu denen man sehr, sehr lieb sein muss, damit sie nicht auseinanderbrechen. Der Typ ist eher links und hundertzwanzigprozentig proisraelisch und sieht alle Schuld am Nahostkonflikt bei den Palästinensern. Das ist dann zum Beispiel ein Lehrer, der im Unterricht den Staat Israel feiert und eine jüdische Schülerin voller ehrlichem Mitgefühl fragt, ob sie nicht ein Referat über die Opfergeschichte ihrer Familie halten mag. Oder ein Professor, der in eine Seelenkrise stürzt, wenn irgendwo ein propalästinensischer Aktivist öffentlich auftritt. Entweder geht er dahin und isst ihn auf, oder er verklagt die Veranstalter, weil sie das Existenzrecht des Staates Israels in Frage stellen.«

Touché, dachte Martin.»Das bin eher ich«, gab er zu.

»Und Zwille auch«, stellte Jaron fest.

»Ach komm«, meinte Zwille leicht empört.»Meinst du, ich schlafe mit dir, weil ich meine Schuld gegenüber dem jüdischen Volk abtragen will?«

Jaron hob die Brauen und grinste.»Na ja, nicht nur. Aber schon auch. Ich schätze mal, du bist mächtig stolz, einen jüdischen Lover zu haben. Macht dich ja zu einem weltoffenen Typen, der souverän über der deutschen Geschichte steht und mit sich im Reinen ist. Und, hey, so eine Art Persilschein ist es ebenso.«

»Wie bitte?«, entfuhr es Zwille.

Das gibt's nicht, er wird rot, dachte Martin und lachte.

»Na ja«, fuhr Jaron fort, »wenn ich mit dir schlafe, heißt das ja auch, dass du ein guter, geläuterter, prosemitischer Deutscher sein musst. Unser Sex spricht dich von allen Sünden frei. Er adelt dich sozusagen.«

»Ts«, machte Zwille. Er war sichtlich getroffen und um eine Antwort verlegen, was ihm sonst nie passierte.

Martin sah sich um. Sie hatten inzwischen einige Zuhörer. Ihr Thema schien einen Nerv der »Salzfass«-Trinker zu treffen.

Zwille fiel wieder etwas ein. Natürlich scherte er sich nicht ums Publikum, im Gegenteil. Das Private war ja immer auch politisch und gehörte öffentlich ausdiskutiert. »Und was genau bedeutet es dann für dich, einen Deutschen zu vögeln? Ist das auch eine Egodusche? Beweist du dir damit, dass du dich von den langen Schatten der Shoah befreit und ent-opfert hast? Oder ist es besonders prickelnd, einem Sprössling des Tätervolks einen zu blasen?«

Martin schloss die Augen. Mann, konnte Zwille peinlich sein!

»Na ja«, meinte Jaron und blinzelte. Jetzt musste er nachdenken.

»Und Typ drei?«, fragte Martin, auch um den beiden einen Weg aus ihrer heiklen interkulturellen Beziehungsexegese zu weisen. »Was kennzeichnet den?«

»Ist mit Typ zwei verwandt«, sagte Jaron. »Er empfindet wie Typ zwei große Scham wegen der Shoah. Aber er versucht, diese unbewusst abzuwehren, weil es sein Ego kränkt. Für ihn steht die Grausamkeit der Shoah außer Frage, zugleich ist aber der Nahostkonflikt ein großes Thema. Die Juden sind aus seiner Sicht eindeutig die Täter. Dabei setzt er die Juden mit der israelischen Regierung gleich. Warum, fragt Typ drei sich und andere, geht das militärisch überlegene Israel so brutal mit den Palästinensern um? Warum besetzt es palästinensisches Gebiet, baut jüdische Siedlungen ins geraubte Land und gräbt den Palästinensern das Wasser ab? Und insgeheim argwöhnt er: Es gibt sie doch, diese angeborene jüdische Grausamkeit. Denn *eigentlich* müssten die Juden doch gerade angesichts ihrer schlimmen Geschichte menschlich und fair mit den Palästinensern umgehen. Zeigt sich da nicht ein schlimmer zionistischer Rassismus? Und dann wird schnell das Existenzrecht Israels in Frage gestellt. Das würde Typ drei natürlich nie offen tun, höchstens im vertrauten Kreis nach fünf Bier. Und, wie gesagt, dass viele Juden die Politik der israelischen Regierung kritisieren, nimmt er nicht zur Kenntnis.«

»Und welcher Typ ist am wenigsten schlimm?«

»Die nehmen sich nichts«, meinte Jaron.

»Was?« Überrascht sah Martin ihn an. Auch Zwille wirkte irritiert.

»Und wisst ihr was?«, verkündete Jaron. »Mittlerweile scheiß ich auf die Shoah.«

Kurz war es still, als hätte ein mächtiger Donner das »Salzfass« erschüttert.

»Ach komm!«, sagte Zwille empört. »Das meinst du nicht ernst!«

Klar, analysierte Martin, Typ zwei trifft so ein Statement ins Mark.

Jaron holte tief Luft. »Weißt du, wie beschissen es ist, immer als bedürftiges Opfer oder als übler Täter gesehen zu werden? Die jüdische Dreifaltigkeit klebt auf unseren Rücken wie ein Klumpen aus Blei. Als hätten wir hässliche Buckel. Und ihr habt sie uns aufgepflanzt.«

Nur wir?, fragte sich Martin, blieb aber lieber still.

»Trotzdem«, beharrte Zwille mit erhobenem Zeigefinger, »das geht zu weit. Du willst, dass wir uns nicht mehr an die Shoah erinnern? Dass das Thema aus dem Schulunterricht gestrichen wird?«

Jaron seufzte schwer. »Nein, natürlich nicht. Aber ich kenne viele Juden in Deutschland, die vom Opfersein die Schnauze voll haben. Und gerade die jungen Juden kotzen inzwischen, wenn sie auf die Shoah oder den Nahostkonflikt angesprochen werden. Zumal die meisten deutschen Juden heute aus der ehemaligen Sowjetunion stammen und gar keine Opfergeschichte haben. Manche ihrer Vorfahren haben in der Roten Armee gekämpft und die Deutschen besiegt. Die wollen raus aus dieser Rolle, die ihnen von den Deutschen zugeschrieben worden ist. Sie wollen einfach nur normale junge Leute sein.«

»Aber unsere Beziehung ist nicht normal«, meinte Zwille. »Also ich meine jetzt die zwischen Deutschen und Juden. Das Nichtnormale ist das Normale. Dem können wir uns nicht entziehen.«

Beide hatten irgendwie recht, fand Martin. Außerdem, musste er sich eingestehen, war er vielleicht auch ein bisschen Typ drei.

»Aber ist es denn falsch, sich für den Nahostkonflikt zu interessieren?«, fragte Martin vorsichtig.

Jaron wiegte den Kopf. »Mich wundert halt, dass der so

prominent in Deutschland diskutiert wird. Ich meine, warum regen sich die Deutschen nicht genauso inbrünstig über den Kaschmirkonflikt auf?«

Kaschmirkonflikt, dachte Martin, was war das noch mal genau? Irgendwas mit Indien und Pakistan. Musste er nachher mal im Internet gucken.

»Meine These ist«, sagte Jaron, »dass der Nahostkonflikt der deutschen Schuldabwehr dient. Es geht auch ein bisschen um die Palästinenser, aber vor allem darum, die eigene Schuld unbewusst zu relativieren.«

»Hm«, meinte Martin. Das führte jetzt tief hinab in die Abgründe einer Tätervolkpsyche. Zu tief für diese Uhrzeit, nach all dem Alkohol.

Ihm schwirrte der Kopf. Und weiter fragen wollte er auch nicht. Wegen der heiligen jüdischen Dreifaltigkeit und weil er zu einem Fünftel oder Viertel eventuell auch Typ drei war.

»Ich glaube, das muss ich alles mal ein bisschen ordnen«, meinte Martin. »Ich lauf jetzt heim.«

»Dann ordne mal schön«, frotzelte Zwille. Und zu Jaron gewandt: »Wir beide müssen auch einiges ordnen, und zwar dringend. Bei mir oder bei dir?«

4

Berlin, 26. August 1942

Horst Winter schwieg, als Frieda sein Büro betrat. Er trug das Goldene Parteiabzeichen der NSDAP, sie den Judenstern auf ihrer Arbeitsjacke. Seit einem Jahr war sie als Zwangsarbeiterin in Winters Geschützfabrik beschäftigt und lackierte Metallteile. Frieda konnte sich auf den wortkargen Winter mit den kalten Habichtsaugen keinen Reim machen. Er war Karrierist und hatte beste Verbindungen in der Partei, seine Firma konnte sich im Krieg vor Aufträgen kaum retten, zugleich setzte er sich für »seine« Juden ein. Ja, so nannte er sie: »seine Juden«. Sogar einige Sechzigjährige hatte er eingestellt und sorgte dafür, dass sie bleiben konnten.

Winter lächelte, als Frieda unsicher vor ihm stand, so als würde er ihre Angst genießen.

»Setzen Sie sich«, sagte er. Es klang freundlich und zugleich unterkühlt.

Sie nahm Platz. »Ja bitte?«

Er holte tief Luft und blickte besorgt. »Die Lage für Juden spitzt sich zu, Frau Wolff. Ich mache mir Sorgen.«

Sie zuckte mit den Schultern. Warum sagte er das? Wer wusste das besser als sie? Gleich im April 1933 waren die Fenster des Bekleidungsgeschäfts ihres Vaters vollgeschmiert worden. Monat für Monat war es seitdem mit dem alteingesessenen Herrenausstatter bergab gegangen. Immer weniger Kunden kamen, bald blieben auch die Stammkunden weg. Wer bei Juden einkaufte, wurde öffentlich gebrandmarkt, als wären sie Verbrecher. Auf offener Straße hatten Hitlerjungen ihren Vater bespuckt und ihre Familie *Judenbrut* genannt. Selbst christliche *Freunde* ließen ihre Kinder nicht mehr mit Frieda spielen. »Die Leute reden, das versteht ihr doch«, sagten sie, und das schlechte Gewissen wegen ihrer Feigheit stand ihnen ins Gesicht geschrieben. Das Leben in Potsdam wurde für sie zu einem Spießrutenlauf.

Deshalb hatte Frieda ihre Ausbildung als Schneiderin in Charlottenburg begonnen, in der anonymen Großstadt sollte es für Juden einfacher sein. Ihr Vater musste sein Geschäft verkaufen, ein *arischer* Konkurrent zahlte so viel, dass ihre Eltern ein paar Jahre gerade so überleben können würden. Doch emigrieren wollten sie nicht. Selbst als im November 1938 die Synagogen brannten und Juden in Konzentrationslager deportiert wurden, meinte ihr Vater immer noch mit trotziger Zuversicht, dass es bald wieder besser werden würde.

Doch das wurde es nicht. Immer neue Schikanen erschwerten ihr Leben und machten jeden Tag zu einer Demütigung. Bald mussten Juden einen zweiten Vornamen tragen – die Frauen Sara, die Männer Israel –, weshalb sie jetzt Frieda Sara Wolff hieß. Schulen und Universitäten wurden für sie geschlossen. Es gab einen *Judenbann* für bestimmte Berliner Straßen und Plätze – zudem für Kinos, Theater und Restaurants. Und seit Kriegsbeginn galt eine Ausgangssperre ab acht Uhr abends. Außerdem mussten sie Radio, Telefon und Familiensilber abgeben. Und seit letztem Sommer waren alle *arbeitsfähigen* Juden zur Zwangsarbeit verpflichtet. Sie wurden also nicht mehr nur ausgeraubt und entrechtet, sondern auch versklavt.

Was also, fragte Frieda sich, sollte sich da noch zuspitzen? Wollte Winter sie fortschicken?

Trotzig sah sie ihren Chef an. Ihr Herz schlug schneller. Seine Habichtsaugen ruhten auf ihr wie auf einem Kaninchen, das er gleich packen würde. Unwillkürlich krallte sie ihre Finger in die Sitzfläche des Stuhls.

Wollte er mit ihr schlafen? Ging es darum? Sie war nicht verheiratet, er wusste das. Und nicht hässlich. Wenn auch ihre dunkelbraunen Augen, ihre etwas zu große und nach unten gebogene Nase, die schwarzen Haare und ihr südländischer Teint sie bei *Ariern mit Rasseninstinkt* verdächtig machten. *»Judennase«* hatten Klassenkameraden ihr hinterhergerufen. Sie war ein leichtes, ein leicht unter Druck zu setzendes Opfer. Freiwild für hungrige Männer, die es mit der Rassenlehre nicht so genau nahmen. Wobei Winter immer korrekt und anständig gewirkt hatte. Würde er sie anrühren, würde sie laut schreien und sich wehren. Ihn schlagen, beißen, kratzen und zwischen die Beine treten, was auch immer nötig wäre.

Sie spannte ihre Muskeln an.

»Was wollen Sie mir sagen?«, fragte Frieda mit zitternder Stimme und starrte auf das Goldene Parteiabzeichen.

Er bemerkte ihre Anspannung. »Vielleicht kann ich Sie schon bald nicht mehr beschützen. Deutsche Truppen rücken immer weiter in Russland vor. Hitler hat seine Kriegsziele fast erreicht, niemand scheint ihn stoppen zu können. Sein Selbstbewusstsein ist ins Unermessliche gewachsen. Er sieht sich als Erlöser, Frau Wolff. Und als solcher will er nicht nur ein Kolonialreich im Osten, sondern auch die Juden vernichten. Er hasst Ihre Rasse … ich meine Ihr Volk … abgrundtief.«

»So weit wird er nicht gehen«, sagte sie bestimmt und fragte sich, worauf sich ihre Gewissheit eigentlich gründete.

»Da wäre ich mir nicht so sicher. Der Mann ist besessen. Es gibt furchtbare Berichte aus dem Osten. SS-Einheiten und Polizeibataillone folgen dort der vorrückenden Wehrmacht. Sie durchkämmen Dörfer und Städte hinter der Front nach Juden. Und erschießen alle, die sie finden. Es wird von Massenerschießungen mit vielen tausend Toten und anonymen Massengräbern berichtet.«

Frieda schluckte. Diese Berichte, diese Gerüchte waren ihr bekannt. Hitler hatte bereits 1939 von der »Vernichtung der jüdischen Rasse in Europa« gesprochen, sie hatte die Rede im Radio gehört und es nicht fassen können. Mit ihrem Freund Leo hatte sie lang darüber diskutiert. Es konnte nicht sein, waren sie sich einig gewesen, warum sollte Hitler das tun? Er brauchte sie doch als Sklavenarbeiter in den Rüstungsfabriken, jetzt, wo die deutschen Männer im Feld standen. Deshalb ließ er die Juden auch nicht mehr ausreisen. Und er brauchte einen Feind, auf den sich der Hass konzentrieren konnte, der hinter allem

Bösen steckte. Bis er den Krieg gewonnen hätte, dann würden die Diffamierungen und Verfolgungen aufhören.

Wieder und immer wieder hatten sie sich das einander eingeredet, um die Zweifel zu vertreiben.

Doch sie waren geblieben.

»Was wollen Sie von mir?« Ihre Stimme klang hart und feindselig.

Verwundert sah Winter sie an. Und verstand plötzlich, was sie fürchtete. Er lächelte entschuldigend. »Nicht, was Sie denken, Frau Wolff. Ich will Ihnen nur sagen, dass ich Sie vielleicht nicht mehr lange schützen kann. Was tun Sie dann?«

Forschend blickte sie ihn an. Sie fragte sich, was ihn trieb. Die Nazis und ihre Aufrüstungspolitik hatten ihn reich gemacht. Schämte er sich für das, was die Deutschen in der Welt anrichteten? Schützte er seine Zwangsarbeiter-Juden, um Buße zu tun? Um vor sich zu rechtfertigen, dass er sich am Krieg eine goldene Nase verdiente? Konnte er so nachts besser schlafen?

»Wenn die SS mit Lastwagen vor der Fabrik steht und Sie holen will, ist es zu spät. Das sollten Sie bedenken, Frau Wolff. Versuchen Sie, ins Ausland zu gehen.«

»Habe ich versucht«, sagte sie bitter. »Ich hatte schon ein Visum für Großbritannien. Doch dann begann der Krieg.«

Auch Leo hatte ein Visum für Großbritannien gehabt. Sie hatten sich ihre Zukunft, ihr gemeinsames Leben schon in bunten Farben ausgemalt. Die Sonne schien, der Atlantik brandete an die Küste, es roch nach Salz und Freiheit. England wäre nur ein Zwischenstopp gewesen. Von da wären sie weiter nach Palästina gereist.

Winter nickte und senkte den Blick.

Friedas Augen verengten sich. »Muss ich gehen? Schicken Sie mich fort?«

Winter schüttelte den Kopf. »Ich werde Sie behalten, solange es mir möglich ist. Aber darauf sollten Sie sich nicht verlassen. Sie sollten verschwinden, solange Sie können.«

»Wohin denn?« Ihr Lachen war kalt. Verloren blickte Frieda vor sich hin.

Winter seufzte. Darauf hatte auch er keine Antwort. »Ich gebe Ihnen Bescheid, wenn ich Sie nicht mehr schützen kann. Versprochen.« Er zögerte. »Und da habe ich noch etwas.« Winter griff in seine Anzugtasche und holte eine kleine Schachtel heraus. Er öffnete sie und stellte sie vor Frieda. Darin befanden sich das Abzeichen der NS-Frauenschaft und das Goldene Parteiabzeichen in kleiner Ausführung, so wie er selbst eines trug. Fragend sah Frieda ihn an.

»Oft ist der Schein wichtiger als das Sein«, sagte er. »Die Leute sehen, was sie sehen wollen. Und dieses Abzeichen macht eine *Arierin* aus Ihnen. Und vielleicht kennen Sie jemanden, dem Sie das andere Abzeichen geben können.«

5

Berlin, 24. Oktober 1942

»Ihr dürft auf keinen Fall dahin!«, rief Frieda und sah ihre Mutter fassungslos an. Sie hatte die gleichen großen, dunklen, sanften Augen wie Frieda. In der Hand hielt die Mutter ein Schreiben, das die Jüdische Gemeinde im Auftrag der Gestapo verfasst hatte. Dort stand, dass Friedas Eltern in den Osten umgesiedelt würden. Dass die Gestapo sie heute im Lauf des Tages abholen werde und dass sie sich bereithalten sollten.

»Wann habt ihr das Schreiben bekommen?«, fragte Frieda.

»Vor zwei Tagen«, sagte die Mutter.

Das war merkwürdig, normalerweise gab die Gestapo den Juden zwei Wochen Vorlauf. Seit einem Jahr liefen die Transporte in den Osten. In der Levetzowstraße, in der einst prächtigen Synagoge, war ein Sammellager eingerichtet worden. Dorthin wurden die Berliner Juden gebracht, sie schliefen auf Strohsäcken und auf ein paar wenigen Matratzen, bis eintausend Leute beisammen waren. Dann wurden sie in Lkws zum Bahnhof Grunewald gebracht und in Güterwaggons in den Osten gefahren. In Güterwaggons! Die Gestapo hatte die Jüdische Gemeinde gezwungen, das Lager mit Verpflegung, Medikamenten, Schlafgelegenheiten und Wäsche zu versorgen. Juden kochten in einer Großküche Essen, besorgten Decken und betreuten die Alten und Kranken. Es war so schlau wie perfide von der Gestapo, die Jüdische Gemeinde in die Organisation der Deportation einzuspannen. Die jüdischen Helfer sahen darin die Chance, anderen zu helfen. Und sich selbst für eine Weile der Deportation zu entziehen.

Friedas Vater saß am Esstisch und starrte auf alte Fotos, die er vor sich auf dem Küchentisch ausgebreitet hatte. Fotos von ihnen aus einer anderen, glücklichen Zeit, als sie eine angesehene Potsdamer Familie gewesen waren. Ihr Vater liebte das Fotografieren, so wie er sein Leben geliebt hatte, bevor die Nazis an die Macht gekommen waren. Jedes Foto war für ihn das Dokument eines erfüllten Moments, alle zusammen ergaben das Mosaik eines gelungenen Lebens.

»Ihr dürft auf keinen Fall gehen!«, sagte Frieda.

»Was sollen wir denn tun?«, fragte die Mutter verzweifelt. »Im Untergrund leben? Von Tag zu Tag eine neue Bleibe suchen? Vater ist nicht mehr gut zu Fuß, er kann nicht rennen. Und er kann sich nicht verstellen. Er kann nicht vor einem SS-Mann strammstehen und den Hitlergruß machen.«

Ja, es würde schwierig werden, dachte Frieda, und sie musste an die Warnung von Horst Winter denken. Was bedeutete es, wenn sie die Juden in den Osten brachten? Es hieß, dass es in Polen riesige Arbeitslager der Rüstungsindustrie gab. Dass Juden dort Kriegsgerät für den Russlandfeldzug produzierten. Doch wenn es wirklich Arbeitslager waren: Warum schickten die Nazis einen über sechzigjährigen, gebrechlichen Mann dorthin und nicht sie?

»Wir gehen«, sagte der Vater plötzlich. »Die tun uns nichts. Wir sind angesehene deutsche Bürger. Ich bin Weltkriegsveteran mit Eisernem Kreuz, ich habe für dieses Land gekämpft und es nach dem Krieg mit aus dem Schlamassel gezogen.«

Es klang wütend und trotzig, als wäre Frieda schuld daran, dass die Nazis dies vergessen hatten. Als müsste er das nur laut genug sagen, dann würden sie die Juden schon in Ruhe lassen.

Er sah seine Frau an. »Wir haben schon ganz anderes gestemmt. Wir gehen in den Osten und fangen noch einmal von vorn an. Dort kommen schließlich unsere Vorfahren her, und wenn der Krieg vorbei ist, machen wir wieder einen Herrenausstatter auf. Gute Kleidung braucht man immer und überall.«

Frieda sah, wie die Augen ihrer Mutter für einen Moment leer und trostlos wurden. Wie Glaube und Hoffnung für einen Augenblick keine Kraft mehr besaßen. Dann hatte sie sich wieder im Griff.

»Vor einer Woche«, sagte sie und senkte dabei den Blick, »kam ein Offizier der Luftwaffe zu uns. Er hatte einen Makler dabei, und der teilte uns mit, dass der Mann sich fürs Vaterland verdient gemacht habe und unser Haus ›übernehmen‹ werde.«

Daher weht der Wind, dachte Frieda, deshalb deportieren sie euch so schnell. Sie wollen die Eltern verschwinden lassen, um rasch an das Haus zu kommen.

»Wir haben hier nichts mehr, Frieda«, sagte ihre Mutter mit tonloser Stimme.

Das große Haus nah am Templiner See war für sie alle eine Oase des Glücks gewesen. Nach dem Verkauf des Geschäfts hatten sie im Garten Obst und Gemüse angebaut und Hühner gezüchtet. Und Leo hatte sie hier bei einem Spaziergang kennengelernt. Wie sie arbeitete er in einer Fabrik in Berlin.

Leo! Wenn sie nur an ihn dachte, schlug ihr Herz schneller, und alle Traurigkeit verschwand für einen Moment. Mit ihm war sie im letzten Jahr jeden Samstag und Sonntag am Templiner See und am Wannsee entlangspaziert. Dort konnten sie ein bisschen die Wirklichkeit vergessen. Im Herbst gingen sie durch buntes Laub, im Winter durch Eis und Schnee, und als die Kirschen blühten, küssten sie sich zum ersten Mal. Dabei standen sie mit den Füßen im kalten Seewasser. Eine Romanze im Angesicht des Schreckens.

Frieda schüttelte den Kopf. »Ihr dürft nicht warten, bis euch die Gestapo holt. Ihr müsst verschwinden! Leo und ich helfen euch. Leo hat sehr gute Kontakte zur Jüdischen Gemeinde, wir finden eine Wohnung für euch. Es gibt Gerüchte, dass im Osten schlimme Dinge passieren. Dass die Nazis dort Juden töten, zu Tausenden.«

»Dummes Gerede«, sagte der Vater. Doch so, wie er klang, glaubte er sich selbst nicht so ganz. Warum wollte er in den Osten gehen?, fragte sich Frieda. Weil er nicht glaubte, nicht glauben wollte, dass die Deutschen ihm etwas antun würden. Er wusste von den Konzentrationslagern, auch dass dort Juden gefoltert wurden, aber dass es Massenerschießungen gab? Niemals. Und vielleicht spielte auch eine trotzige Hoffnungslosigkeit eine Rolle. Felsenfest hatte er an die deutsche Kultur geglaubt, dass die Jahrhunderte der Diskriminierung endlich vorbei wären, dass die rechtliche Gleichstellung Schritt für Schritt zu echter Gleichberechtigung führen würde, doch er hatte sich getäuscht. Und diese herbe Enttäuschung, zusammen mit den alltäglichen Demütigungen, wollte er nicht länger ertragen. Da wollte er lieber sterben, als wie ein Entrechteter, wie ein Aussätziger zu leben. Und dann war da noch die Scham, dass er das Geschäft, das schon sein Vater geführt hatte, verkaufen musste, auch wenn er gar nichts dafürkonnte.

Frieda redete und bettelte. Es gelang ihr dennoch nicht, die Eltern umzustimmen.

Als sie ging, kam ihre Mutter noch mit an die Tür.

»Hier«, sagte sie leise und gab Frieda ein Päckchen mit Briefen. Die Hände der Mutter zitterten leicht. Es waren Friedas Briefe, die sie der Mutter nach Hause geschrieben hatte, seit sie zur Ausbildung nach Berlin gezogen war. Im ersten Moment wusste Frieda nicht, was das sollte, und sah die Mutter verwundert an. Dann verstand sie, und sofort schossen ihr Tränen in die Augen. Ihrer Mutter war klar, dass sie sich nie mehr wiedersehen würden. Deshalb gab sie ihr die Briefe zurück, diese Zeichen von Friedas Liebe. Als Erinnerung. Sie wollte die Briefe retten, damit Frieda ihre Mutter nicht vergaß. Und auch Fotografien waren dabei, solche, von denen der Vater mehrere Abzüge hergestellt hatte, die er entbehren konnte, die er nicht jeden Tag ansehen musste, um in diesen finsteren Zeiten Kraft und Hoffnung zu schöpfen.

Sprachlos, wie gelähmt hielt Frieda das Päckchen in ihren Händen. Die Mutter ging zur Flurkommode und holte den Fotoapparat. Es war die wertvolle Leica ihres Vaters, mit der er ihr einst glückliches Leben dokumentiert hatte. »Sie werden ihn uns sowieso abnehmen. Wir kaufen uns im Osten einen neuen. Aber du solltest fliehen. Sieh zu, dass du zu Onkel Joachim nach Argentinien kommst. Dafür brauchst du jemanden, der dir hilft. Den musst du bezahlen. Die Kamera ist wertvoll.«

Für Stunden stand Frieda auf der anderen Straßenseite vor dem Haus ihrer Eltern, mit dem Päckchen und dem Fotoapparat unterm Arm, und konnte nicht gehen. Sie hoffte, die Gestapo würde nicht kommen. Wegen ihrer Eltern, aber auch wegen sich selbst. Denn was würde sie tun, wenn die Polizisten erschienen? Sie müsste mit den Eltern gehen, sich um sie kümmern. Täte sie es nicht, wäre das ein schlimmer Verrat, der sie bis zu ihrem Tod quälen würde. Für die Transporte wurden Güterwagen eingesetzt, in denen es weder Bänke noch Toiletten gab. Vor allem ihr Vater würde Hilfe brauchen. Es war verantwortungslos, sie alleinzulassen. War Leo ihr wichtiger als die Eltern?

Sie blickte nach oben, die Herbstsonne blendete sie. Wo war denn Gott? Warum half er nicht?

Der Himmel war leer und ihr Herz wie tot.

Als es dämmerte, brach Frieda auf. Was sie getan hätte, wenn die Gestapo gekommen wäre? Vielleicht »Wartet, ich komme mit!« gerufen. Sie wusste es nicht. Doch jetzt musste sie fort, um acht begann die Ausgangssperre, und wen die Nazis danach erwischten, den deportierten sie sofort.

Dann wäre sie vielleicht noch vor ihren Eltern im Osten.

6

Sie waren fast da. In Martins voll bepacktem Škoda war es still, auch wegen der Schönheit draußen. Über die sanften Hügel des Hegaus mit den Wäldern, Feldern und satten Obstbaumwiesen zogen helle Wolken, später sollte es regnen. Bisher war es ein ungewöhnlicher Sommer gewesen, regenreich und angenehm kühl. Doch das würde in den nächsten Tagen ein Ende haben, vom Süden rückte eine Hitzewelle heran. Der Hohenkrähen, ein erloschener Vulkan, ragte in der Ferne wie ein schroffer Felsen aus der Landschaft.

Neben Martin auf dem Beifahrersitz saß sein Freund und Mitarbeiter, der Ur-Schwarzwälder und ehemalige Hauptkommissar Heinz Dörflinger, den Martin bei seinem ersten Fall kennengelernt hatte. Er war froh, dass er bei ihm eingestiegen war. Seine langjährigen Mitarbeiter Maria Schellenberger und Thomas Korn hatten vor einem halben Jahr seine Detektei verlassen. Sie waren nach Ravensburg gezogen und hatten ein eigenes Ermittlungsbüro gegründet.

Auf der Rückbank saßen Zwille und Kim. Es war natürlich nicht beabsichtigt gewesen, die Sechsjährige mit zu einem Leichenfundort zu nehmen, auch wenn die Knochen inzwischen in der Rechtsmedizin lagen. Doch Kim hatte sie gestern belauscht, als sie den Einsatz geplant hatten, und darauf bestanden mitzukommen. Kims Charme und Willenskraft hatte Martin wenig entgegenzusetzen, außerdem war es nicht ganz unpraktisch, weil Martins Mutter seit heute mit ihrem Lebensgefährten im Wanderurlaub war und er ein Betreuungsproblem gehabt hätte.

Nachdem sie eine Anhöhe erklommen hatten, lag das Dorf Büßlingen friedlich in einem Tal zu ihren Füßen. Geschützt von bewaldeten Hügeln und mit den eng aneinandergeschmiegten Häusern sah es aus, als wäre hier nie etwas Böses geschehen. Die Hauptstraße führte zwischen einer schlichten, weiß getünchten Kirche mit einem rot geziegelten Helmdach und einem herrschaftlichen schlossähnlichen Gebäude mit Staffelgiebel vorbei. Sie fuhren eine steile Straße den dicht bewaldeten Hang hinauf, auf dem sich die Grenze zur Schweiz und der Fundort der Leiche befanden. Von hier aus waren Leo Kaiser und Franz Haffner vor fast achtzig Jahren vermutlich zur Flucht aufgebrochen.

Wenig später parkten sie in einer Sackgasse zwischen Einfamilienhäusern, die ein wenig aus der Zeit gefallen schienen. Beim Aussteigen sah Martin, wie sich die Gardinen hinter einem Fenster auf der gegenüberliegenden Straßenseite bewegten. Als sie ihre Rucksäcke aus dem Kofferraum holten, trat ein älterer Mann aus der Haustür.

»Parkiere darf mer hier eigdlich it«, sagte er mürrisch und verschränkte die Arme vor der Brust.

»Ich kann kein Halteverbotsschild entdecken«, erwiderte Zwille, als könnte er kein Wässerchen trüben, und sah sich voller Unschuld um.

Der Mann musterte sie skeptisch. Sie waren auch ein eigentümlicher Anblick, den man im abgeschiedenen Büßlingen wohl nicht oft zu sehen bekam: ein rüstiger Rentner mit Kniebundhosen, Wanderschuhen, Lodenmantel und Wanderhut; ein verwegener Hüne in schwarzer Rockerkluft, mit Seeräuberohrringen und Cowboystiefeln; dazu eine kecke Erstklässlerin mit rosa T-Shirt, auf das ein weißes Einhorn und ein Regenbogen gedruckt waren, rosa Leinenhose, rosa Turnschuhen und einem rosa Rucksack mit Glitzerbommeln, die fast so groß wie Kims Kopf waren. Martin fand, dass er mit seiner Jeans und der alten Ourtdoorjacke noch am normalsten wirkte.

Die Verwunderung des Büßlingers wurde noch größer, als Zwille die Metalldetektoren aus dem Kofferraum holte, die wie Minensuchgeräte aussahen, was sie im Prinzip ja auch waren, und dazu noch vier Spaten, eine Hacke und Schaufeln.

»Wollt ihr Gselle damit Drüffel suche?«, fragte der Büßlinger mit einem spöttischen Grinsen, während Zwille die Gerätschaften verteilte.

»Nö«, meinte Kim. »Keltengold.«

»A wa!«, meinte der Mann und schien nicht so recht zu wissen, ob das Mädle sich über ihn lustig machte.

Das mit dem Keltengold hatte Martin Kim gestern noch vor dem Einschlafen erzählt, um ihre Gedanken von dem Toten abzulenken. Er hatte fabuliert, dass früher in der Gegend Kelten gesiedelt und dort Schätze vergraben hätten, von denen immer mal wieder einer gefunden würde. Die Aussicht auf Gold und Edelsteine hatten Kims Jagdfieber ins Unermessliche gesteigert.

»Haben Sie davon wirklich noch nichts gehört?«, fragte Zwille erstaunt. »Letzte Woche hat hier einer keltischen Goldschmuck im Wert von zweihunderttausend Euro gefunden.«

»A wa!«, sagte der Mann überrascht. »Hier bei uns in Büßlinge? Obe im Wald?«

Zwille nickte. »Nicht weit von der Grenze.«

»I hab nur was über die Leich g'lese.«

»Gar nicht so weit weg davon. Aber die Kelten haben überall auf dem Hügel gesiedelt.«

»A wa!«, sagte er wieder, tief beeindruckt. Man konnte sehen, wie es in seinem Hirn zu arbeiten begann. Wahrscheinlich dachte er darüber nach, wie schnellstmöglich so ein Metalldetektor herbeizuschaffen wäre. Oder er fürchtete die Heerscharen an Goldsuchern, die sein friedliches Dorf nun heimsuchen würden.

»Falls wir was finden, kriegen Sie was ab, weil wir hier parken durften«, meinte Kim mit einer pikanten Mischung aus Herablassung und Großmut.

Der Mann schüttelte sprachlos den Kopf, drehte sich um und verschwand in seinem Haus. Er hatte jetzt einiges zum Nachdenken und Recherchieren.

Sie stapften einen Feldweg hinauf. Der Wald begann direkt hinter den letzten Häusern. Heinz ging voran, mit gezücktem Handy. Er hatte die GPS-Daten des Fundorts, die Martin von Elvira Wolff erhalten hatte, in seine Wander-App einprogrammiert. Leichter Regen setzte ein, und Kim musste ihre rosa Regenhaut überstreifen.

Nach zwanzig Minuten befanden sie sich auf dem Hügelrücken. Der Zielpunkt lag etwa hundert Meter abseits des Wegs. Ihnen blieb nichts anderes übrig, als querfeldein durch den Wald zu gehen. Vom Regen der letzten Tage war der Boden feucht. Es roch nach Moos und moderndem Laub. Hier oben standen die Bäume weniger dicht. Dürre Kiefern mit schmächtigen Kronen ragten wie verhungerte Säulen in den schiefergrauen Himmel, dazwischen wuchsen Schonungen aus kräftigen kleinen Tannen und Brombeerranken. Vermutlich hatte ein Sturm zahlreiche Bäume umgeknickt, jetzt wurde das Gebiet wieder aufgeforstet. Wie es wohl vor achtzig Jahren ausgesehen hatte, als Leo Kaiser hier entlangwanderte?

Als sie am Fundort ankamen, waren Kims Turnschuhe von den Brombeerranken ruiniert, auch ihre Regenhaut hatte schon einen Riss, aber das spielte für sie keine Rolle. Gespannt blickte sie in das Erdloch. Reste von rot-weißem Absperrband lagen am Boden.

»War da die Leiche drin?«, fragte Kim ehrfürchtig.

»Äh, ja«, sagte Martin.

»Ganz schön gruselig«, meinte sie und starrte auf die nackte Erde.

Martin hatte ein schlechtes Gewissen. Elsa und seine Mutter würden ihm den Hals umdrehen, wenn sie erführen, dass er das Kind zum wilden Grab eines mutmaßlichen Mordopfers geschleppt hatte. Denn natürlich hatte ein solcher Ort eine unheimliche Aura. Andererseits: Was gab es schon zu sehen? Auch mit Zwille hatte er darüber gesprochen, und wie sein Freund hielt auch Martin nichts von Kuschelpädagogik. »Wer sich nie in Gefahr begibt, kommt darin um«, hatte Zwille mit erhobenem Zeigefinger gemeint. »Man darf die Welt nicht ständig von den Kindern fernhalten. Zumutungen machen einen Menschen stark, solange sie ihn nicht überfordern.«

Das war der Punkt, die Frage war nur, was Kim überforderte, da hatten seine Mutter und Elsa andere Vorstellungen als er. Für sie war das Sondeln in der Nähe eines Mordschauplatzes ein potenziell traumatisierendes Erlebnis für ein hochsensibles

Kind, für ihn war Kim ein fröhliches, offenes und neugieriges Mädchen, das hart im Nehmen war und so ein Erlebnis locker wegsteckte. Zudem war so eine Jagd nach Keltengold genau die richtige Zerstreuung für Kim, die gerade die Trennung ihrer Eltern verkraften musste.

»Geht's endlich los?«, fragte sie ungeduldig. Martin schmunzelte erleichtert: Sie klang alles andere als traumatisiert.

»Aber so was von!«, rief Zwille. »Komm her, ich zeig dir, wie die Dinger funktionieren.«

Martin ließ seinen Blick über das Waldstück schweifen. Es war verrückt, was sie vorhatten: Das Gebiet erschien riesig und unwegsam, einige Flächen waren von Brombeeren überwuchert, andere von dicht stehenden jungen Tannen bedeckt. Wie sollten sie hier eine Patronenhülse finden? Sie suchten nicht nach einer Stecknadel in einem Heuhaufen, sondern nach einem winzigen Metallstück in einem ganzen Wald! Und wie viele Jagdpatronenhülsen lagen hier im Boden? Es mussten einige sein: An vielen Stellen im Umfeld des Erdlochs waren Grabungsspuren zu entdecken. Wahrscheinlich hatten hier die Metalldetektoren der Kriminaltechniker angeschlagen.

Und möglicherweise war Leo Kaiser hundert oder zweihundert Meter entfernt ermordet und dann hierhergeschleppt worden. Dann würde es Tage dauern, bis sie alles abgesucht hätten. Hinzu kam der Regen, der jetzt stärker fiel, sodass Kim und Martin Regenhose und -jacke überstreiften. Zwille rümpfte die Nase; so etwas hatte und brauchte er nicht.

Aber sie hatten immerhin einen Plan. Heinz war schon dabei, mit einem roten Wollfaden, den er an Stöcke knotete und ins Erdreich steckte, das Gelände um den Tatort strahlenförmig auf eine Länge von etwa dreißig Metern abzustecken, wobei er den Faden um einige Baumstämme und Büsche herumführen musste. Jeder von ihnen würde für einen Bereich zwischen zwei Schnüren zuständig sein. So konnten sie die Gegend halbwegs systematisch untereinander aufteilen und vermeiden, dass sie an denselben Stellen suchten. Hätten sie keinen Erfolg, könnten sie den Umkreis vergrößern.

Dann ging es los. Sie begannen am Ende des Bereichs, der am weitesten vom Erdloch entfernt war. Jeder schritt sein Gebiet langsam ab und schwang den Detektor mit ausladenden Bewegungen hin und her.

Die Anspannung war mit Händen zu greifen.

»Es piept!«, rief Heinz nach etwa zwanzig Minuten.

»Echt?«, erwiderten Zwille und Kim im Chor. Bei beiden lag Spannung, aber auch Neid in der Stimme.

Kurz darauf bestanden sie sich alle bei Heinz und beugten sich über die tellerförmige Sonde. Tatsächlich: Es piepte ziemlich laut, als er sie über eine Stelle kreisen ließ.

»Du musst jetzt die Pinpointer-Funktion aktivieren«, sagte Zwille fachmännisch und drückte einen Knopf. Heinz schwenkte den Detektor im Kreis, wobei der konstante Ton lauter und leiser wurde. Er suchte die Stelle, wo der Ton am lautesten piepte, dann müsste sich die Sonde direkt über dem Objekt befinden. Heinz hielt sie auf den Boden gedrückt, während Kim mit ihrem Spaten vorsichtig um die Sonde herumgrub.

Dann nahm Heinz die Sonde weg.

Kim grub das Loch aus.

Sie hielten den Atem an, und hätte es nicht geregnet, hätte man eine Stecknadel auf den Waldboden fallen gehört.

Als Nächstes durfte Kim das ausgehobene Erdreich mit Gartenhandschuhen durchwühlen.

Kurz darauf hatte sie einen etwa zehn Zentimeter langen, von Erde verklumpten Gegenstand in den Händen. Zwille hatte von seinem Sondler-Lover, der ihnen die Detektoren ausgeliehen hatte, eine Sprühflasche mitbekommen, mit der er das Fundstück professionell säuberte.

Auch das noch, dachte Martin, als er erkannte, worum es sich handelte.

Es war ein kleines Messer.

Er wusste schon, was Kim jetzt dachte.

»Ist der Mann damit ermordet worden?«, fragte Kim schaudernd.

Heinz schüttelte den Kopf. »Das liegt noch nicht lange hier

im Boden, Kim. Das sieht nach einem Pilzmesser aus, das einer beim Pilzesuchen verloren hat.«

Kim nickte erleichtert.»Brauchst du das, Heinz? Ich geh nämlich auch bald mit der Oma in die Pilze.«

»Ich schenk es dir«, meinte Heinz. Er zeigte ihr, wie sie das Messer zusammenklappen konnte. Es war nicht sonderlich scharf.

Kim strahlte und verstaute die Beute in ihrer erdverschmierten Regenhose. Martin atmete auf. Für Kim hatte sich der Ausflug schon gelohnt.

Fünf Stunden und einige heftige Regengüsse sowie ein paar Blechdosenreste, rostige Nägel, eine Zweieuromünze und ein altes Zehnpfennigstück später hatte Martins Motivation schon nachgelassen. Sie hatten den Umkreis noch einmal deutlich erweitert, und die Suche in dem schwierigen Gelände war ziemlich aufreibend. In seinem Abschnitt gab es jede Menge Baumstümpfe und Brombeerbüsche, über die er steigen musste, was er aber nicht immer schaffte, weshalb seine Regenhose von den Ranken schon völlig zerrissen war. Außerdem war der Boden aufgeweicht, schwere Erdklumpen hingen an seinen Wanderschuhen, die er mit nachlassendem Schwung in den Forst kickte. Wobei er vorhin ausgerutscht war. Und immer wieder trat er in eine moorige Pfütze, und die braune Brühe schwappte in seine Schuhe. Auch das Ausgraben von Fundstücken im von Wurzeln durchzogenen Boden war schweißtreibend. Er fühlte sich schlapp, schwitzte und keuchte, Hemd, Hose und Füße waren nass. Es kam ihm so vor, als steckte er bei achtzig Grad in einem Dampfgarer.

Den anderen erging es ähnlich. Wenn es piepte, sorgte das inzwischen kaum mehr für Aufregung, nur Kim sprang noch jedes Mal begeistert zur Fundstelle und übernahm gespannt das Ausgraben, voll wilder Hoffnung auf Keltengold. Martin schätzte, dass sie von einem goldenen Einhorn träumte, welches sie dann zu ihrer Einhornsammlung auf dem Schreibtisch stellen würde. Ihr Outfit war inzwischen mehr braun als rosa, die Regenhaut zerrissen, die rosa Sneakers ruiniert, die nassen Haare und das Gesicht erdverschmiert. Doch Kims Jagdfieber konnte das nichts anhaben. Auch wenn sie keine Patronenhülse finden würden, war es für sie ein herrlicher Abenteuertag.

Es piepte erneut.

»Ich hab was!«, rief Kim inbrünstig. Die Erdflecken im Gesicht sahen wie Kriegsbemalung aus, dazwischen glühten ihre roten Wangen. »Der Wert ist achtzig! Ich glaub, das ist Gold!«

»Na endlich!«, meinte Zwille und sprang mit gespielter Begeisterung zu ihr. Er hatte ihnen erklärt, dass das Gerät unterschiedliche Metalltypen unterscheiden konnte: Bei Eisen lag der Wert bei zwanzig, bei Kupfer bei fünfzig und bei Gold bei achtzig. Kims Detektor zeigte einen Wert von achtundsiebzig, so einen hohen hatten sie heute noch nie.

»Frank, du hältst die Sonde«, befahl Kim, »ich grab aus.«

»Immer zu Diensten, o du meine Prinzessin!«, sagte ein patschnasser Zwille. Er sah aus, als wäre er mit seiner Kluft frisch aus der Dusche gekommen. Martin lachte. Kim und Zwille hatten ein inniges Verhältnis, auch weil sie beide Punkrock und Einhörner liebten. Es war tatsächlich so innig, dass Martin manchmal eifersüchtig war.

Kim durchwühlte aufgeregt das schlammige Erdreich.

»Schaut!«, rief sie triumphierend.

Sie hatte einen ringförmigen Gegenstand in der Hand.

Zwille sprühte den Schatz sauber.

Es war wirklich Gold.

»Keltengold!«, flüsterte Kim ehrfürchtig.

»Das ist ein Ehering«, sagte Heinz erstaunt.

»Ist der wertvoll?«, fragte Kim.

»Und wie«, sagte Zwille. Er legte den Goldring auf Kims Handfläche. Voller Jagdstolz betrachtete sie ihre Beute.

»Ich wette, dass da noch mehr Gold in der Erde liegt!«, sagte Kim und gab Zwille den Ring zurück. »Und vielleicht auch Edelsteine. Ich grab noch ein bisschen weiter!«

Während Kim mit einer Handschaufel weiterbuddelte, betrachtete Martin den Ring. Auf der Innenseite waren ein Name und ein Datum eingraviert: »Maria Haffner, 14.7.1935«.

»Das gibt es nicht«, sagte Martin verblüfft zu Frank und Heinz. »Das muss der Ehering von Franz Haffner sein, dem Fluchthelfer. Seine Frau hieß Maria. Und am 14. Juli 1935 haben sie wohl geheiratet.«

»Unglaublich«, sagte Zwille. »Dann hatte die Wolff also recht. Und was bedeutet das?«

Sie hatten keine Zeit, darüber nachzudenken.

»Guck mal, ich hab da noch was«, rief Kim, ein neues Fundstück in der Hand. »Sieht aus wie ein Markknochen aus Omis Rindfleischsuppe.«

Oder, dachte Martin und wurde blass bei dem Gedanken, wie der Wirbel aus dem Rückgrat eines Menschen.

»Das ist von einem Reh«, sagte Zwille geistesgegenwärtig. »Lass das mal lieber da liegen.«

Heinz dachte das Gleiche wie Martin. »Wir müssen Kommissar Steck anrufen«, flüsterte er ihm zu, »und zwar sofort.«

7

Unmittelbar nach dem Fund des Knochens und des Eherings hatte Heinz Dörflinger Kommissar Steck informiert. Heinz war vor vielen Jahren einmal Stecks Vorgesetzter in der Stuttgarter Mordkommission gewesen. Nachdem Heinz *fast* alles erzählt hatte, war es erst einmal still am anderen Ende der Leitung gewesen, und Heinz konnte vor seinem geistigen Auge sehen, wie Steck die Kinnlade runterfiel. Heinz wusste, was er dachte: Welcher Eumel hatte da wieder bei der Untersuchung des Tatorts gepennt? Und er, Steck, würde diese Peinlichkeit wieder ausbaden müssen!

»Der Ring lag etwa sechzig Meter von dem ersten Skelett entfernt«, versuchte Heinz den Ex-Kollegen zu beruhigen. »Wahrscheinlich hat die Kriminaltechnik da gar nicht mehr gesucht.«

»Hm. Ihr bleibt da alle verdammt noch mal stehen, bis wir kommen«, befahl Steck wie ein erboster Feldherr.

»*Ich* warte auf dich«, sagte Heinz ruhig und freundlich. »Der Martin ist leider schon weg. Er hat noch einen dringenden Termin. Ich würde nur darum bitten, dass mich nachher jemand nach Böhringen fährt. Ist ja kein großer Umweg. Wir haben nur ein Auto, und das ist jetzt nicht mehr da.«

Ohne ein Wort legte Steck auf, und das hieß: »Leck mich!« Doch wie Heinz seinen alten Kollegen einschätzte, würde er ihn schon nach Hause bringen. Raue Schale, weicher Kern, das war Steck.

Heinz stand sich die Beine in den Bauch und fror wie ein Schneider. Es regnete und regnete, Heinz war nass bis auf die Knochen. Erst anderthalb Stunden später trudelte Steck mit zwei Kollegen und der Kriminaltechnik ein. Steck grinste hämisch, als er den zitternden Heinz sah, und musterte ihn von oben nach unten: die von Schlamm überzogenen Wanderschuhe, die erdverschmierten Kniestrümpfe, deren knalliges

Rot nur an wenigen Stellen hervorlugte, die verdreckte Knie-
bundhose ...

»Du siehst aus wie ein Grabräuber«, sagte der Kommissar
bissig.

Danach ließ sich Steck wie eine hochwohlgeborene Majestät
zum neuen Leichenfundort führen. Zwei Beamte von der KTU
folgten.

Während sie gingen, beobachtete Heinz seinen alten Kollegen. Er erschrak ein bisschen, wie sehr er sich verändert hatte.
Einst ein junger, drahtiger Ehrgeizling, ideenreich und draufgängerisch, wirkte Steck heute angespannt, unsicher und nervös.
Das war ihm schon bei ihrem letzten Fall aufgefallen, aber es
schien schlimmer geworden zu sein. Auch war sein Bauch noch
einmal gewachsen, wohingegen die Arme noch dürrer wirkten.
Kränklich, so wie die magersüchtigen Kiefern um sie herum.
Steck sah aus, als hätte er einen Basketball verschluckt, allerdings war die Luft halb entwichen, Stecks Wanst schwappte
schlapp über den Gürtel. Auch Heinz hatte eine Wampe, aber
das war kein ungesunder Frust-Stress-Schwabbel-Kugel-Kessel,
sondern ein strammer Wohlfühlbauch, harmonisch gewachsen
wie ein Schwarzwaldhügel im heimischen Wolfachtal, genährt
von Petras feinen Braten, Knödeln und Kuchen und bestenfalls noch von einer gepflegten Langeweile, die sich aber nicht
störend oder gar existenziell bedrohlich anfühlte. So war das
Rentnerdasein nun einmal.

Heinz atmete tief ein und konnte sich ein zufriedenes Lächeln nicht verkneifen. Genauso wie Steck, dachte er, hatte er
als Leiter der Baden-Badener Mordkommission in seinen letzten Dienstjahren auch ausgesehen: unleidig und lustlos. Und
knifflige Fälle waren schon lange keine Freude mehr gewesen.
Mord, Neid, Eifersucht, Gier: Davon hatte Heinz die Schnauze
gestrichen voll gehabt. Deshalb hatte er vorzeitig den Dienst
quittiert. Jetzt stakste er zwar wieder in sumpfigen mensch-
lichen Abgründen herum, allerdings nur als Teilzeitdetektiv.
Und das machte den entscheidenden Unterschied.

Steck blickte übellaunig auf die ganzen frischen Schlammlöcher und Erdhaufen, aus denen sie am Vormittag rostige Nägel und Geldstücke geborgen hatten.

»Sieht aus, als wär hier eine Rotte Wildschweine drüber«, meinte er mürrisch. Die Beamten der Kriminaltechnik lachten. »Wir waren eben fleißig und gründlich«, sagte Heinz mit einem Achselzucken. »Hier ist es übrigens.«

Sie standen vor einem Erdloch, in dem ein Kugelschreiber steckte.

»Wo ist der Ring?«, fragte der Kommissar.

Das war es, was Heinz noch nicht gebeichtet hatte. »Den hat Martin mitgenommen. Er will ihn dieser Elvira Wolff zeigen und dann noch bei Charlotte Förster vorbeifahren, der Tochter des Toten.«

Heinz sah, wie sich Stecks Augen weiteten und sein Gesicht rot anlief, dass er kurz vor dem Explodieren war. Doch als Heinz sich innerlich schon auf einen verbalen Granatenhagel eingestellt hatte, zügelte sich der Kommissar im letzten Moment.

»Komm mal mit«, sagte Steck leise, mit vor Zorn bebender Stimme, und führte Heinz von seinen Kollegen weg.

»Dir ist klar, dass ich euch hier ein Verfahren wegen Fundunterschlagung an den Hals binden könnte. Oder wegen Strafvereitelung.«

Heinz wollte etwas erwidern, doch mit einer Geste brachte Steck ihn zum Schweigen.

»Heinz, ich hab keinen Nerv für solche Spielchen. Wir stecken in einer schwierigen Mordermittlung, ich leite eine zehnköpfige Soko, und jetzt hab ich noch diesen Fall an der Backe. Wäre der Tote kein Jude, würde ich ein paar Wochen auf kleiner Flamme ermitteln. Aber du kennst ja den Polizeipräsidenten, sein Fähnchen flattert im grün-schwarzen Wind der Landespolitik. Es gab schon einen Anruf aus dem Innenministerium, irgendein Staatssekretär meinte, hier müsse schnell und vor allem sorgfältig vorgegangen werden, das Ausland würde die Ermittlungen mit Argusaugen beobachten. Und die Presse wird auch ausgiebig berichten. Ich halte jetzt meine Klappe dahin gehend, was ich von dieser Elvira Wolff und ihrer penetranten Art denke. Weißt du, dass die mich letzte Woche drei Mal angerufen hat? Aber ich habe nicht die Ressourcen, um beiden Fällen die nötige Aufmerksamkeit zu schenken. Und ganz ehrlich: Die Toten liegen seit fast achtzig Jahren unter der Erde. Die können noch ein paar Wochen warten!«

»Lothar, hör zu. Ich weiß, dass das mit dem Ring nicht in Ordnung ist. Aber Martin meint, er wäre das der Wolff und der Förster schuldig, und damit hat er ja vielleicht auch recht. Sowie die beiden den Ring gesehen haben, bringe ich ihn euch, versprochen. Übrigens lag er genau da, wo wir den Kuli in die Erde gesteckt haben.«

Steck atmete tief ein. Er war immer noch wütend. »Ich habe den Eindruck, dass diese Elvira Wolff uns gegeneinander ausspielen will, und das gefällt mir nicht. Die instrumentalisiert uns für ihre Zwecke. Merkst du das nicht?«

Heinz nickte. Auch ihm schmeckte das nicht. »Ich habe mit Martin darüber gesprochen. Ihm liegt nichts daran, dass er mit dem Fall groß in der Presse steht. Er schlägt vor, dass wir zusammenarbeiten: Wenn wir etwas erfahren, geben wir euch Bescheid, und wir würden uns freuen, wenn ihr uns auf dem Laufenden haltet. Sollten wir vor euch die Mörder haben – sofern die sich überhaupt noch ermitteln lassen –, geben wir euch die Namen, und wir verbuchen das als gemeinsamen Erfolg.«

Steck sah Heinz skeptisch an. Aber es lag auch Erleichterung in seinem Blick.

»Mit einer Privatdetektei kooperieren? Das lässt die Staatsanwältin niemals zu.«

»Sie muss es ja nicht erfahren.«

»Und die Wolff spielt dabei mit?«

»Die will einfach nur wissen, wer ihren Vater getötet hat.«

»Hm«, meinte Steck. »Darüber kann ich ja mal nachdenken.«

Sehr gut, dachte Heinz.

Die nächsten Stunden verbrachte Heinz damit, den Leuten von der Kriminaltechnik bei der Exhumierung des Skeletts zuzusehen und sich unter einem Regenschirm, den ihm ein Beamter zu seiner großen Freude gegeben hatte, trocken zu halten. Er musste ja auf eine Mitfahrgelegenheit warten.

Inzwischen war es dunkel geworden, weshalb Scheinwerfer aufgestellt worden waren, die den Grabungsbereich scharf ausleuchteten. Immer noch fiel Regen, wenn auch nicht mehr so stark, und die Szenerie hatte eine schaurige Atmosphäre. Heinz war halbwegs warm, was auch an dem heißen Tee lag, den eine vorausblickende Beamtin in einer großen Thermoskanne mitgebracht hatte. Auch Heinz hatte eine dampfende Tasse bekommen. Er war gespannt, ob die Beamten etwas Interessantes finden würden.

Und das taten sie.

»Lothar«, rief eine Beamtin in die Nacht.

Heinz folgte seinem Kollegen. Das Skelett Franz Haffners war inzwischen weitgehend freigelegt worden und schien gut erhalten zu sein. Haffner war wie Leo Kaiser auf der Seite liegend in der Hockstellung begraben worden. Platzsparend, dachte Heinz.

»Schaut«, sagte die Beamtin und zeigte mit einem Stab. Etwas steckte in der Wirbelsäule.

»Ist das eine Kugel?«, fragte Steck.

Die Frau nickte. »Der Täter stand Haffner gegenüber, als er schoss.«

Heinz war überrascht. »Also war er nicht auf der Flucht?«

»Doch. Auch. Sehen Sie hier? Im rechten Schulterblatt ist noch eine Kugel.« Sie deutete auf die Stelle. »Dieser Schuss erfolgte von hinten.«

»Der Täter könnte den fliehenden Haffner also von hinten in die Schulter geschossen haben«, sinnierte Heinz. »Dann ging er zu ihm hin und schoss noch einmal. Von Angesicht zu Angesicht. Das klingt nach einer Art Hinrichtung.«

»Noch etwas ist interessant«, sagte die Frau. »Der Ring befand sich nicht in der Nähe der Handknochen, die neben dem Gesicht lagen, sondern da, wo der Magen war.«

»Das heißt, der Tote könnte den Ring verschluckt haben«, überlegte Steck.

»Um zu verhindern, dass er zur Beute seiner Verfolger wird«, ergänzte Heinz.

»Oder um seine Identität zu verschleiern«, sagte Steck.

»Vielleicht legten die Täter Haffner den Ring auf die Seite«, gab Heinz zu bedenken.

»Eine Grabbeigabe?«, fragte Steck. »Macht für mich keinen Sinn. So ein Stück Gold dürfte mitten im Krieg einen ziemlich hohen Wert gehabt haben. Und warum sollten Männer, die zwei Flüchtlinge kurz vor der Grenze erschießen, Mitgefühl zeigen?«

»Lothar, komm mal rüber!«, rief kurz darauf einer der Sondler, die immer noch die Umgebung absuchten. Er stand ziemlich weit weg und war nur an seiner Stirnlampe zu erkennen. So weit waren Heinz und die anderen nicht gekommen.

Der Kollege befand sich schon auf Schweizer Gebiet.

»Genehmigung ist eingeholt«, meinte Steck trocken, als er Dörflingers spöttisch-vorwurfsvollen Blick sah.

Der Kollege streckte ihnen seine Hand entgegen. Auf der Handfläche lag eine angerostete Patronenhülse. »Des isch hundertpro ä siebe Komma sechs fünf Millimeder Browning«, sagte er in breitem Badisch und mit der unerschütterlichen Gewissheit des Experten. »Die wurd unter andrem au mit 'ner Walther PPK verwendet. Im *Dridde Reich* war des *die* Pischtol von Polizei, SS und Wehrmacht. Seht ihr des?«

Er zeigte auf den zylindrischen Teil der Hülse. Dort war ein hakenförmiger Kratzer zu erkennen.

»Des isch die sog'nannte Walther-Schleife. Des Merkmal weist nur die Walther PP oder PKK uff. Oder halt baugleiche Kopie. Ob die Waff jetz aus em *Dridde Reich* stammt, kann i it sage. Aber es war mit ziemlicher Sicherheit e Walther.«

Beeindruckt sah Heinz den Sondler an.

»Der Karle ist unser Waffenfreak«, sagte Steck stolz. »Der sondelt auch in seiner Freizeit. Der würde freiwillig die Nacht über weitersuchen. Als wir den ersten Fundort untersuchten, war er leider krank.«

»Jetz mach i aber Feierabend«, sagte der Sondler und grinste breit. »I brauch e Paus.«

»Könnten Sie mich vielleicht in Böhringen absetzen, wenn es keine Umstände macht?«, fragte Heinz.

»Klaro, i muss nach Güttinge«, meinte der Sondler.

Heinz lächelte, und Steck blickte nicht mehr ganz so finster.

8

Mit klopfendem Herzen sah Martin Elvira Wolff an, nachdem er von ihrer Suche im Wald bei Büßlingen berichtet hatte. Haffners Ehering lag in ihrer Hand, sie starrte darauf wie auf einen magischen Gegenstand. Es war der erste eindeutige Hinweis, dass es sich bei den Toten im Wald um Franz Haffner und ihren Vater handelte. Elviras Blick sprach Bände. Er war leer und zugleich voller Wut, Trauer, Verzweiflung und Schmerz. Martin wagte nicht zu sprechen. Vor ihm saß eine andere Elvira Wolff, nicht die souveräne, humorvolle, energiegeladene Frau von vor ein paar Tagen.

»Ich habe gedacht«, begann sie mit fester, aber trostloser Stimme, »es würde sofort besser werden, sowie ich Gewissheit habe. Aber das tut es nicht. Es ist schlimmer.«

Martin schwieg.

Sie sah ihn an, und der Blick tat ihm weh. »Kennen Sie die Gruppe Nakam?«

Martin schüttelte den Kopf.

»Das war eine Gruppe aus jüdischen Widerstandskämpfern und Partisanen, die sich 1945 gegründet hat. Eigentlich hieß die Gruppe Dam Yehudi Nakam. Das bedeutet: Das Blut der Juden wird gerächt werden. Als Kind habe ich davon geträumt, Mitglied dieser Gruppe zu sein. Ihr Ziel war es, Rache an den Deutschen zu nehmen. Wissen Sie, was die Gruppe vorhatte?«

»Nein«, sagte Martin.

»Sie wollte unmittelbar nach dem Krieg die Wasserversorgung deutscher Großstädte vergiften. Sie hätte also das antisemitische Klischee von der jüdischen Brunnenvergiftung wahr gemacht. Die Gruppe hatte bereits einen Mann in das Nürnberger Wasserwerk eingeschleust. Allerdings scheiterte der Versuch, der Anführer wurde festgenommen.«

Martin sah sie erschrocken an. Ihre Stimme vibrierte vor Zorn.

Sie lächelte schwach. »Ich weiß, ich bin eine böse Jüdin, gell? Die Deutschen wollen gute Juden, brave Opferjuden, die still leiden und ihnen verzeihen, damit sie keine Schuldgefühle mehr haben müssen. Die sie loben, dass sie ihre Schuld prächtig aufgearbeitet haben. Sie wollen keine Racheengel, vor denen haben sie Angst.«

»Sie sind kein Racheengel, Frau Wolff«, sagte Martin. Im Moment wusste er jedoch nicht, ob das wirklich stimmte.

»Da wäre ich mir nicht so sicher«, antwortete sie.

»Bedauern Sie denn, dass diese Gruppe gescheitert ist?«

Elvira Wolff wiegte den Kopf. »Meine Mutter hat sich umgebracht, als ich achtzehn Jahre alt war. Solange ich denken kann, hatte sie schwere depressive Phasen, die manchmal Wochen, manchmal Monate andauerten. Was sie am Leben hielt, war die Sorge um mich.«

Elvira brach ab. Ihre Stimme war brüchig geworden. Martin schluckte. Er wollte etwas Tröstendes sagen, wusste aber nicht, was.

Da fuhr sie fort. »Als ich vierzehn war, hat mir meine Mutter von meinem Vater erzählt. Und dass er vermutlich ermordet wurde. Das war ein furchtbarer Schock für mich. Ich war zornig und unendlich wütend. Und ja, damals habe ich es bedauert, dass die Gruppe gescheitert ist. Ich hätte mir gewünscht, dass Tausende Deutsche gestorben wären. Ich hatte Phantasien, selbst so eine Gruppe aufzubauen. Aber heute? Hm. Rachegefühle habe ich immer noch, das will ich nicht verleugnen. Mal sind sie schwächer, mal stärker, manchmal scheinen sie verschwunden zu sein, und plötzlich brennen sie wieder, so wie jetzt. Und wissen Sie was? Sie tun mir gut! Würden jetzt die Mörder meines Vaters und Franz Haffners vor mir stehen und hätte ich eine Waffe in der Hand, ich könnte für nichts garantieren. Sie tun mir gut, obwohl ich weiß, dass es auch einige, wenn auch sehr wenige gute Deutsche gegeben hat. Ohne die Unterstützung mutiger deutscher Menschen wäre meiner Mutter die Flucht nie gelungen. Und sie wären unverdient ums Leben gekommen, hätte die Gruppe damals Erfolg gehabt. Und trotzdem gebe ich mich manchmal solchen Gewaltphantasien hin. Ich weiß, dass das schwer zu verstehen ist, gerade für einen Deutschen, aber Rachegefühle werden aus großem Schmerz geboren, und der steckt seit meiner Kindheit in mir drin.« Martin nickte. »Ich kann Sie ein wenig verstehen«, sagte er. Und erzählte die Geschichte von seinem Vater, der vor vielen Jahren in einem Eisloch im Untersee verschwunden und dessen Leiche nie gefunden worden war. Martin, damals zwölf Jahre alt, war mit ihm beim Schlittschuhlaufen gewesen. Er hatte sich viel zu weit auf den See hinausgewagt, obwohl sein Vater es ihm verboten hatte. Der Vater war ihm besorgt gefolgt, dorthin, wo das Eis immer dünner wurde, und war plötzlich eingebrochen. Dieses Bild würde Martin nie vergessen: Wie der Vater, bis zu den Schultern im eiskalten Wasser, an den glatten Rändern vergeblich Halt suchend, ihm eindringlich verbot, zu ihm zu kommen und ihm zu helfen. Martin war reglos stehen geblieben und hatte zugesehen, wie sein Vater im Eisloch verschwand.

»Dieser Moment hat alles verändert. Auch in meinem Leben ist Schmerz ein steter Begleiter. Und Schuld. Ich werfe mir bis heute vor, damals nicht auf meinen Vater gehört zu haben und zu weit auf den See hinausgefahren zu sein. Und dass ich nicht versucht habe, ihm zu helfen, als er im Eisloch hing. Ich glaube sogar, er hat absichtlich losgelassen, um zu verhindern, dass ich ihm doch zu Hilfe komme und das brüchige Eis in seiner Nähe betrete. Ich weiß, dass mich diese Schuld nie verlassen wird, dass ich bis zu meinem Ende mit ihr leben muss.«

»Auch meine Mutter hat sich bis zu ihrem Ende schuldig gefühlt«, sagte Elvira leise. »Es waren wohl vor allem ihre Schuldgefühle und die damit verbundene Scham, die sie umgebracht haben. Sie hat sich vorgeworfen, Leo allein in Berlin zurückgelassen zu haben, dass sie ihn damals nicht gezwungen hat, mit ihr zu gehen. Sie hat darüber nie gesprochen, aber ich habe das gespürt. Und obwohl ich nichts dafür kann, habe ich mich selbst schuldig am Tod meines Vaters gefühlt. Eines Vaters, den ich nie kennengelernt habe. Denn wäre meine Mutter damals nicht schwanger gewesen, wäre sie nicht ohne Leo geflohen. Sie wären noch eine Weile zusammen in Berlin geblieben, und wer weiß, was dann geschehen wäre? Und manchmal habe ich auch geglaubt, dass meine Mutter mich hasste. Denn ich war ja der Grund, dass sie nicht auf meinen Vater gewartet hat, sondern früher geflohen ist.«

Sie atmete tief ein. Ihr Blick war entrückt, nach innen gerichtet. »Und wissen Sie was? Als Jugendliche habe ich mich sogar gefragt, ob wir Juden selbst an unserem Schicksal schuld sind, ob wir es verdienen, dass so viele uns hassen. Es klingt verrückt, aber so ist das. Und wenn ich ehrlich bin, stelle ich mir diese Frage heute immer noch. Bringt die halbe Welt einer Gruppe Menschen einen solchen Hass entgegen, ist das vielleicht eine allzu menschliche Reaktion. Und zugleich werde ich jedes Mal unsagbar wütend auf mich, so etwas zu denken, und diese Wut schürt dann meine Rachegefühle, vielleicht sind die auch so etwas wie ein Schutzmechanismus vor solchen selbstzerstörerischen Reflexen. Insofern glaube ich, dass Rachegefühle etwas Natürliches, Gesundes und Menschliches sind. Und dass ich ein moralisches Recht auf sie habe.«

Ihre Stimme klang bitter und zornerfüllt. Sie waren sich ähnlich und auch wieder nicht, dachte Martin. Der Tod der Väter, die Schuldgefühle, die sie begleiteten, das hatten sie gemeinsam. Aber diese starken Rachegefühle, die waren ihm fremd. Das konnte er auch unmöglich begreifen: An den Deutschen war nie ein Völkermord begangen worden, stattdessen hatten sie in den letzten hundert Jahren gleich mehrere verübt. Diese Völkermorde waren nicht nur Teil der deutschen Kultur, sondern auch Teil von ihm; oder vielmehr die Schuldgefühle, die damit einhergingen. Ihnen konnte er sich nicht entziehen. Martin konnte sie verleugnen, verdrängen, doch sie würden für immer ein Teil von ihm, sie würden nie zu tilgen sein.

Martin spürte auch, wie er insgeheim Elvira Wolff ihre Rachegefühle vorwarf, wie eine zornige Stimme in ihm rief: Was will die Frau fast achtzig Jahre nach dem Holocaust? Ist es nicht irgendwann gut? Und was kann ich überhaupt dafür? Wie lange wollt ihr Juden uns das noch vorwerfen? Muss nicht endlich einmal Schluss sein? Eine andere Stimme widersprach sofort, denn so stimmte es ja nicht, und würde irgendjemand solche Es-muss-doch-endlich-mal-Schluss-sein-Gedanken gegenüber Martin äußern, würde er diese empört und lautstark zurückweisen. Und diese Empörung wäre auch ehrlich, zumindest zum Teil.

Verwirrt, verletzt sah er wieder zu Elvira Wolff. Jetzt hatte er für eine Weile seinen Blick nach innen gewendet, und so wie sie ihn anlächelte, zugewandt und mitfühlend, schien sie eine ungefähre Ahnung davon zu haben, was gerade in ihm vorging. Ihre Souveränität und Stärke schienen jedenfalls wieder zurückgekehrt zu sein.

Sie legte Haffners Ring auf den Tisch. »Aus all diesen Gründen will ich, dass Sie den Mörder meines Vaters finden, Herr Schwarz. Seine Nachfahren sollen auch etwas von diesem Schmerz spüren. Sie sollen um die Schuld ihrer Väter wissen und sie tragen.«

»Das verstehe ich, auch wenn sich einiges in mir dagegen sträubt.«

Sie nickte. »Sie sind ehrlich, und das schätze ich an Ihnen. Wir müssen den Ring Franz Haffners Tochter bringen.«

»Es wäre mir wichtig, dass Sie ihr den Ring überreichen. Sie sind die richtige Person.«

»Sehr gerne. Dieser Kommissar Steck hat dem zugestimmt?«

»Widerwillig, aber ja, hat er.«

»Das wundert mich«, sagte sie. »Ihm passt es doch gar nicht, dass er in diesem Fall ermitteln muss. Der Mann steckt voller antisemitischer Vorurteile.«

Martin wollte widersprechen, er spürte eine Welle der Empörung in sich aufsteigen, wollte ihr vorwerfen, dass sie das doch gar nicht wissen könne, was sie sich da anmaße, dass für sie wohl jeder Deutsche ein Antisemit sei, doch er zügelte sich.

Elvira lächelte. »Ich erkenne einen Antisemiten, auch wenn ich nur kurz mit ihm gesprochen habe.«

»Okay«, sagte Martin und wollte fragen, ob sie ihn auch für

einen hielt. Aber er traute sich nicht. Weil er wusste, was sie antworten würde.

Dann wählte er die Nummer von Charlotte Förster. Elvira Wolff war es lieber, wenn er anrief und das Treffen vereinbarte. Franz Haffners Tochter wohnte in Randegg bei Gottmadingen, etwa eine Dreiviertelstunde von Konstanz entfernt.

Der Anrufbeantworter sprang an.

»Sollen wir draufsprechen?«, fragte Martin.

»Nein. Was sollen wir sagen? Lassen Sie uns morgen einfach dorthin fahren. Es ist schon spät. Ich glaube, etwas Ruhe kann ich jetzt gut vertragen.«

9

Berlin, 25. Oktober 1942

Als Frieda die Türklingel hörte, blieb sie noch kurz in ihrem Alptraum und dachte, sie wäre mit Leo am Wannsee und plötzlich käme die Gestapo und würde sie abholen. Erschrocken fuhr sie hoch. Es war halb vier am Morgen, und sie saß in ihrem Zimmer im Bett. Ihre Mitbewohnerin öffnete, Frieda hörte eine strenge Männerstimme – und ihren Namen. Ohne zu klopfen, betraten zwei Männer das Zimmer. Frieda hielt die Bettdecke vor ihre Brust. Die Beamten waren noch jung, Ende zwanzig so wie sie, trugen Tweedjacken und Filzhüte mit Gamsbärten. Dazu die Reithosen der SS-Uniform, hohe schwarze Stiefel und Pistolen in Lederhalftern.

»Geheime Staatspolizei«, sagte der eine, aber das wusste sie schon. »Sie sind Frieda Wolff?«

Frieda nickte.

»Aufstehen!«

Es klang nicht scharf. Das musste auch nicht sein, der Mann sah, wie verstört sie war. Frieda stieg sofort aus dem Bett und schlüpfte in ihren Morgenrock.

»Was ist los?«

»Wir haben den Befehl, Sie ins Sammellager in der Levetzowstraße zu bringen.«

Frieda schloss die Augen. Ihre Knie wurden weich, und sie musste sich an der Kommode festhalten, um nicht zu fallen. Nun sollte sie also auch deportiert werden. Die Männer wollten es sich nicht anmerken lassen, aber Frieda erkannte an ihren erregten Mienen, wie sie ihre Macht genossen.

Der Wortführer lächelte süffisant. »Ihre Eltern warten dort bereits. Ich bin mir sicher, Sie begleiten sie gern.«

Da fiel sein Blick auf ihr Bücherregal. Dort standen Werke von Kurt Tucholsky, Rosa Luxemburg und Karl Krauss. Und

»Das Kapital« von Karl Marx. Die Bücher hatte Leo ihr geliehen.

»Alles Judendreck«, meinte er. »Bist du also auch noch Kommunistin? Für euch ist hier kein Platz mehr. Ihr habt lang genug am Blut des deutschen Volkes gesaugt.«

»Schau mal, Heiner«, sagte sein Kollege und wies auf zwei Koffer neben dem Bett.

»Ach!«, sagte Heiner. »Wem gehören die denn?«

Auf einmal war seine Stimme barsch.

Der Puls hämmerte in Friedas Schläfen. Was sollte sie sagen? Die Koffer hatte sie ganz vergessen. Freunde von ihnen hatten sie vor ein paar Tagen vorbeigebracht. Sie hatten ihren Deportationsbescheid bekommen und waren untergetaucht. Bis sie eine sichere Bleibe gefunden hatten, wollten sie ihre Sachen bei Frieda verstecken.

»Meinen Eltern«, log sie. »Sie können ja nicht alles mit in den Osten nehmen. Da haben sie mir etwas dagelassen. Es ist nur Wäsche.«

»Aufmachen!«, rief Heiner scharf.

Sein Kollege öffnete den ersten Koffer und schüttete den Inhalt auf ihr Bett. Es war ein Durcheinander aus schweren Strickjacken und Schlechtwetterkleidung.

Abschätzig sah Heiner sie an. »Abhauen wolltest du! Deinen Judenarsch in einem Rattenloch verstecken! Noch niemand hat mich auf nüchternen Magen je so angelogen! Ihr Drecksjuden lügt, wenn ihr das Maul aufmacht.«

Er ließ Frieda nicht aus den Augen. »Den anderen öffnen!«, rief er seinem Kollegen zu.

Doch der Koffer war abgeschlossen.

»Schlüssel!«, rief Heiner.

»Hab ich verloren«, sagte Frieda mit zitternder Stimme.

»Aufmachen!« Heiners Stimme überschlug sich fast.

Sein Kollege zückte ein Messer und bearbeitete nervös das Schloss, ohne Erfolg. Frieda spürte, wie Heiners Wut wuchs und dass der andere Angst vor ihm hatte. Hilflos stocherte er mit der Klinge im Kofferschloss herum.

»Aufhören!«, rief Heiner.

»Hier sind Initialen auf dem Koffer«, meinte der Kollege, erleichtert, doch noch etwas entdeckt zu haben. »C. B.«

»Wer ist das?«, fragte Heiner. »Ihr Vater heißt Ignaz Wolff, ihre Mutter Karla. Das passt nicht.«

Frieda zögerte. Natürlich konnte sie die Namen ihrer Freunde nicht nennen. Niemals würde sie das tun. Aber einen Namen erfinden konnte sie auch nicht ... C. B., wer könnte so heißen?

»Wer das ist, will ich wissen!« Heiner spuckte ihr die Worte ins Gesicht, und seine Augen flackerten gefährlich.

»Carl Buchheim«, brachte sie heraus. Das war ein Freund von Onkel Joachim, der rechtzeitig nach England emigriert war. »Er hat ihn vor seiner Ausreise meinen Eltern geschenkt.«

Kalt, feindselig beäugten sie die Gestapo-Männer.

»Wir werden das überprüfen. Und wehe, du lügst uns schon wieder an. Dann schneid ich dir die Zunge raus, und deinen Eltern wird's im Osten schlecht ergehen. Die Koffer nehmen wir mit. Und jetzt anziehen und das Nötigste zusammenpacken. Aber dalli! Und nur ein kleiner Koffer! In fünf Minuten ist Abmarsch.«

Die beiden verließen das Zimmer, riefen den Namen von Friedas Mitbewohnerin, und Frieda setzte sich aufs Bett. Starrte verloren auf die Kleider ihrer Freunde, die überall auf ihrer Matratze verstreut lagen. Wollte sich nicht mehr bewegen, wollte sich nur hinlegen und sich bis über beide Ohren zudecken. Sollten die Männer sie doch raustragen, sollten sie sie fluchend und schwitzend das Treppenhaus hinunterschleppen! Sie würde sich ganz schwer machen. Mehr blieb ihr nicht, jetzt war alles zu spät.

Da dachte sie an Leo. Als im letzten Jahr das Tragen des Judensterns Pflicht wurde, hatten er und ein paar Freunde sich den Stern demonstrativ auf ihre Ausgehjacken genäht. Mit aufrechter Brust, stolz lachend und singend waren sie damit den Kurfürstendamm entlangspaziert. Wir lassen uns nicht unterkriegen, wollten sie den Passanten sagen. Die Nazis können uns unseren Stolz nicht nehmen. Die Leute schüttelten die Köpfe, Hitlerjungen pöbelten sie an, aber das schreckte sie nicht. Leo und seine Freunde wurden Stadtgespräch: Am nächsten Tag stand der Vorfall im Völkischen Beobachter, und ein entrüsteter Journalist kommentierte, dass man den Juden ihre Frechheit bald austreiben werde.

Leo hat recht, wir lassen uns nicht unterkriegen, dachte Frieda und zwang sich aus dem Bett. Zog sich schnell an. Sie durfte die Hoffnung nicht verlieren. Ein kleiner Koffer befand sich unter der Kommode. Was brauchte sie? Für Stunden, für Tage würden sie in einem Güterwagen eingepfercht sein, und die Nächte waren schon bitterkalt. Warme Kleidung also. Sie musste unbedingt warme Kleidung mitnehmen! Da fiel ihr der schwere Mantel ein, den ihr die Mutter vor ein paar Wochen geschenkt hatte, für genau so eine Gelegenheit hatte sie ihn schneidern lassen. Aber es befand sich noch kein Judenstern daran. Die beiden Männer würden toben. Doch sie brauchte den Mantel, sonst würde sie frieren. Sie müsste die Männer fragen, ob sie ihn schnell noch annähen dürfte. Freundlich bitten, unterwürfig sein, ihnen die Füße küssen, bestimmt gefiel ihnen das.

Frieda trat in den Flur. Die beiden waren damit beschäftigt, Lenis Zimmer zu durchsuchen. Die saß versteinert auf ihrem Bett, so wie sie gerade eben. Leni bemerkte sie gar nicht, genauso wenig wie die beiden Gestapo-Männer. Frieda wollte schon etwas sagen, die beiden auf sich aufmerksam machen, da fiel ihr Blick auf die Haustür. Weg, sie musste weg!

Sie drehte sich um und lief leise in ihr Zimmer. Nahm ihre Handtasche, sah nach, ob sich der Schlüssel zu Leos Wohnung darin befand, und zog ihren leichten Mantel an, den mit dem Judenstern. Falls die Polizisten sie im Flur doch entdecken würden.

Mit klopfendem Herzen trat sie aus dem Zimmer.

Die beiden Männer waren über Lenis Sachen gebeugt.

Da richtete Leni ihre Augen auf sie, erschüttert, von der Angst gelähmt, wie betäubt, als würde sie Frieda nicht sehen.

Sag bitte nichts, dachte Frieda und ging leise zur Tür. Öffnete sie, schlich hinaus, lehnte die Tür wieder vorsichtig an. Die Treppe war mit Teppich ausgelegt, Gott sei Dank. Frieda wusste, welche Treppenstufen knarrten, und sie versuchte, nach hinten zu hören. Sie hörte nichts, Leni schien sie nicht verraten zu haben. Vielleicht hatte sie sie gar nicht wahrgenommen.

Frieda öffnete die Haustür. Die Herbstnacht war kühl. Der Rauch der Kohleöfen hing in der Luft. Am Straßenrand stand der Wagen der Gestapo wie ein riesiger schwarzer Hund. Es blieb ihr nichts anderes übrig, sie musste daran vorbei. Sie wusste, was zu tun war: Leo warnen und dann mit ihm untertauchen.

10

Berlin, 25. Oktober 1942

Zum Glück saß kein Fahrer im Gestapo-Wagen, Frieda ging schnell daran vorbei. Nur nicht rennen, sagte sie sich, nur nicht auffallen. Sie löste die Nähte des Judensterns von ihrem Mantel und riss ihn fort. Erst wollte sie ihn auf die Straße werfen, doch dann steckte sie ihn in die Tasche. Ein paarmal drehte sie sich um, aber niemand folgte ihr, womöglich hatten die Gestapo-Beamten ihr Verschwinden noch gar nicht bemerkt. Doch Leni würde reden, Leni hielt Druck nicht lange stand, und Leni wusste, wo Leo wohnte ...

Seine Wohnung befand sich nur ein paar Straßen weiter. Wieder musste sie sich zwingen, nicht zu rennen. Niemand stand vor der großen Haustür, alles war still. Zu still, fand sie. Frieda hatte einen Zweitschlüssel, schob ihn mit zitternden Fingern ins Schloss, öffnete und schlich durch den Hausflur. Sie hielt den Atem an und trat nur mit Zehenspitzen auf, denn hier hatte der Hausmeister seine Wohnung, ein zwielichtiger Mann, dem es nicht gefiel, dass Leo regelmäßig von einer Frau besucht wurde. Er wusste natürlich, dass sie Juden waren.

Als Nächstes schritt Frieda durch den großen Hof. Der Mond schien hell, die Fenster starrten sie an wie lauernde Augen. Sie schlüpfte in den Seitenflügel, in dessen dritter Etage sich Leos Zimmer befand.

Leise stieg sie hinauf. Wenn nur ein Nachbar etwas bemerkte, wäre alles verloren. Plötzlich unten ein Klacken, wie ein Stein, der über Fliesen sprang. Vielleicht war die Gestapo schon da? Folgte ihr ... Oder lauerte oben hinter Leos Tür.

Ihr Herz klopfte so laut, dass sie glaubte, die Leute hinter den Wohnungstüren könnten es hören, dass es sie verraten würde. Dann stand sie vor Leos Tür. Steckte leise den Schlüssel ins Schloss, öffnete ...

»Leo«, flüsterte sie und schloss rasch die Tür hinter sich. Es war stockdunkel, sie roch sein Rasierwasser. Hatten sie ihn geholt? War er schon in der Levetzowstraße? Sie machte Licht. Leos Koffer war noch im Schrank, Frieda atmete auf, doch sein Bett war zerwühlt. Was war passiert? Wo war er hin? Hatte ihn jemand gewarnt? War eines der jüdischen Kinder, um die er sich kümmerte, in Gefahr? Frieda fuhr sich durchs Haar. Sie musste runter und ihn suchen. Vielleicht wollte er zu ihr und lief der Gestapo in die Hände … Doch dann wäre es schon zu spät, dann würde sie ihm keine Hilfe mehr sein. Vielleicht sollte sie zur Sammelstelle gehen. Wenn jetzt auch noch Leo deportiert wurde, was gab es da noch für sie?

Und wenn die Gestapo fort war und Leni zurückgelassen und sie Leo alles erzählt hatte? Vielleicht lief er durch die Straßen und suchte sie. Doch wenn sie jetzt runterginge und ihn suchte, würden sie sich nicht finden in der Dunkelheit. Und die Leute kannten sie hier im Viertel, wussten, dass sie Juden waren und nachts nicht draußen sein durften. Einer würde die Polizei rufen, sie hatte sich den Stern abgerissen, alles wäre aus.

Frieda presste die Hände zusammen, um die unerträgliche Spannung in ihrem Körper zu kontrollieren, drückte den Rücken an die Wand von Leos Schlafzimmer und sackte in die Knie. Tränen schossen in ihre Augen, was war das nur für ein furchtbares Leben? Bisher hatte sie immer standgehalten, und darauf war sie stolz, sie würde auch weiter standhalten, all den Lügen, die die Nazis über sie verbreiteten, den Demütigungen, der nackten Gewalt!

Doch manchmal schlichen sich böse Zweifel in ihre Gedanken, so wie jetzt. Was, wenn die Nazis recht hatten? Wenn sie so waren, wie es die Propaganda behauptete? Böse, egoistisch, nur auf den eigenen Vorteil, das eigene Überleben bedacht. War sie das jetzt nicht auch? Versteckte sich, während ihre Eltern in der Levetzowstraße in der Kälte saßen. Müsste sie sich nicht um sie kümmern? Würde ein Christ das nicht tun? Ehrlos war der Jude, lüstern und triebhaft, so behaupteten es die Nazis immer wieder. War sie nicht so? Politik hatte sie nie interessiert, bevor das mit den Nazis losging. Und wenn sie an diese Nächte mit Leo dachte, wie sie schwitzend in seinem Bett lagen, vor lauter Lust nicht schlafen konnten und sich bis zum Morgengrauen immer wieder liebten ...

Hör auf, Frieda!, hörte sie Leo sagen. Einmal hatte sie ihm von diesen Gedanken erzählt. Das ist genau das, was die Nazis wollen, hatte er erklärt, dass wir ihre Lügen glauben. Damit wollen sie unseren Stolz und unseren Willen brechen, uns zermürben, Zweifel säen, uns ein schlechtes Gewissen machen. Unser Selbstbewusstsein zerstören. Denn wer nicht an sich glaubt, sich nicht selbst vertraut, schlägt nicht zurück, ist schon verloren. Frieda sah ihn vor sich, wie er mit trotzigem Stolz und dem Judenstern auf der Brust lachend über den Kurfürstendamm paradierte.

Sie musste an ihren Ex-Freund denken. Er war Atheist, *arisch*, ein Freigeist, wie er sich nannte, der ihr nicht treu sein konnte. Er glaubte an die freie Liebe, ging zum FKK-Baden, und wenn er heimkam, wollte er es mit ihr machen. Wer war hier also lüstern und triebhaft? Im Juden sehen sie das, was sie an sich selbst hassen, was sie selbst begehren und wofür sie sich schämen, so hatte Leo ihr das erklärt.

Leo war anders als sie. Auch er kam aus einem gutbürgerlichen, liberalen, assimilierten Elternhaus. Aber er hatte sich schon früh der sozialistischen Hechaluz-Bewegung angeschlossen. Sein Traum war ein Leben in einem Kibbuz in Palästina. Er glaubte an einen jüdischen Staat, an ein freies und gerechtes Leben auf der Grundlage der jüdischen Religion und des Sozialismus, und diese Utopie gab ihm Kraft. Er war viel stärker als seine Eltern, als die meisten liberalen Juden: Die hatten an den deutschen Rechtsstaat und die deutsche Kultur geglaubt, hatten ihre Zukunft als gleichberechtigte Deutsche gesehen, aber diese Hoffnung war jetzt gestorben, und das machte sie kraft- und orientierungslos.

Anders Leo. Seit sie ihn kannte, kämpfte er für die jüdische Gemeinschaft. Und je brutaler die Nazis gegen sie vorgingen, umso hartnäckiger, zuversichtlicher und ideenreicher wurde er. Er ließ sich nicht unterkriegen. Und sich von den Nazis nicht seine gute Laune verderben. Leo war Lehrer gewesen, jetzt kümmerte er sich um junge Juden im Untergrund, deren Eltern deportiert worden waren.

Sie sah ihn vor sich, sein ansteckendes Lachen, seine schlanke, schlaksige Gestalt, die dünnen Arme und Beine und seine Augen, die so voller Energie waren.

»Ihr brecht mich nicht«, flüsterte Frieda in die Stille des leeren Zimmers. »Doch ich brauch dich, Leo, wo bist du?«

Kurz darauf hörte sie Schritte im Hausflur. Jemand lief eilig die Treppen hinauf. Zu laut für Leo, um diese Uhrzeit würde er schleichen, es war ja Ausgangssperre. War es einer der Gestapo-Männer, dieser Heiner? Wartete der andere unten im Hof?

Frieda konnte sich nicht rühren, krallte ihre Finger ineinander, machte keinen Mucks. Ihre Hände waren zugleich schwitzig und eiskalt. Ihr fiel der Judenstern ein, der noch in ihrer Manteltasche steckte. Wenn sie den bei ihr fänden, wäre es aus! Panisch stand sie auf, holte den Judenstern heraus, nur wohin damit? Unters Bett? In den Mülleimer? Aber sie werden alles durchsuchen, werden jedes Buch umdrehen und alles auf den Kopf stellen, er muss fort! Sie lief in die Küche, riss das Fenster auf und warf ihn hinaus.

Sie erschrak, als der Stofffetzen nach unten segelte. Wie dumm sie doch war! Wie entsetzlich dumm! Sicher hatte sie jemand gehört, sicher würde jetzt jemand die Gestapo anrufen, wenn sie nicht schon vor der Tür stand …

Da klackte ein Schlüssel im Schloss, die Tür sprang auf. »Leo!«, rief sie und lief auf ihn zu. Stürzte sich in seine Arme. Drückte ihn so fest, als wollte sie sich in seinen Körper hineinpressen.

»Frieda!«, rief er voller Freude und gab sich der Umarmung hin. Sie spürte, wie aufgeregt er war, voller Angst um sie. »Dem Himmel sei Dank! Ich hatte Sehnsucht und wollte zu dir, da hab ich den Gestapo-Wagen vor dem Haus gesehen. Ich habe mich die Treppen hochgeschlichen und die Beamten gehört, wie sie tobten, weil du verschwunden bist. Dann bin ich los, um dich zu suchen. Aber was ist denn los? Du zitterst ja!«

»Wir müssen fort«, sagte Frieda, »jetzt gleich. Leni weiß, wo du wohnst. Bestimmt sind sie schon auf dem Weg hierher!«

Zeit zu packen hatten sie nicht, auf Zehenspitzen schlichen sie die Treppe hinunter. Im Hof froren sie plötzlich fest: Vor der Haustür stand der Hausmeister, jemand hämmerte mit der Faust von außen dagegen.

»Gestapo! Öffnen Sie die Tür!«

Es war Heiner, der Mann, der vorhin in ihrem Zimmer gewesen war, sie erkannte ihn an der Stimme, der Wortführer mit dem Gamsbart und dem machtversessenen Blick.

Leo packte Friedas Arm und zog sie fort. In dem Moment, schon im Laufen, sah sie, wie sich der Hausmeister umdrehte und sie entdeckte. Es ist zu spät, es ist aus, dachte Frieda, sagte aber nichts. Auf einmal war sie wie betäubt, merkte nicht mehr, wie ihre Beine liefen, folgte Leo willenlos in den hinteren Teil des Hofs, dort führte eine Treppe hinab in den Luftschutzkeller. Er führte sie die Stufen hinunter, dann duckten sie sich und kauerten vor der Tür.

Schritte waren zu hören, sie liefen mit ihren Stiefeln über den Hof, kamen aber nicht in ihre Richtung. Sie stürmten in den Seitenflügel und dort das Treppenhaus hinauf zu Leos Wohnung. Frieda saß wie gelähmt im Kellerschacht und brachte keinen Laut heraus, wie ein Reh im Angesicht des sicheren Todes, kurz bevor die Wölfe es reißen.

Doch es passierte – nichts.

War das möglich?

Hatten die Gestapo-Männer sie nicht gesehen?

Offenbar nicht.

Weil der Hausmeister sie aufgehalten hatte? Hatte er das Öffnen der Haustür für ein paar Sekunden hinausgezögert, damit sie sich verstecken konnten? Jedenfalls hatte er sie nicht verraten. Noch nicht.

Würde er schweigen?

Sie später erpressen?

Leo zog sie in den Luftschutzkeller, in den hinteren Teil, der mit zweistöckigen Bunkerpritschen ausgestattet war. Frieda kletterte auf eine und presste sich fest in das Sackleinen. »Hier«, flüsterte Leo und drückte ihr ein Messer in die Hand. »Das kann ich nicht!«, sagte sie. »Vielleicht musst du, wenn du nicht sterben willst.« Dann lagen sie da, rührten sich nicht, lauschten. Nichts zu hören. Frieda hielt das Messer fest umklammert. Was, wenn sie jemand hinter einem der vielen Fenster beobachtet hatte? Vielleicht schlüpfte er oder sie gerade in diesem Moment in den Morgenmantel, um hinunterzugehen und sie bei den Gestapo-Männern zu verraten.

Keine Ahnung, wie viel Zeit vergangen war, irgendwann vernahm Frieda wieder das Getrampel der Stiefel. Sie hatten die Wohnung durchsucht, nichts entdeckt, und ihre Wut dürfte ins Unermessliche gewachsen sein. Wenn sie sie jetzt fänden, wer weiß, sie würden sie einfach erschießen. Würden sagen: »Lauft!«, und wenn sie losliefen, würden sie ihnen Kugeln in den Rücken jagen.

Was würde sie tun, wenn dieser Heiner, dieser selbst ernannte Übermensch, neben ihrer Pritsche stehen würde? Sieh an, würde er sagen, die Wolff! Sie würde zustechen, dachte Frieda und stellte sich vor, wie sie es tat, voller Wucht, voller Angst, voller Wut, voller Hass. Sie spürte, wie das Messer in seine Kehle drang. Sah seine entsetzten Augen, wie er in die Knie ging. Wie das Messer in seinem Hals steckte, das Blut herausfloss, er zu Boden stürzte und sie kläglich und hilfesuchend anstarrte. Wie sie sein Leiden, seine Verzweiflung, seine Todesangst genoss! Sie wollte, dass er den Schmerz spürte! Sie wollte, dass er starb!

Friedas Atem zitterte. Auf einmal fühlte sie sich gut. Stark und entschlossen. Auf einmal war da keine Angst mehr. Sie würde nichts bereuen, sie hätte kein Mitleid. Niemand hatte diese erbärmlichen Würstchen dazu gezwungen, Juden zu jagen. Frieda dachte an ihre Eltern, die frierend im Sammellager kauerten, vielleicht schon in einem Güterwagen in den Osten fuhren, womöglich in ihren Tod. Es wäre nichts Falsches dabei, diese Männer zu töten. Nein, sie würde genau das Richtige tun. Sie müsste es tun.

Aber die Männer kamen nicht. Sie hörte, wie sie über den Hof gingen, wie die schwere Eingangstür zufiel, und dann war es still.

»Du bleibst hier«, sagte Leo nach einer Weile. Sein Gesicht war ganz nah an ihrem, trotzdem konnte sie in der Dunkelheit nur seine Umrisse erkennen. Er flüsterte immer noch. »Ich muss noch mal raufgehen in die Wohnung und ein paar Sachen holen. Ich habe Geld und Bezugsscheine versteckt, vielleicht haben sie die nicht gefunden.«

Entsetzt sah sie ihn an. »Bist du verrückt? Es sind bestimmt alle wach, jemand wird dich sehen, sie werden die Gestapo wieder holen! Wir müssen verschwinden!«

Doch er war schon auf dem Weg zur Tür. Sie saß auf der Pritsche, und da war sie wieder, die Angst. Vielleicht warteten Gestapo-Männer im Hof. Oder oben in der Wohnung … Und selbst wenn sie von hier wegkamen, wo sollten sie hin?

Immerhin, es waren keine Stiefel mehr zu hören, nur leise Schritte, nach einer Ewigkeit, und die gehörten Leo.

»Sie haben nichts angerührt«, sagte er triumphierend. Sie können uns demütigen, sie können uns jagen, aber kriegen werden sie uns nicht, schwang in seinem Tonfall mit. Leo würde sich nie unterkriegen lassen. Auch wenn die Nazis ihn an die Wand stellen würden, würde er ihnen stolz entgegengrinsen. »Ich habe Geld und ein paar Sachen eingepackt. Jetzt komm!«

»Nein«, sagte Frieda und packte seinen Arm. »Lass uns warten, bis es hell wird. Hier scheinen wir ja sicher zu sein. Und wenn wir bei Tageslicht auf die Straße gehen, ist das weniger verdächtig.«

Leo sah sie überrascht an. »Gut«, sagte er. »Da hast du recht!«

Ein paar Stunden später, als es schon hell war, gingen sie leise die Steintreppen zum Kellereingang hinauf.

Über den Hof.

Durch den Hausgang.

Alles still.

Leo öffnete die schwere Holztür einen Spalt, um zu schauen, ob ein Gestapo-Wagen davorstand. Er drehte sich zu ihr um und lächelte. Nahm ihre Hand, und sie schlüpften hinaus.

Die Oktobersonne schien hell, die bunten Blätter der Platanen glühten. Leo ging voran, mit Riesenschritten, ins Ungewisse.

»In die Freiheit!«, sagte er. So laut, dachte Frieda, dass es der Hausmeister gehört haben könnte.

11

Am nächsten Vormittag fuhr Martin wieder durch den Hegau, diesmal mit Elvira Wolff auf dem Beifahrersitz. Sie waren auf dem Weg nach Randegg zu Charlotte Förster, Franz Haffners Tochter. Für eine Weile war Elvira auffallend still, sie wirkte traurig, in Gedanken versunken, und Martin wollte sie nicht stören.

»Es ist jetzt amtlich«, sagte Elvira dann mit gedrückter Stimme. »Der Tote im Wald ist definitiv mein Vater. Heute Morgen hat mich jemand von der Freiburger Rechtsmedizin angerufen. Der DNA-Abgleich ist eindeutig.«

Martin nickte und blickte nach draußen. Leichte Wolken zogen schnell über die gemähten Getreidefelder und die dunkelgrünen Maisplantagen, die der Wind schüttelte. Der kleine Ort Randegg lag idyllisch am Ufer des Flüsschens Biber, das vom Regen der letzten Tage stark angeschwollen und trübbraun war. Zum Süden hin erstreckten sich hohe bewaldete Hügel wie ein schützender Wall. Dort oben verlief die Grenze zur Schweiz.

»Meine Mutter muss irgendwo hier über die Grenze gegangen sein«, sagte Elvira Wolff. Ihre Stimme bebte, so ergriffen war sie.

Wenig später parkten sie vor Charlotte Försters kleinem Einfamilienhaus. Der Vorgarten war gepflegt und voller bunter Stauden. Vor den Fenstern standen Töpfe mit roten Geranien. Gegenüber war ein Davidstern auf die Wand eines zweistöckigen Hauses gemalt.

»Gibt es hier eine jüdische Gemeinde?«, fragte Elvira Wolff verwundert. »Sieht wie ein altes Schulhaus aus.«

»Keine Ahnung«, sagte Martin und schlug die Autotür zu. Mal wieder ärgerte er sich darüber, wie wenig er als gelernter Historiker über die Geschichte seiner Region wusste. Aber Charlotte Förster würde sie da vielleicht aufklären können.

Die Frau, die ihnen öffnete, hatte volles, kurz geschnittenes schwarzes Haar mit silbernen Strähnen. Im Flur hing ein Bild von ihr als kleinem Mädchen zwischen ihren Eltern, Franz und Maria Haffner. Beide hatten rabenschwarze Haare, so wie ihre Tochter, doch den selbstbewussten, unverfrorenen Blick hatte Charlotte eindeutig von ihrem Vater. Das Mädchen stand auf einer Bank, auf der die Eltern saßen, und hatte die Hände lässig auf deren Schultern gelegt, so als hätte sie das Sagen. Martin dachte an Kim und musste grinsen. Charlotte Förster wirkte ähnlich rüstig wie Elvira Wolff, musste aber noch ein paar Jahre älter sein.

Sie saßen im Wohnzimmer auf einem geblümten Sofa. Eine Standuhr tickte, das Mobiliar wirkte wie aus den 1960er Jahren. Auf einer Kommode waren Fotos von ihr und ihrem Mann aufgestellt. So wie sie in die Kamera lachten, waren sie glücklich miteinander gewesen.

Martin dachte an Elsa und spürte einen Stich im Herzen. Elvira gab Charlotte Förster den Ring. Andächtig, bewegt, traurig betrachtete sie ihn, doch ohne die Leere, die Wut, den Schmerz und die Verzweiflung, die der Anblick gestern Abend bei Elvira Wolff ausgelöst hatte.

Nach einer Weile erhob sie sich und ging zu einem Schrank. Mit einem zweiten Ring in der Hand kehrte sie zurück und reichte ihn Martin.

»Der gehörte meiner Mutter. Sie hat ihn bis zu ihrem Tod getragen.«

Martin musterte ihn. Er sah genauso aus wie der ihres Mannes. Auf der Innenseite stand »Franz Haffner, 14.7.1935«. Gerührt gab er ihn Charlotte Förster zurück.

»Danke, dass Sie mir den Ring gebracht haben«, sagte sie, an Martin und Elvira gewandt.

»Danke, dass Sie sich mit mir in Verbindung gesetzt haben«, antwortete Elvira.

Charlotte betrachtete sie. »Ich kann mich noch an Ihre Mutter erinnern, an ihre Flucht. Ich war sechs Jahre alt. Ich habe kein Gesicht mehr vor Augen, aber ich erinnere mich, dass mich ihre Schönheit beeindruckt hat, die großen dunklen Augen und ihr dunkler Teint. Nur die roten Haare haben mir nicht gefallen, aber später habe ich verstanden, warum sie die gefärbt hatte. Und sie ist so nett zu mir gewesen. Ich weiß noch, dass wir alle zusammen mittags nach Randegg gelaufen sind. Ich hatte keine Ahnung, worum es ging, und dachte, wir machen einen Familienausflug.«

»Meine Mutter ist hier zu diesem Ort gelaufen?«, fragte Elvira, sichtlich ergriffen.

Charlotte nickte. »Wir haben damals in Gottmadingen gewohnt, das liegt gut zwei Kilometer von hier entfernt. Auf einer alten Chaussee sind wir durch die Felder nach Randegg. Es war Frühling, die Apfelbäume haben geblüht. Ich weiß noch, dass meine und Ihre Mutter mit mir ›Engelchen flieg‹ gespielt haben. Ich fand das großartig. Mein Vater und Ihre Mutter sind dann weiter zur Grenze, und wir haben oben im Wald ein Picknick gemacht. Später haben wir noch meine Tante besucht. Wenn Sie mögen, zeige ich Ihnen nachher den Weg.«

»Das würde mich sehr freuen«, sagte Elvira, den Tränen nah.

»Im folgenden Winter ist mein Vater dann für immer verschwunden«, sagte Charlotte. »Er war einfach weg. Meine Mutter wusste, dass er in der Nacht jemanden über die Grenze bringen wollte. Als er fortblieb, überlegte meine Mutter, ob sie mit mir in die Schweiz fliehen sollte. Sie war ja Schweizerin, entschied sich aber zu warten. Sie vermutete, dass er sich vielleicht verstecken musste und bald wiederkommen würde. Nach ein paar Tagen ist sie sogar zur Polizei und hat eine Vermisstenmeldung aufgegeben. Aber niemand wusste, wo er steckte. Meine Mutter hat das nicht verstanden. Wenn Gestapo-Beamte ihn erwischt hätten, hätte das groß in der Zeitung gestanden. Sie suchten ja nach Fluchthelfern, und wenn sie jemanden aufspürten, haben sie zur Abschreckung immer eine große Sache daraus gemacht. Ich glaube, manchmal hatte meine Mutter den verzweifelten Verdacht, dass mein Vater sich mit einer anderen Frau aus dem Staub gemacht hat. Aber wirklich geglaubt hat sie es nicht. Die beiden waren glücklich miteinander, obwohl mein Vater ein ziemlicher Sturkopf war. Aber das hat sie an ihm gemocht. Sonst hätte er auch nicht Juden über die Grenze gebracht.«

»Sie sind dann in Gottmadingen geblieben?«

»Nein. Nach ein paar Wochen ist meine Mutter heimlich mit mir in die Schweiz. Es hat Gerede im Dorf gegeben, Gerüchte, mein Vater kämpfe im Widerstand gegen Heimat und Reich. Mein Vater war vor dem Krieg aktiver Sozialdemokrat gewesen und hatte mit den Nazis nichts am Hut. Meine Mutter meinte, er hätte auf der Straße und im Wirtshaus gegen Hitlers Politik gestänkert. Er hat damals in einer Aluminiumfabrik gearbeitet. Dort wurden immer mehr Rüstungsgüter hergestellt, und da erkannte er früh, dass es auf einen Krieg hinauslaufen würde. Das wollte er verhindern. Na ja, ich weiß noch, wie meine Mutter und ich nachts bei Buch mit einem Koffer über die Grenze sind. Dann haben wir ein Jahr bei meinen Großeltern gewohnt.«

»Und nach dem Krieg sind Sie zurückgekehrt?«, fragte Martin.

Charlotte nickte. »Wir hatten ja das Haus, und die Nazis waren weg. Ich wollte zurück in meine alte Schule und zu meinen Freunden.«

»Und wie haben die Gottmadinger auf Ihre Rückkehr reagiert?«

Charlotte zuckte mit den Achseln. »Es wurde nicht darüber geredet. Keiner wollte wissen, wo wir gewesen sind. Die Nazizeit wurde totgeschwiegen. Keiner wollte mit Hitler etwas zu tun gehabt haben. Für mich als Kind war das in Ordnung. Meine Freundinnen haben mich nicht gemieden. Auch meine Mutter hat schnell wieder Fuß gefasst, ihre alten Bekannten haben sich nicht von ihr abgewendet. Schwamm drüber, lass uns alles vergessen, so funktionierte das. In ihren letzten Jahren hat meine Mutter bei uns in Randegg gewohnt. Mein Mann ist vor ein paar Jahren gestorben.«

Sie seufzte. »Es war nicht leicht. Meine Mutter hoffte bis zu ihrem Tod, dass mein Vater noch lebte. Erst dachte sie, dass er sich vor den Nazis verstecken musste und nach dem Krieg zurückkehren würde. Dann, dass er sich nach Russland abgesetzt hat und dort in einem Lager inhaftiert wurde. Wahrscheinlich war das alles nicht, doch sie hat ihn geliebt und wollte ihn nicht sterben lassen. Der Glaube hat ihr Trost gespendet, aber verwunden hat sie Franz' Verschwinden nie.«

Charlotte blickte auf die Eheringe, die vor ihr auf dem Couchtisch lagen. »Es wäre gut für sie gewesen, wenn der Ring und sein Leichnam vor ihrem Tod gefunden worden wären. Da hätte sie Gewissheit gehabt und ihren Mann anständig begraben können.«

Für ein paar Augenblicke war es still.

Martin räusperte sich. »Frau Wolff ist es wichtig, die Mörder Ihrer Väter zu finden. Deshalb hat sie mich engagiert. Es liegt nahe, dass die Täter Grenzpolizisten oder Gestapo-Beamte waren, die Ihre Väter auf der Flucht stellten. Sie wurden unmittelbar vor der Grenze getötet. Erinnern Sie sich noch an Namen der örtlichen Grenzpolizisten oder Gestapo-Leute? Hat Ihre Mutter vielleicht später darüber gesprochen?«

Charlotte Förster schüttelte den Kopf. »Darüber haben wir nicht geredet. Ich glaube, meine Mutter wollte keinen Ärger. Hätte sie angefangen, im Dorf nachzufragen, wer bei der Gestapo war oder etwas wusste, hätte es schnell böses Blut gegeben. Wie gesagt, über die Vergangenheit wurde der Mantel des Schweigens gelegt. Also hat sie geschwiegen, wie die anderen auch. Aber ich zweifle, dass es Grenzpolizisten oder jemand von der Gestapo war. Warum hätten sie unsere Väter töten und heimlich vergraben sollen? Sie wären gefeiert und vielleicht sogar befördert worden, wenn sie die beiden tot oder lebendig zurückgebracht hätten.«

»Das weiß ich auch nicht«, gestand Martin.

»Und auch der Umstand, dass sie auf der Flucht erschossen wurden, hätte Polizisten nicht davon abgehalten, das als Sieg zu feiern und in der Presse eine große Geschichte daraus zu machen.«

Martin nickte. »Frau Förster, haben Sie sonst eine Vermutung, wer einen Grund gehabt haben könnte, Ihren Vater und Leo Kaiser zu töten?«

»Nein. Als wir in der Schweiz waren, hat meine Mutter Nachforschungen angestellt, aber nichts herausbekommen. Sie meinte, nicht jeder habe meinen Vater wegen seiner politischen Meinung gemocht, aber keiner habe einen Grund gehabt, ihn zu töten. Er war sehr hilfsbereit, hat Kriegswitwen im Garten oder bei Reparaturen im Haus geholfen, er war beliebt im Ort.«

»Hat Ihr Vater allein gehandelt? Hatte er keine Helfer?«

»In Berlin gab es eine Frau, die war Anlaufstelle für die untergetauchten Juden. Gertrud Eisner hieß sie. Und dann waren da zwei ehemalige Arbeitskollegen von meinem Vater. Aber die sind beide tot, wie auch die Frau. Mit dem einen Kollegen hat er sich auch schnell verkracht, dem ging es bei der Fluchthilfe vor allem ums Geld. Mein Vater hat auch etwas genommen, aber nicht so viel. Der Hinzi, so hieß der eine, wollte viel Geld oder teure Wertgegenstände von den Flüchtlingen. Einmal, hat meine Mutter später erzählt, verlangte er von einem älteren Mann neben dem vereinbarten Lohn noch einen Goldzahn, er sollte ihn sich selbst aus dem Kiefer brechen. Daraufhin hat mein Vater den Hinzi zum Teufel gejagt. Der andere Fluchthelfer ist nach dem Krieg weggezogen. An den Namen erinnere ich mich nicht mehr.«

»Wie heißt dieser Hinzi richtig?«

Charlotte dachte nach. »Walter Hinze, glaub ich. Der wohnte damals in Wangen am Untersee. Dort hat er wohl auch Leute über die Grenze gebracht hat.«

»Wissen Sie, ob es da noch lebende Verwandte gibt?«

Charlotte lachte und schüttelte den Kopf. »Da bin ich überfragt. Ich glaube, meine Mutter und der Hinzi haben sich nach dem Krieg noch ein paarmal gesehen, aber dann ist der Kontakt abgebrochen. Ich weiß nichts mehr über ihn oder die Familie.«

Elvira nickte Martin zu. »Das könnte ein Anhaltspunkt sein.«

»Ja«, sagte Martin. »Wird wohl nicht ganz einfach, die Familie zu ermitteln. Den Namen Hinze dürfte es auch in Wangen nicht nur zweimal geben.«

»Warten Sie mal«, meinte Charlotte nachdenklich. »In irgendeiner Kiste auf dem Speicher müsste noch das Adressbuch meiner Mutter liegen. Ich finde das jetzt nicht auf die Schnelle, aber im Lauf des Tages melde ich mich, wenn ich es habe. Vielleicht steht Hinzes Adresse noch drin.«

»Das wäre eine große Hilfe. Und falls Sie auf den Namen des anderen Mannes stoßen sollten ...«

Charlotte lächelte. »Ich werde sehen, was ich tun kann.«

»Danke.«

Sie standen auf.

»Noch etwas anderes«, sagte Martin. »Gibt es eine jüdische Gemeinde hier im Ort? Wir haben uns über den Davidstern an dem Haus auf der anderen Straßenseite gewundert.«

»Das weiß niemand so genau«, sagte Charlotte. »Randegg hatte einmal eine große jüdische Gemeinde. Es ist eines der ehemaligen Judendörfer hier in der Region, auch Wangen gehört dazu. Bis zur Mitte des 19. Jahrhunderts durften sich Juden nur an wenigen Orten in Baden ansiedeln. Damals lebten hier in Randegg fast so viele Juden wie Christen, im Nachbarort Gailingen waren es zeitweise sogar mehr Juden als Christen. Dort gab es sogar einen jüdischen Bürgermeister, der auch von vielen Christen gewählt worden war. Man kam gut miteinander aus. Hier die Straße runter stand eine große Synagoge. Aber die wurde in der Pogromnacht von den Nazis zerstört. Heute erinnert ein leerer Platz mit einer Gedenktafel daran. Die Randegger und Gailinger Juden wurden alle ins Lager Gurs gebracht. Seitdem gibt es keine Juden mehr in Randegg, auch in Gailingen nicht.«

Martin sah, wie Elviras Augen zornig blitzten.

»Interessant«, sagte er. »Davon wusste ich nichts. Warum lebten ausgerechnet hier so viele Juden?«

»Während des Dreißigjährigen Krieges hat die Gegend hier zwei Drittel der Bevölkerung verloren. Deshalb haben die Ritterschaften Juden zur Wiederbelebung der Wirtschaft angesiedelt. Sie durften hier wohnen, mussten dafür aber ein Schutzgeld und andere Abgaben bezahlen. Viele arbeiteten als Viehhändler und Kaufleute, einige wurden wohlhabend. Durch ihre überregionalen Kontakte brachten sie neuen Schwung und auch ein modernes Flair in die Bauerndörfer. Die jüdischen Gemeinden wuchsen. Erst mit der rechtlichen Gleichstellung der Juden in Baden änderte sich das. Viele Familien verließen die Region wieder und zogen in die Städte, nach Konstanz oder Freiburg, wo es bessere Arbeitsmöglichkeiten gab.«

»Wie kommt es, dass Sie sich so gut mit der Geschichte auskennen?«, fragte Elvira Wolff überrascht.

»Ich habe nach meiner Pensionierung ehrenamtlich die Buchhaltung vom Jüdischen Museum in Gailingen gemacht. Da habe ich das alles gelernt. Ein Besuch dort wäre für Sie sicher auch von Interesse.«

»Auf jeden Fall«, sagte Elvira.

»Noch zu dem Haus: Es soll einem jüdischen Tischler gehört haben, doch dafür gibt es keine Unterlagen und keinen Beweis. Es existiert auch eine Verbindung zu dem Maler Otto Dix. Er hat sich ja nach der Machtübernahme der Nazis von Berlin hierher zurückgezogen und einige Zeit im Schloss Randegg gelebt.«

Wenig später stand Martin mit den beiden Damen auf einem von knorrigen Apfelbäumen gesäumten Weg zwischen Gottmadingen und Randegg. Die Früchte glänzten feuerrot zwischen dem dunkelgrünen Laub. Der Weg war noch nass und rutschig vom Regen, weshalb sie sehr langsam gingen. Die beiden Damen hatten sich bei Martin eingehängt. Nach Süden hin sah man den Kirchturm und die roten Dächer von Randegg, nach Norden die Ausläufer Gottmadingens.

»Ihre Mutter war nie mehr hier?«, fragte Martin.

Elvira schüttelte den Kopf. »Sie wollte nie mehr nach Deutschland zurück, dafür waren die Wunden zu tief. Sie sagte, ihr Körper würde schon beim Gedanken daran revoltieren. Allein die Vorstellung, einen Kaffee zu bestellen und einem Deutschen Geld zu geben, war für sie unerträglich. Sie hat nach dem Krieg ein paarmal mit Maria Haffner telefoniert, aber dann den Kontakt abgebrochen.«

Tränen traten in Elviras Augen, sie hatte den Blick nach Süden gerichtet, auf die Hügelkette hinter Randegg, die Frieda zusammen mit Franz Haffner überquert hatte, um in die Schweiz zu gelangen.

»Ohne die Haffners wäre ich nicht auf der Welt«, sagte Elvira. »Sogar Sie, Frau Förster, hatten Anteil an der Flucht. Warum gab es nicht mehr Deutsche wie Sie?«

»Wirklich anständige Menschen sind selten«, sagte Charlotte. »Mutige auch. Mutige und anständige Menschen sind noch seltener. Nicht nur bei uns Deutschen und Schweizern, fürchte ich. Und ich bin mir sicher, dass auch mir damals der Mut gefehlt hätte.«

12

»Könnte es sein, dass mein Vater und Franz Haffner gar nicht von der Gestapo oder von Grenzpolizisten ermordet worden sind?«, fragte Elvira Wolff auf der Rückfahrt. Sie waren schon auf der A 81 Richtung Konstanz. »Irgendwie leuchtet es mir nicht ein, dass die Toten von Polizisten einfach im Wald verscharrt wurden.«

Martin nickte. »Stimmt, das ist merkwürdig. Haben Sie eine Vermutung?«

»Könnte die Rivalität zwischen Haffner und Hinze eine Rolle gespielt haben? Beide waren Fluchthelfer, wobei Hinze vor allem auf das Geld aus war.«

»Sie meinen, Hinze wollte einen Konkurrenten aus dem Weg schaffen, um mehr Flüchtlinge über die Grenze bringen zu können?«

Elvira zuckte mit den Achseln. »Vielleicht hat Haffner diesen Hinze unter Druck gesetzt. Vielleicht wollte er, dass er mit der Fluchthilfe aufhört, und hat ihm gedroht. Oder umgekehrt.«

Martin wiegte den Kopf. »Möglich. Stecks Team ist allerdings der Ansicht, dass die gefundene Patrone auf eine bei der Gestapo gängige Pistole verweist.«

»Ach so? Tja, ich weiß nicht. Vielleicht sollten Sie sich trotzdem nicht ausschließlich auf einen Polizisten als Täter fokussieren.«

Martins Smartphone klingelte, es war Charlotte Förster. Er stellte die Freisprechanlage an.

»Ich habe das Adressbuch meiner Mutter gefunden«, sagte sie. »Und Walter Hinzes Adresse steht wirklich drin. Auf den Namen des zweiten Fluchthelfers komme ich leider nicht. Und die Namen im Adressbuch kenne ich alle, von denen ist es keiner.«

»Das hilft uns sehr weiter«, sagte Martin. »Warten Sie einen Moment!«

Elvira holte bereits einen Stift und ein Notizbuch aus ihrer

Handtasche und notierte die Adresse. Martin versprach, Charlotte Förster Bescheid zu geben, wenn sich etwas Neues ergab.

»Das läuft ja wie am Schnürchen«, meinte Elvira.

»Ja, das sollten wir nutzen. Hätten Sie Lust auf eine spontane Tour nach Wangen? Dass dort immer noch die Familie Hinze wohnt, ist zwar unwahrscheinlich, aber wir könnten uns mal umsehen und im Ort herumfragen.«

Elvira lächelte. »Ich habe keine weiteren Pläne. Und ich muss schon sagen, Ihre Arbeit ist sehr aufregend. Wenn es Sie nicht stört, dass ich mit dabei bin ...«

»Überhaupt nicht. Doch solche interessanten Fälle sind leider sehr selten. Sie glauben nicht, womit ich mich sonst herumschlagen muss.«

Wieder klingelte das Telefon. Vielleicht, dachte Martin, war Frau Haffner doch noch der Name des zweiten Fluchthelfers eingefallen.

Doch es war nicht Charlotte Förster.

»Du hast *was* getan?«, fragte eine durchdringende und zornige Stimme. Martin hatte die Freisprechanlage aktiviert, und er sah aus den Augenwinkeln Elvira Wolffs verwunderten Blick.

Martin merkte, wie er rot wurde.

»Hallo, Elsa«, sagte Martin besänftigend. »Schön, dich zu hören. Was habe ich Schlimmes getan?«

»Du hast Kim mit zu einem Mordschauplatz genommen. Hast du sie eigentlich noch alle?«

»Das stimmt so nicht.«

»Sie hat den Knochen eines toten Mannes ausgegraben! Sie hat es mir doch gerade am Telefon erzählt!«

»Sie hat vor allem einen goldenen Ring gefunden.«

»Ja, den Ehering des Toten.«

»Schau mal, sie wollte unbedingt mit. Wir haben gestern Abend ausführlich darüber gesprochen, und sie hat mir versichert, dass ...«

»Hör auf, Martin! Ich möchte wetten, du hattest niemanden, bei dem du Kim parken konntest, und da hast du sie einfach mitgeschleppt. Außerdem habe ich mit Per gesprochen ...«

»Der kennt Kim doch gar nicht richtig!«

»Er ist Psychiater, Martin. Wir sind uns einig, dass du Kim in völlig unverantwortlicher Weise einem traumatischen Erlebnis ausgesetzt –«

»Dein Scheiß-Psychofritze kann mich mal!«, schrie Martin.

Elsa war still, so wie Elvira Wolff. Sie stierte auf die Straße, als würde sie von alldem nichts mitbekommen.

Mist, eben waren ihm die Pferde durchgegangen.

»Tut mir leid«, sagte er reumütig zu Elsa und auch zu Elvira Wolff. »Eben sind wohl die Pferde mit mir durchgegangen.«

Elsa blieb noch ein Weilchen still, um sein Schuldeingeständnis nachwirken zu lassen. »Ich möchte dich bitten, dass du dir etwas Zeit nimmst, wenn du Kim morgen vorbeibringst.«

Da war er wieder, dieser berühmt-berüchtigte Elsa-Ton: kühl, überlegen, herablassend und triumphierend. Martin krallte seine Finger ums Lenkrad. Am liebsten würde er es aus der Halterung reißen und nach ihr schmeißen.

»Ich stecke grad mitten in Ermittlungen. Was ist denn so wichtig?«

»Kim ist wichtig, Martin. Meine Lebensumstände haben sich verändert. Per und ich möchten zusammenziehen.«

Er hörte genau, wie sie versuchte, rundum glücklich zu klingen. Wie sie wollte, dass er sie beneidete. Wie sie ihm signalisierte: Schau, ich habe mein Leben im Griff, es hat eine gute Wendung genommen, endlich habe ich den Richtigen gefunden, endlich bekomme ich, was ich verdiene.

»Das freut mich für dich«, log Martin zähneknirschend.

»Wir haben ein wunderbares Einfamilienhaus gefunden. Kim wird es lieben. Im Garten gibt es sogar einen Kaninchenstall.«

Martin schluckte herunter, was er am liebsten sagen würde: dass Kim das verfluchte Haus überhaupt nicht gefiel und dass sie diesen Per für ein Arschloch hielt.

»Okay«, sagte er stattdessen, »und was genau willst du mit mir besprechen?«

»Wir könnten uns vorstellen, Kim zu uns zu nehmen. Sie wäre dann unter der Woche bei uns und am Wochenende bei dir.«

»Und wer soll Kim nach der Schule betreuen? Will dieser Per als Hausmann arbeiten?«

»Das würde ich gern mit dir besprechen.«

»Kim bleibt bei mir. Sie will es so. Punkt.«

»Das entscheidest nicht du allein.«

»Morgen habe ich jedenfalls keine Zeit. Da muss ich gleich wieder weg.«

Kurz war es still.

»Dann regeln wir das über einen Anwalt. Es ist mir ernst, Martin«, sagte sie kühl und legte auf. Das Miststück legte einfach auf!

»Oha«, meinte Elvira Wolff. »Trennungskrieg.«

Martin seufzte. »Tut mir leid, dass Sie das mit anhören mussten.«

»Kein Problem. So was Ähnliches habe ich selbst durchlebt, vier Jahre lang, mit meinem ersten Mann. Bei dem Thema bin ich Expertin.«

»Es ärgert mich, dass ich so aggressiv geworden bin. Ist eigentlich nicht meine Art.«

»Na ja, Ihre Ex-Partnerin hat alle Register gezogen, um Sie aus der Fassung zu bringen.«

Erstaunt sah Martin sie an. »Das haben Sie gemerkt?«

»Wie gesagt, ich bin auf dem Gebiet Expertin.«

»Wir hatten uns eigentlich darauf verständigt, dass wir alles einvernehmlich und in Kims Interesse regeln.«

»Das nimmt sich jedes Paar vor, es klappt nur meistens nicht. Der zivilisatorische Lack ist halt nur sehr dünn.«

»Ich will keinen Krieg um Kim führen.«

»Wenn Sie Ihre Tochter bei sich behalten wollen, werden Sie kämpfen müssen. Ihre Ex klingt ziemlich entschieden.«

»Geht das nicht auf Kims Kosten?«

»Ein Stück weit wird es das. Das ist unvermeidlich. Wie sehr, hängt von Ihnen ab. Sie brauchen eine kluge Taktik.«

»Können Sie mir dabei helfen?«

Elvira lächelte. »Dann schießen Sie mal los.«

13

Martin war unkonzentriert und immer noch wütend auf Elsa, als sie vor dem Bauernhof in Wangen parkten, in dem einmal Walter Hinze gewohnt hatte. Nachdem Martin Elvira Wolff von seiner Geschichte mit Elsa erzählt hatte, waren sie still gewesen, während sie über die sommerliche Höri fuhren, eine hügelige, dicht bewaldete und dünn besiedelte Halbinsel zwischen Zeller See und Untersee.

Der Hof der Familie Hinze stand oberhalb des Dorfs an einem Hang. Zu ihren Füßen lag der Untersee; er war hier schon sehr schmal, nicht mehr See und noch nicht Fluss. Schwere schiefergraue Wolken drückten von oben, die Dörfer auf der Schweizer Seite ruhten zwischen dunklen Wäldern, sattgrünen Wiesen und sandfarbenen Feldern. Der Wind war verschwunden, und der See schlief reglos und schwer vor ihnen, wie ein bleierner, unheilvoller Schatten.

»Verflucht, ist das schön«, meinte Elvira. »Schöner als die Wüste daheim. Es klingt verrückt, aber es fühlt sich wie Heimat an.«

Zwei Krähen flogen krächzend Richtung Schweiz. Die dunklen Wolken schienen ihr Krächzen zu dämpfen.

Ein Mann öffnete ihnen. Überrascht sah er sie an, er schien nicht oft Besuch zu bekommen. Wie sich herausstellte, war es Walter Hinzes Neffe. So ein Glück, sie hatten wirklich einen Lauf, dachte Martin. Karl Hinze bewirtschaftete den Hof. Der hagere, knochige Mann musste über siebzig sein, doch er wirkte längst nicht so rüstig wie Elvira Wolff.

Martin erklärte, was sie herführte.

»Bitte entschuldigen Sie, dass wir so überfallartig auftauchen. Aber wir waren gerade bei Frau Haffner in Randegg. Wenn es nicht passt, kommen wir gern ein andermal wieder.«

Karl Hinze lachte. »Kein Problem. Doch leider kann ich Ihnen überhaupt nicht weiterhelfen. Mein Onkel Walter ist schon lange tot, und zu Lebzeiten hat er nie über diese Zeit gesprochen. Mein Vater lebt zwar noch, aber auch er spricht nicht von früher.«

Martin bekam große Augen. »Ihr Vater lebt noch? Und er wohnt bei Ihnen?«

»Ja, früher haben wir alle gemeinsam den Hof bewirtschaftet. Aber Sie werden nichts aus ihm herausbekommen. Vor zehn Jahren war schon einmal eine Historikerin da, die ihn wegen der Fluchthilfe seines Bruders befragen wollte, aber er sagte überhaupt nichts. Er saß einfach da und schwieg – die ganze Zeit. Mein Onkel Walter und mein Vater haben sich nicht sonderlich gut verstanden. Walter war ein Bruder Leichtfuß. Ein Trinker und Spieler, er ist in Armut gestorben. Die letzten Jahre lebte er in einem Obdachlosenheim in Stuttgart. Mein Vater hat ihm ein Zimmer auf dem Hof angeboten, auch wenn ihm das nicht leichtgefallen ist, aber das hat Walter ausgeschlagen.«

»Wie alt ist Ihr Vater?«

»Jahrgang 1927. Er heißt Thomas.«

»Er war also sechzehn, als die Fluchthilfe im Gange war. Da hat er vielleicht einiges mitbekommen. Könnten wir trotzdem einmal versuchen, mit ihm zu sprechen?«, fragte Martin.

Karl Hinze zögerte. »Warum nicht? Viel Abwechslung hat er nicht. Doch Sie werden nichts erfahren, selbst wenn er etwas erzählen sollte. Mein Vater ist schon leicht dement. Meistens sitzt er in der Stube und ist in seine Welt versunken. Kann sein, dass er Sie gar nicht wahrnimmt. Es kann auch sein, dass er nur so tut, als wäre er abwesend. Ist mir schon häufiger aufgefallen, dass er in lichten Momenten seine Demenz als Vorwand nutzt, wenn er keine Lust zum Reden hat.«

Martin lachte. »Schauen wir mal, ob wir Glück haben.«

»Mich würde selbst interessieren, was er darüber weiß. Wenn Sie nichts dagegen haben, würde ich bei dem Gespräch gern dabei sein.«

Kurz tauschte Martin einen Blick mit Elvira. »Ich wüsste nicht, was dagegen spricht.«

»Dann kommen Sie!«

Martin und Elvira Wolff folgten Karl Hinze ins Haus. Die jahrzehntelange Schwerstarbeit auf dem Hof hatte seinen Körper früh altern und die Knochen morsch werden lassen. Er humpelte mehr, als er ging; es wirkte, als wäre das eine Bein kürzer als das andere.

Thomas Hinze saß in der guten Stube vor einer getäfelten Wand in einer Sitzecke, hinter ihm der Herrgottswinkel, vor ihm ein Glas Saft. Entrückt blickte er aus dem Fenster.

»Du hast Besuch, Papa«, sagte Karl Hinze.

Der Vater reagierte nicht. Tiefe Falten hatten sich in Stirn und Wangen gegraben, die Haut war gräulich und sah aus wie ein Stück verwitterter Fels. Schwere Tränensäcke hingen unter rot geäderten, kraftlosen Augen. Da war ein Mann, dachte Martin, den fast nichts mehr im Leben hielt, der auf den Tod wartete und seine Erinnerungen schon losgelassen hatte. Seine Hoffnung, etwas über Walter Hinze zu erfahren, schwand.

Sie setzten sich ihm gegenüber, während Karl neben seinem Vater Platz nahm.

»Es freut uns, dass Sie uns empfangen«, sagte Martin und stellte sie vor. Dann begann er zu erzählen, von Leo Kaiser und Franz Haffner und dass sie deren Mörder suchten.

Während Martin sprach, starrte Thomas Hinze ungerührt aus dem Fenster, und Martin zweifelte, ob er überhaupt zuhörte.

»Haben Sie noch irgendwelche Erinnerungen an die Aktivitäten Ihres Bruders?«

Der alte Mann sagte nichts, und Martin fürchtete, dass er nichts mitbekommen hatte und seine verschwommenen Gedanken durch ganz andere Gefilde streiften.

Da ergriff Elvira Wolff das Wort. Ihre Stimme war nicht laut, aber sehr klar und durchdringend. »Mein Vater lag fast achtzig Jahre hier in der Nähe im Wald, in einem Erdloch verscharrt. Und seit gestern weiß ich, dass er erschossen wurde. Meine Mutter wusste nicht, wo er all die Jahre gewesen ist, und starb mit quälender Unsicherheit im Herzen. Ich leide auch seit Jahrzehnten unter dieser Ungewissheit. Ich will wissen, was mit meinem Vater geschehen ist, und Sie können mir dabei helfen.«

Ihre Stimme war so eindringlich, dass Thomas Hinze den Blick vom Fenster gelöst hatte.

Erstaunt sah er Elvira Wolff an.

Gespannt wartete Martin. Sie hat ihn erreicht, dachte er. Sie hat ihn zurück in die Gegenwart gebracht.

Es dauerte noch eine Weile, bis er zu sprechen begann.

»Ich habe nie verstanden, warum Walter uns das antut«, sagte er plötzlich, und Martin war überrascht, mit welch unerwarteter Schärfe der kraftlos wirkende Mann sprach. Auch die Augen schienen zu neuem Leben erwacht. »Der Tunichtgut hat das Leben unserer Familie aufs Spiel gesetzt.«

»Ihr Bruder hat Verfolgte gerettet«, entgegnete Elvira. »Er war ein anständiger Mann.«

Thomas Hinze lachte abschätzig. »Anständig? Der Walter? So ein Unsinn! Gierig und ein Hallodri war er, leichtes Geld wollte er verdienen. Deshalb hat er jeden über die Grenze geschleppt, Kommunisten, Verbrecher, Juden. Da war auch nicht viel dabei: Die Grenze verläuft direkt hinter unserem Hof. Er kannte die Gegend seit seiner Kindheit und wusste genau, wann und wo patrouilliert wird. Nur ums Geld ist es ihm gegangen! Dass er den Ruf seiner Familie dabei riskiert, war ihm egal. Abgrundtief haben sich meine Eltern für ihn geschämt. Ein Schlepper war er, so wie heute die Verbrecher, die die armen Teufel aus Afrika übers Mittelmeer zu uns bringen.«

Hinze hatte klar und laut gesprochen. Jetzt schien er erschöpft. Martin wusste nicht, was er erwidern sollte. Er sah Elviras Zorn, mit einer Geste bat er sie zu schweigen.

»Wir suchen nach den Namen von Grenzpolizisten und Gestapo-Beamten, die für den Grenzschutz hier zuständig waren«, sagte Martin ruhig.

»Warum wühlen Sie in der Vergangenheit? Heut kann eh niemand mehr verstehen, wie es damals war. Es muss einmal Schluss sein mit diesem Rumgehacke auf den Menschen damals. Bei den Nazis waren viele ehrenhafte Leute! Hier im Dorf wusste sogar der Ortsvorsteher, ein hundertprozentiger Nazi, dass mein Bruder Leute über die Grenze brachte. Er hat ihn aber nicht verpfiffen, sondern mehrfach mit unserer Mutter gesprochen, dass sie ihn zurückhalten soll. Und er hat Walter selbst ein paarmal gewarnt, aber darum hat er sich nicht geschert. Nie hat er darauf gehört, was die Familie ihm gesagt hat. Das hat ihn einen feuchten Kehricht gekümmert!«

Thomas Hinze machte eine Pause, doch der Zorn schien ihm neue Kraft zu geben. »Walter war der Schandfleck der Familie! Seinen Judaslohn hat er in die Singener Kneipen und Hurenhäuser getragen! Unsere arme Mutter hat das alles mitbekommen. Eine Schande für die Familie ist er gewesen, und heute wollen die Leute einen Heiligen aus dem Walter machen! Schief angeschaut hat man uns im Dorf wegen ihm. Das Maul hat man sich verrissen über ihn.«

Mit finsterem Blick, als wäre er Walter, sah der alte Hinze Martin an. »Soll ich Ihnen was sagen? Ich war froh, als sie ihn geschnappt und ins KZ gesteckt haben. Aber er hat wieder Schwein gehabt, wegen des Krieges kam es nicht mehr zum Prozess. Vor den Volksgerichtshof wollten sie ihn stellen! Hätte es eine Verhandlung gegeben, wäre der Name unserer Familie überall im Reich bekannt geworden. Er hat die Ehre der Familie in den Schmutz gezogen.«

Der Mann hatte sich in Rage geredet, aus ihm brach ein Groll, den er jahrzehntelang in sich genährt haben musste. Martin sah seinem Sohn an, wie bestürzt er war. Auch Elvira schien sprachlos. Wahrscheinlich war Thomas Hinze auch ein hundertprozentiger junger Nazi gewesen, begeistert von Hitler und der Ideologie. Ob er vielleicht sogar den eigenen Bruder verraten hatte?

Thomas Hinzes Blick schien wieder zu entgleiten, und er wandte sich dem Fenster zu.

»Hören Sie mir zu«, sagte Elvira Wolff plötzlich, und ihre Stimme bebte. »So viel Angst Sie auch um den Ruf Ihrer Familie gehabt haben mögen, mein Vater ist von Leuten wie diesem Ortsvorsteher umgebracht worden. Sechs Millionen Juden sind ermordet worden, wurden erschossen und in Tötungsfabriken vernichtet. Jeder, der Menschen geholfen hat, diesem mörderischen Regime zu entgehen, ist in meinen Augen ein besserer Mensch als der, der es mitgetragen hat. Auch wenn Ihr Bruder Geld verlangt hat, auch wenn er es in Bordelle getragen hat, ist er in meinen Augen um ein Vielfaches anständiger und mutiger als dieser Ortsvorsteher und auch Sie. Und tief in Ihrem Herzen wissen Sie das. Mein Vater war ein fleißiger und rechtschaffener Lehrer, der sein Leben für andere eingesetzt hat. Nie hat er sich etwas zuschulden kommen lassen! Dass er ermordet wurde, ist eine offene Wunde an meinem Herzen. Verstehen Sie das? Und der Schmerz wird nicht weniger, solange ich nicht weiß, was geschehen ist. Herr Hinze, Sie sind es mir und auch Charlotte Förster schuldig, dass Sie sagen, was Sie wissen!«

Erst als Elvira Wolff geendet hatte, gelang es Thomas Hinze, seinen Blick von ihr zu lösen. Gebannt, wie von den Worten festgekettet hatte er gewirkt. Er schluckte; man sah dem Greis an, wie ihm Elviras Worte zugesetzt hatten.

War es möglich, fragte sich Martin, dass ein fast Hundertjähriger seine Haltung veränderte?

Warum nicht?

Thomas Hinze schien nachzudenken. Der Zorn war aus seinen Zügen verschwunden, oder, besser gesagt, der Zorn schien sich mit Mitgefühl und Scham in einem Ringkampf zu befinden. Jedenfalls brodelte es in dem alten Mann.

Sie waren alle still.

Warteten.

Martin sah hinaus in den wolkenverhangenen Himmel.

Es dauerte eine Weile, bis Thomas Hinze das Wort ergriff. Seine Stimme war brüchig und klang widerwillig. »Willi Klämmerle«, sagte er dann. »Er war Chef der Gestapo in Singen und einer von denen, die nach Fluchthelfern gesucht haben. Er war ein richtig scharfer Hund. Er war es auch, der Walter festgenommen hat. Zusammen mit einem Hermann Wildt. Der war deutlich jünger, aber schlau.«

»Klämmerle?«, fragte Martin überrascht. »Hat dieser Klämmerle etwas mit den Konstanzer Klämmerle-Werken zu tun?«

Thomas Hinze hob die Schultern. »Genug geredet«, sagte

er unwirsch, als würde er schon bereuen, dass er die Namen preisgegeben hatte. Sein Blick wanderte zum Fenster, und seine Gedanken gingen wieder auf Reisen. Zumindest tat er so. Das Gespräch war beendet. Von ihm würden sie heute nichts mehr erfahren.

14

Berlin, 5. Januar 1943

Frieda zitterte vor Aufregung und Kälte, als sie an dem noblen Wohnblock in Zehlendorf klingelte. Seit sie im Untergrund lebte, fror sie ständig. Leo und sie hausten in einem Keller, in einer Nische im Lagerraum. Der Hausmeister, der nichts von ihnen wusste, hatte Zugang zu dem Keller, weshalb sie nur abends zum Schlafen dorthin gingen. Sie schliefen auf Pritschen mit dünnen Decken, in ihren Mänteln, stets mit der Angst, dass der Hausmeister vielleicht doch einmal nachts nach dem Rechten sehen würde. Kuschelten sich zusammen, und trotzdem fror sie immerzu. Nur wenn sie Liebe machten, fror sie nicht mehr. Sie unterdrückten dabei jeden Laut, bloß die Pritsche quietschte, und es fühlte sich an, als würden sie etwas Verbotenes tun, als würde sie jemand beobachten, und der Gedanke erregte sie beide. Sie liebten sich fast jede Nacht, es hielt sie am Leben in einer Welt, in der hinter jeder Ecke der Tod auf sie wartete, es ließ sie diese Welt vergessen und ihr trotzen.

Leo schaffte es immer, Kondome zu besorgen: Fromms Act, produziert in Berlin, ursprünglich von Julius Fromm, einem Juden. Die Nazis hatten Fromm dazu gezwungen, sein Werk deutlich unter Wert zu verkaufen, und die neue Besitzerin war Heinrich Görings Patentante. Die verdiente sich mit den jüdischen Kondomen eine goldene Nase: Fromms wurden millionenfach an die Frontbordelle geschickt, damit sich die Kämpfer für *arischen* Lebensraum nicht mit Geschlechtskrankheiten infizierten oder »am Ende noch *rassenschänderischen* Nachwuchs zeugten«, wie Leo süffisant sagte.

Ein Bekannter von ihm hatte den Keller für sie angemietet, ein überzeugter Kommunist. Als sie seine Wohnung zum ersten Mal betraten, hatten sich Friedas Augen vor Entsetzen geweitet, weil über dem Esstisch ein Hitlerporträt hing.

Der Mann sah ihren Blick und lachte. »Ist nur für tagsüber, wenn wir auf Arbeit sind«, sagte er, ging zu dem Bild und drehte es um: Auf der Rückseite war Josef Stalin zu sehen.

Morgens in der Dämmerung verließen sie den Keller, und dann begann das gefährliche Abenteuer, einen Tag im Freien zu überstehen. Weil Leo meist mit den jüdischen Waisenkindern unterwegs war, war Frieda auf sich gestellt. Sie unternahm lange Spaziergänge an der Spree oder im Tiergarten, fuhr ziellos mit der Straßenbahn und traf sich mit anderen, die im Untergrund lebten. Manche kannten Christen oder Kommunisten, die sie für ein paar Stunden aufnahmen und ihnen sogar etwas zu essen gaben. Sie lebte in beständiger Angst, von Gestapo-Leuten oder jüdischen Greifern verhaftet zu werden.

Schon am ersten Tag im Untergrund war Frieda deshalb zu einem Friseur gegangen und hatte sich die Haare rot gefärbt. So meinte sie, weniger jüdisch auszusehen. Sie hatte auch darüber nachgedacht, ihre große Nase operieren zu lassen. Es gab da einen Arzt, der Juden heimlich operierte und perfekte kleine *Ariernasen* machte. Doch Leo hatte widersprochen: »Du willst für die Nazis dein Gesicht verändern?«

»Ich will einfach überleben«, hatte sie mit einem Schulterzucken geantwortet.

»Das tust du, indem du deine Angst unterdrückst. Spiel der Welt vor, dass du keine Jüdin bist. Du musst Gestapo-Männern und jüdischen Greifern so bestimmt in die Augen schauen, dass sie dich für eine *Arierin* halten.«

Ganz überzeugt hatte sie das nicht. Klar, die meisten Juden hatten *arische* Nasen, so wie viele *Arier Judennasen* hatten, aber sie war halt eine Jüdin mit einer *Judennase*. Und dagegen konnte man etwas tun. Die Greifer und Gestapo-Teufel würden nicht auf ihre Nase starren, wenn sie sie in den Straßen sahen. Es würde ihr mehr Sicherheit geben, sie selbstbewusster machen, ihre Chancen zu überleben steigern. Und Frieda würde alles tun, um zu überleben. Was war da schon eine kleinere Nase? Sah ja vielleicht auch gar nicht so schlecht aus.

Endlich öffnete sich die Haustür. Frieda ging die breite, mit Teppich ausgelegte Steintreppe hinauf. Eine exotische Palme stand im Hausflur. Gertrud Eisner wohnte im zweiten Stock. Ihr Mann war leitender Angestellter in einer Bank gewesen. Auf dieser Frau, dieser Begegnung ruhten alle ihre Hoffnungen.

»Kommen Sie rein«, sagte Gertrud Eisner leise und schaute besorgt, ob sich noch jemand im Hausflur befand. Die groß gewachsene Frau hatte ihre halb ergrauten Haare hochgesteckt und sehr warme Augen. Sie war nicht geschminkt und trug keinen Schmuck. Sie wirkte wie ein Mensch, der Äußerlichkeiten wenig Wert zumaß. Sie hatte darauf bestanden, dass Frieda allein, ohne Leo, kam. Ein junger Mann war immer auffällig, die Gestapo suchte nicht nur nach untergetauchten Juden, sondern auch nach Deserteuren und entflohenen Zwangsarbeitern.

»Gut, dass Sie da sind«, sagte die Frau, als die Tür geschlossen war. »Kommen Sie nur!« Sie schien fröhlich und bewegte sich lebhaft, aber es wirkte nicht ganz echt, eher so, als wollte sie ihre Nervosität überspielen und ihnen beiden Zuversicht geben. Oder Frieda gefiel ihr nicht, und sie versuchte, das nicht zu zeigen. Womöglich würde sie sie abweisen. Und Frieda wusste auch nicht, ob sie der Frau vertraute. Sie wusste fast nichts über diese Gertrud Eisner.

Die Wohnung war luxuriös, mit großen, hellen Räumen und teuren Möbeln. Sie erinnerte Frieda an das Haus ihrer Eltern in Potsdam, und gleichzeitig musste sie an das Kellerloch denken, das gerade ihr Zuhause war. Am liebsten würde sie weinen, aber Selbstmitleid half jetzt auch nicht weiter.

Frieda schätzte die Frau auf Mitte fünfzig. Sie war schwarz gekleidet, und das Einzige, was Frieda von ihr wusste, war, dass sie vor wenigen Monaten ihren krebskranken Mann verloren hatte.

Warum half eine wohlhabende Witwe Juden? Was verlangte sie dafür? Nur wenige halfen ohne Gegenleistung. Wollte sie Geld? War ihr Mann doch nicht so wohlhabend gewesen? Hielt sie ihren hohen Lebensstandard aufrecht, indem sie sich von Juden in Todesgefahr finanzieren ließ?

Hör auf, ermahnte sich Frieda. Früher war sie ein vertrauensvoller Mensch gewesen, der in anderen immer das Gute gesehen hatte. Niemand war von Grund auf böse, die Verhältnisse machten die Menschen schlecht, davon war sie felsenfest überzeugt gewesen. Bis Hitler an die Macht gekommen war.

Sie setzten sich ins Wohnzimmer. Gertrud Eisner hatte Tee gekocht und bat Frieda, von sich zu erzählen. Also tat sie das, erst unwillig und zögerlich, doch dann öffnete sie ihr Herz, berichtete von ihrer Familie, der Enteignung, ihrer Flucht, der Deportation der Eltern.

»Ich habe keine Ahnung, wo sie sind«, sagte Frieda.

Gertrud Eisner schien gerührt zu sein. »Sie werden Ihre Eltern nie mehr wiedersehen«, erwiderte sie. »Wahrscheinlich sind sie schon tot.«

Erschrocken, entgeistert, wütend sah Frieda sie an. »Woher wollen Sie das wissen?«

Gertrud Eisner senkte den Blick. »Mein Sohn ist ein hoher Offizier bei der Waffen-SS. Er ist im Osten stationiert. Ich heiße nicht gut, was er tut, er ist ein überzeugter Anhänger Hitlers. Als er einmal Urlaub hatte und bei mir war, bekam er Besuch von einem Kameraden. Sie haben darüber geredet, dass die SS im Osten Vernichtungslager errichtet hat. Sie wussten nicht, dass ich sie belauschte. Dort werden ...«

Eisner stockte, sie war bewegt und konnte nicht weitersprechen.

»Vernichtungslager für Juden?«, fragte Frieda ungläubig. Sie hatte auch schon davon gehört, es aber als Gerücht abgetan.

Eisner nickte. »Sie wurden nur zu dem Zweck geschaffen, schnell und kostensparend möglichst viele Juden zu töten. Sie schicken die Menschen in angebliche Duschräume, dort leiten sie tödliches Gas hinein, hinterher werden die Leichen in Öfen verbrannt.«

Wieder stockte die schwarz gekleidete Frau. Sie war weiß wie die Wand ihres Wohnzimmers. Frieda ahnte, dass sie nicht nur um ihren Mann trauerte, sondern auch um ihren fehlgeleiteten Sohn, um die ermordeten Juden und vielleicht auch um ihr Land.

»Es sind Tötungsfabriken. Die Nationalsozialisten wollen Ihr Volk vernichten, Frau Wolff. Unzählige Beamte sind damit beschäftigt, den Transport der Juden aus allen Winkeln Europas in diese Lager zu organisieren. Täglich rollen Züge mit Tausenden Juden in diese Lager. Die Nazis wollen das geheim halten vor den Deutschen. Sie wissen, dass viele so etwas nicht billigen würden. Deshalb erfährt man offiziell nichts davon, deshalb stehen diese Lager in Polen.«

Sie rang mit sich. »Es tut mir so leid. Aber Sie sollten sich wegen Ihrer Eltern keine Hoffnung machen. Und Sie müssen fliehen.«

Für eine Weile saßen sie schweigend da, in dieser gepflegten, gediegenen Wohnung in Zehlendorf, doch das Grauen ließ sie nicht los, hielt sie mit eiskalten Klauen gefangen.

»Warum riskieren Sie Ihr Leben, um mir zu helfen?«, fragte Frieda leise.

Gertrud Eisner holte tief Luft. »Es geht um meinen Sohn. Ich fürchte, nein, ich weiß, dass er am Mord an Ihrem Volk direkt beteiligt ist. Ich bin gläubige Katholikin und kann nicht begreifen, was ihn antreibt. Ich kann es auch nicht ändern, und trotzdem fühle ich mich mitschuldig, als wäre ich selbst dort und würde die Menschen in die Gaskammern schicken. Verstehen Sie das?«

Frieda nickte. Gertrud Eisners Stimme war voller Verbitterung.

»Was haben mein Mann und ich falsch gemacht, dass er so geworden ist? Dass er diesen Propheten des Hasses und Mordens hörig ist? Ich möchte wenigstens ein paar anderen Menschen helfen, etwas Gutes tun. Ein wenig wiedergutmachen, was mein Fleisch und Blut Grausames anrichtet.«

Sie will für ihren Sohn büßen, dachte Frieda. Sie fühlte tiefes Mitgefühl mit dieser gequälten Frau. Frieda verstand sie jetzt und mochte sie. Es kam ihr so vor, als würde sie Gertrud Eisner schon lange kennen. Ja, ihr konnte sie vertrauen. Sie war bereit, Leos und ihr Schicksal in ihre Hände zu legen.

Gertrud Eisner las ihren Blick und lächelte. »In der Wohnung nebenan hat lange eine Jüdin gelebt. Wir haben uns angefreundet, und ich habe sie mein Telefon benutzen lassen, seit Kriegsausbruch dürfen Juden ja keines mehr besitzen. Ich habe ihre Situation von Anfang an miterlebt. Ich weiß, was es heißt, kein Auslandsvisum zu bekommen. Ich habe meiner Freundin erzählt, was ich von meinem Sohn wusste, und dann ist sie geflohen, vor ein paar Monaten. Entweder ich fliehe, oder ich bringe mich um, hat sie mir gesagt. Sie schwamm bei Bregenz über den Rhein in die Schweiz. Über einen Mittelsmann, der beim Roten Kreuz arbeitet, hat sie Kontakt mit mir aufgenommen und gefragt, ob ich bereit wäre, anderen Juden bei der Flucht zu helfen. Sie kenne jemanden im Grenzgebiet am Bodensee, der Juden über die grüne Grenze führen würde. Sie suchten noch jemanden, der untergetauchte Juden von Berlin nach Südbaden bringen könnte. Ich wollte gern helfen. Es sind schon einige mit meiner Hilfe in die Schweiz gelangt. Sie sind nicht die Erste. Bisher ist niemand gefasst worden.«

»Es ist gefährlich, was Sie tun. Für Judenbegünstigung können Sie ins KZ kommen.«

»Es ist gefährlich, seinem Gewissen zu folgen, vor allem in einer gottlosen Zeit wie dieser. Dessen bin ich mir bewusst. Ich möchte und muss das aber tun. Ich möchte ein anständiger Mensch sein.«

Frieda nickte. Sie bewunderte diese Frau, ihre Stärke, ihren Mut, ihre Entschlossenheit. Und sie verstand ihre Tragödie. Wäre sie so stark wie Gertrud Eisner? Würde sie ihr helfen, wenn ihre Rollen vertauscht wären? Sie war sich nicht sicher. Sie war egoistischer, wäre auf ihr Überleben und das ihrer Eltern bedacht. Sie war auch ängstlicher. Nur bei Leo wusste sie, dass er das Gleiche tun würde, auch deshalb liebte sie ihn. Tag für Tag brachte er sich für eine Gruppe jüdischer Waisen, deren Eltern deportiert worden waren, in Lebensgefahr. War für die da, die niemanden mehr hatten, die schutzlos waren und sich von Tag zu Tag in der Hölle vor tausend Teufeln verstecken mussten. Manchmal war Frieda eifersüchtig auf diese Kinder. Sie schämte sich dafür, aber so war es.

»Ich bin so dankbar, dass Sie uns helfen wollen.«

Gertrud Eisner nickte ihr zu und lächelte. Sie wirkte entrückt, in Gedanken war sie gerade woanders, wahrscheinlich bei ihrem verlorenen Sohn.

Nach einiger Zeit fing sie sich wieder und fuhr fort. »Sie und Ihr Freund benötigen einen *arischen* Ausweis, den müssen Sie sich beschaffen. Außerdem ein Foto von sich. Dann werde ich Sie mit dem Zug nach Singen begleiten, das ist eine Kleinstadt in Südbaden in der Nähe der Schweizer Grenze. Ich besorge die Karten und kümmere mich um die Reservierung. In Singen wird Sie ein Kontaktmann treffen, für ihn brauche ich das Foto. Ich schicke es ihm vorab, damit er weiß, wie Sie aussehen. Er wird Sie in ein Versteck und am nächsten Tag über die Grenze in die Schweiz führen.«

»Wer ist der Mann?«

»Ein Arbeiter. Sozialdemokrat. Er lebt mit seiner Familie in einem kleinen Ort in der Nähe von Singen und kennt die Grenzregion genau. Er schmuggelt schon seit Jahren sozialdemokratische Flugblätter und Zeitungen aus der Schweiz nach Deutschland.«

»Und er kommt mit uns über die Grenze? Ist das nötig?«

Eisner nickte. »Ohne ihn haben Sie keine Chance. Die Grenze geht durch ein Waldgebiet, der Grenzverlauf ist kompliziert, ohne Hilfe schafft es ein Ortsfremder nicht. Manche Juden versuchen es allein mit einer Karte, überqueren die Grenze und gelangen dann aus Versehen wieder auf deutsches Gebiet.«

»Fließt dort nicht der Rhein? Könnte man nicht über den Fluss schwimmen?«

»Zu gefährlich. Der Fluss wird gut bewacht, von deutschen wie Schweizer Grenzpolizisten. Ein Schwimmer fällt auf. Und die Schweizer würden Sie, ohne zu zögern, zurück nach Deutschland bringen, zumindest im Kanton Thurgau. Deshalb wird der Mann Sie in eine Schweizer Enklave des Kantons Schaffhausen nördlich des Rheins führen.«

Frieda nickte. Sie wusste Bescheid. Die meisten Schweizer wollten keine Juden aufnehmen. Niemand wollte sie. Als immer mehr aus Deutschland flohen, rief US-Präsident Roosevelt

1938 über dreißig Staaten zu einer Konferenz im französischen Évian. Ziel war es, die geflüchteten Juden gleichmäßig zu verteilen. Aber man konnte sich nicht einigen. Niemand außer dem Diktator der Dominikanischen Republik wollte mehr Juden aufnehmen oder seine Aufnahmequote erhöhen. Obwohl alle wussten, wie Juden in Deutschland behandelt wurden, dass man sie demütigte, entrechtete, enteignete und ausraubte. Frieda konnte sich an einen hämischen Kommentar im Völkischen Beobachter über die gescheiterte Konferenz erinnern: *Seht, alle sehen im Juden ein Übel, genauso wie wir. Deshalb mag keiner diese Schmarotzer haben.*

»Wenn uns im Zug jemand kontrolliert, was werden wir sagen?«, fragte Frieda.

»Dass mein Sohn im Lazarett liegt, dass wir ihn besuchen wollen und Sie seine Verlobte sind.«

»Und Leo?«

»Ist sein bester Freund. Er kann sagen, dass er gerade Heimaturlaub hat. Hier muss er sich eine Legende stricken: in welcher Einheit er dient und wo er kämpft.«

Frieda nickte. Das würde Leo nicht schwerfallen.

»Wenn Sie dann in der Schweiz sind, wird Sie ein weiterer Fluchthelfer von der Enklave durch den Kanton Thurgau führen und nach Schaffhausen bringen. Der dortige Kantonspräsident handelt offen gegen die Schweizer Bundesregierung. Er führt festgesetzte Juden nicht zurück nach Deutschland, sondern lässt sie in ein Flüchtlingslager in Genf bringen. Von dort können Sie versuchen, in die USA zu gelangen oder …«

»Wir wollen nach Palästina«, sagte Frieda, bestimmt und auch trotzig. »Das ist unsere Heimat. Wir Juden brauchen ein eigenes Land, das wir verteidigen können. Wo wir geschützt sind. Wo wir nicht vom guten Willen anderer abhängig sind. Ein zivilisiertes Land, wo es keine Nazis und keine Tötungsfabriken gibt.«

Gertrud Eisner nickte traurig. Als mutige, anständige Deutsche schämte sie sich für ihr Land.

15

Berlin, 5. März 1943

»Du bist verrückt!«, rief Frieda, als sie vor dem Hotel »Adlon« am Brandenburger Tor standen. »Da willst du mit mir rein?« Leo grinste wie ein Honigkuchenpferd, und jetzt musste auch Frieda lachen. Es war so eine typische Leo-Aktion. Sie wusste nicht, wie er das Geld aufgetrieben hatte, bei wem er das elegante Abendkleid für sie und den edlen Smoking für sich geborgt hatte.

»Wir feiern unsere Flucht und dass wir jetzt beide Pässe haben. Vor allem aber deine neue Nase«, sagte Leo. »Und wir feiern mitten in der Höhle der Löwen. Zusammen mit den Löwen.«

Frieda lachte in den Abend und verdrehte die Augen. »Du bist verrückt. Völlig verrückt! Und deshalb liebe ich dich.«

Leo schaute schmunzelnd auf ihre neue Nase. Sie hatte sie sich doch operieren lassen, gegen seinen Rat. »Sie steht dir gut.«

Das fand sie auch. Vor allem fühlte sie sich viel sicherer, wenn sie tagsüber unterwegs war. Die Operation hatte ein ehemaliger Assistent des berühmten »Nasen-Joseph« durchgeführt. Jacques Joseph war plastischer Chirurg und in den 1920er Jahren Professor an der Berliner Charité gewesen. Er hatte eine besondere Methode der Nasenkorrektur entwickelt und nach dem Ersten Weltkrieg viele Soldaten mit entstelltem Gesicht erfolgreich operiert. Weil er Jude war, durfte er nach dem Berufsverbot für jüdische Ärzte 1933 weder lehren noch praktizieren.

Offenbar fühlte sich der ehemalige Assistent seinem Professor verpflichtet. Er war kein Jude, trotzdem operierte er Juden ohne Gegenleistung in seiner Praxis, heimlich abends und in der Nacht.

»Wir machen Ihnen eine hübsche neue Nase«, sagte er, als

Frieda ängstlich in seiner Praxis saß. »Sie wird Ihnen stehen. Sie werden denken, dass es schon immer Ihre Nase gewesen ist.«

Bevor es losging, erfasste Frieda Panik. Was, wenn es nach der Operation Blutungen gab oder eine Infektion? Ohne Papiere, als untergetauchte Jüdin konnte sie nicht in ein Krankenhaus gehen. Das wurde ihr jetzt klar. Auch wollte sie dem Kommunisten mit dem Stalinbild, bei dem sie seit Neuestem wohnte, nicht lange zur Last fallen. Der Mann riskierte für ihre Nase sein Leben. Doch bis die Wunde verheilt sein würde, musste sie sich auch tagsüber verstecken, was in ihrem Keller nicht ging. Deshalb hatte Leo den Mann überredet, Frieda für ein oder zwei Wochen bei ihm zu Hause wohnen zu lassen, während Leo weiter im Keller schlief.

Die Operation fand im privaten Sprechzimmer statt. Neben dem Arzt war noch eine Krankenschwester anwesend. Frieda erhielt eine örtliche Betäubung. Bald spürte sie ihr Gesicht nicht mehr. Sie schloss die Augen, sie wollte am liebsten nichts mitbekommen, doch sie hörte die Geräusche der Knochensäge und das Bohren. Und sie fühlte, wie ihr Schädel und ihr Kiefer vibrierten. Es kam ihr so vor, als würde der Arzt ihr die ganze Nase abschneiden.

Mit einem Taxi und einem großen Verband fuhr sie später zum Haus ihres Helfers. Noch bevor Frieda im Bett lag, kam der Schmerz. Für einige Tage fühlte sie nur ein heftiges Brennen da, wo ihre Nase war, und ein furchtbares Dröhnen im Kopf. Sie fand kaum Schlaf, doch die Wunde verheilte gut. Die Krankenschwester des Arztes kam jeden Tag nach Einbruch der Dunkelheit und wechselte Friedas Verband.

Dann, endlich, wurde er abgenommen. Mit pochendem Herzen saß Frieda vor dem Spiegel im Bad. Mit geschlossenen Augen. Was, wenn ihr die Nase nicht gefiel? Wenn sie bis an ihr Lebensende nicht mehr gern in den Spiegel schauen würde? Wenn sie die Person vor ihr nicht als sie selbst anerkennen könnte?

Als sie die Augen öffnete, war das Erste, was sie tat, zu lächeln. Der Arzt hatte es gut gemacht, Gott sei Dank. Die neue Nase war kürzer und schmaler. Immer wieder blickte sie auf die Nase und dann in ihr Gesicht. Betastete vorsichtig das neue Organ. Der lange Nasenrücken und die Spitze, die vorher leicht heruntergezogen gewesen war, waren verschwunden. Ihr Gesicht sah weicher, weiblicher aus als vorher. Weicher und zugleich selbstbewusster. Sie konnte gar nicht oft genug hinschauen. Sie war jetzt eine starke Frau. Und das Riechen funktionierte auch. Nahm sie alles nicht sogar eine Spur intensiver wahr als zuvor? Wer weiß, vielleicht konnte sie jetzt sogar Gestapo-Beamte und jüdische Greifer an ihrem Geruch erkennen!

Frieda schmunzelte. Doch, dachte sie, diese Nase gehörte zu ihr. Zu der, die sie geworden war. Sie hatte sie gewollt. Sie hatte sich allein dazu entschieden.

Und auch deshalb sah Leo sie jetzt so neugierig, überrascht und stolz an. Vor ihm stand eine andere, eine neue, eine stärkere Frieda.

Sie gingen an die Rezeption des »Adlon«, und da war wieder die Angst, dass man sie trotz neuer Nase sofort als Jüdin erkennen würde. Doch sie blickte dem Hotelangestellten selbstbewusst in die Augen und lächelte, als Leo die Karten für das Diner zeigte. Dabei klopfte ihr Herz wie verrückt.

Alles lief glatt. Ein Kellner führte sie an ihren Zweiertisch. Das Restaurant war voll, dort saßen vor allem Zivilisten, regimetreue Bonzen, die dank des Krieges Millionen scheffelten, aber auch hochrangige Nazis in Uniform.

Leo hatte recht: Sie aßen zu Abend in der Höhle der Löwen.

»Du bist wirklich verrückt«, sagte Frieda leise zu ihm.

»Nein«, sagte Leo. »Die sind es. Sieh sie dir an, diese Repräsentanten der *Herrenrasse*. Erkennt ein guter *Arier* nicht instinktiv einen Juden? Kann er ihn nicht wittern? Hm, dann sind das hier alles schlechte *Arier*, nicht wahr? Degenerierte, mit minderem Erbgut. Denn die riechen uns nicht.«

»Hör auf!«, zischte Frieda und blickte sich um.

»Schau sie dir an«, sagte Leo noch einmal leise und mit unterdrücktem Zorn. »Da sitzen die Raubmörder und verprassen, was sie in Deutschland und Europa zusammengerafft haben.« Frieda dachte an das Haus ihrer Eltern. Ein paar Tage nach der Deportation war sie noch mal nach Potsdam gefahren, einfach um zu sehen, was geschah. Lastwagen standen schon vor der Tür, das Mobiliar wurde abtransportiert, mit Sicherheit in ein Auktionshaus. Es gab ständig solche staatlichen Versteigerungen von *arisierten* Möbeln, Schmuck und Gemälden, sogenanntem *Judengut*. So besserte Deutschland seine Kriegskasse auf. Und hielt das Volk bei Laune, denn alle profitierten davon: Die Reichen ersteigerten günstig die edlen Möbel, die Armen Stühle und Tische aus den Dienstbotenzimmern.

Leo bemühte sich um ein Lächeln. Er sah wirklich so aus wie auf dem Foto in seinem neuen gefälschten Ausweis. Ungefähr so, wie sich die NS-Propaganda einen guten *Arier* vorstellte: mit dunkelblonden Haaren, sportlich und schlank und mit einem schrecklich hässlichen Schnauzer. Und einer kleinen Nase. Nur die dicke Brille passte nicht so ganz.

Leo prostete einem Wehrmachtsoffizier am Nachbartisch zu, der sofort das Glas hob.

»Auf den Endsieg!«, sagte der im Brustton der Überzeugung.

»Jawoll«, rief Leo und nahm Haltung an.

»Aber nicht für euch«, flüsterte er ihr dann zu.

Frieda schüttelte den Kopf. Ihr war zum Lachen und zum Heulen zumute. Die Angst wollte sie nicht loslassen. Die letzten Wochen waren furchtbar gewesen. Am 18. Februar hatte Goebbels im Sportpalast eine aufrührerische Rede gehalten. Nach der Niederlage in Stalingrad stand das Hitlerregime mit dem Rücken zur Wand, das Volk verlor zunehmend den Glauben an den so sicher geglaubten Sieg. Deshalb hatte Goebbels voller Hass gegen den Bolschewismus gewettert, dessen Ziel die »Weltrevolution des Judentums« sei. Und würden die Juden gewinnen, würde nicht nur das deutsche Volk, sondern ganz Europa »versklavt« werden. Goebbels hatte vom »Ende des Abendlands« gesprochen. Diese Worte hatten sich ihr ins Gehirn gebrannt: »Inkarnation des Bösen« hatte er die Juden genannt.

Nur »radikalste Maßnahmen«, so Goebbels, könnten gegen die »infektiöse Erscheinung des Judentums« helfen. Und als er das sagte, setzten Sprechchöre ein, Chöre des entfesselten blinden Hasses, die Goebbels minutenlang am Weiterreden hinderten. Die Menschen schienen wie im Rausch, waren bereit, dem Regime bedingungslos zu folgen. In den Krieg zu ziehen und die Juden mit eigenen Händen zu ermorden. Frieda war fassungslos gewesen, obwohl sie all das so ähnlich schon so oft gehört hatte. Aber diese wahnwitzige, besessene Inbrunst, diesen hemmungslosen Vernichtungswillen hatte sie so noch nie gespürt.

Und den Worten waren Taten gefolgt. Am 27. Februar hatte in Berlin die sogenannte Fabrikaktion begonnen, da war die Prophezeiung von Friedas ehemaligem Chef Horst Winter wahr geworden. Am Morgen hielten vor allen Berliner Fabriken, in denen noch jüdische Zwangsarbeiter beschäftigt waren, Lastwagen und fuhren die Juden zu Sammelstellen. Und von da ging es in die Vernichtungslager, da machte sich Frieda nach dem Treffen mit Gertrud Eisner nichts mehr vor. Die Aktion war von Goebels als Geburtstagsgeschenk für den Führer gedacht: Bis zum 20. April sollte Berlin *judenrein* sein.

»Frieda! Nicht Trübsal blasen«, sagte Leo und sah sie zärtlich an. »Bald bist du hier weg.«

Leo hatte Champagner bestellt, gewiss aus dem besetzten Frankreich geraubt, und prostete ihr zu.

Sie erhob ihr Glas. »Sind *wir* hier weg«, korrigierte sie ihn.

Der Wehrmachtsoffizier am Nachbartisch nickte ihnen wohlwollend zu.

Während des Essens sprachen sie über ihr Leben in Israel. Sie nannten es »ihr neues Leben im Osten«, um nicht aufzufallen. Viele deutsche Familien träumten von einem neuen Leben als *Herrenmenschen* in den eroberten Gebieten. Osteuropa und Russland sollten der Wilde Westen der Deutschen werden, ihr Kolonialreich mit Landbesitz für jeden. Und mit Slawen statt Schwarzen, als Sklaven.

Aber so ein Leben wollten sie natürlich nicht. Leo und sie würden in einem Kibbuz wohnen und mit ihren Schwestern und Brüdern ein neues, besseres, menschliches Leben aufbauen. Sie würden füreinander da sein, sich helfen, zusammen arbeiten und beten.

Leo war der Glaube wichtig, noch mehr, seit sie im Untergrund waren. Frieda war in einer liberalen Familie aufgewachsen, die Religion hatte für sie keine bedeutende Rolle gespielt, sie glaubte auch nicht an Gott, und der Gedanke, in einem Kibbuz zu leben, machte ihr manchmal Angst. Einmal hatte Leo sie in einen Kibbuz in der Nähe von Cottbus mitgenommen. Dort waren siebzig Jugendliche und wurden auf ein Leben in Israel vorbereitet. Das Leben war ganz auf die Gemeinschaft hin ausgerichtet, es folgte den Prinzipien eines religiösen jüdischen Sozialismus.

Ihr gefiel die Idee, eine neue, solidarische, gerechte sozialistische Gesellschaft aufzubauen, aber passte sie da hinein? Sie war in einem Einfamilienhaus groß geworden und hatte immer gern Zeit mit sich allein verbracht. Sie konnte stundenlang lesen oder Klavier spielen oder in ihr Tagebuch schreiben. Das Leben in einem Kibbuz fand vor allem unter den Augen der anderen statt. Und Leo würde sich ganz der Aufgabe verschreiben, eine bessere Welt aufzubauen. Ob er da noch Zeit für Spaziergänge oder Frühstücke im Bett hätte? Sie würde ihn mit der Gemeinschaft teilen müssen, so wie jetzt mit den jüdischen Kindern im Untergrund, und ihn vielleicht ganz verlieren.

Während sie über den »Osten« plauderten, fühlte sie sich trotzdem frei. Vergaß sie fast, wo sie sich befanden. Nein, sie vergaß es nicht, hatte aber keine Angst mehr, fühlte sich dieser sogenannten *Herrenrasse* überlegen, die zu dumm war, ihren angeblich schlimmsten Feind in ihrer Mitte zu erkennen.

Später schritten sie Hand in Hand die Straße Unter den Linden entlang. Jetzt, mit ihren Ausweisen, brauchten sie keinen Judenstern mehr. Bis zu ihrem Keller war es ein Marsch von anderthalb Stunden, aber das machte ihr nichts aus. Bald würden sie nicht mehr in einem Loch hausen, bald wären sie in Israel und müssten sich und ihre Liebe vor niemandem mehr verstecken.

Leo war stiller als vorhin, wirkte in sich gekehrt, fast traurig. Das Hochgefühl, als sie inmitten der Nazis Champagner schlürften und Rindsrouladen futterten, war verflogen.

»Da ist noch was«, sagte er.

»Ja?«, fragte sie zärtlich.

»Ich werde nicht mitkommen in die Schweiz.«

Entsetzt blieb sie stehen. »Was?«, fragte sie, völlig entgeistert.

»Ich kann nicht, Frieda. Noch nicht.«

»Das kannst du nicht ernst meinen!«

»Ich kann die Kinder jetzt nicht im Stich lassen. Nach der Fabrikaktion sind acht neue zu uns gekommen. Sie haben mit angesehen, wie ihre Eltern deportiert wurden. Manche haben sich in den Wohnungen versteckt, andere sind über die Dächer geflohen, zwei sind aus dem Lastwagen der Gestapo gesprungen. Das jüngste Kind ist neun Jahre alt. Und die Nazis suchen gerade verstärkt nach untergetauchten Juden. Ohne mich sind sie aufgeschmissen. Da kann ich sie gleich zu einer Sammelstelle bringen. Oder sie selbst töten.«

»Aber du hast doch gesagt, dass Hans deinen Part übernehmen wird. Dass ihr das so abgesprochen habt.«

»Hans ist noch nicht so weit. Er ist gerade erst achtzehn geworden. Und als wir das besprochen haben, war die Lage noch nicht so gefährlich. Ich kann ihm nicht zumuten, sich um eine Neunjährige im Untergrund zu kümmern!«

Frieda hatte Tränen in den Augen. Sie weinte, aus Wut, Angst, Enttäuschung und Verzweiflung. Weil Leo sie belogen und ihr etwas vorgespielt hatte. Und weil sie eifersüchtig war, dass die Kinder ihm mehr bedeuteten als sie. Das Abendessen, das Abendkleid, es sollte sie günstig stimmen, damit sie seinen Entschluss akzeptierte. Wie lange war es her, dass er sich entschieden hatte? Wahrscheinlich war sein Entschluss nach der Fabrikaktion gefallen.

Wütend sah sie ihn an. »Ohne dich gehe ich nicht, Leo. Das kannst du getrost vergessen! Wenn du bleibst, bleibe ich auch. Dann sterben wir halt gemeinsam.«

Leo blieb stehen, drehte sie zu sich. Hielt sie an den Schultern. Sein Gesicht war ganz dicht an ihrem. Dieser Schnauzer, sie mochte ihn nicht, er sah komisch an ihm aus.

»Frieda, bitte. Ich könnte es mir nie verzeihen, die Kinder jetzt im Stich zu lassen. Und genauso wenig, dich weiterhin in dem Kellerloch hausen zu lassen. Und ich verspreche dir, dass ich in ein paar Monaten nachkomme. Wenn bis dahin nicht schon die Rote Armee in Berlin steht und das Nazipack zum Teufel gejagt hat. Das verspreche ich dir, das schwöre ich bei meinem Leben.«

Frieda lachte abschätzig. »Was nützt mir das, wenn du tot bist? Du spazierst mit einer Gruppe jüdischer Kinder Tag für Tag durch Berliner Straßen und Parks. Ihr macht Picknick, ihr treibt Sport, ihr betet sogar. Was meinst du, wie lange das noch gut geht?«

»Du hast es doch gerade gemerkt: Du bist nirgendwo sicherer als im Schoß deiner Feinde.«

»Vergiss es«, sagte Frieda, und ihre Stimme bebte. »Ohne dich geh ich nirgendwohin. Du bist alles, was ich noch habe. Wenn du mich also retten willst, musst du mit mir kommen.«

Frieda blickte ihm tief in die Augen. »Außerdem bin ich schwanger, Leo. Wir sind jetzt zu dritt. Es geht hier auch um unser Kind.«

16

Martin schmunzelte, als er den knallroten Tesla von Dr. Dr. Cornelius Muntprat vor dem ehemaligen Benediktinerkloster parken sah, in dessen altehrwürdigen Gewölben das Konstanzer Stadtarchiv untergebracht war. Es gab sicher nicht viele Archivare, die ein solches Auto fuhren. Doch Cornelius Muntprat entsprach auch absolut nicht dem Bild, das Martin von einem Archivar hatte: eine introvertierte, durchgeistigte und weltabgewandte Person, die in alten Schriften und Zeiten atmete und von deren grauer Anzugjacke feiner Staub fiel, wenn man ihr auf die Schultern klopfte.

Muntprat entstammte einer alteingesessenen und hoch angesehenen Familie, die sich bis ins Hochmittelalter zurückführen ließ, als Konstanz noch eine bedeutende Handelsstadt gewesen war. Die Muntprats waren damals ins städtische Patriziat aufgestiegen, und der bedeutendste Spross hatte es sogar zu einem Grab im Konstanzer Münster gebracht. Für einen Kaufmann war das damals etwas Außergewöhnliches. Seitdem ruhte er dort neben den höchsten städtischen Honoratioren des Mittelalters: Bischöfen, Chorherren und – wenn Martin sich recht erinnerte – sogar einem Kardinal. Wer wollte, konnte noch heute über die Muntprat'sche Grabplatte spazieren, worunter womöglich noch die letzten Reste des erhabenen Urahns zu Staub zerfielen. Und wie Martin Cornelius Muntprat einschätzte, tat er dies ab und an, wobei ihm gewiss ein wohliger Schauer den Rücken hinunterlief angesichts der über Jahrhunderte gefestigten Bedeutsamkeit der eigenen Sippe.

Mit dem Münstergrab war der Maßstab für die kommenden Generationen hoch gesteckt, doch von einer kleinen Herde schwarzer Schafe abgesehen, wurden die Nachfahren diesem halbwegs gerecht. Den Muntprats war eine illustre Reihe von Chefärzten, Landesrichtern, Bürgermeistern und Unternehmern entsprungen, von denen viele in der Region geblieben waren. Martin fragte sich, ob der Doppeldoktor manchmal mit seinem Schicksal haderte: Als Stadtarchivar war er zwar kein Nichts, aber ein Grab im Münster würde er wohl nicht bekommen.

Doch nein, der von sich und seiner Tätigkeit absolut überzeugt wirkende Muntprat würde das anders sehen. Vor vielen Jahren hatte Martin an einer Archivführung teilgenommen, und da hatte Muntprat, damals taufrisch im Amt, weihevoll gesagt, dass durch die hochgewölbten Gänge der so anregende wie kühle jahrhundertealte Atem der Konstanzer Stadtgeschichte wehe. Die Archivbestände – also die Lungen, um in Muntprats Diktum zu bleiben – befanden sich in brandschutzgesicherten und voll klimatisierten Räumen; unzählige sauber geordnete Reihen von Quellen: Ratsprotokolle, Zeitungen, Geschäftsakten, Verordnungen, Baupläne, Fotografien, Tagebücher und so weiter.

Und Muntprat hatte tief in ihnen gegraben und so manche Sensation zutage gefördert. Der stolze Mann war inzwischen überregional als mitleidloser Nazijäger bekannt. So hatte er den für manchen bedeutendsten Konstanzer aller Zeiten, den großen Willi Hermann, der eine ganze Reihe von schmissigen Schunkel- und Saufliedern komponiert hatte, die zur fünften Jahreszeit durch die Konstanzer Gassen, Kneipen und Festsäle schwurbelten, als Nazipropagandisten und mutmaßlichen Kriegsverbrecher enttarnt. Damit hatte sich Muntprat nicht nur Freunde gemacht.

Über die Frage, ob man die zu Hymnen gewordenen Gassenhauer eines Rassisten und Antisemiten weiter singen dürfe, war es in der Fasnet-Hochburg Konstanz fast zum Bürgerkrieg gekommen. Muntprat erhielt Droh- und Hassmails, in denen unter anderem eine Gruppe besonders militanter Fasneter namens Kamelia Killer unumwunden drohte, Muntprat zu lynchen und auf dem Obermarkt aufzuknüpfen, weshalb dieser für einen Monat in ein Wellnesshotel ins Tessin flüchtete. Die ehrwürdige Zunft der Kamelia widersprach natürlich heftig dem Vorwurf, irgendetwas mit Selbstjustiz am Hut zu haben, und trotz intensiver polizeilicher Ermittlungen konnte keinem Zunftmitglied irgendetwas nachgewiesen werden.

Ja, Muntprat war gut. Eine unangefochtene moralische Autorität. Die Breite seines Wissens und die Schärfe seines Urteils stellte er in regelmäßigen Kolumnen für die Südzeitung zur Schau. Immer wenn dem Landkreis der moralische Kompass verloren zu gehen drohte, nordete Muntprat ihn ein: War es rassistisch, wenn die Mohrenapotheke weiterhin Mohrenapotheke hieß? Stellte es die freiheitlich-demokratische Grundordnung in Frage, wenn man sturzbesoffenen Schülern und Studenten nachts um vier das lautstarke Feiern in einem Park neben einem Wohngebiet verbot? Muntprat hatte glasklare Antworten. Das gefiel nicht jedem. Er hatte Feinde, bei Rechten wie Linken.

Und ihn würde Martin jetzt also treffen: Er freute sich darauf.

Es war später Nachmittag, als er durch die kühlen, leeren, breiten Flure des Klosters schritt. Er musste in den zweiten Stock hinauf, dann stand er vor Muntprats Büro.

Und klopfte.

»Bitte sehr«, drang es wohlwollend aus dem Innern.

»Herr Schwarz!«, rief Muntprat, der hinter einem gewaltigen Schreibtisch in einem ledernen Chefsessel saß. Beherzt sprang er auf, als befände sich eine Sprungfeder im Futter. Der Bürgermeister, dachte Martin schmunzelnd, hatte sicherlich kein größeres Büro.

»Schön, dass wir uns endlich einmal kennenlernen«, sagte Muntprat und schritt flott auf ihn zu. »Ich habe Ihre Arbeit mit großem Interesse in der Presse verfolgt. Besonderen Anteil habe ich an dem Fall von Professor Alexander Stetten genommen, einem von mir hochgeschätzten Kollegen!«

Muntprat schien sich wirklich zu freuen. Er war Anfang sechzig, die Pensionierung dämmerte am Horizont, was man ihm aber überhaupt nicht ansah. Keine einzige graue Strähne konnte Martin in der blonden Löwenmähne erkennen, die kunstvoll geföhnt auf die Schultern fiel. Ob da der Friseur nachgeholfen hatte? Seine hellblauen Augen strotzten nur so vor Schläue und Vitalität. Dazu schien der viel beschäftigte

Archivar auch noch genügend Zeit fürs Fitnessstudio erübrigen zu können: Muntprat war schlank und muskulös mit breiten, aber nicht vulgär breiten Schultern. Der Astralleib steckte in einem maßgeschneiderten Dreiteiler aus einem grün glänzenden Stoff.

»Bevor ich es vergesse«, sagte Muntprat. »Möchten Sie einen Tee oder Kaffee? Oder einen Smoothie? Meine Mitarbeiterin bereitet mir gerade einen zu. Wir machen zurzeit gemeinsam eine Diät. An dem einen Tag bin ich für den Smoothie zuständig, am anderen sie.«

»Wozu machen Sie denn eine Diät?«, fragte Martin, ehrlich entrüstet. »Ich meine, Sie sind doch topfit.«

Muntprat lächelte. »Eben. Damit es so bleibt. Mögen Sie vielleicht den Smoothie probieren? Avocado, Karotte, Sellerie und Brennnessel steht, wenn ich mich recht erinnere, heute auf dem Programm. Sehr lecker. Und ...«, hierbei tippte Muntprat sich an die Stirn, »gut fürs Hirn!«

»Warum nicht? Klingt interessant«, sagte Martin und bemühte sich um ein wenig Enthusiasmus. Was sollte er sonst auch sagen? Er gab es zu: Auf diesen Mann war er ein bisschen neidisch, auf seine scharfe Intelligenz, sein Wissen, seinen unermüdlichen Fleiß, seinen Nazijäger-Mut und seine Selbstdisziplin. Dieser Mensch schien keinen Makel zu haben, von einer grandiosen Eitelkeit einmal abgesehen, aber wer wollte ihm das angesichts seiner Leistungen auch verdenken?

Muntprat rief seine Kollegin an und bat um einen dritten Smoothie.

»Freut mich, dass Sie sich gleich Zeit nehmen«, sagte Martin.

»An dem Fall der Hegau-Skelette bin ich wie Sie brennend interessiert. Bin mal gespannt, wie viele Leichen die Polizei da oben noch entdeckt. Jedenfalls geht es um nichts weniger als die Aufarbeitung einer schrecklichen Vergangenheit, die leider immer noch allzu sehr im Dunkeln liegt. Und diese Schatten lasten auf uns, bis wir sie vertrieben haben. Schießen Sie also los: Was kann ich für Sie tun?«

Martin erzählte, die ganze Geschichte. Muntprat hörte

höchst konzentriert zu. Als die Namen Willi Klämmerle und Hermann Wildt fielen, begannen die Augen des Archivars zu funkeln.

»Jetzt komme ich nicht mehr weiter«, sagte Martin. »Ich habe zwar Geschichte studiert, aber mit Archivarbeit kenne ich mich nicht aus. Ich muss jedoch mehr über die beiden erfahren.«

»Wilhelm Klämmerle, das wird eine heiße Geschichte«, sagte Muntprat und bebte vor Tatendrang. »Sie wissen schon, dass Willi zu *den* Klämmerles gehört? Ha! Die Klämmerle-Werke wollen im nächsten Frühjahr die Einweihung einer neuen Produktionsstätte im Industriegebiet groß feiern. Die Stadt ist mit dabei, das soll ein gewaltiger Festakt werden. Eieiei! Die Südzeitung hat bei mir schon angefragt, ob ich über die Klämmerles biografisches Material zusammenzustellen kann. Wilhelm – so viel weiß ich schon – war der Bruder des Firmengründers Eberhard und der Onkel des jetzigen Seniorchefs Franz Klämmerle.«

»Interessant.« Martin nickte. »Hermann Wildt habe ich gegoogelt. Viel gefunden habe ich nicht, aber es gab einen Professor an der Universität Konstanz mit diesem Namen.«

»Er war Soziologe. Und er lebt auch noch, wenn ich das richtig im Kopf habe.«

»Ach ja?«

»Ich kann mich sogar noch an ihn erinnern. Ich habe in Konstanz studiert und einige Vorlesungen bei ihm besucht. Ein ungewöhnlicher Mann, ein wirklich guter Forscher mit messerscharfem Verstand, der aber auf akademische Ehren wenig Wert gelegt hat. Ihm war die Lehre wichtig, seine Veranstaltungen waren richtig gut. Für viele Professoren ist die Lehre eine ungeliebte Nebentätigkeit, für die sie wenig Energie verschwenden, bei Wildt war das anders. Würde mich eigentlich wundern, wenn dieser Wildt eine Gestapo-Vergangenheit hätte, aber wir werden sehen.«

»Heißt das, Sie unterstützen mich?«

Muntprat schmunzelte. »Das ist doch überhaupt keine Frage! Ich bin die nächsten Tage wegen einer anderen Sache sowieso im Generallandesarchiv in Karlsruhe und im Staatsarchiv Freiburg. Da müsste ich was zu den beiden finden.«

Martin atmete erleichtert auf. »Das freut mich sehr! Wie es aussieht, waren sie bei der Singener Gestapo. Meinen Sie, es gibt da noch Akten?«

Muntprat lachte. »Vergessen Sie es! Die Singener und Konstanzer Gestapo-Akten wurden – wie fast alle im Reich – bei Kriegsende vernichtet. Die Herren Kommissare und Kriminalräte wollten sich doch nicht ihre Nachkriegskarrieren versauen! Dennoch ist die Sache nicht aussichtslos.«

»Ich habe da noch eine Frage ...«, sagte Martin, doch da klopfte es, und Muntprats Mitarbeiterin brachte zwei große Gläser mit einer giftgrünen Flüssigkeit herein. Martin betrachtete die schlanke, groß gewachsene Frau mit den langen blonden Haaren. Sie war einen Kopf größer als Muntprat und schien ein ähnliches Selbstbewusstsein wie ihr Chef zu haben.

»Mein Smoothie!«, jauchzte Muntprat, als hätte die Dame Champagner gebracht. »Darf ich vorstellen? Martin Schwarz, Dr. Isabel Wind. Nach mir die begabteste Historikerin Badens.«

Wind lächelte und verdrehte die Augen. »Alter Angeber!«, sagte sie.

Muntprat ignorierte das und nahm einen gierigen Schluck. »Köstlich, Isi«, sagte er. »Da freu ich mich schon den ganzen Tag drauf.«

Martin probierte auch. Es war ein zähflüssiges Gebräu, das nach fauligen Algen roch. Es schmeckte grauenhaft. Martin musste sich beherrschen, damit ihm die Züge nicht entglitten.

»Und?«, fragte Muntprat.

»Ein Traum«, sagte Martin und biss die Zähne zusammen.

Muntprat strahlte, während Isabel Wind verschwand.

»Was wollen Sie noch wissen?«, fragte der Archivar.

»Es ist mir ein bisschen peinlich«, begann Martin, »angesichts meines Geschichtsstudiums, aber das ist schon lange her. Klämmerle und Wildt waren Gestapo-Beamte. Was war die Gestapo genau? Was für Leute arbeiteten da? Und was war ihre Aufgabe hier in der Provinz?«

Muntprats Blick tat Martin weh. Es lag so eine Mischung aus gönnerhaftem Wohlwollen und abschätzigem Mitleid mit den Unwissenden dieser Erde darin. »Puh, dafür bräuchte ich jetzt eigentlich zwei Stunden. Aber ich schau mal, ob ich das gerafft hinbekomme.« Muntprat holte tief Luft. »Was war die Gestapo? Nun, einer ihrer Führer und ihr theoretischer Kopf, Werner Best, hat sie als ›Arzt am deutschen Volkskörper‹ bezeichnet. Ich kenne das berühmte Zitat sogar auswendig. Die Gestapo war für ihn eine ›Einrichtung, die den politischen Gesundheitszustand des deutschen *Volkskörpers* sorgfältig überwacht, jedes Krankheitssymptom rechtzeitig erkennt und die Zerstörungskeime – mögen sie durch Selbstzersetzung entstanden oder durch Vergiftung von außen hineingetragen worden sein – feststellt und mit jedem geeigneten Mittel beseitigt.‹«

Muntprat machte eine Pause, um die Worte sacken zu lassen. »Schon durch diese vergiftete Sprache entlarvt sich der Unmensch. Übersetzt heißt dies, dass die Gestapo alle bekämpft hat, die vom NS-Regime als Feinde erkannt wurden: Kommunisten, Sozialdemokraten, Homosexuelle, sogenannte Arbeitsscheue und Asoziale, Sinti und Roma, die Zeugen Jehovas, aufmüpfige Fremdarbeiter – und vor allem Juden. Die Gestapo war der Vollstrecker der menschenverachtenden NS-Ideologie.«

»Und in welchem Verhältnis stand die Gestapo zur SS und zur normalen Polizei?«

Muntprat lachte. »Das ist nicht so einfach. In den ersten Jahren existierten die Institutionen nebeneinander, doch Himmler, der seit 1936 zugleich Reichsführer der SS und Chef der Polizei war, wollte eine Verzahnung und letztlich eine Verschmelzung von Gestapo, SS und Ordnungspolizei. 1939 wurde deshalb das Reichssicherheitshauptamt als mächtigste Verfolgungsbehörde gegründet. Dort wurden Gestapo, Ordnungspolizei und der Sicherheitsdienst – ursprünglich der Nachrichtendienst der SS – zusammengefasst.«

»Und wer war hauptverantwortlich für die Vernichtungspolitik? Die Konzentrationslager wurden doch von der SS verwaltet und bewacht.«

»Im NS-Regime gab es viele Doppelstrukturen: Unterschiedliche Stellen waren mit derselben Aufgabe betraut. Das wirkt auf den ersten Blick chaotisch und unübersichtlich, muss aber nicht ineffektiv sein. Auch wenn an der Verfolgung der Regimegegner Sicherheitsdienst, Gestapo, SS, Ordnungspolizei, kommunale Verwaltungen, Parteiorganisationen und auch die Wehrmacht beteiligt und die Zuständigkeiten nicht immer klar waren, war die Politik – gemessen an den grausamen Zielen – erfolgreich. Diese nicht klar abzugrenzenden, ineinandergreifenden Machtstrukturen – in der Forschung wird von Polykratie gesprochen – haben zur Konkurrenz zwischen den Institutionen geführt, dadurch zu hoher Effizienz und auch zu einer Radikalisierung: Jeder wollte mit besonderem Engagement und einer sich steigernden Brutalität dem Führerwillen gerecht werden. *Dem Führer entgegenarbeiten* hieß das damals.«

»Und was bedeutet das bezogen auf die Judenverfolgung?«

»Vereinfacht gesagt: Der Sicherheitsdienst hat als Kopf die Judenverfolgung und -vernichtung geplant, die Gestapo und die SS haben sie vollstreckt.«

Martin nickte. »Und wie war die Gestapo konkret an der Judenverfolgung beteiligt? Gerade hier in Konstanz?«

»Zum Beispiel an der Reichspogromnacht am 9. November 1938, als im ganzen Reich die Synagogen brannten, jüdische Geschäfte zerstört und gut hundert Menschen ermordet wurden. Initiiert wurden die Pogrome von Himmler und der SS, aber während der Ausschreitungen wurden alle Gestapo-Mitarbeiter zum Dienst befohlen, unter anderem um Plünderungen und ein Übergreifen der Feuer auf andere Gebäude zu verhindern. Auch in Konstanz wurde die Synagoge zerstört, wobei sich die örtliche SS ziemlich dilettantisch angestellt hat. Der Konstanzer SS-Führer Walter Stein war nicht die hellste Fackel der Bewegung. Nachdem er es mit seinen Schergen nicht geschafft hatte, die Synagoge zum Brennen zu bringen, hat er ein Sprengkommando von der SS-Standarte in Radolfzell angefordert, das die

Synagoge dann zerstörte. Die Konstanzer Gestapo verhaftete am nächsten Morgen mindestens sechzig jüdische Männer. Sie wurden in der Dienststelle in der Mainaustraße 29 gedemütigt und brutal geschlagen. Noch am Abend wurden die meisten Juden ins KZ Dachau gebracht, auch das hat die Gestapo organisiert. Viele Juden kehrten nach mehrmonatiger Internierung als gebrochene Menschen zurück.«

Muntprat nahm einen Schluck Smoothie, bevor er fortfuhr. »Die Stadtspitze hat zu alldem übrigens vornehm geschwiegen und hatte keine Skrupel, die jüdische Gemeinde die Abbrucharbeiten der Synagoge bezahlen zu lassen. In der Folge hat die Stadt das große Grundstück unter dem Stichwort *Grundstücksentjudung* erst an einen Fabrikanten verkauft und später zurückgekauft. Die Stadt hat sich also ein Filetstück in Innenstadtlage ergattert und damit von der antijüdischen Politik profitiert. An dem Beispiel können Sie schön sehen, wie SS, Gestapo und Stadtverwaltung kooperierten. Oder anders gesagt: Wie sich alle die Finger schmutzig machten.«

»Es ist immer wieder schrecklich, von diesen Abgründen zu hören.«

Muntprat lachte abschätzig. Er hatte sich so richtig in Rage geredet. »Kommen wir wieder zur Gestapo und ihrer Rolle bei der Judenverfolgung zurück, denn das war bisher noch lange nicht das Schlimmste. Nach Kriegsbeginn war die Gestapo in immer stärkerem Maß an den Deportationen der Juden aus dem Reich beteiligt. Ab Oktober 1941 wurden ja alle Juden aus dem sogenannten *Altreich* in die Gettos und bald in die Vernichtungslager im ehemaligen Polen deportiert. Eine Vertreibung der Juden machte keinen Sinn mehr, da 1941 fast ganz Europa unterm Hakenkreuz stand: Entweder waren die Länder von Deutschland besetzt oder Verbündete. Also musste neu gedacht werden, zumal es ja in den neu eroberten Gebieten, vor allem in Polen, viele Juden gab. Zunächst war die Idee des Reichssicherheitshauptamtes, die Juden in Gettos in Osteuropa zu internieren. Als Erstes sollte das *Altreich* judenfrei werden. Die Gestapo-Stellen planten die Deportationen, holten die Juden aus ihren Wohnungen ab, unterhielten Sammellager und organisierten die Transporte. Außerdem war die Gestapo zuständig für die Beschlagnahmung der von den Deportierten zurückgelassenen Vermögenswerte.«

»Und nach den Deportationen?«

»Ging es erst richtig los. Das blutigste Kapitel der Gestapo beginnt mit dem Polenfeldzug. Es war vor allem die Gestapo, die die berüchtigten *Einsatzgruppen* stellte. Diese Bataillone zogen hinter der Wehrmacht her und ermordeten durch Massenerschießungen systematisch Juden und andere *Reichsfeinde* in den neu eroberten Gebieten. Etwa zwei Millionen Juden sind auf diese Weise getötet worden.«

»Und Klämmerle und Wildt waren Teil dieser Vernichtungsmaschinerie«, sagte Martin nachdenklich.

»So sieht es zumindest aus. Zu ihren Aufgaben in Singen gehörte es sicher, Zwangsarbeiter und Juden bei der Flucht in die Schweiz zu stoppen. Außerdem sollten sie nach Fluchthelfern und ihren Netzwerken fahnden. Diese Gestapo-Stellen an der Grenze waren also alles andere als unbedeutend. Deshalb wurde Singen, lange eine Nebenstelle des Konstanzer Gestapo-Amtes, 1941 ein eigenes Grenzpolizeikommissariat. Wobei Sie diese Gestapo-Kommissariate auch nicht überschätzen dürfen. Von Konstanz weiß ich, dass es im dortigen Kommissariat etwa zwölf Mitarbeiter gab, Singen hatte eher weniger. Ohne Unterstützung des Zolls hätte beispielsweise die Grenze zur Schweiz nicht gesichert werden können.«

»Das heißt, die eigentliche Bewachung der Grenze wurde von Zollbeamten ausgeführt?«

»Zumindest spielten sie eine wichtige Rolle, ja.«

»Gab es so etwas wie den typischen Gestapo-Beamten? Was für Menschen waren Willi Klämmerle und Hermann Wildt?«

Muntprat lächelte. »Nein, den typischen Gestapo-Mann gab es nicht. Es waren unterschiedliche Täter mit unterschiedlichen Motiven. Tatsächlich lässt sich das an den Leitern der Konstanzer Gestapo-Stelle schön zeigen. Der erste, Jacob Weyrauch, war ein Beamter der guten alten Polizeischule: ein Mann aus einfachen Verhältnissen und SPD-Mitglied, der sich in der Weimarer Republik im Dienst hochgearbeitet hat und 1931 Leiter der politischen Polizei in Heidelberg wurde. Dabei hat er auch die NSDAP überwacht, und sein Name wurde von der Heidelberger NS-Presse durch den Schmutz gezogen. Weil er dann nach der Machtübernahme um seine Existenz fürchtete, trat er der Gestapo bei. In den Anfangsjahren des Regimes war den neuen Machthabern fachliche Qualifikation noch wichtiger als Linientreue. Auch als er schon Gestapo-Leiter war, entzog er sich dem Druck, in die SS einzutreten.«

»Und so eine Karriere ist tatsächlich typisch?«

Muntprat nickte. »Zumindest in der Anfangszeit. Doch Himmler setzte auf eine zunehmende Zentralisierung und auch Radikalisierung. Dafür steht der zweite Leiter der Konstanzer Gestapo. Er hieß Karl Heinrich Noa und war gerade siebenundzwanzig, als er die Stelle übernahm. Er hatte ein paar Semester Medizin studiert, war schon vor der Machtübernahme NSDAP-Mitglied und trat 1933 in die SS ein. Er entspricht ganz dem NS-Ideal des SS- oder Gestapo-Führers: karriereorientiert, intelligent, skrupellos, fest in der NS-Ideologie verankert, Akademiker, wenn auch ohne Abschluss. Sie finden jede Menge studierte und promovierte Juristen in den oberen Etagen des Reichssicherheitshauptamtes. Noa blieb aber nur ein Jahr in Konstanz, dann folgten die nächsten Karriereschritte. 1941 war er stellvertretender Leiter eines Sonderkommandos der Einsatzgruppe D, die in der Ukraine für schreckliche Massenmorde verantwortlich gewesen ist. Nach dem Krieg arbeitete er lange unbehelligt bei einer Gießener Zeitung als Redakteur.«

»Und wer kam dann?«

»Emil Hinz. Ein furchtbarer Charakter. Ein Nazi der ersten Stunde, der schon 1931 in die NSDAP eintrat und dann im Polizeidienst Karriere machte. Er steht stellvertretend für die zunehmende Brutalisierung der Gestapo. Hinz war, wie eine Mitarbeiterin später aussagte, verschlagen, brutal und korrupt.«

Martin schüttelte den Kopf. »Es ist schon beeindruckend, was Sie alles wissen!«

Muntprat blinzelte bescheiden. »Dafür werde ich bezahlt, Herr Schwarz!«

»Sie glauben gar nicht, wie dankbar ich Ihnen für Ihre Unterstützung bin.«

»Dafür besteht kein Grund. Es ist mir eine Freude, hier tätig zu werden. Und offen gesagt freue ich mich auch schon auf die Autofahrt zu den Archiven morgen, mit meinem wunderbaren Tesla!«

Das konnte Martin sich vorstellen. Er sah Muntprat vor sich, wie er, in feinem Zwirn, frisch geduscht und geföhnt mit seinem Tesla über die Baar und den Schwarzwald flog.

17

Martin hatte den Tisch fürs Mittagessen gedeckt. Kim war gerade aus der Schule gekommen. Die Mutter einer Freundin, die in der Nähe wohnte, hatte sie mitgenommen. Kim liebte Eier mit Speck, deshalb hatte Martin welche gebraten. Und auch noch irische Würstchen, die mochte sie besonders. Er wollte Kim überraschen, einfach so, weil ihr Leben gerade nicht einfach war und auch, weil er nach dem Gespräch mit Elsa ein schlechtes Gewissen wegen der Expedition nach Büßlingen hatte. In den Morgenstunden war Kim zitternd zu ihm ins Bett geschlüpft und hatte leise geschluchzt. Er hatte wissen wollen, was los war, aber sie hatte ihr Gesicht nur fest an seine Brust gedrückt. Da hatte er nicht mehr schlafen können.

»Lecker!«, rief Kim mit großen Augen, als sie die Küche betrat. »Ich liebe Eier mit Speck!«

Sie wirkte wieder ganz aufgeräumt, lief zu ihm und drückte ihn fest. Ob sie ein Alptraum in der Nacht geplagt hatte?

»Ich hab dich sooo lieb!«, sagte Kim. »Du bist der beste Papi auf der ganzen Welt.«

Gelöst, gerührt, entrückt stand Martin da in seiner Kochschürze, mit dem Pfannenwender in der Hand, als hätte ihn ein Engel geküsst.

Kim setzte sich und trank das Glas Orangensaft in einem Zug.

Danach rülpste sie, laut.

Glück gehabt, dachte Martin, dass die Oma beim Wandern war.

»Geht's dir denn gut?«, fragte er.

»Klar, warum nicht?«

»Na ja, weil wir dich doch gestern nach Büßlingen mitgenommen haben. Wir hätten das nicht tun sollen.«

»Warum denn? Ohne mich hättet ihr vielleicht den Ring und die Knochen von dem Toten nicht gefunden. Und jetzt kann die Tochter vom Herrn Haffner ihren Vater gescheit beerdigen.«

»Das stimmt schon, aber es war doch ziemlich schlimm für dich.«

»Nö, wieso? Mir hat es Spaß gemacht. Wobei, war schon krass mit der Beinscheibe.«

»Es war eine Bandscheibe«, korrigierte Martin.

»Ja!« Kim verdrehte die Augen. »Halt ein Menschenknochen.«

Martin schluckte. »Bist du deshalb heute Nacht zu mir rübergekommen?«

Auf einmal sah Kim wieder traurig aus und schüttelte den Kopf. »Das hat nix mit der Beinscheibe zu tun.«

»Ach so?« Martin hob Eier, Speck und Würstchen auf zwei Teller und setzte sich zu ihr. »Womit denn dann?«

Kim atmete tief ein. »Dass Mama und du nicht mehr zusammen seid. Dass ich jede Woche nach Waldshut und zurück fahren muss. Dass ich zwei Kinderzimmer habe. Dass ich an Weihnachten erst hier bin und dann bei der Mama. Dass ich einmal mit dir und einmal mit ihr in den Urlaub fahre. Ich hasse das!«

Kim klang wütend. Gut so, dachte Martin. Besser Wut als lähmende Traurigkeit.

»Na ja, wir lieben dich halt beide. Und wir dachten, dass es so am besten für dich ist. Aber ich gebe zu, dass es auch für mich nicht einfach ist. Und für Mama auch nicht.«

Kim nickte, wieder in Gedanken versunken. »Ich hab da auch mit Mama drüber geredet.«

»Ach ja?«

Tiefes Seufzen. »Sie hat gefragt, ob ich unter der Woche lieber zu ihr ziehen möchte. Ich könnte dich dann am Wochenende besuchen.«

»Was?«, rief Martin. Zorn wallte in ihm auf wie eine wilde Feuersbrunst. Dieses verfluchte Miststück, dachte er. Sie hatten doch ganz klar ausgemacht, dass sie Kim mit solchen Fragen nicht behelligen würden! Dass sie so etwas untereinander klären würden! »Ich meine, wie soll das denn gehen, sie arbeitet doch den ganzen Tag?«

Kim zuckte mit den Achseln.

»Und was hast du gesagt?«, fragte Martin ängstlich. Sein Herz klopfte wie ein Hammerwerk. Er schloss die Augen und sah einen rabenschwarzen Abgrund vor sich. Tief unten befand sich ein finsteres Verlies, in dem er angekettet lag, kraftlos und ausgemergelt, und seine einzige Gesellschaft war eine leere Flasche Scotch.

Kim seufzte tief. »Ach Papa, warum fragt mich Mama so was?«

Weil sie eine Schlange ist, wollte er rufen. Weil sie ihr Ego aufpolieren und mit Per glückliche Familie spielen will. Weil sie ein schlechtes Gewissen hat, weil sie ihr Kind erst einmal an Ex und Schwiegermutter abgeschoben hat, um sich selbst zu finden. Weil ihr zu Hause die Decke auf den Kopf fällt, nachdem sie den ganzen Tag mit Depressiven und Traumatisierten rumlaboriert hat. Da sollst du Licht und Fröhlichkeit in ihre vier Wände bringen. Und vielleicht will sie dich mir auch wegnehmen, aus Rache.

»Ich weiß nicht«, sagte Martin. Mehr nicht. Mache Elsa nie schlecht vor Kim, hatte er sich geschworen, bringe das Kind nie in Loyalitätskonflikte. Aber Elsa hatte genau das getan.

»Möchtest du denn zur Mama?«, fragte er mit brüchiger Stimme und wild pochendem Herzen. Eigentlich hatte er diese Frage nie, nie, nie stellen wollen. Nun war es passiert. Aber nur, weil Elsa angefangen hatte. Sie trug alle Schuld.

Doch wenn Kim jetzt Ja sagte, was dann? Würde er sein Kind ziehen lassen? Er würde, er müsste. Würde er das überleben? Er sah sich tief unten in dem Abgrund im Kerker schmachten.

»Du musst es wirklich ehrlich sagen. Ich werde nicht böse sein, Kim. Mir ist nur wichtig, dass es dir gut geht.«

Kim sah ihn an, mit wässrigen Augen.

Auch seine waren ziemlich feucht.

Über Martin hing ein großes, scharfes Schwert.

Ob der dünne Faden hielt?

»Nein!«, sagte Kim, im Brustton der Überzeugung. »Aber

das weißt du doch, Paps! Hier ist mein Zuhause. Du bist da und die Omi, außerdem gefällt es mir in der Schule, und meine Freunde sind hier. Waldshut mag ich nicht. Ich kenn da keinen. Und außerdem können Omi und du sich besser um mich kümmern. Und kochen kann die Mami auch nicht gescheit! Da gibt's immer nur Tofu und Gemüse.«

Mit Mühe hielt Martin die Tränen zurück. Worte konnten berauschend wie eine Droge sein. Sein Herz schmolz wie Schokolade, und sein Hirn flog zu den Engeln.

»Hast du das der Mama gesagt?«

Kim nickte. »Genau so. Nur das mit dem Kochen und dem Aufpassen hab ich weggelassen. Sonst bestellt sie noch einen Babysitter oder so was.«

Martin unterdrückte ein Kichern. »War sicher besser so. Und was meinte sie dann?«

»Es wäre okay. Aber sie klang sauer.« Kim zögerte. »Und ...«

»Ja?«

»Sie will mit diesem Per zusammenziehen.«

Martin tat überrascht. »Ach! Das ging aber fix!«

»Ich mag ihn ja nicht besonders.«

»Hm. Wieso eigentlich?«

»Er tut immer so nett. Aber dann sagt er mir ganz genau, was ich zu tun habe.«

»Zum Beispiel?«

»Wie ich am Tisch sitzen soll, wie ich Messer und Gabel halten soll, dass ich den Rücken grad machen soll, und an meinen Hausaufgaben hat er auch immer was zu meckern. Als ich einmal eine Vier im Mathetest hatte, hat er gemeint, das wäre unterirdisch schlecht, da hätte er sich geschämt als Kind. Pah! So ein Depp!«

»Kim!«

»Ist doch wahr!«

»Immerhin kümmert er sich um dich«, gab Martin zu bedenken, wünschte sich aber empörten Widerspruch.

»Das ist anders als bei dir oder der Omi. Die Mami kommandiert er auch rum.«

»Und die lässt sich das gefallen?«

»Versteh ich auch nicht. Der passt überhaupt nicht zu ihr. Als ich mal beim Essen gerülpst hab, hat er die Krise gekriegt.«

Martin kicherte. »Du sollst auch nicht rülpsen beim Essen!«

»Machst du doch auch immer, wenn du dein Bier trinkst! Per hat den Kopf geschüttelt und sah aus, als hätte er den Heiligen Geist gesehen. Keinen Piep hat der rausgekriegt. Dann hat er Mama böse angeschaut, als hätte sie gerülpst.«

»Und was hat die Mama dann gesagt?«

»Hat mit mir geschimpft. Und auch über dich. Das wäre wegen dir passiert, weil du keine Manieren hast.«

Martin seufzte. Und fühlte sich bestätigt. Er hatte ja gewusst, dass dieser Per ein hundertzwanzigprozentiges Arschloch war.

»Dann rülps halt nicht mehr, wenn du bei der Mama bist. Hat dieser Per auch Kinder?«

»Nö. War aber schon mal verheiratet. Dem ist bestimmt die Frau weggelaufen.« Kim seufzte ebenfalls. »Jedenfalls hab ich gar keine Lust mehr, nach Waldshut zu fahren, wenn der da ist. Und jetzt wollen sie auch noch ein großes Haus mieten, und ich soll ein richtig großes Zimmer bekommen.«

»Du musst hier nicht weg, wenn du nicht willst«, sagte Martin entschieden. »Ich werde darüber mit der Mama reden.«

»Lieber nicht, sonst gibt es wieder Streit. Ich hasse es, wenn ihr euch zofft.« Kim sah ihn an. »Also deine Freundin, die Alex, die gefällt mir viel besser als dieser komische Per.«

»Alex ist nicht wirklich meine Freundin.«

»Aber wenn sie da ist oder wir sie in München besuchen, schlaft ihr doch in einem Bett.«

Martin merkte, wie er rot wurde. »Ja, schon«, sagte er und überlegte, wie er das jetzt kindgerecht erklären könnte.

»Liebst du sie denn nicht?«, hakte Kim nach.

»Äh … Das kann man manchmal nicht so einfach sagen.«

»Ach komm!«, sagte Kim leicht spöttisch. »Du bist voll verknallt in sie! Das merk ich daran, wie du sie ansiehst. Du hast dann so ein Glitzern in den Augen. Außerdem guckst du immer auf ihren Hintern, wenn sie sich umdreht!«

»Also Kim! Das stimmt doch gar nicht!«

»Und ob! Du starrst drauf, als wär's eine Schweinshaxe und du wolltest reinbeißen.«

»Also …«

Kim kicherte, als sie Martins rote Rübe sah. »Ich hätte übrigens nichts dagegen, wenn die Alex hier einzieht. Aber ich geh auf keinen Fall zu dem Heini nach Waldshut.«

»Ach Kim!« Martin drückte sie an sich. Auch wenn das moralisch vielleicht nicht in Ordnung war, freute er sich diebisch, dass Kim diesen Per nicht leiden konnte. Geschah Elsa ganz recht, wenn sie sich so einen Etepetete-Kontrollfreak ins Haus holte.

Kurz darauf klingelte das Telefon. Es war Cornelius Muntprat, er saß im Bundesarchiv in Freiburg.

»Ich habe erste Neuigkeiten«, sagte der Archivar.

Martins Augen weiteten sich, als er Muntprats Bericht lauschte.

18

Hermann Wildt wohnte in einem gepflegten Einfamilienhaus aus den 1960ern am Ende der Allmannshöhe, einer friedlichen Gegend am nördlichen Stadtrand mit großzügigen Grundstücken und breiten, ruhigen Straßen. Standesgemäß für einen Professor, dachte Martin, aber nicht protzig. Wer in dieser Gegend ein Haus baut, muss nicht im Mittelpunkt stehen, mag die Natur und seine Ruhe. Wahrscheinlich hatte Wildt mit seiner Familie hier gelebt. Im Netz hatte er fast nichts über den Professor gefunden. Wildt war in den 1980er Jahren in den Ruhestand gegangen, lange bevor das Internet begonnen hatte, die Menschheit digital zu erfassen. Ein Buch von ihm, eine Einführung in das Studium der Soziologie, war antiquarisch noch zu beschaffen. Ansonsten waren Wildts Werke vom Markt verschwunden. Martin hatte Zwille gebeten, mehr über Unikontakte und Privatleben des Professors herauszufinden.

Im Lauf des Tages war die Sonne herausgekommen. Es war heiß geworden und durch die starken Regenfälle der letzten Tage auch sehr schwül. Martin schwitzte in seiner Jeans und unter dem Jackett. Er trug eigentlich nie ein Jackett, dachte aber, dass er sich für einen Professor entsprechend kleiden müsse.

Das Grundstück war durch eine hohe Rotbuchenhecke von der Straße abgeschirmt. Martin schritt durch eine blickdichte Pforte. Im Garten ragte ein alter Apfelbaum aus einem gepflegten Rasen. In der Mitte des mächtigen Stamms klaffte ein Loch. Möglicherweise war dort ein Ast bei einem Sturm herausgebrochen. Oder den Baum hatte eine Krankheit befallen, und das Holz war morsch geworden. Um das Loch herum gab es wulstartige Wucherungen, auch schien der Stamm innen fast vollständig ausgehöhlt zu sein. Dennoch wirkte der Baum stark und lebendig, jedenfalls war er voller Blätter, und kleine rote Äpfel hingen an den Ästen. Vor dem Haus wuchsen prächtige

Blumen auf frisch geharkten Rabatten, Sonnenhut, Sonnenblumen, Astern und Margeriten. Ob ein Hundertzweijähriger einen solchen Garten noch allein in Schuss halten konnte?

Die Haustür öffnete sich, noch bevor Martin klingeln konnte. Vor ihm stand ein stämmiger Mann um die sechzig mit Glatze und einem freundlichen Blick. Er wollte offenbar gerade gehen.

»Salli! Wie kann i helfe?«, fragte er mit starkem Konstanzer Dialekt und streckte ihm die Hand hin.

»Martin Schwarz. Ich bin mit Professor Wildt verabredet.«

»Ah ja, Sie sin des«, sagte der Mann mit einem zugewandten Lächeln. »Markus Mohren mein Name. I pass e bissle uff den Professor uff, guck nach'm Haus un em Garte. Der Professor erwartet Se im Wohnzimmer. Gehet Se eifach gradaus durch. I muss los. En schöne Mittag!«

Martin betrat ein großes Wohnzimmer. Es war angenehm kühl, offenbar hatte Wildt eine Klimaanlage. An den Wänden standen volle Bücherregale bis unter die dunkle Holzdecke, die nur dank der großen Fensterfront nicht allzu erdrückend wirkte.

»Guten Tag, Herr Schwarz«, sagte Hermann Wildt. Seine Stimme war warm und freundlich. Mit einer dunklen Sonnenbrille saß er in einem Rollstuhl an einem Tisch vor dem Fenster. Wildt war groß und hager, sein silbernes Haar noch relativ voll, nur an der hohen Stirn hatte es sich ein wenig gelichtet. Die Haut war faltig, das Gesicht kantig, mit den markanten Zügen wirkte er eher wie fünfundachtzig als einhundertzwei. Auch wenn die Brille seine Augen verdeckte, strahlte er eine respekteinflößende Präsenz aus.

Der Blick aus dem Fenster ging über Felder hinab zur Insel Mainau im Überlinger See. Das Wasser schimmerte türkis in der Sonne. Gerade war Kieselalgenblüte, sie gab dem See die karibische Färbung. Darüber lag ein milchiger Dunst, der die Konturen der Insel sanft verschwimmen ließ, wie ein grobkörniger Film aus dem letzten Jahrhundert. Links davon war die Universität auf dem Gießberg zu erkennen, Wildts alte Wirkungsstätte. Umgeben von dunklem Wald, sah der Campus wie eine moderne Festung aus, mit hellgrauen, eckigen Betonbauten und roten, gelben und blauen Dächern.

»Ein echter Augenöffner«, sagte Martin.

»Nicht wahr?« Der Professor lächelte. »Ich genieße die Aussicht seit fast siebzig Jahren immer noch jeden Tag. Früher bin ich jeden Morgen zur Universität und abends manchmal zum Staader Hafen spaziert. Leider sehe ich die Landschaft nur noch vor meinem geistigen Auge. Ich bin vor langer Zeit erblindet, müssen Sie wissen, ich nehme nur noch Schatten und verschwommene Konturen wahr. Den Rest, vor allem die Farben, muss mein Geist ergänzen. Wenn Sie so wollen, erschaffe ich mir Tag für Tag meine eigene Welt.«

Verwundert blickte Martin zu ihm. Er machte einen gelassenen, freundlichen Eindruck, sein Tonfall schien voller Güte. Trotz Sonnenbrille und Rollstuhl wirkte er stark, wie ein Mann, der mit sich im Reinen war. Doch Martin hatte den Eindruck, dass Wildt sein Besuch unangenehm war. Er konnte es ihm auch nicht verdenken, schließlich hatte Martin ihm bereits am Telefon erzählt, worum es ging.

Der Tisch war gedeckt, mit einer Akkuratesse, wie Martin das noch von seinen Großeltern kannte. Das Porzellan sah edel aus und wie geleckt, auf einem Stövchen stand eine Kanne Tee, zwei Stücke Florentiner Apfelkuchen und eine kleine Schüssel Sahne befanden sich auf einem silbernen Tablett.

»Da haben Sie sich aber Mühe gemacht!«, sagte Martin.

»Darum hat sich Markus gekümmert. Er hilft mir im Haushalt. Meine Tochter wohnt in Hamburg, mein Sohn in Wien, beide sind beruflich noch sehr eingespannt. Meine Frau ist leider schon seit vielen Jahren tot.«

Es klang traurig, wie er das sagte. Wildt war einsam. Das Haus, früher voller Geräusche, von den Unterhaltungen mit Freunden und dem Lachen der Kinder erfüllt, musste ihm sehr still vorkommen. Dieser Mohren schien Wildt jedoch sehr zu mögen, wenn er sich mit dem Decken des Tisches und dem Garten solche Mühe gab. Denn wirklich würdigen konnte es der Blinde ja nicht. Es war ein Liebesdienst, für den kein Dank erwartet wurde, den man um seiner selbst willen tat.

»Ich kann Ihnen sagen, dass dieser Tisch mit äußerster Sorgfalt gedeckt worden ist.«

Wildt schmunzelte. »Danke sehr. So ist er, der Markus.«

»Ist der Kuchen vom Bäcker Zwick?«, fragte Martin.

»Sie kennen sich aus! Der beste Apfelkuchen der Stadt, und das seit Jahrzehnten. Ich gönne mir fast jeden Tag ein Stück. Setzen Sie sich. Mögen Sie einen Tee?«

Martin nickte und nahm Platz. Wildt griff nach der Kanne und dann nach Martins Tasse, als könnte er sie sehen, schenkte ihm ein, ohne zu kleckern, und reichte ihm ein Stück Kuchen. Dabei zitterten seine Hände leicht.

»Sie interessieren sich also für den Alltag eines jungen Gestapo-Beamten in der Provinz«, kam Wildt gleich zur Sache.

»So ist es.«

»Was soll ich erzählen? Ich war knapp zwei Jahre im Dienst. Sie denken wahrscheinlich, wir haben tagaus, tagein mit gezückter Waffe Juden und Kommunisten gejagt, aber so war es nicht. Die meiste Zeit saß ich am Schreibtisch. Es war schrecklich öde.«

»Und was haben Sie so gemacht am Schreibtisch?«

»Berichte verfasst, Zeugenaussagen protokolliert. Manchmal gingen wir raus, um eingegangene Denunziationen zu überprüfen. Tatsächlich konnten wir viele Leute schützen. Es gab ja ständig Denunziationen: Ein Mann hat angeblich mitbekommen, dass der Nachbar Auslandssender hört; eine Frau behauptete, ein Bekannter hätte einen regimefeindlichen Witz erzählt; ein anderer will gesehen haben, dass sein Vermieter eine Fremde im Keller versteckt. So etwas. Nicht selten habe ich Leute warnen können, zum Beispiel einen alten Katholiken, der eine Jüdin verbarg. Wissen Sie, spätestens nach Stalingrad war uns klar, dass das Reich nicht mehr lange existieren würde. Ich war Anfang zwanzig und hatte mich schon lange von dem Irrsinn distanziert. Ich wollte überleben und dabei halbwegs anständig bleiben. Wir haben nur ganz selten jemanden verhaftet. Nur wenn es nicht anders ging, wenn Nichtstun uns bei der Gestapo-Leitstelle in Karlsruhe verdächtig gemacht hätte, nahmen wir einmal jemanden fest.«

»Walter Hinze haben Sie jedenfalls verhaftet.«

»Hinze?« Wildt hielt kurz inne.

Es dauerte eine Weile, bis er weitersprach. »Ich erinnere mich dunkel an ihn. Ein Hallodri, er hat Leute gegen Geld über die Schweizer Grenze gebracht, nicht wahr? Wir haben ihn mehrfach gewarnt, dass er das sein lassen soll. Aber er wollte nicht hören. Die Schweizer Grenzpolizei hat sich bei uns beschwert, die wussten, dass im Wangener Gebiet häufig Leute über die Grenze flohen, und haben die Leitstelle in Karlsruhe informiert. In dem Fall blieb uns keine Wahl. Dr. Walter Schick, der damalige Gestapo-Chef im Gau Baden, hat persönlich Druck gemacht. Schick und Robert Wagner, der badische Gauleiter, waren schreckliche Judenhasser.«

Wildt nahm einen Schluck Tee. Martin staunte, wie sicher er die Tasse hielt, während er trank. »Aber Hinze hat den Krieg überlebt. Auch weil wir nicht so gründlich ermittelt haben, wie wir das hätten tun können. Wir wussten von zwölf Leuten, die er über die Grenze gebracht hat, haben ihm aber nur drei angelastet. Auch aus Rücksicht auf seine Familie. Die war übrigens linientreu, das war ein Trumpf. So ist er noch halbwegs glimpflich aus der Sache herausgekommen.«

»Wie kamen Sie auf Hinze?«

»Er wurde denunziert. Einem anderen Bauern im Ort war aufgefallen, dass häufig Fremde in der Scheune auf dem Hof übernachteten.«

»Der Hof liegt weitab vom Dorf, ich war dort.«

Wildt wiegte den Kopf. »Die meisten Denunzianten hatten alles andere als edle Motive. Neid und Missgunst spielten oft eine Rolle. Der Mann, der Walter Hinze denunzierte, hoffte darauf, sich das Land des Vaters unter den Nagel reißen zu können, wenn er einen seiner Söhne ans Messer lieferte. Das vermuteten wir zumindest.«

»Sie erinnern sich ziemlich genau an den Fall.«

»Wie gesagt, es kam nicht oft vor, dass wir jemanden festgenommen haben.«

»Sie haben also nicht Leo Kaiser und Franz Haffner nachts im Wald bei Büßlingen verfolgt und dann kurz vor der Grenze niedergeschossen?«

Kurz war Wildt still. Der Mann wirkte sichtlich erschrocken, dann verhärteten sich seine Züge für einen kurzen Moment. Martin bereute diese Konfrontation.

Wildt lächelte nachsichtig. »Sicher nicht. Warum hätte ich mein Leben kurz vor Kriegsende gefährden sollen?«

Schade, dachte Martin, dass er Wildts Augen nicht sah. Die verrieten am ehesten, ob ein Mensch log oder die Wahrheit sprach. Konnte es sein, dass Wildt in Wirklichkeit gar nicht blind war? Dass er ihm etwas vorspielte und die Brille nur trug, um sich zu verbergen? Martin verwarf den Gedanken, aber vielleicht sollte er es nachprüfen.

»Möglicherweise war Willi Klämmerle die treibende Kraft?«, setzte Martin nach. »Walter Hinzes Bruder Thomas meint, er sei ein waschechter Nazi und glühender Antisemit gewesen.«

»Das stimmt so nicht. Mag sein, dass Wilhelm in den Dreißigern ein Überzeugungstäter gewesen ist. Er war ja älter als ich, Jahrgang 1915, ein Weltkriegskind aus kleinsten Verhältnissen, das als junger Mann die Weltwirtschaftskrise miterlebt hat. Aber 1944 war er kein Nazi mehr.«

»Vielleicht genoss er seine Macht?«, spekulierte Martin.

»Er wollte überleben, so wie wir alle. Besser Gestapo, als an der West- oder Ostfront für einen verlorenen Krieg zu sterben. Ja, wir wollten überleben, das war damals das Wichtigste. Deshalb mussten wir unseren Dienst so tun, dass es nach oben hin so aussah, als würden wir gewissenhaft arbeiten. Denn sonst drohte die Verlegung an die Front.«

»Waren Sie ein Überzeugungstäter, Herr Wildt?«

Der alte Mann senkte den Kopf und schwieg einen Moment. Schämte er sich? Jedenfalls schien Martin mit dieser Frage einen Nerv getroffen zu haben.

»Herr Schwarz«, sagte er, den Kopf hebend, und seine

Stimme klang fest und streng. »Ihre Frage ist beleidigend, finden Sie nicht? Sie ist beleidigend, weil Sie damit implizieren, dass ich bisher die Unwahrheit gesagt habe.«

»Sie sagten vorhin, dass Sie sich von dem Irrsinn distanziert hätten. Das klingt so, als wären Sie einmal überzeugt gewesen. Oder habe ich das missverstanden?«

Wildt zögerte, er wirkte getroffen, Martin schluckte. Der Mann tat ihm leid, er mochte den Professor. Auch klang seine Version so weit plausibel, Martin würde ihm gern glauben. Doch andererseits hatte Wildt Jahrzehnte Zeit gehabt, um sich eine schlüssige, perfekte Legende zu stricken, seine Schuld zu verdrängen, seine Taten kleinzudenken. Und was Cornelius Muntprat ihm heute Mittag am Telefon erzählt hatte, passte nicht zu dieser Geschichte.

Damit würde er Wildt gleich konfrontieren.

»Bitte entschuldigen Sie, dass ich Ihre Äußerungen hinterfrage«, begann Martin. »Aber Sie wissen, was mein Auftrag ist: Ich soll einen Mord aufklären, der vor fast achtzig Jahren begangen wurde. Es gibt kaum Akten, die von der Konstanzer und Singener Gestapo wurden vernichtet, als Zeugen haben wir bisher nur Thomas Hinze. Ich muss mir selbst ein Bild machen.«

»Sie haben nur Willi Klämmerle und mich als Verdächtige?«

»Wir verfolgen auch weitere Spuren.«

Wildt seufzte. »Warum soll ich Ihnen diese unangenehmen Fragen beantworten? Warum soll ich meine Integrität nach fast achtzig Jahren in Frage stellen lassen?«

»Ich kann Sie nicht zwingen. Nur im Namen von Elvira Wolff bitten, mir zu helfen.«

»Und wenn ich das nicht möchte?«

Wildts Stimme war immer noch freundlich und gelassen. Nachdenklich, zugewandt, nicht vorwurfsvoll.

»Dann bleiben mir nur die Archive. Ich kann mich dann nur auf das stützen, was meine Mitarbeiter und ich dort finden. Sie werden keine Möglichkeit haben, mir die Dinge aus Ihrer Sicht zu erläutern.«

»Sie werden nichts finden, was Ihnen in dem Fall weiterhilft.«

»Vielleicht ja doch? Ich arbeite mit einem Historiker und einer befreundeten Journalistin zusammen, die beide sehr akribisch und umfassend recherchieren.«

Wildt warf die Stirn in Falten. »Sie wollen mir drohen?«

»Herr Wildt, ich will Sie einfach bitten, dass Sie mir Ihre Sicht der Dinge mitteilen. Und dass Sie mir erlauben, kritische Rückfragen zu stellen. Sie wissen doch, wie viele Menschen sich Legenden zurechtgelegt und ihre Täterschaft verschleiert haben.«

Wildt schwieg. Er dachte nach. Die Sache mit der Journalistin war Martin spontan eingefallen. Er brauchte ein Druckmittel, und offenbar gab es etwas in Wildts Vergangenheit, worüber er nichts in der Zeitung lesen wollte, sonst müsste er jetzt nicht über Martins Bitte nachdenken. Doch vielleicht wollte Wildt auch nur herausfinden, was Martin wusste und dachte.

»Also gut«, sagte Wildt. Er verschränkte die Arme vor der Brust und holte tief Luft. »Stellen Sie Ihre Fragen. Aber haben Sie Verständnis, wenn ich mich nicht allzu lang darauf einlassen möchte. Für mich ist das abgeschlossen, die Wunden sind verheilt, meine Lebenszeit ist knapp und meine Gesundheit nicht mehr die beste.«

»Danke«, sagte Martin und räusperte sich. Er stach mit der Gabel in das Stück Apfelkuchen. Auch Wildt aß ein Stück. Sicher fand seine Gabel das Gebäck und dann in den Mund. Er ist nicht blind, dachte Martin wieder. Auch er aß ein Stück. Die fruchtige Süße der Äpfel und der nussige Geschmack der Mandelkruste waren ein kleines Fest für die Sinne.

»Sie waren in der Hitlerjugend?«, setzte Martin neu an.

»Wie so viele, das stimmt«, sagte Wildt mit einem nachsichtigen Lächeln.

»Sie sind im Jahr 1934 eingetreten. Mit dreizehn Jahren.«

Wildt wirkte überrascht, dass Martin das so genau wusste.

»Richtig, ich kam zum Jungvolk. Und, wie gesagt, das war nichts Ungewöhnliches. 1933 traten über zwei Millionen Jugendliche in Jungvolk und HJ ein.«

»Verpflichtet dazu waren sie nicht.«

»Auch das ist korrekt. Eine Dienstpflicht gab es erst später. Doch glauben Sie mir, ich bin als Dreizehnjähriger nicht aus ideologischen Motiven beigetreten. Das Angebot der HJ war attraktiv für einen aufgeweckten Jungen: Zeltlager, Ausflüge, Boxen, Fußball, Schnitzeljagden ... Das war damals meine Welt. Außerdem mussten wir Pimpfe samstags nicht in die Schule und durften stattdessen HJ-Dienst machen. Alle meine Freunde traten bei.«

Martin holte ein gefaltetes Blatt aus der Jacketttasche. Darauf hatte er sich notiert, was Muntprat ihm telefonisch mitgeteilt hatte. »Ein Jahr später kamen Sie von den Pimpfen zur HJ. Sie mussten eine Prüfung ablegen und ideologische Fragen beantworten.«

»Wie jeder andere auch. Ich musste außerdem Fahnensprüche und HJ-Lieder auswendig lernen.«

»Und die Ideologie hat Sie überzeugt?«

Wieder lächelte er sein nachsichtiges Lächeln, so als hätte Martin keinen blassen Schimmer, wovon er da sprach. Er ließ sich nicht aus der Ruhe bringen, zumindest ließ er sich nichts anmerken.

»Herr Schwarz, ich habe ideologische Floskeln auswendig gelernt, weil ich es musste, wenn ich dazugehören wollte. Ich habe darüber nicht weiter nachgedacht. Wir Jungs liebten die Zeltlager und das Sportprogramm, die Schulungsnachmittage haben wir in Kauf genommen.«

»Es war also alles ganz unschuldig?«

»Aber ja! Ich war noch ein Kind!«

»1936 haben Sie sich für einen HJ-Führungslehrgang an der Gebietsführerschule qualifiziert.«

»Wo haben Sie das denn her?« Wildt klang überrascht. Unruhig bewegte er sich in seinem Rollstuhl, als fühlte er sich unwohl, als befände er sich auf dünnem Eis.

»Ich mache meine Hausaufgaben, Herr Wildt. Sie wurden auch dort ideologisch geschult, unter anderem in Rassenkunde. So hat mir das zumindest ein Historiker erklärt. Und dort steht auch, dass nur sechzehn Prozent aller HJ-Führer auf diese Weise geschult wurden.«

»Und was heißt das für Sie?«, fragte Wildt.

»Dass Sie Ihren Vorgesetzten positiv aufgefallen sein müssen.«

»Ich war fünfzehn, Herr Schwarz. Ein ehrgeiziger Bursche und ja: begeisterungsfähig.«

Martin blickte auf sein Blatt. »Sie wurden dann Oberjungzugführer. Ihnen unterstanden etwa vierzig Jungen im Alter zwischen zehn und vierzehn Jahren. Und Sie haben diese Jungen auch weltanschaulich geschult.«

»Sie haben also meine Entnazifizierungsakte gelesen«, stellte Wildt fest. Tief atmete er ein. Seine Stimme hatte auf einmal brüchig geklungen. Martin sah, dass Wildts Hände wieder leicht zitterten. »Ich habe vorgebetet, was ich von meinen Vorgesetzten vorgelegt bekam. Doch was war der Grund für mein Engagement? Ich habe gern Verantwortung für Jüngere übernommen.«

»Später, mit knapp achtzehn, unterstand Ihnen dann ein Fähnlein mit hundertsechzig Jungen.«

Wildt verschränkte wieder die Arme vor der Brust und hob die Achseln. »Die Jungen mochten mich«, sagte er leise, »ich war Ihnen ein Vorbild.«

»Das glaube ich Ihnen, Herr Wildt. Die Frage ist nur, in welcher Hinsicht Sie ein Vorbild waren. Sie haben zehn- bis vierzehnjährige Jungs zu Rassenhass und Kriegsbegeisterung angestachelt. Oder nicht?«

Wildts Mundwinkel zuckten. »Ich habe Zeltlager organisiert und Fußballturniere. Ansonsten habe ich getan, was von mir verlangt worden ist. An den Schulungsnachmittagen habe ich vorgelesen, was in meinen Instruktionen stand.«

Der alte Mann war merklich in sich zusammengesackt. Martin dachte an die Warnung von Markus Mohren. Meine Fragen tun ihm weh, glaubte Martin. Es fragte sich nur, warum: Weil es so war, wie Wildt sagte, und ihn Martins Unterstellungen verletzten oder weil er damals eben doch ein überzeugter Nazi gewesen war und sich deshalb schämte?

Er musste noch weiter bohren, um das herauszufinden.

»Sie haben aber auch daran geglaubt! Sie waren nicht nur ehrgeizig, sie waren hochpolitisiert und ideologisch indoktriniert, oder etwa nicht?«

Wildt schüttelte den Kopf. »Wie lang soll dieses Spielchen noch gehen? Herr Schwarz, bei aller Sympathie, aber Ihr inquisitorischer Habitus stößt mich ab. Worauf wollen Sie hinaus? Und was in aller Welt hat das mit den Toten im Hegau zu tun?«

»Warum geben Sie nicht zu, dass Sie als junger Mann von der Ideologie überzeugt gewesen sind? Warum fällt Ihnen das so schwer?«

»Sie haben doch keinen blassen Schimmer davon, wie das damals war!«, rief Wildt, plötzlich voller Zorn.

Überrascht sah Martin ihn an. Hatte er ihn also doch noch aus der Reserve gelockt.

Wildt schwieg. Seine Brille war jetzt auf den Teller gerichtet, auf dem sein zur Hälfte gegessener Apfelkuchen lag, offensichtlich war ihm der Appetit vergangen. Martin sah, wie sich Wildts Körper leicht verkrampfte. Aber er wollte den alten Mann noch nicht vom Haken lassen.

»1939 haben Sie sich freiwillig zur Waffen-SS gemeldet.«

Wildt hob das Gesicht und schien ihn anzusehen, die schwarze Brille war auf ihn gerichtet, und wieder wünschte Martin, Wildts Augen lesen zu können. Der Professor löste seine verschränkten Arme und legte seine Hände auf die Lehne seines Rollstuhls.

»Applaus, Applaus!«, rief Wildt voller Ironie. »Sie haben sich ja beim Lesen der Spruchkammerakte große Mühe gegeben, Herr Schwarz! Und jetzt glauben Sie zu wissen, dass ich ein Jünger des Schwarzen Ordens war? Nun gut. Darf ich dazu etwas sagen, oder haben Sie Ihr Urteil schon gefällt?«

»Gern.«

Wildt atmete schwer. Es schien, als müsste er aufwallenden Zorn mit größter Mühe unterdrücken. »Sich 1939 freiwillig zur Wehrmacht oder SS zu melden, hatte sehr praktische Vorteile. Man sparte sich den sechsmonatigen Reichsarbeitsdienst, und ich konnte das Gymnasium vorzeitig verlassen. Auch die

Abiturprüfung musste ich nicht machen, ich bekam das Reifezeugnis auf Grundlage der bisher vorliegenden Noten. Das waren handfeste Vorteile.«

»Und warum sind Sie nicht zur Wehrmacht, sondern zur SS?«

»Durch die Meldung bei der SS kam man schneller von der Schule weg, das können Sie gern nachprüfen. Ich wurde ein paar Monate früher eingezogen als meine Kameraden, die sich zur Wehrmacht gemeldet hatten. Und ja, ich wollte in den Krieg. Als es am ersten September mit dem Feldzug gegen Polen losging, war ich voller Kriegsbegeisterung. Aber auch da war ich nicht der Einzige: In meinem Heimatort in Oberschwaben meldeten sich so viele junge Männer freiwillig, dass vorübergehend niemand mehr angenommen wurde. Wir hatten doch gar keine Vorstellung, was uns erwartete. Wir wollten keinen Rassenkrieg führen und Juden vernichten! Wir haben der Propaganda geglaubt, dass Polen den Krieg begonnen hat. Wir wollten Deutschland verteidigen! Wir haben geglaubt, dass Deutschland nach dem Ersten Weltkrieg ungerecht behandelt worden ist, dass uns im Versailler Vertrag zu viele Gebiete weggenommen worden waren. Das bekamen wir ja überall eingeimpft, schon in der Weimarer Zeit, in der Schule, im Radio und in den Wochenschauen. Fast jeder hat das geglaubt.«

Er seufzte. Martin konnte spüren, wie der alte Mann mit sich rang, wie er litt, wie er sich falsch verstanden fühlte.

»Außerdem«, fuhr er fort, und seine Stimme klang wie die eines Verwundeten, »war der Abiturient und Jungzugführer Hermann Wildt kreuzunglücklich. Mit meinen Eltern verstand ich mich nicht, zudem war ich unglücklich verliebt, und in meinem kleinen Heimatort fiel mir die Decke auf den Kopf. Ich wollte fort, raus in die Welt. Ja, ich wollte in den Krieg, aber als Teil der kämpfenden Truppe! Ich wollte nicht ein KZ bewachen. Deshalb bin ich zur Waffen-SS. Für mich bestand zwischen SS und Wehrmacht kein Unterschied. Außer dass ich bei der SS eben schneller von zu Hause wegkam.«

»Sie wollten nicht Teil eines Eliteordens sein?«

»Nein!«, flüsterte Wildt, und sein Tonfall hatte etwas Flehendes. Er war außer Atem und brauchte eine Pause, um wieder Kraft zu schöpfen.

Martin wartete.

»Ich will Ihnen noch einen Grund nennen, weshalb ich zur SS ging. Ich wusste schon damals, dass ich Professor werden wollte. Literatur und Philosophie waren meine Welt. Ich habe Schopenhauer und Nietzsche gelesen, auch jüdische Autoren wie Kafka und Tucholsky. Ich war ein Freigeist, Herr Schwarz. Und es hieß, dass die SS-Mitgliedschaft Vorteile bei der Zulassung zum Studium mit sich bringen würde.«

Martin betrachtete den erschöpften Mann. Das Gespräch hatte ihm schwer zugesetzt. Wildt litt, wohl auch weil er spürte, dass Martin ihm nicht glaubte. Martin wusste nicht, was er denken sollte. Hatte Wildt sich solchen Fragen schon einmal stellen müssen? Vielleicht während seiner Zeit als Professor? Zwille würde das herausfinden.

Wildt hatte seinen Blick zu Martin gewandt, als würde er ihn beobachten, als könnte er ihn sehen. Sein Ausdruck hatte etwas Bittendes, zugleich Schmerzerfülltes und Hoffnungsvolles, als wartete Wildt auf eine Entschuldigung, als könnte Martin ihm Absolution erteilen. Doch Martin schwieg.

»Ich bin sehr müde, Herr Schwarz«, sagte Wildt. »Es fällt mir nicht leicht, über all das zu sprechen. Weil mich Ihr Misstrauen quält und ich mich, obwohl ich mir nichts habe zuschulden kommen lassen, dafür schäme, wie ich damals gehandelt habe. Ich würde mir heute wünschen, ich wäre nie der HJ und der SS beigetreten. Dass ich als Pubertierender meinen brennenden Ehrgeiz gezügelt hätte. Ich weiß doch, zu welchem Leid und zu welcher Zerstörung dieses grausame Regime geführt hat. Aber als junger Mann wusste ich es nicht. Waren mein Ehrgeiz, meine Naivität eine Schande? Ich weiß, manche haben kommen sehen, wohin das NS-Regime Deutschland führen würde. Aber das waren sehr wenige. Zu denen gehörte ich nicht. Ich war der Sohn einfacher Bauern, deren Blick kaum über die Grenzen ihrer Felder ging. Meine Lehrer am Gymnasium haben meinen Blick geweitet, doch von denen waren die meisten in der Partei.«

Martin stand auf. Er konnte dem Mann nicht noch mehr zumuten. Er hatte auch keine weiteren Informationen mehr, mit denen er Wildt traktieren konnte.

Es würde nicht einfach werden, dachte Martin. Mal sehen, was Muntprat noch aus den Archiven graben würde. Doch Wildt wusste mehr, er verbarg etwas, das spürte er. Um ihn zum Sprechen zu bringen, um ihn zur Wahrheit zu zwingen, würde Martin tiefer durch dieses starre Geflecht aus Verdrängen, Halbwahrheiten und Schuldabwehr dringen, würde er mitten in Hermann Wildts Seele schneiden müssen.

Martin verabschiedete sich und trat hinaus.

Die Hitze schlug ihm entgegen wie eine Wand.

Martin war wie benommen und wankte leicht, als er an dem alten Apfelbaum vorbei zur blickdichten Gartenpforte ging.

19

Berlin, 7. Mai 1943

Am späten Nachmittag warteten Leo und Frieda wie verabredet auf einem Bahnsteig des Anhalter Bahnhofs auf Gertrud Eisner. Frieda trug das Abzeichen der NS-Frauenschaft, das Horst Winter ihr letztes Jahr gegeben hatte. Es war Freitag, im Bahnhof herrschte reger Betrieb, die Züge würden zum Wochenende hin sehr voll sein. Genau deshalb hatte Gertrud Eisner die Fahrt auf einen Freitag gelegt, so fielen sie weniger auf, so entging man eher einer Kontrolle. Morgen um fünf Uhr nachmittags sollte sie den Mann in Singen treffen. Um ihn zu schützen, kannte sie seinen Namen nicht und wusste auch nicht, wie er aussah. Der Nachtzug stand schon da und schnaufte. Leo hatte sie überredet, ohne ihn zu fliehen, und ihr geschworen, dass er in spätestens drei Monaten nachkommen werde. Er hatte ihr vorgehalten, dass Gertrud Eisner alles für Frieda vorbereitet habe, dass sie ein hohes Risiko eingehe und man sie deshalb nicht durch Wankelmut enttäuschen dürfe. Möglich, dass sie ihnen in ein paar Monaten nicht mehr helfen wollte, wenn sie jetzt absagten. Außerdem habe er bereits einen gefälschten Pass, und auch für ihn sei das Leben im Untergrund leichter, wenn er Frieda in Sicherheit wüsste. Vor allem müsse sie an ihr gemeinsames Kind denken. All das hatte sie schließlich überzeugt.

Als sie erfahren hatte, dass sie schwanger war, wusste sie nicht, ob sie lachen oder weinen sollte, und tat beides. Sie wurde fast hysterisch, und die jüdische Ärztin, die sie in ihrer ehemaligen Praxis nachts untersuchte, hielt sie fest, aus Angst, dass sie einfach auf die Straße laufen könnte. Die Ärztin riskierte viel, ebenso wie der *arische* Arzt, der ihre Praxis übernommen hatte und seine Vorgängerin darin heimlich Juden behandeln ließ.

Frieda lachte, weil Leo die Liebe ihres Lebens war und sie sich nichts sehnlicher wünschte als ein gemeinsames Kind. Und sie weinte, weil ihr Kind in eine Welt des Hasses geboren werden würde, in der man ihr Volk, ihr Kind vernichten wollte. Deshalb wollte sie es zuerst wegmachen lassen, um es vor dieser Welt zu schützen. Aber spätestens als sie nach jenem Dinner im Hotel »Adlon« Leons glückliches Gesicht gesehen hatte, überwog die Freude. Und der Wille, den Nazis zu trotzen und sich und ihr Kind in Sicherheit zu bringen. Was wäre das für ein Triumph über die selbst ernannte *Herrenrasse*, wenn sie es schaffen würden?

Und jetzt wartete sie mit einem gefälschten Pass am Bahnsteig. Den hatte sie von der Frau des Kommunisten bekommen, der ihnen Unterschlupf gewährt hatte. Sie würde ihren Pass in ein paar Tagen als verloren melden. Die Frau sah ihr halbwegs ähnlich. Es konnte, es musste funktionieren.

In einiger Entfernung stand ein älterer Herr mit zwei schweren Koffern. So wie er sich ängstlich umblickte, sie vorsichtig beäugte, glaubte Frieda, dass er Jude war. Würde er sie an Leos Stelle begleiten?

Da erschien Gertrud Eisner, wie immer schwarz gekleidet. Sie wirkte würdevoll, als könnte sie nichts aus der Ruhe bringen. Sie kam zu ihnen und betrachtete Frieda überrascht. Es dauerte eine Weile, bis sie erkannte, warum sie anders aussah. Dann nickte sie ihr zu. Und dem älteren Herrn, der daraufhin zu ihnen kam.

»Das ist Herr Ehrlich«, sagte Gertrud Eisner. »Er wird mit uns reisen. Hier sind die Fahrkarten.«

Da entdeckte sie Herrn Ehrlichs Koffer.

»Ich habe doch gesagt: kein schweres Gepäck!«, sagte sie. Sie bemühte sich, ruhig und leise zu sprechen, doch ihre Stimme vibrierte vor Zorn. »Wer nimmt denn so viel Gepäck mit, um für zwei Tage am Bodensee Verwandte zu besuchen? Die werden Verdacht schöpfen, im Zug und in der Pension.«

»Ich kann nichts zurücklassen«, sagte er nervös.

»Das kann uns allen den Kopf kosten«, erwiderte sie.

Am Ende des Bahnsteigs stand ein Bahnwärter, der aufmerksam zu ihnen blickte.

Frau Eisner atmete tief durch. »Also gut. Es bleibt uns nichts anderes übrig, wir können die Koffer nicht hier zurücklassen. Aber ich kann Sie nicht verstehen. Ich riskiere mein Leben für Sie, und Sie halten sich nicht an die Absprachen. Durch Ihr unvernünftiges Handeln bringen Sie mich und diese junge Frau in größte Gefahr. Für ein paar teure Anzüge und was noch? Meine Kontaktleute in Singen werden nicht begeistert sein. Gut möglich, dass sie Sie nicht mitnehmen und einfach am Bahnsteig stehen lassen.«

Ehrlich blickte beschämt vor sich hin. »Es ist dicke Winterkleidung und ein paar Bergschuhe für die Flucht. Und ein Pelzmantel meiner Frau und Silberbesteck, damit will ich den Fluchthelfer bezahlen. Und eine Porzellanfigur, die mir meine Frau zur Hochzeit geschenkt hat.« Ehrlich standen Tränen in den Augen. »Meine Frau ist tot. Sie hat sich das Leben genommen, als unser Sohn deportiert worden ist.«

Eisner presste die Lippen aufeinander und schwieg. Der Mann ist fix und fertig, dachte Frieda und sah zu Leo. Nur mit Mühe beherrschte sie sich. Für so lange Zeit würden sie sich nicht wiedersehen, vielleicht nie mehr, und das, nachdem sie in den letzten Monaten Tag und Nacht miteinander verbracht hatten. Sollte sie nicht besser dableiben? War es nicht gefährlich, mit diesem Ehrlich in den Zug zu steigen? Sie liebte Leo über alles, sie brauchte seine Zärtlichkeit und Stärke, seine Zuversicht und seinen Humor. Sie war stark, aber auch durch ihn. Das spürte sie gerade mehr denn je.

»Leo!«, flüsterte sie und sah ihn verzweifelt an. Doch sie konnte hier am Bahnsteig nicht in Tränen ausbrechen und sich ihm an den Hals werfen. Alles, was Aufmerksamkeit erregte, mussten sie unterlassen, das hatte Gertrud Eisner ihnen eingeschärft. Und der Bahnwärter hatte sie schon im Visier.

Also fassten sie sich nur an den Händen. Ihre waren eiskalt. Leo sah sie mit einem fröhlichen Gesichtsausdruck an, aber sie kannte ihn zu gut, um nicht zu wissen, dass er gespielt war.

»Wir sehen uns bald wieder, und dann reisen wir für immer nach Palästina!«, flüsterte er ihr ins Ohr.

Beim Einsteigen wandte Frieda sich noch einmal zu ihm um.

Leo lächelte, drehte seinen grauen Filzhut nervös mit beiden Händen, und das verriet ihr, wie sehr er unter Spannung stand. »Adieu und auf Wiedersehen. Schon bald«, sagte er.

Dann stieg sie hinter Gertrud Eisner in den Zug. Wie sollte sie ohne Leo den Grenzübertritt schaffen? Wie sollte sie diese Welt, aus der sie gerade floh, in der Juden in Todesfabriken ermordet wurden und in der sie sich wie Tiere versteckt hatten, je vergessen? Würde sie die Alpträume je wieder los?

Als der Zug abfuhr, winkte Leo mit seinem Hut. Er stand in Fahrtrichtung, wie ein Versprechen. Frieda sah aus dem Fenster, bis er an ihr vorüberglitt und verschwand. Der kühle Nachtwind fuhr ihr ins Haar und trieb die Tränen aus dem Gesicht. Sie rang um Fassung, bevor sie in ihr Zweite-Klasse-Abteil ging.

Wie eine Mutter sah Gertrud Eisner sie an und nahm ihre Hand. Sie saßen nebeneinander, alle acht Plätze waren besetzt. Herr Ehrlich war in einem anderen Abteil untergebracht, wohl aus Sicherheitsgründen, dachte Frieda. Er hatte wie sie dunkle Augen und einen dunklen Teint. Er sah jüdisch aus, keine Frage. Möglich, dass ein Gestapo-Mann eher Verdacht schöpfte, wenn er sie nebeneinander sehen würde.

Friedas Platz war direkt neben dem Fenster, am weitesten weg von der Tür. Neben ihr saß Gertrud Eisner und schirmte sie ab. All das hatte diese Frau klug geplant. Sie holte ein mit Butterbrotpapier umwickeltes Paket aus ihrer Tasche und reichte es Frieda. Darin befand sich eine dick belegte Leberwurststulle.

»Nein«, sagte Frieda. »Ich kann jetzt nichts essen.«

»Sie müssen«, erwiderte Gertrud Eisner streng. »Sie haben noch einen weiten Weg vor sich und brauchen Ihre Kraft.«

Also zwang Frieda die Stulle mit kleinen Bissen in sich hinein. Es war für die Frau sicher nicht einfach gewesen, frische Leberwurst zu ergattern.

Der Zug war überfüllt und verdunkelt. Die Fahrkarten wurden nur flüchtig kontrolliert, der Schaffner musterte sie nur kurz. Mit Frau Eisner zu plaudern erschien ihr zu gefährlich, also stellte Frieda sich nach dem Essen schlafend und hörte den anderen Reisenden zu.

»Teile von Düsseldorf brennen«, meinte der ihr gegenüber-sitzende Mann erregt. »Meine Schwiegermutter ist ausgebombt worden. Jetzt kriegt sie immerhin eine Judenwohnung.«

»Das wird nicht mehr aufhören, im Gegenteil«, meinte sein Nebensitzer leise. »Der Tommy wird erst ruhen, wenn Deutschland in Schutt und Asche liegt. Und dann gnade uns Gott.«

»Prost Endsieg!«, meinte der andere bitter.

Hoffentlich hörte das niemand, dachte Frieda. Für solchen Defätismus konnte man inhaftiert werden. Aber seit Stalingrad hörte man immer mehr Deutsche so reden. Sie schämten sich für ihre Leichtgläubigkeit und das, was sie sich selbst eingebrockt hatten. Doch schämen, fand Frieda, müssten sie sich für ganz andere Dinge.

In den Morgenstunden fuhr der Zug in Stuttgart ein. Der Anschlusszug befand sich auf dem gegenüberliegenden Gleis. Auf dem Bahnsteig drängten sich viele Menschen, vor allem Soldaten, die einsteigen wollten. Gertrud Eisner nahm Frieda bei der Hand, drängelte sich energisch durch die schmale Zugtür und schob die Soldaten auf dem Bahnsteig einfach beiseite. Ehrlich folgte in ihrem Windschatten mit seinen beiden Koffern. Ständig stießen diese gegen irgendwen.

»He«, rief ein Mann, »passen Sie doch auf!«

Ehrlich jammerte und schimpfte, als er sich mit den schweren Koffern durch die dicht stehenden Menschen hindurchzwängte. Schweiß stand auf seiner Stirn, er wirkte fahrig und nervös. Und zog viel zu viel Aufmerksamkeit auf sich, dachte Frieda. Hoffentlich ging das gut.

Doch dank Gertrud Eisners Entschlossenheit schafften sie es in den Zug nach Singen. Für ihr Drängen und Schieben erntete sie böse Blicke, aber niemand wagte, eine schwarz gekleidete Witwe aufzuhalten.

Stockend fuhr der Zug an und pfiff, der Kohlenrauch der Lok trieb an den Fenstern vorbei, es war schwül und stickig. Ein sonniger, warmer Frühlingstag kündigte sich an. Die Abteile waren voll besetzt, sie standen im Gang, dicht an dicht mit den anderen Reisenden. Friedas Kleider rochen muffig, sie war müde und zweifelte, dem Druck standhalten zu können. Am liebsten wäre sie mit Gertrud Eisner zurückgefahren und hätte sich mit Leo in ihrem Berliner Kellerloch verkrochen. Wobei das längst nicht mehr sicher wäre. Vor zwei Nächten war der Hausmeister abends in den Keller gekommen, als sie schon auf den Pritschen in ihrer Nische lagen. Er schien sie nicht bemerkt zu haben, dennoch quälte sie seitdem die Angst, dass plötzlich die Gestapo vor ihrem Bett auftauchen und sie mitnehmen würde.

Stunde um Stunde verging, Friedas Beine wurden schwer. Doch niemand behelligte sie. Draußen flog die Landschaft an ihnen vorbei. Die Donau, hier noch ein schmaler Fluss, schlängelte sich wie ein blaues Band neben den Gleisen entlang. Reiher standen an den Ufern, die Obstbäume blühten, und Störche durchschritten die sattgrünen Wiesen. Die Dörfer mit ihren Höfen, Fachwerkhäusern, alten Kirchtürmen und Holzmühlen wirkten wie aus einer anderen Zeit. Keine Trümmer, keine Ruinen, idyllisch war es hier, als gäbe es keinen Krieg.

»Lassen Sie das!«, hörte sie auf einmal Herrn Ehrlich rufen. »Finger weg von meinem Koffer!«

»Was wollen Sie denn?«, erwiderte ein Soldat. »Was unterstellen Sie mir da? Ich hab Ihren Scheißkoffer nicht angerührt.«

»Unverschämtheit!«, rief Herr Ehrlich. »Können Sie uns denn nie in Ruhe lassen? Räuber seid ihr allesamt! Gewissenlose Räuber!«

»Was willst du denn, du Witzfigur?«, rief der Soldat und packte Ehrlich am Schlafittchen. »Wer ist hier ein Räuber? Wen meinst du mit ›wir‹? Bist du ein Jude, oder was? So siehst du nämlich aus.« Er wandte sich kurz von Ehrlich ab. »Ist Gestapo hier im Zug?«, rief er laut. »Ich glaube, hier ist ein Jude!«

»Loslassen!«, schrie Ehrlich, voller Wut und Verzweiflung. »Nehmen Sie Ihre dreckigen Finger von mir weg!«

Alle im Gang beobachteten die beiden. Ehrlich hatte die Nerven verloren. Fragend, voller Angst sah Frieda zu Gertrud Eisner. Die blickte zu Ehrlich, überlegte wohl, ob sie ihn beruhigen können würde, entschied sich dann aber anders.

Nein, er gehörte nicht mehr zu ihnen, er hatte sich um Kopf und Kragen geredet. Gertrud Eisner schob Frieda weg von Ehrlich, zum Ende des Waggons.

Der Zug verlangsamte die Fahrt. Sie befanden sich kurz vor Donaueschingen. Als sie am Ende des Abteils ankamen, drehte Frieda sich noch einmal um.

Ein Mann trat zu den Streithähnen.

Er trug die Reithosen der SS.

»Gestapo«, sagte er streng. Und zu Ehrlich: »Wie heißen Sie?«

»Ehrlich ... Ich meine Scholz. Franz Scholz aus Berlin. Ich besuche meine Verwandten in Singen und wohne im Gasthof ›Zum Lamm‹. Sie können das überprüfen, ich ...«

Oh nein, dachte Frieda. Jetzt hat er sich verraten.

Misstrauisch sah der Polizist ihn an. »Ausweis. Aber dalli!«

Ehrlich war verloren. Mit zitternden Händen suchte er in seinen Taschen. Ein paar Geldscheine fielen heraus, eine goldene Taschenuhr, die der Gestapo-Mann gierig beäugte. Ehrlich raffte alles vom Boden und stopfte es in seine Hosentaschen. Die Todesangst war ihm auch aus der Entfernung anzumerken. Es dauerte eine kleine Ewigkeit, bis er seinen Ausweis aus der Jackentasche gefingert hatte. Der Beamte prüfte das Dokument. Im Waggon war es mucksmäuschenstill, alle verfolgten gespannt das Spektakel.

Der Zug hielt im Bahnhof. Vorsichtig sah Frieda sich um. Hatten die anderen Fahrgäste bemerkt, dass sie zusammen eingestiegen waren? Würde jemand etwas sagen? Würde Ehrlich sie verraten?

Doch niemand beachtete sie.

»Sie kommen mit«, sagte der Beamte. »Wir steigen aus.«

»Nein«, rief Ehrlich und sah hilfesuchend zu Gertrud Eisner.

»Ich muss nach Singen, meine Verwandten ... ich ...«

»Raus!«, befahl der Beamte.

Frieda senkte den Blick.

Schloss die Augen.

Der Puls hämmerte in ihren Schläfen.

Frieda betete, dass Ehrlich sie nicht verraten würde.

»Hilfe«, rief er. »So helfen Sie mir doch!«

Frieda blickte kurz auf. Ehrlich schaute zu ihr, direkt in ihre Augen. Sie sah die Trostlosigkeit in seinen, die Leere, als wäre er schon tot. Der Gestapo-Beamte packte ihn an den Schultern und schob ihn durch die Menge, in ihre Richtung. Ehrlich umklammerte seine Koffer, als könnten die ihm noch helfen.

O mein Gott, dachte Frieda.

»Scheißjuden!«, rief der Soldat.

Wegen der Koffer kamen Ehrlich und der Beamte in dem engen Flur kaum voran. Frieda bemerkte, wie Ehrlich der Schweiß von den Wangen lief, wie seine Stirn glänzte, wie sich seine Augen an ihren festsaugten.

»Helfen Sie mir doch!«, flüsterte Ehrlich, als er an ihnen vorbeigeschoben wurde, leise und mutlos. Da legte Frieda ihre Hand auf ihren Bauch, dahin, wo ihr Kind wuchs. Bitte verrat uns nicht, sagte ihr Blick.

Ehrlich senkte seinen. Frieda spürte Gertrud Eisners Hand in ihrer. Mit der einen hielt sie ihre Retterin, mit der anderen schützte sie ihr Kind.

Draußen auf dem Bahnsteig hörten sie Ehrlichs Rufe. Noch einmal bäumte er sich gegen sein Schicksal auf. »Ich will nach Singen! Ich besuche meine Verwandten! Sie können in dem Gasthof anrufen! Mein Name ist Franz Scholz aus Berlin, das müssen Sie mir glauben! Ich habe doch einen Pass!«

Friedas Herz schlug im Hals. Die Fahrt dauerte noch über eine Stunde. Der Mann würde Ehrlich verhören, und so wie sie ihn einschätzte, würde er nicht lange durchhalten. Er würde alles verraten, Gertrud Eisners Namen nennen, wohin sie fuhren ... Wahrscheinlich würden am nächsten Halt Gestapo-Leute zusteigen und nach ihnen suchen. Oder in Singen am Bahnsteig auf sie warten. Ihr Kind würde in einem polnischen Getto oder in einem Konzentrationslager zur Welt kommen. Oder gar nicht mehr. »Wir sind verloren«, flüsterte sie Gertrud Eisner zu.

Doch die schüttelte entschieden den Kopf. »Das sind wir erst, wenn sie uns haben.«

20

Singen am Hohentwiel, 8. Mai 1943

Gegen Mittag kam der Zug in Singen an. Kein Gestapo-Mann
war zugestiegen, doch am Bahnsteig standen mehrere Polizei-
beamte, die die Passagiere kritisch beäugten. Die suchen uns,
dachte Frieda, gleich nehmen sie uns fest!
Beim Aussteigen bekam sie kaum Luft, ihr Hals war wie
zugeschnürt. Doch wie es schien, warteten die Männer nicht
auf sie. Jedenfalls hefteten sich die forschenden Blicke nur kurz
auf die beiden Frauen, wobei Frieda fast das Herz stehen blieb.
Frieda senkte den Blick, als sie an den Polizisten vorbeilief, und
konnte weder atmen noch schlucken.
Auf keinen Fall würden sie bis zum Abend im Bahnhof bleiben können. Auch die Innenstadt war zu gefährlich. Gertrud
Eisners Legende, wonach sie nach Singen gefahren waren, um
ihren verwundeten Sohn zu besuchen, war Gold wert. Sie gab
ihnen die Möglichkeit, Bahnhof und Stadtzentrum zu verlassen
und zum Lazarett zu gehen. Als die ankamen, begab sich Frau
Eisner zur Anmeldung und tat so, als wollte sie den Aufenthalt
ihres Sohnes in Erfahrung bringen. Eine Weile hielt sie auf diese
Weise das Lazarettpersonal beschäftigt, aber natürlich war er
nicht zu finden.
Frieda wartete im Eingangsbereich, und nach einer Stunde
kehrte Gertrud Eisner mit zwei Tassen heißem Tee zurück. Sie
setzten sich, und die fürsorgliche Witwe holte weitere Pakete
mit Stullen aus ihrer Reisetasche.
»Essen Sie, Sie brauchen Ihre Kraft!«, mahnte sie und reichte
ihr ein Paket. Also zwang Frieda eine weitere Leberwurststulle
in sich hinein.

Der Treffpunkt mit dem Fluchthelfer befand sich in einer Seiten-
straße neben dem Bahnhof. Als sie dort eintrafen, war es noch

zu früh, doch Gertrud Eisner wollte zurück zum Bahnhof, weil ihr Zug nach Stuttgart bald abfuhr. Sie würden sich jetzt trennen.

»Danke für alles«, sagte Frieda. »Ohne Sie hätte ich es nicht hierhergeschafft. Ohne Sie wäre ich immer noch in Berlin. Dann müsste ich im Untergrund ein Kind zur Welt bringen.«

Frieda war den Tränen nah, und auch Gertrud Eisner wirkte ergriffen. Mit gütigen Augen sah sie Frieda an.

»Passen Sie auf sich auf. Und senden Sie mir keine Postkarten nach Berlin. Ich hoffe auch, Sie haben wirklich kein Gepäck an meine Adresse geschickt. Das ist mir nämlich schon einmal passiert. Die Leute wollten, dass ich ihnen das Gepäck ins Ausland nachsende. Fünf schwere Koffer standen vor meiner Tür! Ein Wunder, dass keiner meiner Nachbarn die Gestapo geholt hat.«

»Keine Sorge, Frau Eisner. So gewissenlos bin ich nicht. Ich danke Ihnen für alles. Ich habe nur eine Bitte: Helfen Sie meinem Verlobten Leo. Er will in ein paar Wochen auch fliehen. Auch wenn er mutiger ist als ich, ohne Sie schafft er das nicht.«

Die Witwe senkte den Blick. Auf einmal wirkte sie ernst.

»Ich werde sehen, was ich tun kann. Darüber muss ich noch mit den Fluchthelfern sprechen. Sie sind nervös, die Gestapo ist ihnen auf der Spur.«

»Er schafft es nicht ohne Sie«, sagte Frieda bittend.

»Leben Sie wohl, Frau Wolff.«

Betroffen, verloren schaute Frieda sie an. Dann gehe ich auch nicht, wollte sie rufen, doch da hatte sich Gertrud Eisner schon abgewandt und schritt Richtung Bahnhof davon.

Frieda sah ihr nach, voller Zweifel, voller Unruhe. Sollte sie doch mit ihr zurückfahren? Kaum war die Frau fort, fühlte Frieda sich mutterseelenallein und voller Angst, wie ein in der Fremde ausgesetztes Kind. Sie wollte rufen: Warten Sie, nehmen Sie mich mit! Doch dann würde sie diese mutige Frau noch einmal einer großen Gefahr aussetzen. Und wo sollte sie ihr Kind bekommen? Wie sollte sie mit einem Baby im Untergrund überleben?

Plötzlich sprach ein Mann sie an. Vor Schreck schrie sie auf, wie aus dem Nichts war er hinter ihr aufgetaucht!

»Wer sind Sie? Was wollen Sie von mir?«, rief sie.

Der Mann war irritiert, sagte etwas, doch sie verstand kein Wort, er sprach einen starken Dialekt. Er war jung, so alt wie sie, sehr groß und hager, mit rabenschwarzen Haaren. War er von der Gestapo? Ein Spitzel, der sie am Bahnhof beobachtet hatte? Frieda war völlig überrumpelt, trat einige Schritte zurück und rief laut nach Gertrud Eisner.

Überrascht, erschrocken sah Eisner zu ihnen. Zögerte kurz, ihr Blick schweifte über die menschenleere Straße, dann kam sie zurück.

»Der Mann!«, rief Frieda und zeigte auf ihn wie ein verschüchtertes Schulmädchen. »Er hat mich angesprochen!«

Verwirrt, zornig schaute der Mann erst zu Frieda und dann zu Gertrud Eisner.

»Des sin doch Sie!«, sagte er und hielt ein Foto vor Friedas Gesicht. Es war das Foto von ihr, das Gertrud Eisner nach Singen geschickt hatte.

Jetzt verstand Frieda. Natürlich, der Mann war ihr Fluchthelfer! »Entschuldigung«, sagte sie beschämt. »Bitte entschuldigen Sie! Ich habe solche Angst. Ja, ich bin Frieda Wolff.«

»Kein Name«, entgegnete der Mann streng. Er war wütend und sah sich ängstlich um. Atmete tief ein und aus, um seinen Zorn zu zügeln. Fingerte nervös eine Zigarette aus seiner Tasche und zündete sie an. Ein altes Ehepaar auf der anderen Straßenseite hatte kurz zu ihnen geblickt, jetzt gingen sie weiter.

»Die kann ich unmöglich mitnehmen«, sagte der Mann und blies den Rauch fest aus seinen Lungen. »Die macht sich doch jetzt schon in die Hose. Wie wird das erst, wenn wir über die Grenze gehen?«

Gertrud Eisner sprach ruhig auf ihn ein. Erklärte, was sie im Zug erlebt hatten. »Ich werde hier in Singen übernachten und warten, bis Sie mir melden, dass Frau Wolff sicher die Grenze übertreten hat. Ich kann das gut begründen, weil mein Sohn noch nicht im Lazarett angekommen ist.«

Der Mann beruhigte sich und nahm noch ein paar tiefe Züge. »Also gut. Sie sind im Gasthof ›Zum Lamm‹?«

Gertrud Eisner nickte und wandte sich an Frieda. »Vertrauen

Sie dem Mann. Glauben Sie mir, Sie sind in den besten Händen. Ich werde heute Abend in der Kirche eine Kerze für Sie anzünden. Damit der Grenzübertritt morgen gelingt.«

»Danke!«, flüsterte Frieda.

Dann ging sie mit dem Mann zu seinem Fahrrad, das er am Bahnhof abgestellt hatte, und während er es neben Frieda herschob, erklärte er ihr, dass er sie in sein Haus in Gottmadingen bringen werde. Dort würden sie übernachten und am folgenden Tag gemeinsam über die Grenze gehen.

Der Weg führte über einen kleinen Fluss und dann durch einen Wald. Der Mann fuhr etwa hundert Meter voraus und stieg ab. Dann ließ er die Luft aus dem Reifen, er wollte so tun, als hätte er einen Platten. Frieda wartete, bis er loslief. In dieser Entfernung sollte sie ihm folgen. Frieda fühlte sich unwohl, er erschien ihr ungehobelt und barsch, als würde er sie nicht mögen oder ihr nur widerwillig helfen. Oder hatte er einfach nur Angst? Und wie würde das werden, allein mit einem fremden Mann in einem Haus?

Wenn es nur schon morgen wäre!

Bald hatten sie die letzten Häuser Singens hinter sich gelassen. Es war ein wunderschöner alter Wald mit hochstämmigen Buchen, die in frischem Grün standen. Es roch nach feuchter Erde und Moos. Es erinnerte sie an Potsdam, auch dort gab es prächtige Wälder, mit ihren Eltern hatten sie dort die Sonntage mit Wandern und Picknick verbracht. Friedas Spannung löste sich ein wenig, zugleich stiegen ihr Tränen in die Augen. So etwas würde es in Israel nicht geben, sie würde die deutschen Wälder vermissen. Dafür schien in Israel viel öfter die Sonne, außerdem wuchsen dort Mandeln und Orangen, sie würden im Mittelmeer baden, es war das Land ihrer Vorfahren, dort würde ihr Kind in Frieden und Sicherheit aufwachsen. Nach Deutschland würden sie nie mehr zurückkehren, für Juden würde es für immer und ewig ein schwarzes Reich des Todes sein.

Inzwischen hatte die Dämmerung eingesetzt. Der Mann vor ihr rauchte eine Zigarette nach der anderen, wohl weil er nervös war und um ihr ein Zeichen zu geben. In der Dunkelheit konnte Frieda die rote Glut gut erkennen.

Schließlich kamen sie nach Gottmadingen, ein kleines Dorf. In einer schmalen Straße am Ortsrand hielt der Mann an. Wartete, bis Frieda zu ihm aufgeschlossen hatte. Er ging voraus, zu einem kleinen Arbeiterhaus, stieg die wenigen Stufen hinauf, klopfte an und trat ein. Frieda verharrte noch ein paar Minuten, so war es abgemacht. Wieder fühlte sie sich einsam und verlassen, wieder wollte sie am liebsten zum Bahnhof zurücklaufen.

Dann ging sie los und klopfte. Sie war überrascht, als eine Frau vor der Tür stand. Der Mann war also verheiratet, dachte sie erleichtert.

»Chommet Sie doch«, sprach die Frau mit einem Schweizer Akzent, »ich bin Maria Haffner.« Sie war füllig, wirkte freundlich und hatte wie ihr Mann rabenschwarze Haare.

Die Frau führte sie in die Küche.

»Setzen Sie sich«, sagte sie schüchtern und wies auf den Esstisch. Dort hatten die beiden eine einfache Brotzeit vorbereitet. Haffner lehnte rauchend am Türrahmen.

»Mein Mann, das ist der Franz.«

Erschöpft nahm Frieda Platz. Sie war voller Angst und Sehnsucht nach Leo, zugleich erleichtert und überwältigt. Stumm saß sie in der kleinen Küche ihren Rettern gegenüber und wusste nicht, was sie sagen sollte.

»Danke«, brachte sie nach einer Weile heraus, »ich danke Ihnen so sehr!« Und auf einmal liefen ihr Tränen über die Wangen, sie konnte nichts dagegen tun. »Ich weiß auch nicht, was mit mir los ist. Es ist einfach zu viel!«

»Es ist ein Wunder, dass Sie so lange durchgehalten haben«, sagte die Frau voller Wärme, in diesem wunderbar freundlichen Schweizer Akzent. »Und jetzt müssen Sie essen! Sie brauchen Ihre Kräfte!«

Immerhin, dachte Frieda schluchzend, gab es keine Leberwurst.

21

Sie trafen sich in dem Waldshuter Einfamilienhaus, das Elsa und Per gemietet hatten. Es war ein schickes, großes und in ein weitläufiges Hanggrundstück eingewachsenes Architektenhaus mit Blick auf Rhein und Altstadt. Ein kleines Paradies, wäre da nicht das Schweizer Atomkraftwerk Leibstadt auf der anderen Seite des Flusses. Kim dürfte den Anblick des mächtigen Kühlturms, der Dampfwolke und der Reaktorkuppel hassen, dachte Martin und lächelte hämisch.

Als Martin Kim auf der Herfahrt erzählt hatte, dass er länger mit Elsa sprechen würde, wusste das Mädchen, dass etwas in der Luft lag.

»Bleib bitte in deinem Zimmer, wenn wir reden«, sagte er. »Ich verspreche, dir hinterher alles Wichtige zu erzählen. Und die Mama kannst du auch fragen, dann kennst du zwei Versionen des Gesprächs.«

Kim nickte stumm. Blass und traurig sah sie aus, und Martin konnte spüren, wie die Zerrissenheit sie quälte, die Zerrissenheit und auch die Ungewissheit, was mit ihr passieren würde. Und die Angst oder zumindest Unlust, mit diesem Per vielleicht in einem Haus leben zu müssen.

Sie saßen in einem riesigen Wohnzimmer. Abgesehen von den edlen cremefarbenen Ledersofas und dem Glastisch befanden sich nur wenige Möbel darin. Elsa hatte diesen nüchternen, modernen Stil schon immer geschätzt. Er erinnerte sich daran, wie er sie vor vielen Jahren in ihrer Wohnung in der Waldshuter Bergstadt besucht hatte. Die Wohnung hatte kühl und unfertig gewirkt, als wäre jemand gerade erst eingezogen. So wie hier. Mit dem bunten Durcheinander im Hause Schwarz, wo überall irgendwas herumlag, die Terrakottafliesen voller Ölflecken und Farbkleckse waren und jedes Möbelstück Macken hatte, hatte sie sich nie anfreunden können. Martin hatte die Vermutung, dass Elsa sich nicht festlegen und nie wirklich irgendwo ankommen wollte. Oder konnte. Deshalb die karge Einrichtung: Stets war sie auf dem Sprung und bereit weiterzuziehen. Die Seite zum Garten hin war vollständig verglast. Trotz des wolkenverhangenen Himmels war es hell. Wenn jemand vom Jugendamt das Haus begutachten würde, dachte Martin, hätte er in der Hinsicht keinen Vorteil mehr. Sicher hatten sie das Haus auch deshalb ausgesucht.

Per lächelte überlegen und schenkte ihnen Tee ein, ganz der legere Mann von Welt. Seine elfenbeinfarbene Leinenhose, das gleichfarbige Jackett, das hellblaue Seidenhemd, die eleganten Lederslipper, in denen er barfuß steckte, die gebräunte Haut und die spielerisch-souveräne Art, wie er die Teekanne hielt – all das signalisierte ausgeprägtes Klassenbewusstsein. Per hatte die Codes der Upperclass schon mit der Muttermilch aufgesogen, sie steckten in jeder Faser seines Körpers und in der leisesten Bewegung.

»Schön, dass du Zeit gefunden hast«, sagte Elsa, und er spürte die nadelscharfe Spitze in ihrem zuckersüßen Tonfall. Sie trug ein hellblaues Kostüm, das gut zu Stenhovens Hemd passte.

Was ist mit ihr passiert?, dachte Martin traurig und zornig. In der Nacht, als sie ihm mitgeteilt hatte, dass sie sich von ihm trennen wollte, hatten sie zum Abschied leidenschaftlich miteinander geschlafen und sich geschworen, Kims Wohl zum Maßstab ihres Handelns zu machen. Hatte Per sie beeinflusst?

»Es tut mir leid, wie die Dinge sich entwickelt haben«, sagte Elsa und klang auf einmal wieder anders, einfühlsam wie früher. »Es ist einfach so, dass ich Kim vermisse. Ich ertrage es nicht, nur eine Wochenendmama zu sein. Ich möchte Teil von Kims Alltag werden, mit ihr zu Mittag essen und Hausaufgaben machen. Deshalb habe ich entschieden, die Zahl meiner Patienten stark zu reduzieren. Außerdem werde ich mir hier im Haus eine Praxis einrichten und von zu Hause arbeiten. Ich werde immer verfügbar sein. Und auch Per ist oft um achtzehn Uhr hier. Kim hätte also rund um die Uhr einen Ansprechpartner.«

»Den hat sie auch in Konstanz«, sagte Martin schroff.

»Das stimmt doch nicht. Du arbeitest Vollzeit und je nach

Fall auch an den Wochenenden und nachts. Noch hat Kim deine Mutter, aber machen wir uns nichts vor: Sie ist fünfundsiebzig und wird in ein paar Jahren vielleicht nicht mehr so rüstig sein.« Da hatte Elsa einen wunden Punkt getroffen. Ohne seine Mutter und ihren Lebensgefährten könnte er Kim nicht versorgen. Er müsste sie in die Ganztagesbetreuung stecken – etwas, das er immer abgelehnt hatte. Als er Elsa damals vorgeschlagen hatte, dass Kim am besten zu ihm zöge, war das sein Hauptargument gewesen: dass er und seine Mutter – im Gegensatz zu Elsa damals – Kim zu Hause betreuen könnten.

Wäre seine Mutter nicht mehr da, würde Kim manchmal auch abends allein sein, wenn er mitten in einer Ermittlung steckte. Zwar hatte er Zwille, Heinz und Petra, auch bei ihnen fühlte Kim sich wohl. Aber Zwilles Lebenswandel war unstet, manchmal war er wochenlang auf Tour mit seiner Band, fuhr zur Inspiration für ein paar Wochen in die Bretagne oder nahm in Stuttgart ein neues Album auf. Und Heinz und Petra machten ausgedehnte E-Bike-Reisen an die Loire oder in die Vogesen … Über dieses Problem hatte er noch gar nicht nachgedacht. Er hatte es verdrängt, das tat er ja gern.

Er sah Elsa an. Per saß neben ihr, feinsinnig lächelnd, mit einem Arm hinter Elsa auf der Couch, sein linker Fuß lag auf dem rechten Schenkel.

»Ich kriege das hin«, sagte Martin. »Noch ist meine Mutter fit, und sie wird es auch noch viele Jahre sein. Kim und sie haben eine sehr enge Beziehung. Und auch du wirst nicht immer verfügbar sein. Wenn du einen akuten Fall hast, musst du dich auch abends oder nachts um deine Patienten kümmern.«

Elsa schüttelte den Kopf. »Ich werde meine Prioritäten anders setzen, Martin. Kim kommt zuerst, sie bleibt keinesfalls allein, eher schicke ich einen Patienten in die Notaufnahme.«

»Aha«, sagte er ungläubig.

»Und da ist noch etwas, das mir Sorgen macht.« Elsa blickte kurz zu Per. »Du hattest eine schwere posttraumatische Belastungsstörung mit regelmäßig wiederkehrenden depressiven Schüben.«

»Das ist Vergangenheit, Elsa, und das weißt du.«
»Die PTBS rührt nicht nur von deinem Afghanistaneinsatz her, sondern auch vom Tod deines Vaters.«
»Und was soll das heißen?«
»Depressive Phasen haben bisher dein ganzes Leben begleitet. Sie können immer wieder auftreten. In der Vergangenheit hast du sie mit Alkohol bekämpft, und noch heute ...«
»Elsa! Das ist Geschichte!«
»Du trinkst immer noch täglich.«
»Aber nicht mehr als ein, zwei Bier.«
»Es sind doch eher drei oder vier.«
»Das stimmt nicht!«
»Schon zwei Bier täglich verweisen auf eine Abhängigkeit, Herr Schwarz.« Nun hatte sich Per in die Diskussion eingemischt.

Martin ignorierte ihn. »Willst du mich als psychisch instabil hinstellen?«
»Du *bist* instabil, Martin. Du hast weder den Tod deines Vaters noch den des Jungen, den du in Afghanistan erschossen hast, je wirklich verarbeitet. Deshalb weichst du auch Beziehungsproblemen aus, deine Strategie heißt Verdrängung.«
»Das ist jetzt ein Witz, Elsa! Wer ist hier all die Jahre wem ausgewichen?«

Sie ignorierte ihn. »Das geht gut, solange dein Umfeld halbwegs stabil ist, doch wenn nicht ... Deshalb lebst du auch mit Anfang fünfzig immer noch bei deiner dominanten Mutter. Du hast selbst Angst vor deiner Instabilität.«
»So ein Unsinn!«, rief Martin entrüstet. Er musste gegen die Tränen kämpfen, die ihm in die Augen stiegen, vor Schmerz und Wut. Er glaubte nicht, was er da hörte. Er fühlte sich überrumpelt, bloßgestellt, gebrandmarkt als Psychowrack, als unfähig, ein Kind, *sein* Kind, zu erziehen! »Ich lebe zu Hause, weil ich das Haus und den See liebe. Und weil Kim sich dort pudelwohl fühlt. Meine Mutter, Kim und ich – wir verstehen uns einfach. Man nennt das Familie, Elsa.«

Elsa schwieg und sah ihn skeptisch an.

»Sehen Sie unseren Vorschlag als Chance«, sagte Per in einem aufgesetzt gutmütigen und verständnisvollen Ton, den er wahrscheinlich bei seinen Patienten anschlug. »Sie haben Kim an den Wochenenden und können da echte *quality time* mit ihr verbringen, befreit von den Sorgen des Alltags. Das kann eine ganz wunderbare Beziehung werden.«

Martin hatte Mühe, ruhig zu bleiben. *Quality time*, so ein Arschloch. Am liebsten wäre er aufgesprungen und hätte dem Schnösel in die Fresse gehauen.

»Und was ist, wenn ich das nicht möchte?«, sagte Martin.

»Ich möchte die Scheidung, Martin, und zwar schnell. Und ich sehe keine Alternative für Kim. Wir hoffen, dass wir die Sorgerechtsfrage einvernehmlich klären können. Im schlimmsten Fall würden wir allerdings die Hilfe eines Anwalts in Anspruch nehmen.«

Martin war sprachlos. Er hatte geahnt, was ihn erwarten würde, und sich vorgenommen, zu kämpfen und nötigenfalls auch aggressiv aufzutreten, doch er konnte nicht. Er sah sich allein zu Hause sitzen, mit einer pflegebedürftigen Mutter, einsam in dem großen Haus. Kim würde sich in Waldshut einleben und neue Freunde finden. Bald würde sie auch an den Wochenenden in Waldshut bleiben, weil Freundinnen Geburtstag feierten oder sie einen Freund hatte. Immer seltener würde sie zu ihm kommen, er wäre nur noch ein zu vernachlässigender Teil ihres Lebens, Kim würde sich ihm und Konstanz entfremden. Dabei wusste Elsa, was Kim ihm bedeutete. Und er ahnte, wie sie die Situation vor dem Jugendamt oder einem Richter darstellen würde: dass Martin seine Tochter instrumentalisiere, um sein labiles Ego zu stabilisieren. Genauso, wie er das von ihr dachte.

Martin blickte auf, sah Elsa an und schüttelte den Kopf. »Ich werde dem nicht zustimmen, Elsa. Ich will, dass Kim bei mir bleibt. *Weil sie es so will.*«

»Wir haben den Eindruck, dass Sie Kim diesbezüglich massiv beeinflussen und unter Druck setzen«, sagte Per.

»Wie bitte?«

»Sie verhält sich auffallend ungezogen, wenn sie hier ist,

rülpst bei Tisch und schließt sich manchmal in ihrem Zimmer ein. Sie manipulieren und instrumentalisieren Ihr Kind, Herr Schwarz. Da besteht für mich – für uns – kein Zweifel.«

»Vielleicht fühlt sie sich in Ihrer Gegenwart einfach nicht wohl?«

»Und woher kommt das, Martin?«, fragte Elsa. »Per ist dermaßen zugewandt und liebenswürdig …«

»Du meinst, ich hetze Kim gegen euch auf? Elsa, du weißt, dass das nicht stimmt!«

Doch, es stimmt, behauptete ihr Blick.

Per ergriff das Wort. »Kim hat auch angedeutet, dass Sie gelegentlich betrunken nach Hause kommen.«

Martin zuckte die Achseln. »Ich gehe ab und zu mit Freunden in die Kneipe, ja. Tun Sie das nie?«

Per lächelte feinsinnig. »Doch, schon. Aber ich trinke grundsätzlich keinen Alkohol.«

»Und Frank Zwille ist auch kein guter Umgang für Kim«, meinte Elsa.

Für einen Moment fehlten Martin die Worte. »Was?«

»Er hat ein Problem mit seiner Sexualität, führt einen extrem unsteten Lebenswandel, ist Drogenmissbrauch nicht abgeneigt und hat, nun ja, doch sehr extreme politische Ansichten.«

»Ich glaube, ich hör nicht richtig. Ihr seid befreundet, Elsa!«

»Frank ist *auch* beziehungsunfähig, Martin! Und du lässt Kim oft allein mit ihm. Manchmal übernachtet sie sogar bei ihm.« Sie seufzte, doch das war gespielt. »Das sind alles andere als günstige Sozialisationsbedingungen.«

Da machte etwas klick in Martin. Er schloss die Augen und spannte die Muskeln an. Wollte aufspringen und hörte sich »Ihr Arschlöcher!« rufen. Sah, wie er diesen verfluchten teuren Glastisch mit dem edlen Service packte und umwarf. Glas zersplitterte, das Porzellan zerbrach, und heißer Tee schwappte auf Pers Hose. Der Hanswurst schrie auf, als hätte er ihm die Eier abgeschnitten, und er hatte einen fetten Fleck im Schritt.

So hörte und sah es Martin, doch er hielt inne. Schloss die Augen und dachte an Kim. Auch wenn die beiden vor ihm es verdient hätten, doch Kim wollte er das nicht zumuten. Und es würde sie ja nur in dem Bild bestätigen, das sie von ihm zeichnen wollten: das Bild eines psychisch labilen Mannes, der die Betreuung seiner Tochter in die Hände einer überforderten alten Frau und eines sexsüchtigen und linksextremen Rockmusikers legte.

Martin atmete tief ein und dann die Wut aus sich heraus. Er fragte sich, warum die beiden ihm dies jetzt schon auftischten und nicht auf den Überraschungsmoment während der Verhandlung warteten.

Wahrscheinlich hofften sie, dass sie ihn bereits hier dazu bringen könnten, Kim aufzugeben.

Weil sie wussten, dass sie mit dieser Strategie vor Jugendamt und Gericht nicht durchdringen würden.

Weil sie wussten, dass die Wahrheit viel komplexer war.

Martin schöpfte Hoffnung, sein Mut kehrte zurück. Er setzte ein friedvolles Lächeln auf. Er würde um Kim kämpfen. Er dachte daran, was Elvira Wolff ihm im Auto mitgeteilt hatte: Er bräuchte eine gute Taktik.

Er musste nachdenken. Und sich Rat holen.

Jedenfalls befanden sich Elsa und er seit heute im Krieg.

Martin stand auf.

Bleib schön ruhig, sagte er zu sich.

»Ich werde darüber nachdenken«, sagte er. »Danke für eure Offenheit. Bis übermorgen.«

Verwundert, überrascht wegen seiner Coolness blickten die beiden ihm nach.

Kim schaute ihn mit großen Augen fragend an, als er in ihr Zimmer trat, um sich zu verabschieden. Es war größer als ihres in Konstanz.

»Mach dir keine Sorgen, alles in Ordnung«, sagte er ihr, »Mama bringt dich übermorgen wieder nach Konstanz. Hab eine schöne Zeit.«

Doch Kim spürte, dass nichts in Ordnung war, las die Wut, die Angst und die Verletzung in seinen Blicken, wusste, dass es Streit gegeben hatte. Kim würde Elsa Fragen stellen, würde ihr

Vorwürfe machen, und wenn er ehrlich war, wünschte er sich genau das.

Hätte er seine Gefühle besser verbergen können? Hatte er sie Kim gerade absichtlich gezeigt? Instrumentalisierte er sein Kind schon jetzt?

Auf jeden Fall hatte der Kampf begonnen.

Und Kim würde der Hauptschauplatz sein.

22

Heinz Dörflinger schwitzte und keuchte, als er endlich die Villa der Familie Klämmerle in der Nähe des Konstanzer Hörnle erreichte und sich mit letzter, wirklich allerletzter Kraft vom Rad schob. Über zwei Stunden hatte er sich auf seinem E-Bike abgestrampelt und dabei Gott und die Welt und vor allem seine Petra verflucht. Er wäre ja mit dem Auto gefahren, aber Petra hatte ihn den ganzen Morgen mit spitzen Bemerkungen über seinen Bauch gefoltert und gemeint, dass er mit dem Scheiß-E-Bike doch in einer knappen Stunde da wäre. Von wegen! Der Akku war nämlich beim Losfahren schon ziemlich leer gewesen, worauf er überhaupt nicht geachtet hatte. Er hatte den Stecker gestern nicht richtig in die Ladestation gestöpselt, und so war plötzlich, während er auf der höchsten Stufe und in allerbester Laune Konstanz quasi entgegenflog, der Motor ausgefallen.

Da hatte er sich über eine Stunde auf dem schweren Stahlesel an der B 33 entlangquälen müssen, und das bei dreißig Grad im Schatten. Er schwitzte so stark, dass er sich vorstellte, in einer Dampfwolke zu fahren. Außerdem hatte er sich viel zu dick angezogen. Auch deshalb war er höllisch wütend auf Petra, denn immer lag sie ihm in den Ohren, dass er auf Zug achten müsse, und deshalb hatte er sich diese bescheuerte Mikrofaserhose angezogen, die jetzt wie Frischhaltefolie an seiner Haut klebte.

Schweiß rann in Sturzbächen von seinem Gesicht, den ihm auch die Wut aus den Poren trieb. Sein Haarkranz war patschnass wie ein Putzlappen nach dem Bodenwischen. Er blickte auf seine Hände und sah, dass sie tatsächlich ein wenig dampften. Da wurde ihm schummrig vor Augen, weshalb er kurz stehen bleiben und sich an das blöde Bike lehnen musste.

Heinz malte sich aus, wie er seine Petra am Abend wegen dieser Schnapsidee so richtig in den Senkel stellen würde. Die Vorstellung, wie seine Schimpftirade auf Petra herniederhageln würde, wie sie schuldbewusst und voller Mitgefühl zu ihm heraufschauen würde, genoss er mit einem wohligen Schauer. Sie setzte auch genügend Adrenalin frei, sodass er das Rad weiter der Klämmerle-Villa entgegenschieben konnte.

Aber natürlich würde die Tirade nichts als eine Phantasie bleiben: weil er einen Mordsrespekt vor Petra hatte, weil sie weder schuldbewusst noch voller Mitgefühl wäre und weil das Gegengewitter, das losbräche, noch viel furchtbarer sein würde. Allein die Vorstellung davon ließ ihn zusammenzucken. Und außerdem war es ja auch peinlich, dass er sich von seiner Frau vorschreiben ließ, womit er zu fahren und was er anzuziehen hatte. Und sich dann darüber aufregte. Und dass er sie dafür verantwortlich machte, dass er den Akku nicht richtig eingesteckt hatte. Im Prinzip, dämmerte es Heinz, ärgerte er sich über sich selbst.

Und schließlich war da noch der wichtigste Grund, weshalb er keinen Streit vom Zaun brechen würde: Er liebte Petra, ohne sie wäre er ziemlich aufgeschmissen, ohne sie säße er wahrscheinlich allein und betrunken in seinem Haus im Schwarzwald und würde immer noch den Tod seiner ersten Frau und sich selbst betrauern. Und vor allem verstand sie ihn, kannte und mochte ihn. Liebte ihn, trotz all seiner Kanten und Macken.

Doch, dachte Heinz, die Petra liebt mich. Er seufzte und lächelte. Ihm schwirrte der schwitzende Kopf, und um der unerbittlichen Kraft der Erdanziehung entgegenzuwirken, hielt er sich seinen Schwarzwaldhügel, der satt über die Hose schwappte. Über den Sommer hatte er tatsächlich ordentlich zugelegt. Und genau das pflegte Petra spitz zu kommentieren, wenn er sich einen dritten oder vierten Knödel aus der Schüssel holte oder sich abends vor dem Fernseher noch einen Münsterkäse gönnte oder ein Glas Erdbeermarmelade auslöffelte. Oder beides zusammen.

Das Seitenstechen war schlimm, und zum ersten Mal in seinem Leben verstand er wirklich, warum es Seitenstechen hieß: Jeder Atemzug war wie ein Stich in seinen Wanst. Wieder flammte kurz Wut auf, und Heinz warf Petra in Gedanken vor, so lecker und reichhaltig zu kochen. Was konnte er schon dafür, wenn er da so zulangte? Nötigte sie ihn letztlich nicht, dick und fett zu werden?

Seine Wut wuchs noch, als er mit seinem lahmen Rad über das stattliche Anwesen der Familie Klämmerle schritt. Er befand sich auf einem breiten, gepflegten Kiesweg, unter den schützenden Ästen mächtiger, Asbach-uralter Eichen, deren Stämme größer waren als Petras Reihenhausgärtchen. Die Industriellenvilla, die Firmengründer Eberhard Klämmerle zu Ehren seiner Familie und seiner selbst gekauft hatte, erinnerte Heinz an ein adliges Lustschloss. Alles war eine Nummer zu protzig für seinen Geschmack: das weitläufige Grundstück, das nur durch den Uferweg vom Bodensee getrennt war und auf dem drei Fußballfelder Platz fänden, das Jugendstilgebäude mit Türmchen und Ornamenten wie aus einem Disneymärchen und der Fuhrpark vor dem Haus, der aus einem schwarzen Rolls-Royce, einem silbernen Tesla und einem giftgrünen Porsche bestand. In gebührendem Abstand parkte ein schneeweißer Golf. Gehört bestimmt der Putzfrau, dachte Heinz, und stellte sein Rad daneben.

War es Neid, der ihn so wütend und auch ein wenig beklommen machte? Ertrug er den Erfolg dieser Unternehmerdynastie nicht? Das vielleicht auch. Aber musste man das Erreichte so zur Schau stellen? Zumal – so viel hatte er schon herausbekommen – die Firma sich während des Zweiten Weltkriegs eine goldene Nase verdient hatte. Firmengründer Eberhard Klämmerle hatte Funkgeräte für Flugzeuge hergestellt und war dank des Krieges steinreich geworden, so wie auch Konzerne wie Thyssen oder Krupp. Tja, Geld stinkt nicht. Für das Leid und das Sterben hatte man nach dem Krieg nur in geringem Maß die Firmen verantwortlich gemacht, die das Mordwerkzeug produziert hatten, so als hätte man sie mit vorgehaltener Waffe dazu gezwungen. Warum eigentlich? Freilich, nach dem Krieg hatten Eberhard Klämmerle und sein Sohn Josef aus dem Funkgerätehersteller einen innovativen Betrieb für Mikroelektronik gemacht, der sich zu einem bedeutenden Zulieferer für die Automobilindustrie gemausert hatte. Da gab es nix zu deuteln: Ohne Weitblick, technischen Sachverstand, Mut und betriebswirtschaftliches Geschick funktionierte das nicht. Ohne gut ausgebildete, loyale und motivierte Mitarbeiter allerdings auch nicht.

Das hatte Heinz am Kapitalismus schon immer gestunken: Diese Vergöttlichung des Unternehmers oder Topmanagers, wie sie sich heutzutage in diesen völlig überzogenen Vorstandsgehältern niederschlug. Stand das im Verhältnis zu ihrer wirklichen Leistung? Konnte ein Vorstandsvorsitzender oder Unternehmer das Hundert- oder gar Tausendfache mehr leisten als die Reinigungskraft? Wohl nicht. Wahrscheinlich, sinnierte Heinz, sollten die hohen Gehälter und der zur Schau gestellte Reichtum dem Wirtschaftsführer auch eine Art Heiligenschein verpassen und dem Normalverdiener seine Großartigkeit und Unerreichbarkeit vor Augen führen. Womit die Reichen zugleich die eigene Stellung und ihr Recht auf möglichst ungeschmälerte Gewinne rechtfertigen konnten. Und womöglich selbst an ihre Quasi-Göttlichkeit glaubten.

Zorn wallte auf in Dörflingers Brust. Gut, als alter Sozi war er da vielleicht nicht objektiv. Und vielleicht hatte er als pensionierter Beamter auch keine wirkliche Vorstellung von den Widrigkeiten einer Unternehmerexistenz. Aber im Prinzip, glaubte Heinz, hatte er die Sache schon richtig erfasst. Und so wie das hier aussah, hatten die Klämmerles auch für die folgenden Generationen ganze Schafherden ins Trockene gebracht. Wobei seines Wissens der Juniorchef – einziger Spross des Clans – noch Junggeselle war.

Heinz ächzte, als er die steinerne Treppe zur Eingangstür emporschritt. Sie kam ihm wie ein Stadttor vor. Zwei gewaltige Löwenstatuen mit gereckten Pranken und grimmigen Mienen bewachten die Stufen. Offenbarten sich hier Königsphantasien des Firmengründers? Sollte den Gästen schon vor dem Eintreten angst und bange werden?

Ihm schmeckte das nicht. Er dachte an die Gartenzwerge, die Petra in die Blumenrabatten vor ihr Reihenhäuschen gesetzt hatte. Auch wenn er die furchtbar kitschig fand und sich ein bisschen für sie schämte, gefielen sie ihm doch besser als diese Steinlöwen mit den aufgerissenen Mäulern und furchteinflößenden Raubtierzähnen. Es geht auch ein paar Nummern kleiner, dachte Heinz. Und vor allem freundlicher.

Ein junger Mann mit klaren wasserblauen Augen begrüßte ihn mit einem kühlen Lächeln. Er trug einen dunklen Anzug, und die Art, wie er Heinz die Hand entgegenstreckte, wirkte sehr souverän und geschliffen. Ob er instruiert war, nicht allzu freundlich zu schauen? Wahrscheinlich gehörte ihm der weiße Golf.

»Mein Name ist Jonas Werner. Ich bin der Assistent von Fridolin Klämmerle.«

»Freut mich«, sagte Heinz. Auch Werners Händedruck wirkte kalkuliert und einstudiert, nicht zu leicht und nicht zu fest.

Der Mann führte Heinz durch eine riesige Halle, in der man ein Löwengehege unterbringen hätte können. Unter der Decke prangte ein gewaltiger Lüster, der auch einen Elefanten erschlagen würde, fiele er hinab. Beim elfenbeinfarbenen Boden tippte Heinz auf Marmor. Heilandsack, dachte er, was für ein Millionengrab! Und das musste alles geheizt werden!

Da blieb Jonas Werner stehen, direkt unter dem Elefantentöter, und neigte sich zu Heinz. »Mein Onkel hat mir erzählt, warum Sie hier sind. Ich habe nur eine Bitte: Gehen Sie bedachtsam mit ihm um. Er wirkt sehr stark und souverän, doch alles, was mit seiner Familie zu tun hat, vor allem mit seinen Eltern und seinem Onkel – das ist sein wunder Punkt. Da ist er viel sensibler, als man denkt.«

»Hm«, machte Heinz und betrachtete den jungen Mann. Er hatte sehr leise gesprochen. Seine Sorge schien ehrlich zu sein, Mitgefühl sprach aus seinem Blick. Überhaupt machte dieser Werner jetzt einen weniger kühlen Eindruck als bei der Begrüßung.

»Danke für den Hinweis«, sagte Heinz freundlich.

Der Mann brachte ihn in eine Art Salon mit holzgetäfelten

Wänden, historischen Gemälden und einem Kamin. Heinz dachte an ein Herrenzimmer, wie er es aus alten Filmen kannte, in dem die Männer nach dem Abendessen Zigarren rauchten. Tatsächlich roch es nach kaltem Rauch. Die schweren dunklen Holzmöbel sahen edel aus. Meterhohe Fenster gaben den Blick frei auf den parkähnlichen Garten und den Konstanzer Trichter. Es war düster geworden: Von Süden her, vom Schweizer Seerücken, schob sich eine dunkle Front bedrohlich über den See. Wind hatte das schiefergraue Wasser in Bewegung gesetzt. Das sah nach einem kräftigen Gewitter aus. Er würde mit dem Zug zurückfahren, dachte Heinz.

»Nehmen Sie Platz«, sagte Werner und wies auf einen Sessel. »Ich hole die Herren.«

Heinz setzte sich in einen Ohrensessel und sank in das herrlich weiche Polster. Wieder glitt sein Blick durch den Salon. Wie edel alles war! Beschämt dachte er an ihr Reihenhauswohnzimmer. Selbst Petras bestes Stück, ein Bauernschrank aus der Gründerzeit, wirkte popelig im Vergleich. Und die Sessel und das Sofa hatten sie von Ikea. Aber gemütlich war es trotzdem.

Kurz darauf betraten Vater und Sohn, Senior- und Juniorchef, den Raum. Sie wirkten sehr verschieden. Josef Klämmerle, Anfang achtzig, sah aus wie ein gemütlicher, mit sich und dem Universum zufriedener Patriarch. Er trug einen Schnellhefter in der linken Hand. Tiefenentspannt ging er auf Heinz zu, der sich aus dem weichen Sessel erhob.

Mit kräftigem Händedruck und einem warmherzigen Lächeln begrüßte er ihn. »Salli, Herr Dörflinger«, sagte Josef Klämmerle mit einer mächtigen Löwenstimme und in breitem Konstanzerisch. »Wisset Sie was? Sie sin der erschde leibhaftige Kommissar, der mir nach dem gute Onkel Willi im Lebe begegnet! Aber die vom ›Tatort‹ kenn i all!«

»Freut mich!«, sagte Heinz. »Ich hoffe, Sie sind nicht enttäuscht?«

»Nö«, meinte Klämmerle. »Wisset Sie, an wen Sie mich erinnre?«

»Jetzt bin ich aber gespannt«, antwortete Heinz und über-

173

legte. Mit Petra sah er jede Woche »Tatort«. Er tippte auf Dietmar Bär alias Freddy Schenk. Oder Axel Prahl alias Frank Thiel, nur oben ohne und mit mehr Falten.

»Gustl Bayrhammer. Halt ohne Schnauzer.«

Heinz nickte gewichtig. »Da kann ich mit leben!«

Josef Klämmerle lachte schallend. »Un i möcht wette, zu em Weißbier mit saftige Schweinsbrade saget Sie it noi!«

»Treffer!« Heinz verdrehte die Augen. »Wenn Sie wüssten, was meine Petra für Braten zaubert ...«

Josef Klämmerle fand das großartig und lachte herzhaft. »Da läuft mer scho 's Wasser im Mund zamme! Nehmet Sie Blatz!«

Für einen Erzkapitalisten ist er eigentlich nett, dachte Heinz.

»Kaffee?«, fragte Josef. »Oder lieber ein Weißbier?«

»Och«, sagte Heinz. »Gern ein Bier. Und ein Wasser. Sonst haut's mich gleich um.«

Josef lachte. »Jonas, holsch uns zwei Weißbier bitte?«

Der junge Mann nickte und verließ den Raum.

»Ist das Ihr Sekretär?«, fragte Heinz, obwohl er es schon besser wusste.

Josef wiegte den Kopf. »Fridos Cousin und seine rechte Hand. Heute nennt man das persönlicher Assistent. Er hat in Chicago Betriebswirtschaft studiert, ein blitzgescheites Kerlchen. Frido baut ihn als Finanzchef für unser Unternehmen auf.«

»Respekt«, sagte Heinz.

Josef machte eine abwehrende Geste. »Kaffee holen muss er aber trotzdem noch ein Weilchen. Dafür kriegt er alles mit. Mein Sohn hat leider keine Kinder, ein eingefleischter Junggeselle. Wir müssen an die Zukunft denken. Unser Unternehmen soll in der Hand der Familie bleiben.«

Während Josef sich in seinen schweren Ohrensessel fallen ließ, schüttelte Heinz die Hand von Josefs Sohn Fridolin. Mit ihm wurde er nicht sofort warm. Er strahlte etwas Kühles und Unnahbares aus, ähnlich wie Jonas. Der Endvierziger hatte schmale Lippen, war schlank und durchtrainiert. Damit entsprach er Dörflingers Bild vom kaltherzigen Kapitalisten besser.

Der fährt bestimmt den giftgrünen Porsche, dachte Heinz, wohingegen er sich den alten Klämmerle gut in dem Rolls-Royce vorstellen konnte, wie er sich von einem Chauffeur zum Golfplatzrestaurant an der Marienschlucht schippern ließ. Als er sich setzte, erkannte Heinz das riesige Porträt hinter Josefs Ohrensessel. Überlebensgroß, mit finster-entschlossener Miene beäugte ihn von oben herab ein stattlicher Mann mit schmalen Lippen und stechendem Blick. Er trug einen schwarzen Anzug, die eine Hand hatte er in die Seite gestemmt, die andere umfasste den Knauf eines Spazierstocks. Firmengründer Eberhard Klämmerle, vermutete Heinz. Die Ähnlichkeit mit Fridolin war nicht zu übersehen, wenngleich der Nachfahre nicht ganz so bedrohlich wirkte. Doch womöglich war es damals der Auftrag an den Maler gewesen, einen unerbittlichen, Furcht und Demut einflößenden Patriarchen zu zeigen. Deshalb auch das riesige Anwesen und die Löwen. Eigentlich war das Porträt viel zu groß für das Herrenzimmer, und Heinz stellte sich vor, dass es ursprünglich in der Eingangshalle hing, um dem eintretenden Besucher gleich einen Vorgeschmack darauf zu geben, mit wem er es zu tun hatte und was ihn erwartete.

Wenig später brachte Jonas Werner ein Silbertablett mit zwei Weißbieren und einer Flasche Wasser. Heinz fiel auf, wie sich Werner und Frido Klämmerle kurz zulächelten. Eine große Vertrautheit lag in der Geste. Die Kühle, mit der die beiden ihm begegnet waren, schien verschwunden. Als Werner die Getränke auf den Tisch gestellt hatte, lehnte er sich an die Wand neben der Tür.

»Jetz bin i saug'spannt«, meinte Josef, nachdem der Assistent allen eingeschenkt hatte, »was wir Klämmerles mit den Hegau-Leiche zum Due hond.«

»Wahrscheinlich gar nichts«, sagte er beschwichtigend. Und erzählte, nachdem er das Glas Wasser hinabgestürzt und einen großen Schluck Bier getrunken hatte, was sie bisher über Willi Klämmerle wussten. Viel war es ja noch nicht, was sie hatten, vor allem die Aussagen von Thomas Hinze, wonach Klämmerle Gestapo-Chef in Singen gewesen sei und Hinzes Bruder Walter, den Fluchthelfer, festgenommen habe. Und da war noch eine pikante Sache, die Muntprat inzwischen herausgefunden hatte und mit der er den beiden auf den Zahn fühlen wollte.

Josef nickte verständnisvoll. »Und weil dieser Hinze meint, unser Willi sei ein scharfer Nazi gewesen, glauben Sie, er hat den Juden und den Sozi abgemurkst?«

Sohn Fridolin rutschte unruhig im Sessel hin und her.

Heinz lachte. Er mochte es, wenn man nicht um den heißen Brei herumredete.

»Ich glaub erst mal gar nix, Herr Klämmerle, ich ermittle!«

Josef beugte sich vor. »Jetzt erzähl ich Ihnen mal was. Ich will ganz offen sein: Mein Onkel Willi – Gott hab ihn selig – war kein großes Licht. Der war vom Herrgott weder zum Denken noch zum Schaffen auserkoren. Aber er war ein absolut liebenswerter Kerl, der keiner Fliege je was zuleid getan hat. Manchmal war er ein bisschen hemdsärmelig und grob, aber er hatte das Herz auf dem rechten Fleck.«

Josef seufzte, als fiele ihm die Erinnerung an das schwarze Klämmerle-Schäfle schwer. Er holte ein Foto aus seinem Jackett.

»Schauen Sie, das war der Willi gut zehn Jahre nach dem Krieg. Manchmal sagt ein Bild mehr als tausend Worte.«

Es klang sehr weihevoll, wie Josef Klämmerle das betonte.

Zu sehen war ein kräftiger Mann mit freundlichen Augen, schmalen Lippen, Halbglatze und einer knolligen Nase. Herzlich, gutmütig lachte er in die Kamera. Auffallend war ein ausgeprägtes Kinngrübchen, ansonsten wirkte Willi Klämmerle eher unscheinbar. Harmlos, dachte Heinz. Doch wie viele Mörder hatte er schon festgenommen, die harmlos aussahen?

»Mein Vater hat mir nach dem Krieg einiges über den Willi erzählt. Er war ja, wie gesagt, etwas grob gestrickt. Und die Eltern vom Willi und meinem Vater, meine Großeltern, waren einfache Arbeiter beim Textilunternehmen Stromeyer in Konstanz. Die Weltwirtschaftskrise hat sie hart getroffen. Deshalb ist der Willi als junger Mann auch mit den Nazis marschiert. Er wurde Schutzmann, war in der SA und hat mit Begeisterung ›Heil Hitler!‹ gebrüllt. Mein Vater hat ihn dann ein bisschen gezähmt. Als gläubiger Katholik war er von Anfang an hochkritisch gegenüber dem Nazispuk. Jedenfalls ist Onkel Willi bald zur Gestapo. Der wollte für den Führer arbeiten. Hatte natürlich den Vorteil, dass er nicht an die Front musste.« Josef zwinkerte ihm vielsagend zu. »Jetz kummt die Gschicht, wo i am liebschde verzäll.« Josef lachte in sich hinein. »Als Bub hab ich den Onkel Willi gefragt, ob er als Polizist mal einen totgeschossen hat. Da hat er mich mit großen Augen angeguckt und gesagt: ›Jawoll.‹ Wie elektrisiert hab ich ihn angestarrt. Da hat er gelacht und gemeint: ›Einen Fuchs.‹ Auf einem Betriebsausflug im Schwarzwald hätte sich der freche Geselle am Wurstvesper zu schaffen gemacht. Das sei die einzige Kugel gewesen, die er im Dienst verschossen hätt.«

Josef Klämmerle lachte, als hätte er die Anekdote zum ersten Mal erzählt. »Was ich damit sagen will, Herr Dörflinger: Der Onkel Willi hat keiner Fliege je was zuleid getan. Einen abknallen, das hätt der nicht über sich gebracht. Ich seh auch nicht, wie sich der dicke Willi den Berg bei Büßlingen hochquält. Einen ordentlichen Kessel hat der nämlich schon mit Anfang zwanzig gehabt. Dass der die zwei im Wald gestellt und erschossen hat: Vergessen Sie's!«

»Er hat schnell Karriere bei der Polizei gemacht. Erst bei der Gestapo in Konstanz, dann als Leiter des Grenzpolizeikommissariats in Singen.«

Josef verdrehte die Augen. »Mit der Leitung vom Singener Kommissariat war der Willi hoff-nungs-los überfordert! Das hat er wohl mit markigen Sprüchen zu kaschieren versucht. Der Willi war ein Stammtisch-Nazi, der Krieg und Reich am liebsten mit einem Maßkrug vom Wirtshaus aus geführt hätt. Was die Gestapo-Leitung in Karlsruhe da geritten hat, keine Ahnung! Na ja, jetzt bin ich vielleicht ein bisschen hart zum Willi. Der hat kein leichtes Leben gehabt. Stand zeitlebens im Schatten vom großen Bruder. Willi ging auf die Volksschule, Eberhard aufs Gymi. Willi machte eine Ausbildung zum Schutzmann, Eberhard studierte Jura und hat es mit Ende zwanzig zum Regierungsrat gebracht. Dann gründete er in schweren Zeiten ein

Unternehmen. Sie können sich gar nicht vorstellen, wie stolz meine Großeltern waren. Tja: Mein Vater war einfach aus einem anderen Holz geschnitzt. Was der Herrgott dem Eberhard in die Wiege gelegt hat, dafür konnte der Willi nichts, aber gelitten hat er trotzdem drunter. Wer will's ihm auch verdenken? Na ja. Nach dem Krieg hat er jedenfalls in der Firma den Wachschutz geleitet.«

Heinz nickte. Und überlegte, wie Willi dieses Porträt gefunden hätte, das sein Neffe da gerade von ihm zeichnete: ein fauler Halbtrottel, zu fast nix zu gebrauchen, mit großer Klappe und dem Herzen auf dem rechten Fleck.

»Da ist noch was«, sagte Heinz. Aufmerksam blickte er zum Patriarchen, der ruhig im Sessel lehnte. Er war gespannt auf Josef Klämmerles erste Reaktion, auf die kam es an. »Die Klämmerle-Werke waren keine Gründung Ihres Vaters. Der Betrieb hieß zuvor Spiegel Elektro. Der Inhaber, Anton Spiegel, hat ihn Ende 1937 an Ihren Vater und einen leitenden Angestellten des Unternehmens verkauft. Spiegel war Jude. Das heißt, Spiegel Elektro wurde von Ihrem Vater *arisiert.*«

Für einen Moment senkte Josef Klämmerle den Blick, dann schaute er wieder auf, voller Seelenruhe. »Mir war klar, dass Sie darauf kommen würden. Aber Sie wissen ja sicher, dass damals alles mit rechten Dingen zugegangen ist.«

Heinz wiegte den Kopf, als wüsste er mehr. Was er tatsächlich nicht tat. Muntprats Informationen waren nur spärlich gewesen, doch der Stadtarchivar war weiter am Graben.

Josef nahm den Schnellhefter vom Tisch und holte ein Blatt aus einer Klarsichthülle. Er reichte es Heinz. Es war die Kopie eines handschriftlichen Briefs von Anton Spiegel, datiert auf den 29. November 1937.

Heinz las:

Es ist mir ein Anliegen zu betonen, dass der Verkauf meiner Firma Spiegel Elektro auf meine Initiative hin erfolgt. Ich habe mich entschlossen, angesichts der schwierigen wirtschaftlichen Situation in die USA zu emigrieren und noch einmal neu anzufangen. Es ist mein ausdrücklicher Wunsch, mein Unternehmen in die Hände meines langjährigen Betriebsleiters Moritz Straub und des Juristen Eberhard Klämmerle zu legen. So weiß ich, dass die erfolgreiche Tradition von Spiegel Elektro weitergeführt wird und die achtundfünfzig Arbeitsplätze gesichert werden können. Ich möchte mit diesem Schreiben auch meine Dankbarkeit zum Ausdruck bringen, dass die Vertragsverhandlungen ohne Konflikte und ohne äußeren Druck geführt werden konnten. Der Verkaufspreis von zweihundertdreißigtausend Reichsmark entspricht dem Wert des Unternehmens, den es zu Beginn der 1930er Jahre hatte, und übersteigt seinen jetzigen deutlich.

Hochachtungsvoll
Anton Spiegel

Heinz nickte. Von diesem Brief hatte Muntprat Martin erzählt. »Es gab nach dem Krieg ein Restitutionsverfahren«, fuhr Josef fort, sichtlich gerührt. »Dabei sind alle Unterlagen inklusive Kaufvertrag und dieses Schreiben auf ihre Rechtmäßigkeit und Authentizität hin geprüft worden. Es gab auch ein grafologisches Gutachten, das übrigens mein Vater beantragt hatte. Die Unterlagen sind ja vorhanden, sie lagern immer noch in unserem Firmenarchiv, und da finden sich viele handschriftliche Briefe von Spiegel.«

Josef Klämmerle holte ein weiteres Dokument aus dem Schnellhefter. »Hier ist eine Kopie des Kaufvertrags vom 30. November 1937. Auch der wurde während des Verfahrens auf seine Rechtmäßigkeit hin überprüft. Der Notar, der die Vertragsunterzeichnung durchführte, wurde in dem Verfahren ebenfalls gehört.«

»Warum kam es überhaupt zu dem Verfahren?«, fragte Heinz.

»Anton Spiegel hat die Nazizeit unglücklicherweise nicht überlebt. Er starb in einem Vernichtungslager, wie auch seine

Eltern. Eine eigene Familie hatte er nicht, aber es gab einen entfernten Neffen, der rechtzeitig nach Palästina geflohen war. Er meldete Ansprüche an. Nun, mein Vater konnte sich mit ihm außergerichtlich auf eine großzügige Entschädigungssumme einigen.«

»Wie kam Anton Spiegel auf Ihren Vater als Käufer?«

»Über Moritz Straub. Mein Vater und er waren Kindergartenfreunde. Straub war Ingenieur, kannte sich aber mit den juristischen und betriebswirtschaftlichen Aspekten eines Unternehmens nicht aus. Er war ein brillanter Techniker, aber eben kein Kaufmann, dafür war er zu introvertiert. Für Verhandlungen fehlten ihm die Nerven. Straub wusste, dass mein Vater genau diese Fähigkeiten hatte. Und er vertraute ihm. Tja, und mein Vater, damals Regierungsrat im Mannheimer Finanzamt, nahm diese Herausforderung an. Sicher auch, um wieder in der Nähe der Familie zu sein.«

»Warum hat Anton Spiegel damals überhaupt verkauft?«

»Weil sein Betrieb kurz vor dem Bankrott stand. Natürlich wollte er nicht verkaufen. Anton Spiegel war ein sehr guter, verantwortungsvoller Geschäftsmann, der auch von seiner Belegschaft geliebt wurde. Er hatte seine Angestellten am Gewinn des Unternehmens beteiligt, eine Praxis, die mein Vater und Straub übernommen haben und die wir nun schon seit drei Generationen pflegen. Dass Spiegel Mitte der 1930er Jahre in wirtschaftliche Schwierigkeiten geriet, lag einzig und allein am NS-Regime. Genaues weiß ich nicht, aber natürlich wollten die Nazis die Juden aus dem Wirtschaftsleben herausdrängen. Es wurde Druck auf die Unternehmer wie auch auf die Kunden ausgeübt. Da hat Spiegel die Zeichen der Zeit erkannt. Er war kein Mann, der den Kopf in den Sand steckte. Er liebte Herausforderungen, deshalb wollte er nach Amerika. Er wusste, dass dem Flugverkehr eine große Zukunft bevorstand. Und mit der Kaufsumme hatte er genügend Kapital für einen Neuanfang.«

»Wohin er aber nicht gegangen ist. Sie sagten ja, er starb in einem Konzentrationslager. Warum ist er nicht sofort abgereist?«

Josef blickte betrübt. »Verantwortungsbewusst, wie er war, wollte Spiegel noch ein Jahr in Konstanz bleiben, um meinem Vater und Moritz Straub mit Rat und Tat beiseitezustehen. Natürlich erhielt er für diese Beratertätigkeit eine Vergütung. Aber dann wollte das Regime die Juden nicht mehr ausreisen lassen. Tragische Geschichte.«

Josef seufzte. »Meinen Vater plagten ein Leben lang Schuldgefühle, auch wenn er sich nichts hatte zuschulden kommen lassen. Aber natürlich hatten Straub und er vom NS-Regime profitiert. Hätte es Hitler nicht gegeben, hätte Anton Spiegel seine Firma niemals aufgegeben. Das ist die traurige Wahrheit. Mein Vater haderte lange, bis er Spiegel und Straub zusagte. Die drei hatten auch vereinbart, dass Spiegel nach dem Ende der Nazizeit sofort wieder in den Betrieb mit einsteigen könne. Ohne diese Zusage hätte sich mein Vater nie zum Kauf entschieden. Er war ja gläubiger Katholik. Mit Spiegels Tod hat mein Vater bis zuletzt gerungen, das hat er nie verwunden. Nun, dass die Klämmerle-Werke als großer Sponsor in der Stadt und auch in Israel engagiert sind, hat seine Wurzeln sicher auch in diesen Schuldgefühlen.«

Eine Weile war es still. Josef wirkte ehrlich ergriffen ob der moralischen Integrität seines Vaters. Heinz sah hoch zu dem Porträt. Finster erwiderte der Firmengründer seinen Blick.

Jetzt schaltete sich Juniorchef Fridolin ein, der das Gespräch nervös beobachtet hatte.

»Herr Dörflinger, wir möchten Sie bitten, mit diesen Informationen äußerst diskret umzugehen. Ich muss Ihnen nicht sagen, wie schnell gerade aus den Gerüchten zu Onkel Willi schwere Anschuldigungen erwachsen können. Nicht dass wir irgendetwas zu befürchten hätten, aber Sie wissen ja, wie unsere Medienlandschaft heutzutage tickt und wie schnell sie aus einer Mücke einen Elefanten macht. In sechs Monaten feiern wir unser Betriebsfest, das wir seit Jahren planen. Dazu werden Geschäftspartner aus der ganzen Welt anreisen, auch der Ministerpräsident hat sein Kommen zugesagt. Das Jubiläum soll nicht nur eine Feier für unsere Firma und unsere Mitarbeitenden sein, sondern auch Werbung für unsere Stadt und den Wirtschaftsstandort.«

»Und das heißt?«, fragte Heinz mit hochgezogener Augenbraue.

»Dass wir Sie um einen sensiblen Umgang mit der Thematik bitten. Vor allem darum, dass vorerst nichts an die Presse weitergegeben wird.«

»Ach komm, Frido«, schaltete sich Josef Klämmerle ein. »Da mach ich mir beim Herrn Dörflinger keine Sorgen! Außerdem: Es gibt ja nix, worüber es sich zu schreiben lohnen würde.«

Dein Wort in Gottes Ohr, dachte Heinz und lächelte zustimmend.

23

Wütend, enttäuscht, verzweifelt, zerstört und zernichtet hockte Martin nach dem Besuch bei Elsa im leeren Haus und starrte auf den Überlinger See. Der lag nackt und blau im Sonnenschein, völlig ungeniert, als hätte er von Martins Drama überhaupt nichts mitbekommen oder als wollte er ihn ärgern. Die Äste der alten Weide bewegten sich sanft in der heißen Brise, doch der Riese schien kein Bedürfnis zu verspüren, nach Waldshut zu ziehen, Kim zu retten, Elsa und Per in den Hotzenwald zu jagen und das Haus dem Erdboden gleichzumachen. Nö, ist mir zu heiß, kümmre dich selbst drum, schienen die Blätter zu zischeln.

Gut, dass sein betagter Škoda den Weg von Waldshut zurück kannte, Martin hatte fast nichts von der Rückfahrt mitbekommen. Wieder und wieder waren quälende Szenen des Gesprächs in seinem Hirn aufgepoppt, als würde es von Elsa ferngesteuert, als könnte sie ihm Filmchen einspielen.

Jetzt saß er da, einsam und allein in dem großen Haus. Und während in ihm drinnen die Welt unterging, war draußen herrlichster Sommer. Kim war in Waldshut, er würde seine Tochter verlieren und von der Welt vergessen sterben, doch einen Hoffnungsschimmer gab es, immerhin: Alexandra würde bald hier sein. Gott sei Dank! Die ganze Woche hatte er sich auf sie gefreut und sich immer wieder erotischen Tagträumen hingegeben, wie sie sich durch das leere Haus jagen und sich an allen möglichen Orten in akrobatischen Stellungen wild lieben würden.

War Alex nicht da, fühlte Martin sich manchmal zu alt und unattraktiv für diese schöne junge Frau, doch wenn er sie sah, waren seine Zweifel wie weggezaubert: Seine Haut straffte sich wie durch Zauberhand, der Bauchspeck verschwand, alles fühlte sich gut und richtig an. Auch deshalb, weil sie ihn verjüngen und stark machen konnte, nannte er sie seine Zauberin.

Doch heute würde ihre Magie nicht genügen. Elsas Worte waren wie Schläge in die Magengrube gewesen oder besser ein Gift, das seine Wirkung langsam entfaltete. Darum hatte er schon um drei die teure Flasche Wein aufgemacht, die er eigentlich für die erste Erholungsphase nach der Sexrallye eingeplant hatte. Doch das Gegengift wirkte nicht, im Gegenteil, es lähmte ihn nur noch mehr. Schwarz saß wie festgewachsen im Küchenstuhl und sah sich in dem Kellerverlies mit der leeren Flasche Scotch darben ...

Es dauerte eine Weile, bis das Klopfen zu ihm drang. Er schaute auf und sah Alexandra vor der Glastür zum Garten stehen. Sie hatte ihre hellbraune Löwenmähne hochgesteckt, nur einzelne Locken fielen auf ihre nackten Schultern. Ihre bergbachklaren hellblauen Augen lachten wie der Frühling, genau wie ihre in einem dunklen Pink bemalten Lippen, voller Freude und Sehnsucht.

Doch das Zauberlächeln verschwand mit einem Schlag, als sie Martins blasse Leidensmiene bemerkte.

Er raffte sich auf und zwang sich zu einem Lächeln.

»Was ist denn mit dir los?«, fragte Alex voller Mitgefühl und umarmte ihn fest.

Ihre Haut war leicht schwitzig und kühl, sie war vom Bahnhof mit dem Mountainbike hergeradelt. Alex hatte kein Auto mehr, wegen des Klimas.

Martin blickte in diese frechen, neugierigen, pfiffigen Augen und die zarten Fältchen, die sich etwas zu früh um Augen und Mundwinkel gegraben hatten. Alex hatte ein paar Kilos zugelegt, was ihr außerordentlich gut stand. Martin konnte sich gar nicht sattsehen an ihr, und inzwischen gefielen ihm sogar die Piercings an Nase und Unterlippe.

Ihre Zauberkraft wirkte, mal wieder, er spürte, wie die Lebensgeister in ihm erwachten.

Er seufzte. »Ich war grad in Waldshut. Elsa will Kim zu sich holen. Sie meint, ich tauge nichts als Vater. Und sie hat gedroht, mich vor Gericht als verantwortungslosen und traumatisierten Alkoholiker hinzustellen.«

»Scheiße«, sagte Alex und umarmte ihn noch einmal. Lang. Am liebsten hätte Martin hemmungslos losgeheult. Dann schaute sie ihm in die Augen. »Hey, jetzt erzählst du mir alles von Anfang an. Krieg ich auch so ein Glas Wein?« Als Martin fertig und die erste Flasche leer war, verschwand die Sonne gerade hinterm Bodanrück. Ihre letzten Strahlen küssten noch die andere Seeseite und kitzelten die kräftigsten Grün-, Braun- und Blautöne aus der Landschaft. Meersburg blinkte golden, weil die Fenster der Häuser die Strahlen reflektierten, und die Ziegeldächer hatten ein tiefes Rostrot.

»Was mach ich jetzt?«, fragte Martin. »Vielleicht hat sie ja recht, und Kim ist wirklich besser bei ihr aufgehoben. Ich meine, irgendwann wird sich meine Mutter nicht mehr um Kim kümmern können, und –«

»Stopp!«, sagte Alex streng. »So leicht lässt du dich von deiner Ex manipulieren?«

Martin sah sie fragend an.

»Du bist ein toller Vater! So einen kann sich ein Mädchen nur wünschen: sanft, zärtlich, verständnisvoll, warmherzig. Wäre mein Vater so wie du gewesen, wäre meine Mutter noch am Leben und meine Schwester und ich hätten manche Krise nicht gehabt.«

Martin schluckte. Ihre Worte taten so gut, sie waren ein viel besseres Gegengift als der teure Wein. Alexandras Vater war ein verstockter Reichenauer Berufsfischer, dessen Frau vor vielen Jahren verschwunden war und der daraufhin aus Verzweiflung seine Töchter terrorisiert hatte. Über zehn Jahre hatte Alex keinen Kontakt mehr zu ihm gehabt, erst seit seinen Ermittlungen im letzten Jahr sprachen sie wieder miteinander. So zwanzig bis dreißig Wörter pro Besuch, hatte Alex letztens gemeint und dabei ihre Augen verdreht.

»Ich habe Angst, dass ich einem Krieg ums Sorgerecht nicht gewachsen bin.«

»Natürlich bist du das. Du hast mehr Asse auf der Hand: Kim will bei dir sein, sie lebt in ihrem gewohnten Umfeld, hat eine fürsorgliche, wenn auch vielleicht etwas herrische Großmutter, die aber sicher dreihundert Jahre alt wird, dann noch Zwille ...«

»Einen prekär beschäftigten, linksextremen, polyamorösen Homosexuellen!«

»Äh, wo ist da bitte das Problem?«

»Ach Alex!«

»Und vor allem hat Kim einen liebenden Vater.«

»Mit diversen Traumata und einem mittleren Alkoholproblem.«

»Das du inzwischen im Griff hast. Hey, was ist denn mit deinem Stolz passiert? Kann es sein, dass die beiden dich ziemlich in die Mangel genommen haben? Offenbar weiß deine Ex, welche Knöpfe sie drücken muss, um deine Selbstzweifel zu aktivieren.«

Martin seufzte, stand auf und holte eine zweite Flasche Wein. Er fühlte sich schon deutlich besser. Es tat einfach gut, aus seinem Herzen keine Mördergrube zu machen, alles rauszulassen, mal nach Herzenslust zu jammern, schwach zu sein, eine Verbündete zu haben. Damals, in seinen dunklen Jahren, war das sein größtes Problem gewesen: die Unfähigkeit, die Scham, über seine Ängste und Unsicherheiten zu sprechen. Vor allem das hatte er in der Therapie gelernt: sich zu öffnen. Und dabei festgestellt, dass seine Ängste und Schuldgefühle weder peinlich noch einzigartig waren. Dass fast jeder Mensch sie in der einen oder anderen Form teilte.

»Weißt du, was mich am meisten aufregt? Elsa instrumentalisiert Kim für ihre Zwecke. Sie will diesem Per eine glückliche Familie schenken und ihr Ego aufpolieren, indem sie sich als treu sorgende Mutter inszeniert.«

»Na ja, das könnte sie dir genauso vorwerfen.«

Martin sah sie verdutzt an.

»Ich kenne deine Ex nicht, aber wäre es nicht genauso denkbar, dass sie Kim ehrlich vermisst? Und ein schlechtes Gewissen hat? Eine Mutter, die ihr Kind dem Vater überlässt, ist für die meisten Menschen heutzutage immer noch eine egozentrische Rabenmutter, auch wenn das öffentlich keiner zugibt. Und vielleicht glaubt sie wirklich, zusammen mit einem festen Partner besser für Kim sorgen zu können als du.«

Hab ich denn keinen festen Partner?, dachte Martin erschrocken, traute sich aber nicht, das laut zu fragen.

»Was soll ich tun, Alex?«

»Noch einmal mit ihnen sprechen?«

»Ich traue diesem Per nicht. Er hat etwas Dominantes und Verschlagenes. Ich glaube, er ist ein Machtmensch, der Befriedigung aus solchen Dramen zieht. Auch kann er Elsa so an sich binden. Außerdem ist er Psychiatrieprofessor und Klinikleiter, mit einem Haufen Kohle und besten Verbindungen. Sie werden sich einen Topanwalt leisten können. Ich hab einfach Angst.«

Alex nickte. »Okay, dieser Per ist vielleicht wirklich ein Problem.« Sie nippte an ihrem Glas Wein. »Wenn du magst, recherchier ich mal ein bisschen zu ihm.«

»Ach, das ist so ein Supertyp, da wirst du nichts finden.«

»Ich würde sagen, du bist der Supertyp.«

»Nicht nach Status und Verdienst.«

Alex schüttelte verärgert den Kopf. »So denkst du? Man muss nichts werden, um etwas zu sein. Eher im Gegenteil. Viele werden was und sind nichts. Würde die Menschheit das verstehen, hätten wir deutlich weniger Chaos in der Welt. Und die Menschen hätten mehr Zeit für sich und die Dinge, die ihnen wirklich am Herzen liegen.«

»So ein Scheidungsrichter sieht das wahrscheinlich anders.«

»Jedenfalls bin ich bei vermeintlichen Supertypen immer skeptisch.«

Ein Weilchen waren sie still.

Dann lächelte Martin. »Ach Alex, du tust mir einfach gut!«

»Du mir auch. Aber so langsam krieg ich Hunger.«

»Wollen wir was kochen? Ich hätte frische Kretzer da.«

»Yummie!«

»Und als Vorspeise Saibling-Sashimi?«

Alex verdrehte die Augen. »Geil! Ich hatte mich ja vor allem auf den Nachtisch gefreut, aber …«

»Jetzt nix Falsches sagen«, sagte Martin und hob drohend

den Finger. Er hatte wieder Mut geschöpft, und es kam ihm in den Sinn, den ein oder anderen erotischen Tagtraum heute vielleicht doch noch Wirklichkeit werden zu lassen.

Stunden später lagen sie erschöpft und verschwitzt im Bett. Ruhig, langsam, zärtlich hatten sie sich geliebt, im Kerzenschein, ganz ohne Akrobatik und Raumwechsel. Es roch nach ihrem Schweiß, dem Wachs der Kerzen und Alexandras Zigaretten. Martin lag auf dem Rücken, sie hatte den Kopf auf seine Brust gelegt. Die wilde Mähne kitzelte seine Nase. Seine Fingerspitzen fuhren zärtlich über ihre glatte Haut.

Martin hatte ihr von seinem neuen Fall erzählt, was sie als Journalistin natürlich sofort neugierig gemacht hatte.

»Du darfst darüber erst mal nichts schreiben!«

»Irgendwann aber vielleicht schon? Das ist eine Wahnsinnsgeschichte.«

»Mal sehen, was noch draus wird. Das hängt vor allem davon ab, was Muntprat in den Archiven findet. Er wollte sich eigentlich heute bei mir melden. Denn sowohl der Professor als auch der Klämmerle-Clan mauern, glauben wir zumindest. Heinz hat mich vorhin angerufen. Unser Vorteil könnte sein, dass dieser Josef Klämmerle Heinz für einen Halbtrottel hält.«

Alex überlegte. »Ich kenne Amelie Wiglaff vom Zentrum für Antisemitismusforschung in Berlin. Holocaustforschung ist ein Schwerpunkt ihrer Arbeit. Das Institut wurde übrigens von einem jüdischen Historiker gegründet, der zur Zeit des Nationalsozialismus in die Schweiz geflohen ist. Der Fall dürfte die also brennend interessieren. Sie haben sehr gute Kontakte zu Archiven und NS-Spezialisten. Wenn Amelie etwas in Auftrag gibt, wird dem nachgegangen. Wenn du willst, lass ich da meine Kontakte spielen.«

»Warum nicht? Das wäre toll. Nur, wenn du etwas schreibst, musst du bitte vorher mit Elvira Wolff reden. Das musst du mir versprechen.«

»Ich hoffe eh, du stellst uns einmal vor?«

»Hab ich für morgen Abend eingeplant.«

Alex küsste ihn. »Großartig!«

Da glitten Martins Fingerspitzen ihren Rücken hinab, weiter zu ihrem Po. Kim hatte das richtig erkannt: Er liebte Alexandras Hintern, diese wunderbar weichen Backen.

Er hatte auch schon wieder Lust, sie sah ihn herausfordernd an, ihr Knie rutschte zwischen seine Beine ... Da klingelte sein Handy.

Kacke.

Es war die Nummer von Cornelius Muntprat, da musste er ran.

»Ich hab ein bisschen was gefunden«, sagte der Archivar voller Elan. »Wollen Sie es sehen?«

»Wann? Wo?«

»Wenn Sie mögen: jetzt gleich im Stadtarchiv.«

Martin blickte auf die Uhr. Es war halb elf.

Fragend sah Martin Alex an.

»Klar!«, sagte sie. »Da muss der Sex warten.«

Martin wurde rot, Muntprat musste das gehört haben, jedenfalls war es mucksmäuschenstill am anderen Ende.

»Äh, also gut«, brachte Martin heraus. »Ich bin in einer halben Stunde da.«

24

Der Eingang zum Stadtarchiv war, so wie Muntprat das angekündigt hatte, nicht versperrt. Gott sei Dank gab es Neuigkeiten, dachte Martin, denn ohne neue Informationen aus den Archiven kämen sie nicht weiter. Hermann Wildt und Klämmerles Nachfahren mussten einfach nur schweigen, und nichts würde passieren. Sie brauchten dringend neues Futter, um sie unter Druck zu setzen.

Still und kühl erstreckten sich die langen Klosterflure vor ihm, niemand außer Muntprat schien noch da zu sein. Martins Schritte hallten, dann ging es die steinerne Treppe zu Muntprats Büro im zweiten Stock hinauf.

Die Tür war halb geöffnet.

»Herr Muntprat?«, rief Martin laut, doch niemand antwortete ihm.

Martin schaute in das große Büro. Niemand da, doch die Schreibtischlampe brannte. War der große Muntprat mal schnell für kleine Jungs? Da bemerkte er die Unordnung auf dem Schreibtisch: Unterlagen waren durchwühlt worden, einige Blätter und zwei Aktenordner waren auf dem Boden.

»Herr Muntprat?«, rief Martin noch einmal und ging um den Schreibtisch herum.

Martins Herz schlug schneller: Die Schubladen waren geöffnet. Entweder Muntprat hatte hektisch etwas gesucht oder …

Sein Blick fiel in das Besprechungszimmer, das an Muntprats Büro anschloss. Er schluckte, machte ein paar Schritte … und erstarrte.

Vor ihm auf dem Boden lag der Archivar im Halbdunkel auf dem Rücken, reglos, um den Kopf herum eine Lache aus Blut, die leblosen Augen zur Decke gerichtet.

Martin löste sich aus seiner Starre und kniete sich zu ihm hinunter, fühlte seinen Puls.

Nichts. Martin hielt sein Ohr an seine Nase, doch er hörte

und fühlte keinen Atem. Sein Körper war noch warm, aber Cornelius Muntprat war tot.

Martins Augen weiteten sich, als er auf Muntprats Stirn blickte.

Die Wunde ging tief, Martin bildete sich ein, Teile des Schädels im Dämmerlicht zu erkennen. Jemand musste Muntprat von vorn, als er direkt vor ihm stand, als er ihm in die Augen blickte, mit einem schweren Gegenstand erschlagen haben.

Seine Augen wanderten umher, doch er entdeckte nichts, was als Mordwaffe in Frage kam. Der Täter hatte sie also mitgenommen. Muntprats Wunde war noch frisch, beim Hereinkommen hatte er nichts gehört, sein Mörder musste das Haus unmittelbar vor ihm verlassen haben.

Oder … Der Gedanke schnürte ihm seine Kehle zu.

Da knarzte eine Holzdiele hinter ihm, aus den Augenwinkeln nahm Martin eine schnelle Bewegung wahr. Verflucht, dachte er noch, er steht direkt hinter mir, hinter den Vorhängen! Bevor Martin aufspringen, sich umdrehen oder sonst wie reagieren konnte, fühlte er einen schweren Tritt gegen den Rücken. So heftig war er, dass Martin mit Wucht zu Boden geschleudert wurde. Ihm blieb die Luft weg, seine Stirn war auf dem Holzboden aufgeschlagen, leicht benommen lag er da.

Zu lang, denn schon saß jemand auf seinem Rücken und presste mit der Hand an der Schläfe seinen Kopf auf den Fußboden, so fest, dass Martin aufschrie. Er will nicht, dass du ihn siehst, dachte er. Da nahm der andere die Hand schnell weg von ihm, doch bevor Martin irgendetwas erkennen konnte, wurde ihm schwarz vor Augen. Der Mann – Martin glaubte, dass es sich um einen Mann handelte, auch weil er so schwer war – hatte ihm eine muffig riechende, schwere Decke über den Kopf geworfen. Schon nach ein paar Atemzügen glaubte Martin zu ersticken. Wollte er ihn auch umbringen? War das hier sein Ende?

Panik erfasste ihn, Martin schrie und zappelte und versuchte, den Angreifer auf ihm aus dem Gleichgewicht zu bringen, ihn abzuwerfen, doch der erhöhte den Druck. Wie ein Sack Zement saß er auf ihm. Bald wurde die Luft knapp, Martin schwitzte, und die Decke kratzte auf der schweißnassen Haut.

Als Martin keine Luft mehr bekam und für einen Moment aufhören musste, sich zu wehren, packte der Mann seine Handgelenke und zwang sie ihm auf den Rücken. Die Hände fühlten sich groß an, es war sicher ein starker Mensch, der Griff wie von Zangen. Martin bäumte sich erneut auf, doch vergeblich, er keuchte, ihm wurde schwindlig.

Da gab Martin auf und blieb liegen, sog gierig die Luft in seine Lungen, in der kaum noch Sauerstoff war. Er nahm die Spannung aus Armen und Beinen, atmete nur noch, so als schliefe er.

Allmählich, vorsichtig lockerte der andere seinen Griff. Doch Martin wusste, dass er ihn sofort wieder in die Mangel nehmen würde, sollte er sich wehren.

Als der Griff ganz gelockert war, riss Martin die Arme zur Seite. Er versuchte, sich schnell vom Boden abzustützen und den anderen aus dem Gleichgewicht zu bringen, doch das war ein Fehler: Ein heftiger, gezielter Schlag traf ihn an der Schläfe, Martin spürte noch den betäubenden Schmerz und wie sein Kopf abermals auf den Holzboden knallte, dann verschwamm sein Blick.

Als Martin erwachte, hämmerte es in seinem Schädel so heftig, als würde er im nächsten Moment auseinanderbrechen, so als hätte er mit Zwille den »Rostfleck« leer gesoffen. Seine Zunge war pelzig, der Gaumen trocken, und er hatte einen üblen Geschmack im Mund, als hätte er einen Tierkadaver gegessen. Er lag nicht mehr, sondern saß, an eine Ecke des Zimmers gelehnt. Doch am schlimmsten waren die Kopfschmerzen.

Seine Augen waren verbunden, der kratzige Stoff fühlte sich an wie die Decke, vielleicht hatte der Täter sie zerschnitten. Seine Hände waren auf dem Rücken zusammengebunden. Kabelbinder, dachte Martin, stark zugezogen, das Plastik schnitt in die Haut. Martin versuchte, die Hände auseinanderzudrücken, doch er hätte fast aufgeschrien, so schmerzhaft war es. Die Haut an den Handgelenken war schon wund gerieben, wahrscheinlich hatte er sich während seiner Ohnmacht bewegt. Auch seine Füße waren mit einem Kabelbinder gefesselt, auch ihn hatte der Täter so stark zugezogen, dass es wehtat. Der Mann wollte, dass er Schmerzen hatte. War er noch hier? Martin lauschte. Ja, er konnte ihn hören. Papier wurde umgeblättert. War er an Muntprats Schreibtisch? Da, wieder, das nächste Blatt! Der Mann saß in aller Seelenruhe am Schreibtisch, neben ihm Muntprats Leiche und ein gefesselter Zeuge, und studierte Akten!

Er suchte etwas. Handelte er im Auftrag von Wildt oder den Klämmerles? So musste es sein! Dachten sie, hier im Archiv befand sich belastendes Material? Doch woher sollten sie das wissen? Martin hatte den Stadtarchivar nicht erwähnt, und er glaubte auch nicht, dass Heinz das gegenüber den Klämmerles getan hatte. Und was sollte hier im Stadtarchiv auch zu finden sein? Die Akten zu Willi Klämmerle und Hermann Wildt lagen in anderen Archiven. Oder doch nicht? Hatte Muntprat irgendetwas im Stadtarchiv entdeckt? Nein, es musste einen anderen Zusammenhang geben. Der Täter wollte etwas anderes. Möglicherweise lagerten hier wertvolle Archivalien, mittelalterliche Urkunden, die einen hohen Sammlerwert hatten.

Wie viel Uhr es wohl war? Martin war gegen elf eingetroffen, und so, wie er sich fühlte, war er ein paar Stunden ohnmächtig gewesen. Vielleicht war es zwei, drei Uhr in der Früh. Bald würde es dämmern, viel Zeit hatte der Täter nicht. Doch bis dahin würde Martin verdurstet sein, wenn nicht vorher sein Kopf auseinanderbrach. Auf seinem Schädel lag ein Druck, der kaum auszuhalten war, als würde jemand Luft in sein Hirn pumpen.

Was konnte er tun? Sicher hatte der andere ihn vom Schreibtisch aus im Blick. Er könnte Laute von sich geben, aber wer würde ihn hören? Die Klostermauern waren dick, und der Benediktinerplatz war um diese Zeit verlassen. Wobei das Polizeipräsidium nur einen Steinwurf entfernt lag.

Er könnte ihn um etwas zu trinken bitten. Martin konnte

kaum mehr schlucken, so trocken war der Gaumen. Vielleicht würde der andere mit ihm sprechen, vielleicht würde er sich verraten. Doch das hatte er bisher bewusst vermieden. Möglich, dass er ihn mit einem weiteren Schlag ruhigstellen würde. Das Handy, das in seiner vorderen Hosentasche gesteckt hatte, musste er ihm abgenommen haben.

Ebenso wie die Autoschlüssel.

Er wollte verhindern, dass er floh.

Zumindest hatte er ihn am Leben gelassen.

Da hörte er Schritte, der andere verließ den Raum. Warum? Ging er fort? Oder durchstöberte er die Archivräume? Sicher hatte er Muntprats Schlüssel und damit überall Zugang. Was bedeuten würde, dass er genau wusste, wonach er suchte …

Martin blieb nichts anderes übrig, als zu warten und den Durst und die Kopfschmerzen auszuhalten. Würde der Fremde fündig, würde er wahrscheinlich einfach gehen und ihn bei Muntprats Leiche lassen. Irgendwann am Montagmorgen würde Muntprats Mitarbeiterin kommen und ihn entdecken.

Wenn der andere ihn nicht noch töten würde. Er konnte sich nicht sicher sein, dass Martin nichts gesehen hatte. Und vielleicht kannte er ihn. Vielleicht fürchtete der Mann, dass er ihn am Geruch oder an einer Bewegung erkannt hatte.

Außerdem musste er seine Spuren beseitigen. Der Kampf, die stundenlange Suche in Muntprats Akten, überall mussten Hautschuppen und Faserspuren zu finden sein.

Vielleicht waren das jetzt seine letzten Stunden. Noch einmal zog er an den Händen, doch sofort schnitt das Plastik wie eine Messerklinge in seine Haut. Der Kopfschmerz wurde immer schlimmer, es war, als drückten von innen Reißnägel gegen den Schädel. Auch fühlte er sich schwach, er brauchte dringend Wasser, er hatte zu nichts mehr Kraft.

Martin musste wieder ohnmächtig geworden sein. Benommen öffnete er die Augen, sie waren noch immer verbunden, und sofort war der Kopfschmerz wieder da. Jemand zog ihn an den Füßen. Der Geruch von Benzin erfüllte den Raum. Martin wusste, was das bedeutete: Der Mann wollte Feuer legen, um seine Spuren zu beseitigen.

Martin hatte keine Schuhe mehr an, auch fehlten Hemd und Hose. War er so stark weggetreten gewesen? Der Mann musste seine Fesseln gelöst, ihm die Kleider ausgezogen und ihn dann wieder gefesselt haben. Oder hatte er ihm irgendetwas verabreicht, um ihn ruhigzustellen? Dass er ihn wegzog, schien immerhin zu bedeuten, dass er ihn nicht verbrennen wollte.

Martin wurde lange den Flur entlanggeschleift und dann abgelegt. Er lag auf dem Rücken. Als er versuchte, sich aufzurichten, schnitt der Kabelbinder in seine Handgelenke. Er blieb reglos liegen, so war es am erträglichsten.

Schloss die Augen.

Spürte, wie er wieder wegdämmerte.

Der Schmerz ließ nach, er fühlte sich ganz schwer und ruhig.

Hörte noch Schritte, die sich entfernten.

Und dann ein Fauchen und ein Rauschen.

Das waren die Flammen.

25

Gottmadingen/Randegg, 9. Mai 1943

Als Frieda aufwachte, lag sie allein im Schlafzimmer. Gestern war sie zusammen mit dem Ehepaar Haffner zu Bett gegangen. Weil sie kein Gästezimmer hatten, hatte die Frau ihr die eine Hälfte ihres Ehebetts angeboten, sie und ihr Mann würden die andere Hälfte nehmen. Frieda war gerührt gewesen, und auch wenn sie lieber allein auf dem Boden geschlafen hätte und für sich gewesen wäre, hatte sie aus Höflichkeit das Angebot angenommen.

Wider Erwarten hatte sie wie ein Stein geschlafen. Die Nähe der beiden, ihr ruhiges Atmen in der Nacht hatten ihr ein Gefühl von Sicherheit gegeben. Es war das erste Mal seit Monaten, dass sie nicht heimlich in einem kalten Keller übernachten musste, wo jeder Atemzug sie in Lebensgefahr bringen konnte.

Frieda zog sich an und ging ins Wohnzimmer. Dort stand Franz Haffner mit einem Fernglas am Fenster. Er war groß und wirkte stark; man sah seinem Körper an, dass er hart arbeitete. Der Sonntagmorgen war trüb und regnerisch, schwarzgraue Wolken hingen schwer auf den Obstwiesen und Feldern. In der Ferne war eine Kette bewaldeter Hänge zu erkennen, dahinter lag die Schweiz. Haffner stand wie eine Statue am Fenster und beobachtete hoch konzentriert die Gegend, er schien Frieda gar nicht bemerkt zu haben.

»Guten Morgen«, sagte Frieda.

»Morgen«, erwiderte er mürrisch, ohne sie anzusehen. »Ein Scheißwetter für einen Sonntagsspaziergang.«

Das war der Plan, wie Haffner ihr gestern Abend erklärt hatte: Er wollte die Flucht als Spaziergang tarnen und mit Frieda heimlich über die Grenze wandern.

»Wonach suchen Sie?«

Er gab ihr das Fernglas. »Sehen Sie das Dorf? Das ist Randegg und liegt nah an der Grenze. Von da führt ein Pfad hinauf auf die Höhen. Dort müssen wir hin. Die Grenze ist nur eine Schneise im Wald, es gibt keine Zäune, nichts. Dann sind wir im Kanton Schaffhausen. Ich habe gehofft, wir könnten über die Felder laufen und den Weg abkürzen. Aber die Felder sind jetzt zu matschig, also müssen wir die Chaussee nehmen. Dort ist ein Grenzposten mit zwei Polizisten. Sie können sie von hier aus sehen. An denen müssen wir vorbei.«

Frieda schluckte. Haffner hatte sehr langsam gesprochen, trotz seines starken Dialekts hatte sie alles verstanden. Sie sah die Männer durch das Fernglas. Haffners Plan klang kompliziert. Und gefährlich. War das vernünftig? Konnte sie ihm trauen? Warum schlichen sie sich nicht in der Nacht über die Felder nach Randegg?

Sie reichte ihm wieder den Feldstecher.

»Herrgott Kruzifix«, rief er, als er wieder hindurchsah. »Den einen kenn ich. Das ist ein ganz scharfer Hund.«

Wusste Haffner, was er tat? Sie mochte ihn, auch wenn er ihr auf den ersten Blick, gestern vor dem Bahnhof in Singen, nicht sympathisch gewesen war. Auch wenn er schroff, impulsiv und draufgängerisch wirkte, war er ein warmherziger und starker Mann. Aber war Haffner bedachtsam genug? Gertrud Eisner hatte ihr wiederholt gesagt, dass sie dem Mann unbedingt vertrauen müsse. Dass er ein gewiefter Fuchs sei, das Grenzgebiet wie seine Westentasche kenne und genau wisse, was er tue.

»Warten Sie einen Moment«, sagte Frieda, ging ins Schlafzimmer und holte den Fotoapparat ihres Vaters aus dem Koffer.

»Hier«, sagte sie und reichte Haffner den Apparat. Dabei klopfte ihr Herz, und ihr war wieder zum Weinen zumute. »Er gehörte meinem Vater. Eine Leica, sehr wertvoll. Sie ist für Sie.«

Haffner nickte und nahm den Fotoapparat wortlos entgegen. Beschämt sah er zu Boden. Gertrud Eisner hatte ihr bei ihrem zweiten Treffen gesagt, dass Haffner eine Gegenleistung verlange. Der Witwe schien das peinlich zu sein, sie wollte nichts für ihre Hilfe, nur das Geld für die Fahrkarte hatte Frieda bezahlen müssen. Er riskiert sehr viel, mehr als ich, hatte Eisner Haffners Forderung erklärt.

»Wenn Hitler weg ist, können Sie den Apparat wiederhaben«, sagte Haffner verlegen. »Es ist nur eine Sicherheit. Wir haben nicht viel Geld, und wenn ich ins Gefängnis komme, will ich sicherstellen, dass meine Frau und meine Tochter nicht verhungern müssen.«

»Sie müssen mir nichts erklären. Ich weiß, was Sie riskieren.« Sie machte diesem Mann, der sein Leben und das seiner Familie für sie aufs Spiel setzte, wirklich keinen Vorwurf.

Haffner wandte sich ab und legte den Fotoapparat auf den Wohnzimmertisch. Frieda dachte an ihren Vater, wie er früher mit einem Lachen Fotos von ihr geschossen hatte. Ob jemals wieder jemand mit dem Apparat fotografieren würde? Und was für Bilder mochten das sein?

Haffner war wieder ins Beobachten der Landschaft vertieft, zumindest tat er so. Frieda ging in die Küche. Maria Haffner saß am Tisch und las in der Bibel. Ihr Kopf war über das schwere Buch gebeugt, sie wirkte ganz versunken. Neben ihr saß Charlotte, ihre Tochter. Ihre dunklen Haare waren zu Zöpfen geflochten, sie wirkte lebhaft und sah Frieda neugierig an. Sie war nicht älter als fünf und malte.

»Hallo«, sagte das Mädchen. Wie die Mutter sprach sie einen Schweizer Dialekt. »Du kommst aus Berlin, oder? Hast du da schon mal den Hitler gesehen?«

»Nein«, sagte Frieda. »Das will ich auch gar nicht.«

Charlotte nickte. »Der Papa auch nicht. Der sagt immer, der Sauhund gehört abgeknallt.«

»Charlotte!«, rief Frau Haffner erschrocken, musste dann aber lachen.

»Magst du mit mir malen?«, fragte Charlotte.

»Gern«, sagte Frieda und setzte sich neben das Kind.

Charlotte malte den Hohentwiel, einen der erloschenen Vulkane des Hegau, der wie ein morscher Zahn aus der Landschaft ragte, Frieda einen Olivenhain am See Genezareth.

Gegen Mittag brachen Sonnenstrahlen durch die Wolken. Dennoch wollte Haffner die Landstraße nehmen, es schien ihm unauffälliger als ein Marsch über matschige Felder. Wenig später traf ein junger Mann ein, er hieß Fritz Oberndorfer und kam aus Singen.

»Wenn uns auf der Landstraße oder am Grenzposten jemand fragt«, sagte Haffner zu Frieda, »sagen Sie, dass Sie Fritz' Frau Helma sind. Fritz hat Helmas Ausweis dabei, den zeigen wir vor. Sagen Sie, dass wir befreundet sind und eine kleine Wanderung zu meiner Tante Helena nach Randegg unternehmen.«

»Sieht diese Helma mir denn ähnlich?«, fragte Frieda.

»Sie ist so alt wie Sie. Das muss reichen«, meinte Haffner. »Wahrscheinlich brauchen wir den Ausweis gar nicht.«

Maria brachte noch ein schweres Kleid und einen braunen Strohhut aus dem Schlafzimmer, an dem vorn ein Strauß mit künstlichen Blumen befestigt war. Er verbarg einen Teil von Friedas Gesicht und die roten Haare.

»Hier auf dem Land gibt es keine Frauen mit roten Haaren«, meinte Maria. »Mit dem Hut sehen Sie aus wie eine von uns, den nimmt man zum Kirchgang oder zum Sonntagsbesuch. Und das Kleid ist ein altes von mir. Damals war ich noch schlanker, es müsste passen.«

Sie brachen auf. Die Männer trugen Rucksäcke, darin befanden sich Picknickdecke, Teller, Besteck und ein Vesper. Frieda fühlte sich unwohl mit dem fremden Hut und dem Kleid. Verlegen betrachtete sie ihren neuen Ehemann. Er war kleiner und jünger als Haffner und schüchtern. Er lächelte scheu, als er ihre Blicke bemerkte. Ob Haffner ihn bezahlte? Stockend erzählte er von sich, wo sie wohnten, was seine Frau mochte und machte. Frieda musste einige Male nachfragen, weil sie ihn wegen des starken badischen Dialekts nur bruchstückhaft verstand.

Als sie sich dem Grenzposten näherten, gingen die Männer voran. Sie trugen Wanderhüte und schwangen Spazierstöcke. Sie unterhielten sich laut, lachten, als hätten sie leichte Herzen, als genössen sie den freien Tag nach einer Woche Schwerstarbeit in der Fabrik. Sie machen das nicht zum ersten Mal, dachte Frieda, sie sind eingespielt, und der Gedanke gab ihr Mut. Maria hatte ihr erzählt, dass sie schon einmal eine junge Frau auf diese Weise über die Grenze gebracht hatten, allerdings an einem anderen Grenzposten.

Die beiden Frauen folgten den Männern mit Charlotte in ihrer Mitte, sie hielten sich an den Händen. Charlotte wollte »Engelchen flieg« spielen, und sie taten das, bis ihnen die Arme schmerzten. Charlotte jauchzte, und Frieda musste lachen, für einen Moment war es ihr so vorgekommen, als wäre sie wirklich auf einem Sonntagsspaziergang mit Freunden.

Apfelbäume, die in voller Blüte standen, säumten die Chaussee. Und hinter den Hügeln, wo die Schweiz lag, war der Himmel heller. Waren das glückverheißende Zeichen? Da huschte eine schwarze Katze über den Weg, und Frieda schaute in die Ferne zu den Grenzpolizisten, wie sie zu ihnen blickten, und ihr Herz rutschte in die Knie.

Die Straße führte leicht bergab auf den Grenzposten zu. Frieda konnte nicht mehr schlucken. Wieder war ihr Hals wie zugeschnürt. Sie sah weder eine Schranke noch ein Schilderhaus. Die beiden Grenzpolizisten standen im Graben am Straßenrand. Sie unterhielten sich, hatten aber die Blicke immer noch auf sie gerichtet. Sie gingen noch in derselben Reihenfolge wie zu Beginn, die Männer etwa zehn Meter vor ihnen, weiterhin fröhlich plaudernd. Als sie zu den Posten kamen, hielten sie an und beugten sich zu den Wachposten hinab, um ihnen die Ausweise zu zeigen. Sie verstrickten die Polizisten in ein Gespräch.

»Lauf einfach weiter«, flüsterte Maria. Und während die Wachen ihre Papiere in Augenschein nahmen und mit den Männern plauderten, gingen sie auf der Straße weiter, ganz gemächlich, mit Charlotte in ihrer Mitte. Charlotte schien zu spüren, dass etwas nicht in Ordnung war, sie blieb ganz still. Frieda hielt den Kopf gesenkt, damit die Polizisten ihr Gesicht nicht sehen konnten.

Als sie auf einer Höhe mit den Wachen waren, rief Maria ein lautes »Heil Hitler!«. Und auch Frieda rief: »Heil Hitler!« Diese Worte waren ihr noch nie über die Lippen gegangen, doch jetzt hatte sie sie voller Inbrunst ausgesprochen. Auch die Polizisten riefen »Heil Hitler«, wobei der eine sie beobachtete. War er misstrauisch? Oder einfach nur mürrisch, weil er Dienst an einem Sonntag hatte?

Langsam gingen sie weiter.

Frieda musste sich beherrschen, um nicht zu rennen.

Ihr Herz schlug schnell und hart gegen die Brust.

Würde er sie gleich zurückrufen?

Würde er ihr Gesicht sehen und mit dem Foto in dem Ausweis abgleichen wollen?

Nichts geschah, niemand rief sie zurück, und in dieser Sekunde dachte sie: Ich hab es geschafft! Sie wollte jauchzen und in die Luft springen, aber natürlich durfte sie das nicht. Die Grenzposten hatten sie für das gehalten, was sie spielten, Einheimische beim Sonntagsspaziergang. Haffners Plan war aufgegangen, Frieda hatte ihm zu Unrecht misstraut.

Doch noch waren sie nicht in der Schweiz.

Noch war es nicht vorbei.

26

Grenzgebiet bei Randegg, 9. Mai 1943

Die Männer hatten sie bald eingeholt. Sie erreichten eine Senke vor dem Dorf Randegg. Das Flüsschen Biber hatte Hochwasser und schoss braun und trüb unter der Brücke hindurch. Die Straße machte eine Kurve, bald waren sie außer Sichtweite von den Posten. Haffner und sein Gefährte schlugen einen Feldweg ein, der durch blühende Wiesen den Hügel hinauf zum Waldrand führte. Mittlerweile hatte sich die Sonne durch die Wolken gekämpft, und die gelben Blüten von Butterblumen, Löwenzahn und Hahnenfuß leuchteten wie kleine Lichter vor dem frischen Grün.

Alles Glückszeichen, sagte Frieda zu sich.

Lange waren sie unterwegs, bestimmt eine Stunde. Frieda bewunderte die kleine Charlotte, die ohne Murren mitwanderte, auch wenn sie kein »Engelchen flieg« mehr spielen konnten. Ob sie wusste, worum es ging? Wohl nicht, dachte Frieda, das Risiko würden die Haffners nicht eingehen. Charlotte glaubte, sie unternähmen einen Spaziergang mit der neuen Freundin aus Berlin, die den Hitler auch nicht mochte. Doch sie spürte gewiss die Anspannung der Erwachsenen, auch wenn sie die nicht einordnen konnte, sie war mit Händen zu greifen.

Als sie den Wald betraten, war es nicht länger nötig, dass Maria und Charlotte sie begleiteten. Mutter und Kind blieben mit Fritz Oberndorfer zurück, um Charlotte den anstrengenden Marsch durch den Wald zu ersparen. Frieda gab Maria den Hut zurück und nahm die Hände der Frau in ihre.

»Ich danke Ihnen von Herzen. Sie haben so viel für mich riskiert.«

Maria lächelte, verlegen und gerührt. »Denken Sie an uns, wenn Sie in Palästina sind. Erzählen Sie auch Ihrem Kind von uns!«

Irritiert sah Frieda die Frau an. Von ihrer Schwangerschaft hatte sie nichts gesagt.

»Eine Mutter spürt das. Sie haben dieses Strahlen, das nur Schwangere haben. Erzählen Sie Ihrem Kind, dass es auch gute Deutsche gegeben hat. So wie meinen Mann.«

Frieda nickte. »Und Schweizerinnen!«

Danach breitete Maria vor einem Dickicht eine Decke aus und packte ein Kinderbuch und ein Vesper aus dem Rucksack.

»Wir müssen weiter«, meinte Franz zu Frieda. Sie spürte seine Nervosität. »Hier wird in letzter Zeit viel patrouilliert. Jedes Verweilen ist gefährlich.«

Sie drangen tiefer in den Wald. Es war ein junger Buchenwald mit dichtem Unterholz. Frieda folgte Haffner, der sie leise und im Gänsemarsch durchs Dickicht führte. Mit einem Taschenmesser schnitzte er auf Augenhöhe kleine Markierungen in die Rinde der Bäume, um den Weg zurück zu seiner Familie zu finden. Alle paar Schritte blieb er stehen, ließ den Blick schweifen, lauschte, schnitzte und ging weiter.

Was dieser Mann für mich tut, dachte Frieda voller Ehrfurcht und Dankbarkeit. Er tut es aus Menschlichkeit und weil er den Nazis trotzen will. Haffner war ein Widerborst, ein Kauz, ein Unangepasster, vor allem aber ein anständiger Mann mit dem Herzen auf dem rechten Fleck. Jemand, der instinktiv seinem Gewissen folgte und nicht zuerst fragte, welche Folgen das für ihn haben, was er dabei verlieren könnte. Ein Mensch, der wirklich Mut hatte. So wie Leo.

Früher, als sie noch angesehene Bürger in Potsdam gewesen waren, hatte sie solche Unangepasste eher gemieden, wie auch Kommunisten oder Sozialisten. Für Juden, die in Europa seit Jahrhunderten verfolgt wurden, sei es wichtig, nicht aufzufallen. So war es ihr vom Vater eingebläut worden. Halt dich bedeckt, misch dich nicht ein, pass dich an, geh deinen Geschäften nach. Erst jetzt, in dieser grausamen Diktatur, verstand sie, welch unschätzbaren Wert Menschen wie Haffner hatten. Viele der Nachbarn, die ihre Freunde gewesen waren, hatten sie verstoßen, als die Juden zu Rassefeinden erklärt worden waren. Hatten einen weiten Bogen um sie gemacht, denn man wollte keinen Ärger. Man musste ja schauen, wo man blieb. Bloß nicht aus der Schafherde ausscheren. Wäre sie *Arierin*, hätte sie es wohl nicht anders gemacht. Und diese wildfremden Menschen hier halfen, obwohl sie dabei ihr Leben aufs Spiel setzten.

Sie bewegten sich nicht allzu weit vom Rand des Waldes. Haffner hatte ihr am Morgen eine Karte gezeigt: Das Gebiet, das sie erreichen wollten, war eine Schweizer Enklave, deren Grenze sich in einer Zickzacklinie vom Rhein nach Norden erstreckte und die zum Kanton Schaffhausen gehörte.

Nach einer Weile hielt Haffner wieder an. Vor ihnen lag eine etwa vier Meter breite Schneise, die aussah wie ein Holzfällerpfad. Frieda verstand, sie hatten die Grenze erreicht. Es gab wirklich keinen Zaun, nicht einmal ein Schild. Wüsste man nicht, dass dies die Grenze war, man würde sie nicht als solche erkennen. Sie müsste nur noch fünf Schritte gehen, und sie wäre in der Schweiz. Konnte es so einfach sein?

Frieda war so perplex, dass sie sich weder bewegen noch freuen konnte. Ungläubig sah sie Haffner an, als könnte das alles gar nicht wahr sein.

»Da drüben wartet die Freiheit«, sagte Haffner und zeigte auf einen Waldweg, der nicht weit entfernt auf Schweizer Gebiet lag. Sonnenstrahlen fielen auf ihn. Die Anspannung war von Haffner abgefallen, er wirkte gelöst, fast fröhlich. »Dort entlang müssen Sie gehen. Wo es hell ist, da ist die Schweiz.«

Sie zögerte. Eine Sache war da noch. Heute Morgen hatte sie die schon ansprechen wollen, sich aber nicht getraut, weil Haffner so mit dem Wetter gehadert hatte. Ihr Herz klopfte wieder, wie vorher bei dem Grenzposten.

»Mein Verlobter ist noch in Berlin. Der Vater des Kindes, das ich in meinem Bauch trage. Er kümmert sich um jüdische Waisenkinder, deren Eltern von den Nazis in die Vernichtungslager gebracht worden sind. Diese Kinder haben niemanden mehr und müssen sich jetzt in der Stadt verstecken. Bald möchte er auch fliehen, wenn er seinen Nachfolger ausgebildet hat. Er hat schon den Ausweis eines Wehrmachtoffiziers. Er ist mutig und nicht so ängstlich wie ich, mit ihm wird die Flucht leichter sein. Bitte versprechen Sie mir, dass Sie ihm auch helfen. Sie müssen es mir versprechen!«

Haffner sah sie ernst an. »Es wird immer gefährlicher, Leute über die Grenze zu bringen. Vor allem Männer. Die Behörden auf beiden Seiten wissen, dass die Grenze hier löchrig ist wie ein Sieb. Und sie wissen auch, dass in letzter Zeit viele Juden rübergegangen sind. Die Grenzpolizisten stehen in Kontakt miteinander, die Gestapo sucht nach uns Fluchthelfern. Der Leiter in Singen, das ist ein richtiger Bluthund. Erwischt er uns, überleben wir das nicht, und unsre Familien liefert er ans Messer.«

Flehend sah sie Haffner an. »Was kann ich tun, damit Sie meinem Leo helfen? Mein Leben ist nichts ohne hin. Wie soll ich es mir je verzeihen, ihn verlassen zu haben, wenn er es nicht in die Freiheit schafft?«

Tränen liefen über ihre Wangen, obwohl sie das gar nicht wollte.

Haffner zögerte. »Ich kann's nicht versprechen.«

»Ich kann nicht gehen, ehe ich nicht Ihr Versprechen habe.«

Haffner presste die Lippen aufeinander. Nach einer Weile sagte er: »Wenn Sie drüben sind, müssen Sie denen erzählen, dass Sie den Weg allein gefunden haben.«

Frieda nickte. Schon heute Morgen hatte er ihr alles erklärt. Sie musste sagen, dass sie die Gegend von Wanderungen durch den Hegau kannte. Sie durfte auf keinen Fall den Namen Haffners oder Gertrud Eisners nennen.

»Es ist überlebenswichtig, dass Sie sich an alles erinnern und sich nicht verplappern. Sonst haben Sie uns alle auf dem Gewissen.«

»Und wenn alles gut geht, wenn Sie nichts mehr von mir hören, dann helfen Sie Leo? Damit er eines Tages sein Kind sehen kann?«

Mitfühlend, zweifelnd sah er sie an.

Überlegte, haderte mit sich.

»Bitte!«, flüsterte sie.

Haffner blickte hoch zu den Buchen.

Es war ganz still, als hielte der Wald den Atem an.

Frieda schloss die Augen. Er würde es ihr nicht versprechen. Sie konnte ihn auch verstehen, sie setzte ihn ungebührlich unter Druck. Er war ein Mann, der sich zu nichts zwingen lassen wollte. Doch was würde sie jetzt tun? Allein gehen? Ohne Haffners Versprechen? Wäre sie dann nicht eine Verräterin?

»Sie haben mein Wort.« Haffners Stimme zitterte. »Aber jetzt müssen Sie los!«

Ungläubig sah Frieda ihn an.

»Danke«, sagte sie und ging vor ihm auf die Knie. Sie wollte ihm die Hände küssen, doch er wehrte sie ab.

»Los jetzt!«, rief er. »Gehen Sie!«

Sie lief die Böschung hinab. Hin zu dem Weg, der noch immer von Sonnenstrahlen beschienen wurde, der ins Helle führte, in die Freiheit, in die Schweiz. Sie lief schnell, auch um es Haffner unmöglich zu machen, sein Versprechen zu widerrufen. Sie dachte das wirklich: dass er laut hinter ihr herrufen würde, dass er es sich doch anders überlegt hätte.

Als Haffner außer Sicht war, beruhigte sie sich. Irgendwo weiter vorn würde sie einen Schweizer Fluchthelfer treffen, so war es abgesprochen, der sie aus der Enklave heraus und durch den Kanton Thurgau zur Stadt Schaffhausen bringen würde. Frieda sollte dem Weg einfach folgen, und der Mann würde sich irgendwann zu ihr gesellen.

Plötzlich, mitten im Wald, trat ihr ein Mann entgegen. Starr vor Schreck blieb Frieda stehen. Sie wollte um Hilfe rufen, brachte aber kein Wort heraus. Er musste hinter einem Baum gelauert haben, sie hatte nichts gehört und nichts gesehen. Er trug die graue Uniform der Schweizer Armee und ein Gewehr über der Schulter.

Frieda gefror das Blut in den Adern. Jetzt war sie keine fünf Minuten allein, und schon steckte sie in Schwierigkeiten. Oder war das ihr Fluchthelfer? Ein Soldat? Wohl kaum. Es war ein sehr junger Mann, deutlich jünger als sie, mit rotblonden Haaren und Sommersprossen, der sie misstrauisch ansah.

»Sie haben gerade die Grenze überquert«, sagte er nüchtern. »Ist Ihnen das bewusst?«

Sollte sie lügen? Sagen, sie käme aus Singen und hätte sich verlaufen? Doch dann würde er sie zurück an die Grenze bringen. Und Gertrud Eisner hatte ihr eingeschärft, sich zu bekennen, um nicht sofort zurückgeschickt zu werden. Aber Frieda wusste nicht, wen sie vor sich hatte, ob einen Schaffhauser Grenzpolizisten oder einen von der Bundespolizei. Gertrud hatte ihr das erklärt: Während die Schaffhauser Kantonspolizisten Juden in der Regel nicht wieder ausschafften, hatten die Bundespolizisten die Anweisung, alle wieder über die Grenze zu bringen.

Der Puls hämmerte in ihren Schläfen, als sie zu sprechen begann. »Ich bin Jüdin und allein über die Grenze geflohen. Ich werde nicht zurückgehen. Die Nazis haben meine gesamte Familie umgebracht. In Deutschland wartet nur der Tod auf mich. Wenn Sie mich zurückschicken wollen, muss ich darauf bestehen, dass Sie mich hier auf der Stelle erschießen.«

So eindringlich waren ihre Worte, so voller Zorn, Angst, Ergriffenheit und Schmerz, dass der junge Mann sie erschrocken und tief beeindruckt ansah. Entschlossen, todesmutig blickte sie ihm in die Augen.

Der junge Soldat musterte sie vom Kopf bis zu den Füßen, als hätte er so jemanden wie sie noch nie in seinem Leben getroffen. Er schüttelte sich, wie um sich von einem Spuk zu befreien.

Dann sprach er, ganz langsam, in seinem warmen Schweizer Dialekt: »Bei allem Respekt, aber so schnell schießen wir Schweizer nicht!«

27

Kommissar Steck saß an Martins Bett im Konstanzer Klinikum und war stinksauer, und zwar so richtig. Er fuchtelte wild mit den Händen, während er sprach.

»Hättet ihr mit dieser verfluchten Wolff nicht sofort angefangen, in diesen alten Geschichten rumzuwühlen, hättet ihr nur ein paar Wochen gewartet, bis wir mehr Kapazitäten gehabt hätten, dann wäre Muntprat womöglich noch am Leben!«

Martin spürte Zorn in sich aufsteigen, doch er verkniff sich eine Antwort, auch weil Steck vor seinen Augen unscharf wurde und leicht verschwamm. In seinem Kopf begann es wieder zu dröhnen und zu stechen. Doch es war schon eine Unverschämtheit, dass Steck ihm die Schuld an Muntprats Tod gab und ihm außerdem nicht ein Wort der Anteilnahme über die Lippen kam.

Aber Steck war sichtlich im Stress. Sein Gesicht war fahl, die Züge hatten etwas Starres und Manisches. Keine Frage, seine Nerven lagen blank, Martin musste an überlastete Stromleitungen denken, die sirrten und Funken schlugen, der Kommissar schien fertiger als er selbst: Der unaufgeklärte Mord in Allensbach, die Hegau-Skelette und jetzt noch die Leiche eines Konstanzer Prominenten …

Auch Martin ging es alles andere als gut. Er hatte eine leichte Gehirnerschütterung, und es bestand der Verdacht auf eine Rauchgasvergiftung. Martin hatte keine Erinnerung daran, wie er aus dem Stadtarchiv ins Klinikum gebracht worden war. Heute Morgen hatte er Bilder des brennenden Archivs und der Löscharbeiten auf der Website der Südzeitung gesehen. Der Arzt hatte ihm erzählt, dass Feuerwehrleute ihn beim Löschen im verrauchten Gang vor den brennenden Büros gefunden und nach draußen geschleppt hätten und er achtzehn Stunden geschlafen habe.

»Eine halbe Stunde länger in dem Rauch, und Sie hätten das vielleicht nicht überlebt«, hatte der Arzt mit ernster Miene gemeint. Martin hatte entgegnet, er wolle sofort nach Hause, doch da hatte der Arzt nur müde gelächelt.

Als er ein paar Stunden zuvor das Licht der Welt wieder erblickt hatte, hatte Alexandra mit einem so liebevollen und besorgten Blick an seinem Bett gesessen, dass er vor Rührung und Selbstmitleid am liebsten geweint und seine starken Kopfschmerzen fast vergessen hätte. Sie hielt seine Hand, und als er die Augen aufschlug, lächelte sie und gab ihm einen zarten Kuss. Wie geborgen er sich da fühlte! Hach, vielleicht würden sie doch ein richtiges Paar werden.

Doch als sie ging, um ihm ein paar frische Sachen zu holen, marterten ihn gleich wieder Zweifel. Wenn sie nur zehn Jahre älter wäre! Vierzig statt dreißig! Mit einer so jungen Frau, das konnte nichts werden auf Dauer, sie würde ihn irgendwann abstoßend finden, nach jüngeren Männern Ausschau halten, er durfte sich da nichts vormachen.

Die alte Leier halt.

Als Nächstes kam ihm Kim in den Sinn. Gott sei Dank war sie noch bei Elsa, so hatte sie von dem ganzen Drama nichts mitbekommen. Das wäre wieder Wasser auf Elsas Mühlen. Er müsste nur morgen unbedingt wieder zu Hause sein, bevor Elsa Kim am Nachmittag bringen würde, da konnte der Arzt sagen, was er wollte.

Steck hatte sich inzwischen beruhigt und schilderte ihm das Wichtigste. Muntprats Büro und das Besprechungszimmer waren vollständig ausgebrannt. Das Feuer hatte alle Spuren eliminiert, und Muntprats Leiche, meinte Steck, sehe aus wie ein verkohlter Baumstumpf. Inzwischen lag sie in der Freiburger Rechtsmedizin. Die KTU hatte Martins T-Shirt auf Spuren untersucht, doch ohne Erfolg. Die einzige gute Nachricht war, dass die Archivalien hinter den Brandschutztüren das Feuer unbeschadet überstanden hatten. Auch war das Feuer nicht auf die anderen Stockwerke übergegangen. Steck hatte sofort, nachdem er über den Brand und den gefesselten Martin informiert worden war, Polizeikontrollen an den Konstanzer Ausfallstraßen eingerichtet, die Beamten hatten Hunderte Personalien aufgenommen, doch das hatte zu nichts geführt.

»Heute Morgen stand eine Pressearmada vor dem Präsidium«, schimpfte Steck, »und der Polizeipräsident klebt mir wie ein Blutegel am Hintern!«

Das konnte Martin sich vorstellen. Muntprat war eine der Konstanzer Lichtgestalten gewesen, und eine ermordete Lichtgestalt – da musste ein Polizeipräsident mit Ambitionen natürlich ungemütlich werden.

Steck biss wütend in einen Doughnut, den er sich mitgebracht hatte. Es war heute wohl nicht der erste, sein blaues Hemd war von Puderzucker bestäubt, so wie ein Pfannkuchen von Kim.

Martin erzählte dann, was im Stadtarchiv geschehen war.

Steck hörte mit grimmiger Miene zu. »Und Sie können sich an den Mann überhaupt nicht erinnern?«, fragte er vorwurfsvoll, als wäre das zu erwarten gewesen.

»Ich weiß nicht einmal, ob es ein Mann war. Als er auf mir saß, wirkte er sehr schwer. Ich habe auch versucht, mich zu wehren, aber er war kräftiger als ich.«

»Hm«, meinte Steck.

»Gibt es denn schon Anhaltspunkte?«, fragte Martin vorsichtig.

Steck sah ihn missbilligend an. »Möglicherweise wurde Muntprat mit einer Statue erschlagen, die auf seinem Schreibtisch stand. Jedenfalls meint seine Mitarbeiterin, dass sie fehlt.«

»Interessant.«

»Auch Muntprats Wohnung wurde durchsucht.«

»Ach!«

»Wir wissen nur nicht, wann, ob vor dem Mord oder danach. Im letzteren Fall hätte der Mörder ganz schön Chuzpe gehabt: bringt erst Muntprat um, setzt das Stadtarchiv in Brand, spaziert dann zu der Wohnung und durchsucht sie in aller Seelenruhe. Wobei es tatsächlich die plausiblere Variante ist: Muntprats Wohnungsschlüssel sind verschwunden, wahrscheinlich hat der Mörder sie ihm im Archiv abgenommen. An der Wohnungstür gab es keine Spuren von Gewalt, auch ist die Haustür nachts verschlossen.«

»War die Wohnung in einem schlimmen Zustand?«

»Der Einbrecher ist sehr systematisch vorgegangen. Er hat jedes Zimmer durchsucht, aber die Sachen nicht einfach auf den Boden geworfen, sondern ordentlich abgelegt. Und er hat sich alles vorgenommen: Kleiderschränke, Bücherregale, sogar das Badezimmer.«

»Muntprats Büro hat völlig chaotisch ausgesehen. Da lagen Dokumente und Akten wild auf dem Schreibtisch und dem Fußboden verstreut.«

»In der Wohnung hat er sich offenbar sicher gefühlt. Muntprat war ja Junggeselle. Der Täter wusste, dass niemand kommen würde. Er musste nur damit rechnen, dass wir irgendwann auftauchen würden.«

Martin überlegte. »Vielleicht waren es auch zwei Täter: Der eine kümmerte sich um Muntprat im Archiv, der andere um die Wohnung. Sie müssten dann allerdings beide zuerst im Archiv gewesen sein, wegen des Schlüssels.«

Steck sah ihn unwirsch an. »Daran haben wir natürlich auch schon gedacht.«

»Haben Sie in Muntprats Wohnung irgendwelche Spuren entdeckt?«

Steck verdrehte die Augen. »Sie kennen Muntprat. Er war ein Partylöwe. In seiner Wohnung finden sich unendlich viele Spuren, wahrscheinlich von der ganzen Konstanzer High Society.«

»Und es gibt keine Hinweise, wonach gesucht worden ist?«

»Bisher nicht. Heute Mittag kommt seine Haushälterin. Vielleicht entdeckt sie etwas, das fehlt.«

»Seltsam«, meinte Martin.

»Übrigens, wie es aussieht, hat der Mord an Muntprat nichts mit den Skeletten zu tun.«

»Ach ja?«

Steck lachte säuerlich. »Der große Muntprat hatte Schulden. Und zwar nicht unbeträchtliche.«

»Das gibt es nicht!«, sagte Martin ungläubig. Er musste an den fetten Tesla denken. »Die Muntprats sind doch reich. Über die Jahrhunderte muss da doch ein ordentliches Vermögen zusammengekommen sein.«

Steck grinste. »Tja, möchte man meinen. Muntprat hat vier Geschwister, und von seinem Anteil am Erbe ist wohl nichts mehr übrig. Nada! Er scheint alles verjubelt zu haben. Sein schickes Penthouse in der Seestraße ist bis unters Dach mit Hypotheken belastet, ebenso wie ein großes Wohnhaus in der Schottenstraße, das er geerbt hat. Muntprats Konto ist leer, es gibt weder Anleihen noch Aktien. Er lebte von der Hand in den Mund.«

»Und der nagelneue Tesla?«

»Anscheinend hat Muntprat krankhaft gespielt, und zwar im großen Stil. Das meint zumindest seine Schwester, die in Mainz lebt. Wir haben bei ihm zu Hause Eintrittsbillets von verschiedenen Casinos in Deutschland und der Schweiz gefunden. Inzwischen wissen wir auch, dass er in einigen Casinos in Deutschland und Österreich Hausverbot hatte. Möglich, dass er vor Kurzem eine größere Summe gewonnen und in den Tesla investiert hat, statt seine Schulden abzutragen. Die verschwundene Skulptur stellte übrigens nach Aussage seiner Mitarbeiterin den griechischen Gott Hermes dar. Das ist wohl auch der Gott der Glücksspieler. Ziemlich makaber, die ganze Sache.«

Unglaublich, dachte Martin. Doch irgendwie passte es auch. Muntprat war ein Tausendsassa, im Anständigen wie im Anrüchigen. Wie es aussah, hatte das Graben in Archiven seinem Leben doch nicht ausreichend Würze gegeben.

»Und jetzt denken Sie, dass Muntprat sich von dubiosen Quellen Geld geliehen hat und der Mörder Schulden eintreiben wollte? Oder nach Geld oder Wertgegenständen in der Wohnung gesucht hat? Doch warum hat er Muntprat dann umgebracht? Und was wollte er oder sein Komplize im Stadtarchiv?«

Steck zuckte mit den Achseln. »Das wissen wir noch nicht.«

Martin kam ein Gedanke, den er jedoch für sich behielt.

Vielleicht hatte Muntprat jemanden erpresst. Wenn er ein krankhafter Spieler und hoch verschuldet gewesen war, machte das Sinn. Muntprat hatte möglicherweise in den Archiven etwas gefunden, das Professor Wildt oder Willi Klämmerle belastete. Doch was könnte so schwerwiegend sein, dass es zu einem Mord führte? Und hätte Muntprat so etwas wirklich getan? Eigentlich passte es nicht. Muntprat war überzeugt gewesen von seiner Tätigkeit, das kritische Aufarbeiten der Vergangenheit war ihm eine Herzensangelegenheit gewesen. Doch wenn er sich wirklich Geld bei dubiosen Quellen geliehen hatte und ihm jetzt kriminelle Schuldeneintreiber im Nacken saßen …

Er musste daran denken, mit welcher Coolness Muntprat ihn vor zwei Tagen empfangen, mit welcher Hingabe er den Brennnesselsmoothie geschlürft hatte. Von Angst oder Skrupeln war da keine Spur gewesen. Muntprat schien ein genialer Schauspieler gewesen zu sein – oder ein Großmeister im Verdrängen.

Martin blickte auf Steck. Der Mann tat ihm leid. Graugesichtig, mit Schweiß auf der Stirn, starrte er ins Leere, als hätte es in seinem Hirn einen Kurzschluss gegeben und als stünde alles still. Er hält das nicht mehr lange durch, dachte Martin. Vor ihm saß ein Mann, der kurz vor dem Burn-out war.

»Jedenfalls danke, dass Sie so offen sind«, sagte Martin mitfühlend.

Es dauerte ein wenig, bis Steck den Weg zurück aus dem Nirwana fand, in das er kurz hinabgeglitten war.

Er seufzte. »Mir bleibt grad nichts anderes übrig«, knurrte er. »Die Henke ist jetzt auch noch krank. Wir sind völlig unterbesetzt.«

28

Am späten Nachmittag, nach einem langen und erholsamen Mittagsschlaf, besuchten ihn Heinz, Zwille, Elvira Wolff und Alex.

Elvira Wolff sah ähnlich blass und zermürbt aus wie Steck. Als sie das Zimmer betrat, ging sie sofort auf ihn zu und nahm seine Hand. »Hätte ich gewusst, in was ich Sie da verwickle ... Herr Schwarz, wir brechen das sofort ab. Dass es zu so etwas kommen könnte, das war, ich ...«

»Vergessen Sie es!«, sagte Martin forsch. »Klein beigeben? Niemals! Das lass ich nicht auf mir sitzen. Glauben Sie mir, ich habe schon Schlimmeres erlebt. Und dieses Arschloch aus dem Archiv will ich in die Finger bekommen!«

»Martin ist zäh wie Leder«, bestätigte Zwille mit einem Schmunzeln, »den kriegt so schnell keiner tot.«

Irritiert sah Elvira Wolff den finsteren Räuberhauptmann an und protestierte noch ein Weilchen, bis sich Heinz einmischte.

»Ich hab was für dich, von Petra.«

Er reichte Martin eine große Warmhaltebox.

Ein köstlicher Duft entstieg ihr, als Martin sie öffnete.

»Hammer«, entfuhr es Martin. »Was ist das?«

»Sahnegulasch, ist schon einen Tag durchgezogen. Mit selbst gemachten Spätzle. Schöne Grüße von Petra. Damit du schnell wieder fit bist«, meinte Heinz.

Das Gulasch war herrlich, wunderbar würzig und sämig, mit großen, mürben Fleischstücken. Beim ersten Bissen zogen sich Kiefer und Gaumen vor unerwarteter Freude zusammen. Martin schloss die Augen, als seine Geschmacksknospen in eine Art Rauschzustand verfielen.

Während er aß, berichtete er von seiner Unterhaltung mit Steck.

»Ich brauche eure Hilfe. Wir müssen jetzt auf eigene Faust in den Archiven wühlen. Ich bin mir sicher, dass Muntprat auf etwas Belastendes zu den Klämmerles oder zu Professor Wildt gestoßen ist, womit er sie erpressen wollte. Wir müssen herausfinden, was das gewesen ist.«

Zwille nickte. »Du hast ja gesagt, dass er in den letzten Tagen in verschiedenen Archiven unterwegs war.«

»Genau. Er war im Staatsarchiv Freiburg und im Generallandesarchiv Karlsruhe, glaube ich. Unter anderem. Ich kläre das mit Frau Wind, seiner Mitarbeiterin, die müsste das wissen. Heinz, wir beide bleiben am besten hier und kümmern uns ums Stadtarchiv. Vielleicht hilft uns Frau Wind dabei. Und falls irgendwer etwas findet, bohren wir weiter bei den Klämmerles und Wildt. Alex und Zwille, ihr kennt euch mit Archiven und Recherchieren besser aus als wir. Von daher wäre es gut, wenn ihr nach Karlsruhe und Freiburg fahren würdet. Ich schätze mal, dass die in den Archiven wissen, welche Akten Muntprat einsehen wollte. Ein Archivar muss ihm diese ja bereitgestellt haben. Sicher ist das irgendwo vermerkt.«

»Die werden euch nicht so einfach sagen, was Muntprat gesucht hat«, warf Alexandra ein.

»Hm, vielleicht hilft uns auch da Frau Wind. Wenn das nicht klappt, müssen wir Steck fragen, ob er dort anruft.«

»Wie ist er denn drauf?«, fragte Heinz skeptisch.

»Ich würde sagen, stinksauer und am Rand des Nervenzusammenbruchs. Aber er und sein Team sind völlig überfordert, jetzt ist wohl auch noch Kommissarin Henke krank geworden, das könnte unsere Chance sein. Er braucht uns.«

Heinz nickte. »Gut. Ich ruf ihn dann an.«

»Heißt das, ich bin jetzt Teil des Teams?«, fragte Zwille.

»Also, natürlich nur, wenn du Lust und Zeit hast«, sagte Martin. »Auf Honorarbasis, versteht sich.«

Zwille hob die Brauen. »Plus Spesen, nehme ich mal an?«

Martin lachte. »Solange du nicht in einem Luxushotel übernachtest und bei einem Sternekoch zu Abend isst.«

»Kein Problem. Doch womöglich müssen wir noch in andere Archive. Das könnte teuer werden.«

»Machen Sie sich da mal keine Sorgen«, sagte Elvira Wolff.

»Ich habe einiges für diesen Fall zurückgelegt. Je mehr Sie sind, umso schneller geht es.«

Zwille nickte zufrieden.

»Hast du eigentlich etwas zu Professor Wildt herausgefunden?«

»O ja. Ein Professor, bei dem ich studiert habe, war ein Schüler Wildts. Er hat seine Doktorarbeit bei ihm gemacht. Er bestätigt das, was Muntprat über ihn gesagt hat: ein beliebter Professor, mehr Lehrer als Forscher, der sich sehr um die Studierenden bemüht hat. Darüber hinaus war er ehrenamtlich engagiert, bei Amnesty International. Und zwar richtig: Er war nicht nur Mitglied, um bei Dinnerpartys eine gute Figur zu machen, sondern hat den Bezirk Bodensee geleitet. Außerdem hat er sich um ehemalige Strafgefangene gekümmert und sie bei ihrer Resozialisierung begleitet. Zudem war er für die SPD fast zwei Jahrzehnte im Stadtrat. Wie er da nebenher noch geforscht und sich um eine Familie gekümmert hat, ist mir ein Rätsel. Ich habe dann noch mit zwei weiteren ehemaligen Mitarbeitern seines Lehrstuhls gesprochen, und die haben das Gleiche erzählt. Der Mann scheint ein überzeugter Demokrat gewesen zu sein.«

»Hm«, meinte Martin. »Ja, mir ist er auch sehr sympathisch. Ein gebildeter und warmherziger Mann. Und seine SS-Vergangenheit war nie Thema?«

»Ich habe dazu nichts gefunden. Wobei in den 1970er und 80er Jahren niemand bei einem deutschen Professor nachgebohrt hat, wenn es keine allzu großen Auffälligkeiten gab. Das Ausland war da kritischer, vor allem die USA, aber Wildt wollte nie von Konstanz weg.«

Martin seufzte. »Ich kann mir nicht vorstellen, dass er hinter dem Mord an Kaiser und Haffner steckt.«

»Er wäre nicht der erste Saulus, der zum Paulus wurde«, bemerkte Elvira mit hochgezogenen Brauen.

Sie schwiegen für einen Moment.

»Wie lang musst du noch hierbleiben?«, fragte Heinz.

»Bis morgen früh, eher lässt mich der Arzt nicht gehen. Dann können wir beide sofort zu Frau Wind. Vielleicht hat Muntprat ja etwas im Stadtarchiv entdeckt und sie hat davon etwas mitbekommen.«

Heinz nickte. »Und was ist, wenn die Archivare nicht wissen, wonach Muntprat gesucht hat? Oder wenn uns das nicht weiterhilft?«

Jetzt schaltete sich Alexandra ein. »Ich habe Kontakte zum Zentrum für Antisemitismusforschung in Berlin. Ich kenne die Chefin von früheren Recherchen und habe schon mit ihr telefoniert. Die ist richtig interessiert an den Klämmerles und Hermann Wildt. Und sie hat viele Kontakte zu Historikern und Archivaren. Die unterstützen uns. Ich kann von hier aus Telefonate führen, vielleicht bekommen wir sogar in Freiburg und Karlsruhe Unterstützung vor Ort. Oder zumindest Telefonnummern, an die wir uns wenden können.«

Zwille grinste. »Ich schwöre euch, wir werden im Dreck baden!«

»Was macht dich da so sicher?«, fragte Heinz.

»Fast alle Deutschen haben sich damals irgendwie die Finger schmutzig gemacht, auch wenn sie das nach Kriegsende vehement bestritten haben. Glaub mir, du musst nur leicht die Decke lüften, und schon quillt der hastig zusammengekehrte Schmutz darunter hervor.«

»Sei dir da mal nicht zu sicher«, meinte Alex. »Täter wie Eberhard Klämmerle oder Hermann Wildt waren nicht dumm. Die haben geschaut, dass belastendes Material verschwindet. Und sich mit Heiligenlegenden geschmückt. Wir können froh sein, wenn sie was übersehen haben.«

»Dann müssen wir halt schlauer sein als die«, meinte Zwille voller Siegeszuversicht.

Elvira räusperte sich. »Meinen Sie, ich könnte vielleicht mit in die Archive? Hier nur rumzusitzen und auf Ergebnisse zu warten, das ist nicht so mein Ding.«

Alex lachte. »Das wäre mir eine große Freude. Und je mehr wir sind, umso schneller finden wir was.«

»Da haben Sie ja ein wunderbares Team«, sagte Elvira Wolff anerkennend, nachdem die anderen gegangen waren. Die Farbe war inzwischen wieder in ihr Gesicht zurückgekehrt. »Bei dem Rocker war ich mir erst nicht so sicher, aber er scheint was auf der Pfanne zu haben.«

Martin lächelte stolz. »Wir sind alle befreundet. Zwille kenne ich schon seit der Schulzeit.«

»Und diese Alex ist wirklich toll. Klug, feinfühlig und willensstark. Die passt zu Ihnen, so eine Frau brauchen Sie.«

Überrascht sah Martin sie an. Hatte er erwähnt, dass sie zusammen waren? »Woher wissen Sie, dass wir ... ich meine ...«

Elvira lachte. »So, wie Sie diese Frau anschauen! Und so besorgt sie um Sie ist.«

Martin seufzte. »Wenn Sie nur ein bisschen älter wäre!«

»Warum? Mein Mann war auch zwanzig Jahre älter als ich. Hat insgesamt ganz gut geklappt.«

»Echt?« Martin setzte sich in seinem Bett auf. Das war jetzt interessant. »Und es gab nie Probleme? Ich meine, schon rein körperlich ...«

»Was meinen Sie? Er hatte trotzdem immer Lust auf Sex. Mitunter mehr als ich. Auch als er schon siebzig war.«

Martin merkte, wie er rot wurde. »Äh, ich meine, also eher wegen der Haut und so. Und dem Bindegewebe. Ist man als alternder Mann da noch attraktiv für eine jüngere Frau?«

Elvira sah ihn mit hochgezogenen Augenbrauen an. »Na ja, ein bisschen mehr anstrengen könnten Sie sich schon. Für meinen Geschmack haben Sie schon etwas zu viel Speck um die Hüften. Ich hab da mit meinem Gatten immer Klartext geredet. Ist nicht so sexy, wenn im Bett die Wampe schwabbelt, hab ich ihm gesagt. Und dass er mehr Busen hat als ich. Das hat gewirkt.«

»Hm.« Martin schluckte. Er war immer noch rot. »Ist er früh gestorben?«

»Da war ich sechzig. Das war bitter, aber von daher gar nicht so schlecht, weil man in dem Alter noch fit genug ist, um etwas Neues anzufangen. Jedenfalls hab ich nicht traurig in der Wohnung gesessen und auf meinen Tod gewartet.«

»Aha.«

Das musste Martin erst einmal alles verdauen.

Er dachte noch an etwas anderes, traute sich aber nicht, damit herauszurücken.

Die Wolff beobachtete ihn mit einem Schmunzeln. »Was ist? Spucken Sie es aus!«

Martin holte tief Luft. »Eigentlich weiß ich gar nicht, ob wir wirklich zusammen sind. Ich meine, wir haben da noch nicht drüber gesprochen. Wir schreiben uns täglich Nachrichten, besuchen uns alle paar Wochen, haben eine wunderbare Zeit zusammen, aber ... na ja ... Wir haben unseren Beziehungsstatus bisher nicht geklärt. Es ist noch ein wenig unverbindlich.«

»Hm, dann wird's langsam mal Zeit, würde ich sagen. Fragen Sie einfach! Oder haben Sie Angst vor der Antwort?«

»Ehrlich gesagt: ja.«

»Haben Sie denn für sich schon eine Antwort gefunden?«

»Ja«, hauchte Martin. Seine Augen wurden feucht.

Elvira musterte ihn. »Sie trauen sich nicht. Sie haben Angst, dass die Antwort nicht so ausfällt, wie Sie es sich wünschen.«

Martin nickte, als wäre er bei irgendetwas Schlimmem ertappt worden.

»Tja, da müssen Sie entscheiden, was erträglicher ist, in Ungewissheit zu leben oder mit einer möglicherweise unangenehmen Wahrheit klarzukommen. Aber sehen Sie es doch mal so: Könnte es nicht sein, dass Alex dieses Gespräch auch gern führen würde? Dass sie vielleicht auch Angst davor hat?«

»Möglich«, sagte Martin. »Darüber habe ich noch nicht nachgedacht.«

Elvira stand auf. »Typisch Mann! Ihr kreist gern allein um euch selbst.«

Sie lächelte wohlwollend und gab ihm die Hand. »Machen Sie es gut. Jetzt haben Sie ja ein wenig Muße zum Nachdenken.«

29

Isabel Wind, Muntprats Mitarbeiterin, saß kreidebleich in ihrem Büro im Erdgeschoss des Stadtarchivs. Der Brand hatte im zweiten Stock gewütet, das Parterre und der erste Stock waren von den Flammen verschont geblieben. Eine melancholische, kühle Ruhe erfüllte den alten Klosterbau, als trauerten auch die Steine um Muntprat.

Isabel Wind war emotional noch sichtlich bewegt, aber auch wütend und voller Tatendrang. Mit entschlossenem Blick und einem leichten Nicken hatte die groß gewachsene Blondine Martins Verdacht, Muntprat könne wegen seiner Recherchen ermordet worden sein, zur Kenntnis genommen.

»Das ist plausibel«, meinte die Historikerin. Sie hatte, wie Schwarz ergoogelt hatte, über die antisemitische Politik der Konstanzer Stadtverwaltung zur Zeit des Nationalsozialismus promoviert. »Cornelius hat mich gebeten, in der Bodensee-Rundschau von 1937 und 1938 nach den Namen Wilhelm und Eberhard Klämmerle sowie nach Hermann Wildt zu recherchieren.«

»Bodensee-Rundschau?«, fragte Heinz.

»Ein antisemitisches Hetzblatt, damals das Zentralorgan der NSDAP in Konstanz.«

»Und warum 1937?«, fragte Martin.

»Ende 1937 wurde der Betrieb von Anton Spiegel *arisiert*«, antwortete Heinz. »Vielleicht wollte Muntprat schauen, ob und wie darüber berichtet wurde.«

»Und? Sind Sie fündig geworden?«, fragte Martin.

»Ich bin noch nicht dazu gekommen. Aber wenn Sie mir nachher helfen, sind wir schneller. Und dann hat Cornelius noch nach der Ehemeldekarte von Willi Klämmerle gefragt.«

»Wieso denn das?«, fragte Heinz erstaunt.

Wind zuckte mit den Achseln. »Hatte noch keine Zeit, mich darum zu kümmern.«

»Wenn unsere Vermutung stimmt«, meinte Martin, »dass Muntprat belastendes Material zu den Klämmerles oder Wildt gefunden hat, muss er in Archiven auf etwas gestoßen sein. Deshalb wollen wir seinen Weg durch die Archive nachgehen. Wissen Sie, wo er letzte Woche war?«

»Er wollte auf jeden Fall ins Staatsarchiv Freiburg. Ich vermute, dass er ebenfalls ins Generallandesarchiv in Karlsruhe gefahren ist. Und er hat mit dem Stadtarchiv in Mannheim telefoniert.«

»Was wollte er denn in Mannheim?«, fragte Martin.

»Wahrscheinlich schauen, was genau Eberhard Klämmerle als Finanzbeamter in Mannheim getan hat«, mutmaßte Heinz.

»So ist es«, sagte die Wind. »Die Akten des Finanzamts lagern dort. Auch die sind gesäubert, aber vielleicht wurde etwas übersehen.«

Martin nickte. »Und welche Akten lagern in Freiburg und Karlsruhe?«

»Zum Beispiel könnte dort Eberhard Klämmerles Personalakte über seine Zeit als Finanzbeamter in Mannheim sein. Im Staatsarchiv Freiburg sind unter anderem die Akten zu den Entnazifizierungsverfahren in Baden, da müsste ebenfalls etwas zu Eberhard Klämmerle zu finden sein. Wilhelm Klämmerle ist als leitender Gestapo-Kommissar nach dem Krieg sicher von den Franzosen interniert worden, seine Akten sind dann im Archiv des französischen Außenministeriums in Paris. Soweit ich weiß, war das Entnazifizierungsverfahren Hermann Wildts in der britischen Zone. Diese Akten sollten im Landesarchiv Düsseldorf liegen. Hermann Wildt war ja bei der SS, seine Personalakten dazu müssten im Bundesarchiv in Berlin-Lichterfelde lagern, da sollte man seine SS-Laufbahn rekonstruieren können. Sofern es Akten gibt. Auch Klämmerle war als leitender Gestapo-Kommissar mit ziemlicher Sicherheit in der SS. Sollten die beiden im Krieg gewesen sein, dürfte über das Bundes-Militärarchiv in Freiburg einiges über ihre Einsätze zu erfahren sein. Möglich auch, dass das Reichssicherheitshauptamt etwas zu Willi Klämmerle hatte. Das war ja zuständig für die Gestapo.«

Missmutig blickte Martin zu Heinz. Auch sein Freund sah ziemlich überfordert aus. Wie sollten sie als Laien derart viele Archive durchforsten? Sie wussten ja nicht einmal, wo sie suchen mussten. Auch wenn Zwille und Alex Erfahrung in dem Bereich hatten, waren sie doch keine Historiker. Wie hochmütig sie gewesen waren!

»Äh, Frau Wind?«, fragte Martin. »Könnten Sie sich vielleicht vorstellen, uns bei der Suche zu unterstützen? Meine Mitarbeiter sind schon auf dem Weg nach Freiburg, aber sie sind keine Historiker, und ich fürchte ...«

»Klar!«, meinte Frau Wind wie aus der Pistole geschossen, als hätte sie auf die Frage gewartet. »Freut mich, dass Sie fragen. Was soll ich hier rumsitzen und trauern? Bis ich einen neuen Chef habe, wird es ein Weilchen dauern. Also entscheide ich, was ich tue. Und hätte Muntprat überlebt, hätte er mich schon längst losgeschickt. Wenn er nicht selbst gefahren wäre.«

Martin fiel ein Stein vom Herzen. »Sie glauben gar nicht, wie sehr uns das freut! Wir finanzieren das alles natürlich.«

»Die Aufarbeitung der Konstanzer Stadtgeschichte gehört doch zu meinen Aufgaben, dafür werde ich bezahlt. Die Fahrtkosten müsste ich abrechnen können. Wenn nicht, melde ich mich. Also, wenn Sie nichts dagegen haben, packe ich daheim noch ein paar Sachen und breche gleich auf. Haben Sie die Mobilnummern von Ihren Kollegen?«

»Frau Wind, Sie sind ein Engel!«, sagte Martin. Und er war sich sicher, dass sie sich mit Alex und Zwille verstehen würde. »Ich gebe Ihnen gleich die Nummern meiner Mitarbeiter.«

Sie grinste. »Und Sie kümmern sich um die Bodensee-Rundschau, in Ordnung? Und grübeln Sie mal, warum sich Muntprat für die Ehemeldekarte von Willi Klämmerle interessiert hat. Muntprat war ein Fuchs, er hatte da irgendeinen Verdacht.«

»Klar!«

»Eine Frage hätte ich noch«, sagte Heinz. »Es geht um den Kauf von Spiegel Elektro durch Eberhard Klämmerle. Laut Unterlagen scheint da ja alles mit rechten Dingen zugegangen zu sein. Aber könnten Sie mir noch etwas mehr über die Situation jüdischer Unternehmer während der NS-Zeit erzählen? Ich kann das alles noch nicht so richtig einordnen.«

Wind lächelte. »Das war Teil meiner Dissertation. Allerdings sind die *Arisierungen* jüdischer Unternehmen in Konstanz im Vergleich zu anderen Städten wie Freiburg oder Mannheim noch nicht systematisch erforscht. Das wäre eines von Muntprats nächsten Projekten gewesen.«

»Das ist noch unerforscht?«, fragte Martin ungläubig. »Ich dachte, zum Nationalsozialismus hätte man schon jede Akte dreihundertmal umgedreht?«

Isabel Wind lachte. »Oh, Sie wissen nicht, wie viel Sprengstoff da noch unberührt in den Archiven liegt! Vor allem, wenn es um Regional- und Lokalgeschichte geht.«

»Und warum ist man hier in Konstanz so zögerlich gewesen?«

»Der Stadtarchivar vor Muntprat interessierte sich vor allem fürs Mittelalter. Außerdem hat er einmal zu Muntprat gemeint, dass er die Akten zur NS-Zeit nicht anfassen würde. Die meisten Akteure würden ja noch leben, er hätte keine Lust, sich in die Nesseln zu setzen und sich Feinde zu machen.«

»Und dann kam der mutige Muntprat.«

»Oh ja! Man muss allerdings sagen, dass die Täter von damals inzwischen fast alle tot sind. Jetzt trifft es nur noch die Nachfahren. Doch auch für die ist es nicht leicht. Aus so manchem heldenhaften Vater und Großvater wird ein raffgieriger NS-Profiteur, ein kalter Karrierist oder Massenmörder. Das erträgt nicht jeder.«

»Hm«, meinte Martin und dachte daran, dass er fast nichts über seinen Großvater wusste. Nur, dass er Offizier der Wehrmacht gewesen war und in Russland gekämpft hatte. Vielleicht war es besser, dieses Thema gar nicht erst anzurühren. Jedenfalls, dachte er, sah Isabel Wind schon wieder viel lebhafter aus und hatte auch ein wenig Farbe im Gesicht. Arbeit, dachte Martin, ist halt doch eine gute Therapie.

»Zu den *Arisierungen*«, fuhr sie fort. »Ganz grundsätzlich haben wir es dabei mit der größten Umverteilung von Vermögenswerten in der jüngeren deutschen Geschichte zu tun. Es war ein großer Raubzug – und das auf vielen Ebenen. Firmen und Grundstücke gingen in *arischen* Besitz über, Juden mussten etliche Sonderabgaben zahlen und wurden auf diese Weise regelrecht ausgeplündert, und ganz am Ende wurde nach den Deportationen das Hab und Gut der Verschleppten versteigert. Was die jüdischen Betriebsinhaber angeht, so setzte die Konstanzer Stadtverwaltung von Anfang an großen Ehrgeiz daran, die Juden wirtschaftlich und gesellschaftlich zu isolieren. NSDAP-Mitgliedern und städtischen Beamten wurde der Umgang mit Juden verboten, sie durften nicht bei jüdischen Kaufleuten einkaufen, städtische Dienststellen durften nicht mehr bei jüdischen Geschäften oder Großhandlungen bestellen. Daneben gab es eine ständige Judenhetze. Wer trotzdem in ein jüdisches Geschäft ging, dem konnte es passieren, dass er öffentlich in den Zeitungen angeprangert wurde. Interessant ist, dass trotzdem viele Konstanzer und vor allem Schweizer weiterhin bei Juden einkauften. Manch einer betrat die Geschäfte durch die Hintertür, um nicht diffamiert zu werden. Deshalb konnten sich hier bis Anfang 1938 mehr jüdische Einzelhändler halten als anderswo und teils noch ordentliche Umsätze erzielen. In Freiburg und Karlsruhe waren die schon nach 1933 rasch eingebrochen.«

»Dann herrschte in Konstanz ein liberaleres Klima?«

»Was vor allem an den Schweizer Kunden lag. Konstanz war auch damals eine Einkaufsstadt. Stadtverwaltung und Partei mussten auf die Schweizer Kunden Rücksicht nehmen. Und denen gefielen die öffentlichen Schmähungen ihrer Lieblingsläden überhaupt nicht. Deshalb hielt man sich mit allzu drastischen Boykottmaßnahmen anfangs zurück.«

»Interessant.«

»Jedenfalls kann man im Reich wie in Konstanz zwei Phasen der *Arisierung* unterscheiden. In der ersten bis 1938 war das NS-Regime in Hinblick auf direkte staatliche Eingriffe zurückhaltend. Das lag daran, dass nach der Weltwirtschaftskrise erst die Wirtschaft stabilisiert und die Arbeitslosigkeit gesenkt werden sollte. Das war ja Hitlers großes Versprechen, und deswegen hatten ihn viele gewählt. Nicht wenige auch große Unternehmen und Konzerne waren in jüdischer Hand. Hätte man diese Unternehmer sofort enteignet, hätte das zu einem weiteren Anstieg der Arbeitslosigkeit und damit zu Unmut in der Bevölkerung geführt. Also gab es zunächst keine Gesetze gegen jüdische Betriebe, was nicht heißt, dass es in dieser ersten Phase für jüdische Unternehmer einfach gewesen wäre. Sie waren einem regelrechten Mehrfrontenkampf ausgesetzt. *Arische* Konkurrenten übten Druck auf sie aus, ebenso Wirtschaftsverbände, die Industrie- und Handelskammern, Banken und natürlich die NS-Presse. Gab es zu Beginn der Naziherrschaft sechsundvierzig eingetragene jüdische Firmen und Geschäfte in Konstanz, waren es vor dem Novemberpogrom 1938 gerade noch neun.«

»Und in dieser Phase haben Käufer und Verkäufer noch frei verhandelt?«, fragte Martin. »Und es wurden faire Preise gezahlt?«

»Na ja, was heißt fair? Fast alle jüdischen Kaufleute waren unter Druck und hatten Umsatzrückgänge zu verzeichnen, kaum ein Unternehmen hatte noch den Verkaufswert von vor 1933. Dennoch gab es einige *Ariseure*, die den jüdischen Verkäufern helfen wollten, ja vielleicht sogar mit ihnen befreundet waren, und anständige Preise zahlten. Aber das war die Minderheit. Vor allem kleine Geschäfte gerieten durch Inseratensperre in den Zeitungen und Diffamierungen, die übrigens häufig von *arischen* Konkurrenten betrieben wurden, in eine prekäre Lage und wurden zur leichten Beute für Profiteure, die ihre Not ausnutzten und die Preise drückten.«

»Und was kennzeichnet die zweite Phase?«, fragte Heinz.

»In einer Übergangsphase, im Laufe des Jahres 1937, mischten staatliche Stellen wie das Badische Finanz- und Wirtschaftsministerium immer stärker mit beim Verkauf jüdischer Unternehmen. Auch die Industrie- und Handelskammern, Vertreter der Deutschen Arbeitsfront und die Kreis- oder Gauwirtschaftsberater der NSDAP nahmen Einfluss auf die *Arisierungen*. Zu dieser Zeit hatte sich die Wirtschaft stabilisiert, es herrschte Vollbeschäftigung, und so griffen Staats- und Parteistellen immer hemmungsloser in die sogenannte *Entjudung* der Wirtschaft ein.«

Isabel Wind holte kurz Luft. »Es folgte ab 1938 eine Gesetzes- und Ordnungsflut gegen jüdische Unternehmer. Zunächst mussten Juden alle Vermögenswerte über fünftausend Reichsmark bei den Finanzämtern anmelden, außerdem musste eine Verwaltungsbehörde grünes Licht für die Verkäufe von Firmen jüdischer Inhaber geben. Für Konstanz war das Badische Finanz- und Wirtschaftsministerium zuständig. Die beiden Sachbearbeiter Johann Stöckinger und Emil Borho konnten Käufer oder den Verkauf insgesamt ablehnen, andere Käufer vorschlagen und den zum Verkauf genötigten Juden die Bedingungen und damit auch die Preise diktieren.«

»Da wurde doch sicher Vetterleswirtschaft betrieben«, meinte Heinz.

»Durchaus. Korruption war in der NS-Zeit gang und gäbe, und natürlich wurde auch bei den *Arisierungen* ordentlich gekungelt.«

Heinz nickte.

»Im November 1938, nach der Pogromnacht«, fuhr Wind fort, »kam es zu einer weiteren Radikalisierung der *Arisierungspolitik*. Jetzt ging es um die völlige Verdrängung der Juden aus der Wirtschaft. Deshalb wurden unmittelbar nach dem Novemberpogrom die ›Verordnung zur Ausschaltung der Juden aus dem deutschen Wirtschaftsleben‹ und die ›Verordnung über den Einsatz des jüdischen Vermögens‹ erlassen. Juden, die noch ein Unternehmen hatten, mussten dieses nun verkaufen. Sie konnten kaum noch Einfluss auf den Kaufpreis oder auf den Käufer nehmen. Zum Teil wurden die *Arisierungsverträge* in den Konzentrationslagern unterzeichnet. Dorthin hatte man ja viele jüdische Männer im Zuge des Pogroms verschleppt.«

»Eine Menge Menschen haben also von den *Firmenarisierungen* profitiert«, stellte Martin fest.

»Oh ja! Neben den Käufern waren das beteiligte Rechtsanwälte, Wirtschaftsprüfer, Steuerberater und Makler. Ein schlechtes Gewissen scheinen diese Profiteure nicht gehabt zu haben. Liest man die Gutachten und Stellungnahmen, wird die sogenannte *Entjudung* der deutschen Wirtschaft mit keinem Wort hinterfragt.«

»Wir haben es also wirklich mit gemeinschaftlichem Raub im großen Stil zu tun«, schlussfolgerte Heinz, mit Wut in der Stimme.

Wind nickte. »Und die bisher bekannten Fälle zeigen, dass auch in Konstanz Stadtverwaltung, Partei, Organisationen des Einzelhandels und der regionalen Wirtschaft diesen Raub nicht nur nicht in Frage stellten, sondern ihn im Gegenteil förderten und vorantrieben. Jeder wollte profitieren, jeder seinen Teil vom Kuchen abbekommen. Da haben sich viele Menschen die Finger schmutzig gemacht.«

»Und es gab überhaupt keinen Widerstand?«, fragte Martin.

»Bestenfalls in Spurenelementen. Wir wissen aus den Erzählungen überlebender Juden, dass sich manche Einzelhändler weigerten, die ab 1933 verteilten Schilder mit der Aufschrift *Arisches Geschäft* in ihre Schaufenster zu stellen. Für einen Optiker hatte das schlimme Folgen: Konstanzer SA-Männer trieben ihn in einem Schandmarsch durch die Stadt.«

»Zweifeln Sie nach Ihren Forschungsergebnissen nicht am Menschen?«, fragte Heinz mit belegter Stimme.

Isabel Wind grinste. »Ich warne davor, ihn zu überschätzen. Andererseits gibt es auch immer wieder Beispiele für anständige Leute. Nicht viele, aber es gibt sie.«

Wenig später verließ Isabel Wind das Stadtarchiv. Heinz und Martin saßen im kühlen Lesesaal und blätterten durch die halbmeterdicken Ausgaben der Bodensee-Rundschau, auf der Jagd nach den Klämmerle-Brüdern und Hermann Wildt.

30

Josef Klämmerle lächelte freundlich, als Heinz erneut das holzgetäfelte Herrenzimmer betrat. Der Patriarch, entspannt, gelassen und aufgeräumt in seinem thronartigen Ohrensessel unter dem Porträt seines Vaters sitzend, schien wieder die Ruhe in Person. Ob das mit dem Ableben Muntprats zusammenhing? Seit drei Tagen war der Stadtarchivar jetzt tot. Dass Heinz' Freunde und mehrere Historiker nach der Vergangenheit seiner Vorfahren fahndeten, konnte Klämmerle nicht ahnen. Heinz war froh, dass der kühle Fridolin und sein Assistent heute nicht mit dabei waren.

»Salli, Dörflinger«, polterte Klämmerle. »Haben Sie noch ein paar schmutzige Details zum armen Willi aus den Archiven gefischt? Hat er ein paar Wirtshausschlägereien angezettelt? Ist er betrunken aus einem Hurenhaus gefallen?«

»So ähnlich«, sagte Heinz und nahm auf dem weniger pompösen und etwas tieferen Sessel Platz. Aus diesem musste man zum Hausherrn ein wenig aufblicken. Nichts ist hier dem Zufall überlassen, dachte er.

Klämmerles Blick durchdrang ihn wie ein Röntgengerät. Mit einem solchen hatte Heinz früher bei Vernehmungen immer fragwürdige Zeugen und Verdächtige gegrillt.

»Glauben Sie mir«, sagte Klämmerle, »der Willi war harmlos. Ein wenig hemdsärmelig, aber der hat keiner Fliege was zuleid getan. Abgesehen von dem Schwarzwälder Fuchs. Tät mich wundern, wenn's da was Schlimmes gibt.«

»Ich wollte heute auch erst mal über seinen Bruder sprechen, den Eberhard Klämmerle.«

Josef hob die Brauen. »Meinen Vater? Was hat der denn mit den Hegau-Leichen zu tun?« Auf einmal war eine Schärfe in der Stimme, die Klämmerle bisher noch nicht gezeigt hatte.

»Er war ja Finanzbeamter in Mannheim, bis er hier in Konstanz sein Unternehmen aufbaute.«

»Das ist kein Geheimnis«, erwiderte Klämmerle.

»Die Sache ist ein bisschen kompliziert. Ich bin mir selbst nicht sicher, ob ich es ganz kapiert habe.«

Heinz machte eine Kunstpause.

Josef Klämmerle hob die Brauen. Noch immer umspielte sein majestätisch-joviales Lächeln die Lippen. War er wirklich überrascht? Ahnte er tatsächlich nichts?

»Sagt Ihnen die sogenannte Reichsfluchtsteuer etwas?«

»Nö. Nie gehört.«

»Das war, so schätzt das die Frau Dr. Wind vom Stadtarchiv Konstanz ein, in der Nazizeit das wichtigste Mittel zur Ausplünderung jüdischer Auswanderer. Warten Sie, sie hat es mir aufgeschrieben …« Heinz holte umständlich ein Blatt Papier aus seiner Tasche und guckte darauf, als wäre er des Lesens nur mit Mühe mächtig.

»Also, hier steht: ›Bei der Reichsfluchtsteuer handelte es sich um eine Sonderabgabe in Höhe von fünfundzwanzig Prozent auf das gesamte steuerpflichtige Vermögen eines Steuerpflichtigen, die zwei Monate vor Aufgabe des inländischen Wohnsitzes ohne besondere Aufforderung an das zuständige Finanzamt zu entrichten war.‹«

»Aha«, meinte Klämmerle. »Und das heißt?«

»Die Zwangsabgabe zielte vor allem auf die Juden. Wenn ich das richtig verstanden habe, wollten die Nazis die Juden zunächst aus Deutschland vertreiben, davor allerdings nach allen Regeln der Kunst ausplündern. Tja, und in Mannheim war Ihr Vater mitverantwortlich für die Eintreibung der Reichsfluchtsteuer. Meint die Frau Dr. Wind. Sie war gestern im Mannheimer Stadtarchiv und hat dort mit einer Archivarin gesprochen. Ihr Vater Eberhard war – warten Sie, ich hab mir das auch aufgeschrieben – ›Sachbearbeiter für Strafsachen, Steuerfahndungsdienst, Reichsfluchtsteuer, Volksverrat‹.«

Klämmerle zuckte mit den Achseln. Etwas anderes hatte sich in seine Züge gemischt, etwas Lauerndes und Drohendes.

»Das macht ihn nicht zum Mörder oder Kriegsverbrecher«, sagte Klämmerle in der Art einer Zurechtweisung. »Er hatte halt einen Verwaltungsjob. Das konnte er sich nicht aussuchen.«

Heinz lächelte zustimmend. »Da haben Sie schon recht. Eigentlich. Doch Ihr Vater hat den Job offenbar sehr ernst genommen.«

Klämmerle nahm eine aufrechte Haltung an. »Inwiefern?«

»Die beiden Mannheimer Finanzämter haben bereits Mitte der 1930er Jahre ein dichtes Netz der Überwachung aufgebaut, um das jüdische Vermögen möglichst effizient und umfassend einzutreiben. Dazu haben sie eine zentrale Reichsfluchtsteuerstelle geschaffen, in der alle Informationen zusammenliefen. Zunächst wurden wirklich alle Mannheimer Juden erfasst, die mehr als zwanzigtausend Reichsmark Vermögen hatten. So akribisch waren nur ganz wenige Finanzämter. Sagen Frau Wind und die Archivarin. Es ging der Stelle auch darum, frühzeitig über Auswanderungspläne von Juden unterrichtet zu werden, damit niemand, ohne zu zahlen, das Land verließ. Dazu wurde Material zusammengetragen, das auf eine Auswanderung hinwies. Warten Sie, das hab ich mir wieder aufgeschrieben: ›Das Mannheimer Finanzamt schuf ein dichtes Netz aus NSDAP-Kreisleitung, Gestapo, Kripo, Gewerbeaufsicht, Passstelle, Handelskammer, Notariat, Zollverwaltung und Post.‹ So Frau Wind und die Archivarin.«

»Das ist alles gut und schön. Aber was wollen Sie damit sagen?«

»Die Arbeit des Mannheimer Finanzamts galt als vorbildlich im ganzen Reich. Und sie lag auch in den Händen Ihres Vaters, eines aufstrebenden jungen Regierungsrats. Über das sogenannte Mannheimer System wurde in Fachzeitschriften berichtet. Der Reichsfinanzminister forderte andere Finanzämter zur Nachahmung auf. Diese Mannheimer Archivarin meint, das Mannheimer Finanzamt sei ein Beleg dafür, dass die Ausplünderung der deutschen Juden keine von der NS-Regierung erzwungene Raubaktion war, sondern dass die Behörden von sich aus einen enormen räuberischen Ehrgeiz entwickelten, um den Juden auch noch das Hemd am Leib zu stehlen.«

Klämmerle schüttelte den Kopf. »Wissen Sie denn, was genau mein Vater gemacht hat? Er war ja sicher nicht als Einziger daran beteiligt. Ich meine, er war einfacher Sachbearbeiter, hatte also keine leitende Funktion. Oder habe ich da etwas falsch verstanden? Mich würde interessieren, ob er sich wirklich über die Maßen ins Zeug gelegt hat, so wie Sie das gerade nahelegen. Gibt es dafür irgendwelche Beweise? Wie ich ihn einschätze, hat er gerade so viel gemacht, dass es nicht negativ aufgefallen ist. Ich hab es Ihnen ja erzählt, mein Vater war ein gläubiger Katholik und hat aus seiner Abneigung gegenüber den Nazis nie einen Hehl gemacht. Und ich möchte auch noch einmal darauf verweisen, dass er sich gegenüber Anton Spiegel äußerst fair verhalten hat.«

»Dennoch spielte er bei der Ausplünderung der Juden eine nicht unwichtige Rolle«, beharrte Heinz. »Es hat ihn niemand gezwungen, seine Talente für die Ausplünderung der deutschen Juden einzusetzen.«

Unwirsch rutschte Klämmerle auf seinem Thron hin und her. »Hat er denn eine Wahl gehabt? Hätte er Ihrer Meinung nach kündigen sollen? Wären Sie damals Polizist gewesen: Hätten Sie Ihren sicheren Beamtenjob aufgegeben?«

»Nun, darüber habe ich mir keine Gedanken gemacht. Ihr Vater hätte vielleicht auf eine andere Stelle des Finanzamts wechseln können.«

Klämmerle lachte abschätzig. »Herr Dörflinger, Sie haben doch keine Ahnung! Wie Sie sicher wissen, wurde mein Vater 1933 am Finanzamt Mannheim angestellt. Da steckte allen noch die Weltwirtschaftskrise in den Knochen. Und wie gesagt, seine Eltern waren einfache Arbeiter in Konstanz, die hatten sich Eberhards teures Studium vom Mund abgespart. Mein Vater hat sich verpflichtet gefühlt, ihnen etwas zurückzugeben. Und in der Verwaltung, schätze ich mal, sah es für einen angehenden Juristen damals nicht so rosig aus, dass man sich die Rosinen rauspicken konnte. Zumal mein Vater kein überzeugter Nazi war. Da haben Sie hoffentlich keine Zweifel, oder?«

»Nein«, sagte Heinz. Aber er war doch ein Täter, dachte er. Ein Karrierist. Ein Profiteur.

Klämmerle sah den skeptischen Blick von Heinz. »Mein Vater hat mir einmal erzählt, dass er erst 1937 in die Partei eingetreten ist. Als Beamter musste er das, um sich seine Zukunft nicht vollends zu versauen. Ich muss sagen, es macht mich stolz, dass er das so lange hinausgezögert hat.«

»Ja, da haben Sie schon recht. Allerdings ist das mit dem späten Parteieintritt so eine Sache. Mir ist das auch aufgefallen, deshalb habe ich darüber mit der Frau Dr. Wind gesprochen. Sie meint, dass der späte Parteieintritt an der Aufnahmesperre der NSDAP gelegen hat.«

Klämmerles Miene verfinsterte sich.

»Im April 1933«, fuhr Heinz fort, »verhängte die Führung der NSDAP eine Aufnahmesperre. Nach der Machtübernahme traten Hunderttausende in die Partei ein, nicht aus ideologischer Überzeugung, sondern weil man sich handfeste Vorteile davon versprach. Die Führung wollte daher die Aufnahme von sogenannten Konjunkturrittern verhindern. Deshalb der Aufnahmestopp. Erst ab 1937 wurde dieser gelockert.«

»Sie unterstellen meinem Vater also …«, begann Klämmerle aufbrausend.

»Ich unterstelle nichts«, sagte Heinz mit einer beschwichtigenden Handbewegung. »Ich gebe wieder, was ich von kompetenter Seite erfahren habe.«

»Mein Vater war ein gläubiger Katholik! Er war Ministrant und in einer katholischen Studentenverbindung! Nach dem Krieg hat er hier als erfolgreicher Unternehmer Konstanz und die städtische CDU wiederaufgebaut und als Mäzen Sport und Kultur unterstützt.«

»Was niemand bezweifelt.«

Klämmerle sah Heinz herausfordernd an. »Wissen Sie, ich hab für dieses Aufarbeitungsgeschäft ja ein gewisses Verständnis. Dass man genau hinschaut, wer wie in das Nazisystem verstrickt gewesen ist. Aber wir haben es hier mit einem einfachen Sachbearbeiter beim Finanzamt zu tun, einem aufstrebenden jungen Mann aus kleinsten Verhältnissen, der schauen musste, wie er seine Familie über die Runden bringt! Sie legen da moralische Kriterien an, die für das Leben in einer Diktatur nicht passen! Wir können heute leicht urteilen, in einer Zeit, in der sich jeder über alles sein Maul verreißen darf, ohne dass ihm jemand auf die Finger klopft. Da ist es leicht, auf die zu zeigen, die sich arrangieren mussten.«

»Da haben Sie schon recht, aber –«

»Und wissen Sie was?«, unterbrach ihn Klämmerle, »wahrscheinlich war diese Reichsfluchtsteuer auch der Grund, dass mein Vater die Verwaltungskarriere hingeschmissen hat und zurück nach Konstanz gegangen ist. Dass er bei dem Spiel nicht mehr mitspielen wollte. Dass er auch deshalb in schwieriger Zeit die Gründung eines Unternehmens gewagt hat, um sich aus dem Finanzamt zu befreien. Dass er einem Juden, der ihn um Hilfe bat, helfen wollte. Wäre doch gut möglich, oder?«

Heinz wiegte skeptisch den Kopf.

Klämmerle stutzte. »Was hat das Ganze eigentlich mit den Toten im Hegau zum Tun?«

»Vor drei Tagen wurde Stadtarchivar Cornelius Muntprat ermordet.«

»Ja, hab ich gelesen. Das ist schlimm. Ich hab immer seine Artikel in der Zeitung gelesen. Ein honoriger Mann mit einem eigenen, klaren Kopf.«

Heinz hatte Klämmerle genau beobachtet. Nichts deutete auf Scham oder Schuld hin, seine Züge waren ihm nicht entglitten.

Klämmerle dachte nach.

Wenn ich jetzt seine Gedanken lesen könnte, dachte Heinz.

»Und was hat sein Tod mit meinem Vater zu tun?«

»Muntprat hat uns bei unseren Ermittlungen unterstützt. Er war deswegen in mehreren Archiven. Möglich, dass er auf heikle Informationen gestoßen ist.«

Klämmerle sah ihn mit offenem Mund an. »Ich verstehe immer noch nicht ganz, Herr Dörflinger.«

»Die Polizei hat inzwischen herausgefunden, dass Muntprat hohe Schulden hatte. Ihm stand das Wasser bis zum Hals. Oberkante Unterlippe, meint die Bank. Wie es aussieht, war Muntprat ein krankhafter Spieler. Gut möglich, dass er versucht hat, jemanden zu erpressen.«

»Passen Sie genau auf, was Sie da andeuten!«, sagte Klämmerle scharf. »Und passen Sie auf, an wen Sie diese halb garen Unterstellungen weitergeben. Ich soll den Muntprat ermordet haben, weil mein Vater ein kleiner Finanzbeamter gewesen ist?«

»Vielleicht hatte Muntprat noch andere Informationen. Jedenfalls haben der oder die Täter sein Büro und seine Wohnung akribisch durchsucht.«

Klämmerle lachte ungläubig. Es war ein kaltes, zorniges Lachen. »Glauben Sie mir, wenn ich von diesem Unfug auch nur einen Satz in der Südzeitung lese, raucht's im Karton. Dann hetz ich Ihnen meine Anwälte auf den Hals!«

Heinz schluckte. Vor ihm saß nicht mehr der gemütliche Patriarch, sondern der Löwe von der Steintreppe.

»Ich wollte noch auf einen weiteren Punkt zu sprechen kommen«, sagte Heinz unbeirrt.

Klämmerle sah ihn voller Verachtung an. »Ich weiß nicht, ob ich Ihnen noch länger zuhören will.«

»Ich glaube, Sie sollten.«

Klämmerle wirkte verdutzt. Dem Patriarchen schien gerade aufzugehen, dass er den pensionierten Kommissar gehörig unterschätzt hatte, dass da ein anderes Kaliber vor ihm saß als Gestapo-Kommissar Willi Klämmerle, so wie er ihn ihm präsentiert hatte, und dass Heinz sich von der Aura des erfolgreichen Unternehmers überhaupt nicht einschüchtern ließ.

Klämmerle sah ostentativ auf seine Uhr und machte eine abwehrende Handbewegung. »Na schön, ein paar Minuten gebe ich Ihnen noch.«

»Ich weiß das sehr zu schätzen«, sagte Heinz mit einem bissigen Lächeln. »Diesmal geht es um Ihren Onkel, den Willi.«

»Aha«, sagte Klämmerle. Seine Züge entspannten sich merklich.

»Willi bezog am 2. Dezember 1940 mit seiner Braut eine Wohnung in der Konstanzer Altstadt. So steht das in der Ehemeldekarte Ihres Onkels, die im Konstanzer Stadtarchiv liegt.«

Klämmerle nickte. »Willi hat im Juli 1940 geheiratet, wenn ich mich recht erinnere.«

Heinz nickte. »Seine Vormieterin war eine Jüdin. Sie hieß

Johanna Frankfurter und wohnte seit 1912 in dieser Wohnung. Das habe ich über die Ehemeldekarte ihres Mannes Erwin Frankfurter herausgefunden.«

Klämmerles Augen bohrten sich wie eisige Dolche in Heinz.

»Was soll das schon wieder heißen?«, rief Klämmerle in einem Ton, als wollte er gleich aufspringen und ihm mit seinen Zähnen die Kehle aufreißen. Heinz bekam es nun doch etwas mit der Angst zu tun.

»22. Oktober 1940. Sagt Ihnen das Datum etwas?«

»Nö. Wieso? Kommen Sie zum Punkt!«

»An diesem Tag – fünf Wochen bevor Ihr Onkel die Wohnung bezog – wurden fast alle badischen Juden ins Konzentrationslager Gurs deportiert. Auch aus Konstanz. Der zwangsweise frei gemachte Wohnraum stand dann unter der Verwaltung der Stadt Konstanz.«

Klämmerle saß da wie ein Löwe vor dem Sprung.

»Johanna Frankfurter wurde, wahrscheinlich wegen Krankheit und Transportunfähigkeit, vorerst von der Deportation ausgenommen. Sie kam Ende Oktober ins Krankenhaus. Johanna Frankfurter lebte also noch, als Ihr Onkel die Wohnung bezog. Wie finden Sie das?«

Schweigen. Heinz sah Klämmerle fest an.

Der senkte kurz den Blick.

»Für mich kann es nur zweierlei bedeuten: Entweder ging Ihr Onkel davon aus, dass die Frau bald starb – oder dass sie deportiert würde.«

Klämmerle schloss die Augen.

»Ich frage mich, wie Ihr Onkel das mit seinem Gewissen in Einklang bringen konnte. Sie haben ihn als gutmütigen, hilfsbereiten Menschen beschrieben, mit dem Herzen auf dem rechten Fleck.«

»Hören Sie auf«, befahl Klämmerle, doch Heinz ließ sich nichts befehlen.

»Ihr Onkel hatte als Konstanzer Gestapo-Beamter sicher einen guten Draht zur Stadtverwaltung. Von irgendjemandem muss er ja von der Wohnung der armen Frau Frankfurter gehört haben.«

Klämmerle schüttelte den Kopf und setzte ein eisiges Lächeln auf. »Ich seh das ganz anders, Herr Dörflinger. Ich bin mir sicher, dass mein Onkel keine Ahnung hatte, wer da vor ihm gewohnt hat.«

»Das ist nicht Ihr Ernst, Herr Klämmerle. Jeder hat von den Deportationen gewusst! Und Ihr Onkel war als Gestapo-Beamter mit Sicherheit an der Deportation der Konstanzer Juden beteiligt. Das war Aufgabe der Gestapo!«

Klämmerle wiegte den Kopf. »Auch das müssten Sie genau nachweisen. Außerdem: Wissen Sie, wo mein Onkel vorher gewohnt hat? Bei seinen Schwiegereltern. Ein kleines, armseliges Zimmer hat er sich mit seiner Braut geteilt. Und die war zu der Zeit schon schwanger.«

»Und das heißt was?«

»Dass er vielleicht nicht allzu viele Fragen gestellt hat. Dass er es vielleicht nicht so genau wissen wollte. So helle ist er ja nicht gewesen. Ich stell mir das so vor: Er hat bei der Stadt Bedarf angemeldet, die ruft ihn an und sagt, da sei was frei, und der Willi fragt nicht groß und greift zu.«

»Sie reden sich die Sache schön, Herr Klämmerle!«

»Und Sie gehen vom schlimmsten Fall aus!« Klämmerle hob drohend seine rechte Hand. »Noch einmal: Wenn ich auch nur einen Satz von diesen ganzen infamen Anschuldigungen in der Zeitung lese, können Sie was erleben! Das ist Rufmord, was Sie hier betreiben! Sie wollen das Ansehen und die wirtschaftliche Prosperität von einem in dritter Generation geführten Familienunternehmen durch den Dreck ziehen! Auf Grundlage von Mutmaßungen, vagen Hinweisen und Gerüchten! Meine Familie hat mehr für diese Stadt, ja für den ganzen Landkreis geleistet, als Sie das in zehn Beamtenleben schaffen!«

Klämmerle beugte sich mit seinem eisigen Lächeln über den Tisch zu Heinz. Er war jetzt nur zwei Handbreit von seinem Gesicht entfernt. Doch Heinz wich keinen Millimeter zurück. Er sah die vor Wut blitzenden Augen des Patriarchen und die Schweißperlen auf der Stirn.

»Ich bin sehr gut vernetzt hier im Ländle, glauben Sie mir

das! Mit dem Chefredakteur der Südzeitung hab ich vorsichtshalber schon gesprochen, ebenfalls mit Landrat Nägele, mit OB Dr. Bilg und unserem Bundestagsabgeordneten. Wir Klämmerles lassen uns die Ehre unserer Familie und unser Firmenfest nicht durch üble Nachrede versauen.«

Heinz lachte ihm angriffslustig ins Gesicht. »Sie glauben, ich hab Angst vor Nägele oder Bilg? Sie denken, die Herren Politiker schützen Sie, wenn die Quellenlage so klar ist? Die werden Sie fallen lassen wie eine heiße Kartoffel. Ich bin gespannt, Herr Klämmerle, sehr gespannt. Und ich freu mich auf Ihre Anwälte.«

Heinz stand auf. »Übrigens, falls es Sie interessiert: Johanna Frankfurter starb laut Konstanzer Sterberegister am 18. Dezember 1940. Genau zum richtigen Zeitpunkt, da konnte Ihr Onkel ein entspanntes Weihnachtsfest in seiner geraubten Wohnung verleben. Von der Jüdin war nun kein Ärger mehr zu erwarten.«

»Raus!«, brüllte Klämmerle, so laut, dass draußen in der Halle sicher der Elefantentöter-Lüster erzitterte, aber Heinz blieb einfach stehen.

»Die Kinder und der Ehemann der Frau Frankfurter wurden nach Gurs und später nach Auschwitz deportiert. Dort sind sie umgekommen, ein paar Monate bevor Leo Kaiser und Franz Haffner erschossen wurden. Im Zuständigkeitsbereich Ihres Onkels. Mit einer Waffe, die bei der Gestapo gebräuchlich war.«

Klämmerle schloss die Augen. Hinter der Wut und der aufgesetzten Kälte glaubte Heinz noch etwas anderes zu sehen. Betroffenheit und vielleicht auch Scham. Oder nur Angst vor den möglichen wirtschaftlichen Folgen ihrer Entdeckungen. Jedenfalls schien der Patriarch sprachlos zu sein.

Von oben blickte Eberhard Klämmerle ernst und drohend von seinem Porträt auf Heinz herab.

Ihr macht mir keine Angst, dachte Heinz und verließ ohne Abschiedsgruß das Herrenzimmer.

31

Berlin, 7. Mai 1943

Leo hatte keine Zeit, dem Schmerz nachzugeben und seinen Gedanken nachzuhängen, als der Zug mit Frieda und Gertrud Eisner losfuhr und er allein am Bahnsteig zurückblieb. Er hatte keine Zeit, weil Bahnhöfe für untergetauchte Juden gefährliche Orte waren. Die Gestapo suchte nach ihnen, Razzien und Ausweiskontrollen waren häufig. Auch wenn Leo einen gefälschten Ausweis hatte, der ihn zu einem Wehrmachtsoffizier der Luftwaffe namens Werner Apfel machte, wollte er kein Risiko eingehen.

Der jüdische Grafiker, der wie er im Untergrund lebte und sich beim Austauschen des Passbildes und beim stundenlangen Nachzeichnen des Stempels größte Mühe gegeben hatte, hatte hervorragende Arbeit geleistet. Doch einer genauen Überprüfung würde der Ausweis nicht standhalten. Ein aufmerksamer Gestapo-Beamter würde erkennen, dass der Teil des Stempels, der sich auf dem Passbild befand, mit Farbstift gezeichnet worden war. Und man würde feststellen, dass es zwei Wehrmachtsoffiziere mit dem Namen Werner Apfel gab: Der eine lebte im Berliner Untergrund, der andere eroberte im Osten neuen Lebensraum für die *arische Rasse*.

Leo ging am Bahnsteig entlang. Angst fühlte er keine, weil er sie unterdrückte, unterdrücken musste, und weil er keine Zeit hatte, Angst zu empfinden. Es war immer etwas zu tun. Seit der Fabrikaktion im Februar, seit die Gestapo die letzten in Berlin verbliebenen jüdischen Familien aus ihren Wohnungen und die letzten jüdischen Zwangsarbeiter von ihren Arbeitsstellen geholt hatte, war die kleine Gruppe aus Kindern und Jugendlichen, um die er sich kümmerte, von vier auf zwölf gewachsen.

Zusammen mit Hans – wie er ein ehemaliger Gruppenleiter

eines zionistischen Jugendbunds – versuchte er, das Überleben dieser Kinder zu organisieren. Doch letztlich ging es um viel mehr als das bloße Überleben, nämlich darum, Zuversicht und Lebensmut zu erhalten, dafür zu sorgen, dass die Kinder ihre Hoffnung nicht verloren. Denn ihr Leben im Untergrund war gefährlich und entbehrungsreich; wer da ohne Hoffnung war, wurde unaufmerksam, freudlos, gab sich auf und lief den Feinden in die Arme. Ihre Hoffnung hieß Israel. Das hatten sie sich alle geschworen: Wenn sie es schafften, dieser Hölle zu entfliehen, würden sie alle zusammen nach Palästina ziehen und eine neue, eine bessere Welt aufbauen.

Leo merkte, dass er von einem Mann beobachtet wurde, möglicherweise ein Gestapo-Mann in Zivil. Unwillkürlich nahm Leo Haltung an, wich dem Blick des Fremden nicht aus, sondern sah ihm fest in die Augen und ging dicht an ihm vorbei. Leo nickte ihm zu und sah, wie der andere kurz auf das Goldene Parteiabzeichen schielte. Leo glaubte, so etwas wie ein schlechtes Gewissen in seinen Zügen zu erkennen. Das Goldene Parteiabzeichen hatte Frieda von Horst Winter bekommen. Nur die NSDAP-Parteiangehörigen mit den Mitgliedsnummern eins bis hunderttausend durften es tragen: die, die von Anfang an treu dem Führer gefolgt waren. Und Leo, oder Werner Apfel, wie er jetzt hieß, war einer von ihnen. Der Gestapo-Mann wohl eher nicht. Er verfolgte ihn auch nicht, sondern blieb auf seinem Beobachtungsposten, denn auch sonst sah Leo nicht wie ein Jude aus, so wie die Nazis sie sich vorstellten. Er trug seine dunkelblonden Haare kurz gestutzt, dazu eine randlose Brille auf der schmalen Nase, Schnauzer, Krawatte und einen unscheinbaren Anzug.

Draußen schien die Sonne. Der Frühling war erwacht, Tulpen brachten Farbe ins Berliner Grau. Leo fuhr mit der Straßenbahn Richtung Ku'damm. Er hatte auch deshalb keine Zeit, weil zwei Kinder aus seiner Gruppe noch kein Quartier für diese Nacht hatten. Ganz verstört waren sie zu ihrem täglichen Treffen gekommen und hatten ihm mitgeteilt, dass ihren Helfern das Risiko zu groß erschien: Das Ehepaar hatte einen Offizier der Waffen-SS als Nachbarn, der jetzt für zwei Wochen auf Heimaturlaub war.

Leo seufzte. Er könnte sie zu sich in den Keller nehmen, doch er misstraute dem Hausmeister. Leo glaubte, dass er wusste, dass sich jemand im Keller versteckt hielt. Heute Morgen, als er mit Frieda den Keller verlassen hatte, hatte er auf der anderen Straßenseite gestanden. Er hatte so getan, als sähe er sie nicht, aber Leo hatte ihm angemerkt, dass er genau Bescheid wusste. Was der Mann im Schilde führte, wusste er nicht. Dorthin würde er die Kinder nur im Notfall bringen. Bevor er heute Nacht das Haus betrat, würde es selbst erst eine Weile beobachten.

In der Nähe vom Ku'damm sollte es einen deutschen Hausmeister geben, der Juden ohne Gegenleistung, aus reiner Menschlichkeit Unterschlupf gewährte. Hans hatte die Adresse von einem anderen Untergetauchten. Leo war skeptisch, es klang unglaublich, was er gehört hatte: Der Mann versteckte mehr als ein Dutzend Juden in den Heizungskellern von zwei großen Mietshäusern, für die er zuständig war. Er wollte den Mann sehen und sich einen Eindruck verschaffen, bevor er die zwei Kinder zu ihm brachte. Es waren die jüngsten in seiner Gruppe, neun und zwölf Jahre alt. Hans war bei ihnen, er hatte ihnen gesagt, dass sie sich in der Nähe des Ku'damms aufhalten sollten, er würde sie dort abholen.

Der Hausmeister erschrak, als Leo mit seinem Parteiabzeichen vor seiner Portiersloge stand. Er war klein, schmächtig, unscheinbar und trug eine große Hornbrille. Mit dem grauen, faltigen Gesicht und den nach vorn gebeugten Schultern wirkte er müde und furchtsam. Er sah alt aus, eher wie siebzig als sechzig, und überhaupt nicht wie ein Held, nur die warmen Augen zeugten von Vitalität.

»Ich bin Jude«, sagte Leo. »Ich habe zwei Waisenkinder von Deportierten, die einen Schlafplatz brauchen.«

»Und?«, entgegnete der Mann und musterte Leo misstrauisch, es könnte ein Trick sein.

Da erzählte Leo von sich, seinem Leben im Untergrund und

dass seine schwangere Verlobte mit Hilfe einer Berlinerin auf dem Weg in die Schweiz sei.

»Wie heißt die Frau?«, fragte der Mann.

Durfte er ihren Namen preisgeben? Noch wusste er nicht viel über diesen Mann. Doch vielleicht hatte er ihren Namen von anderen Untergetauchten gehört.

»Ihr Vorname ist Gertrud«, sagte Leo.

Der Mann nickte. »Kommen Sie«, sagte er, und Leo folgte ihm in die Portiersloge.

»Bernd Jost ist mein Name. Und ich hätte zwei Plätze frei. Um wen kümmern Sie sich da genau?«

Leo erzählte die Geschichte seiner Kinder. Jost hörte genau zu, und Leo konnte die Anteilnahme in seinen Zügen erkennen. Er schien noch mehr in sich zusammenzufallen und nickte matt, als Leo fertig war.

»Die Kinder sollen kommen. Sie können auch für eine Weile bleiben. Sie müssen aber den ganzen Tag in den Kellern verbringen, damit es kein Aufsehen gibt. Es wohnen ein paar überzeugte Nazis hier im Mietshaus. Es erfordert viel Mühe, das Versteck geheim zu halten. Ich muss aufpassen.«

»Wie viele Juden leben denn in den Kellern?«

»Im Moment fünfzehn. Das ändert sich aber von Tag zu Tag. Manche finden ein anderes Quartier, manche werden aufgegriffen, manche versuchen zu fliehen. Es ist fast ein Wunder, dass ich noch nicht aufgeflogen bin. Greift die Gestapo untergetauchte Juden auf, werden sie gefoltert, bis sie die Namen ihrer Helfer verraten haben.«

Ungläubig sah Leo ihn an. »Fünfzehn? Und wie versorgen die sich, wenn sie die Keller nicht verlassen dürfen?«

Jost lächelte verschmitzt. »Ich fahr hamstern. Meine Frau und meine Tochter sind zu meinen Schwiegereltern nach Brandenburg gezogen. Die haben einen Hof und zwacken für mich was ab. Meine Frau kennt einen Schäfer, der gibt uns Käse und manchmal sogar Hammelspeck. Und dann habe ich noch jemanden, der mich mit Lebensmittelkarten versorgt. Ist alles nicht üppig, aber wir kommen durch.«

Leo schüttelte den Kopf. »Dürfte ich die Kellerräume einmal sehen? Bitte entschuldigen Sie mein Misstrauen, aber ich fühle mich für die Kinder verantwortlich. Ihre Eltern wurden deportiert, und sie werden sie wohl nie wiedersehen.«

Jost wiegte den Kopf. »Warum nicht? Mit Ihrem Parteiabzeichen – wäre gar nicht schlecht, wenn die Mieter Sie sehen würden.«

Doch sie trafen niemanden.

Leo traute seinen Augen nicht, als sie im Keller standen. Das Abzeichen nahm er jetzt ab.

»Es ist nicht das ›Adlon‹, aber man kann hier überleben«, meinte Jost und versuchte, sich den Stolz nicht anmerken zu lassen.

Leo hatte ein finsteres, stinkendes Kellerloch erwartet, aber so war es nicht. Jost hatte elektrische Leitungen installiert, sodass Licht brannte. Kleine Wohnbereiche waren mit Bettlaken abgetrennt, um ein wenig Privatsphäre zu schaffen.

»Schauen Sie«, sagte Jost, »ich habe teilweise sogar Teppichböden verlegt. Immer wenn ich ein paar Quadratmeter irgendwo ergattere, geht es weiter.«

Die Menschen hockten auf Matratzen und Strohsäcken, lasen, schliefen und plauderten, eine Gruppe Kinder saß über einem Brettspiel. Es roch muffig und auch nach Schweiß, dennoch wäre das für seine Schützlinge ein kleines Paradies: Sie wären geschützt, bekämen zu essen und hätten sogar Gleichaltrige zum Spielen.

»Sehen Sie das hier?«, fragte Jost und zeigte auf einen Durchbruch in der Wand. »So gelangt man von dem einen in den anderen Keller. Ich habe die Wand zwischen den Mietshäusern durchbrochen, damit wir einen Fluchtweg haben. Kommt die Gestapo in das eine Haus, können die Leute hier durch das andere fliehen.«

Jost sah Leos staunende Blicke.

»Sie haben wirklich an alles gedacht.«

»Was meinen Sie? Sicher genug für die Kinder?«

»Ich bin überwältigt, Herr Jost. Das wird für sie ein Paradies sein. Normalerweise wechseln sie fast jede Nacht ihr Quartier. Und hier können sie bleiben und haben sogar Spielgefährten. Sie lassen mich an das Gute in Deutschland glauben. Warum riskieren Sie Ihr Leben für uns?«

Jost wiegte den Kopf. »Ich mochte die Nazis noch nie, bin aber nicht politisch. Für so was hab ich keine Zeit. Ich hab nichts gelernt und hab mich mit Gelegenheitsarbeiten durchgeschlagen. Dann bekam ich die Stelle hier als Hausmeister. Und eines Abends stand eine Frau vor dem Haus, als ich die Haustür zuschließen wollte. Sie war ausgerissen aus einer Pension, in der sie wohnte, weil die Gestapo gekommen war und die Juden dort verhaftet hat. Sie konnte über den Hinterausgang fliehen. Ich hab sie in meiner Loge versteckt. Dort schläft sie immer noch jede Nacht. Ich hab den Mietern erzählt, sie wäre meine ausgebombte Tante. Na ja, und diese Frau kannte weitere Juden, die nicht wussten, wohin, und jetzt sind die Keller voll.«

»Aber warum gehen Sie dieses Risiko ein?«

Er zuckte mit den Schultern. »Das weiß ich selbst nicht so genau. Die Frau stand vor mir, und da hab ich ihr halt geholfen. Ich war ja der Einzige, der ihr in dem Moment helfen konnte.« Er lächelte. »Meine Mutter war auch so ein Mensch, der immer mitleidig war und andere unterstützt hat, da bin ich wie sie, ich kann nicht anders.«

Leo blickte dem Mann in die Augen. Sie waren warm und mitfühlend.

»Warum helfen Sie denn den Kindern?«, fragte Jost. »Sie könnten sich allein auch leichter durchschlagen.«

»Ich will, dass wir Juden überleben, so viele wie möglich. Damit Hitler nicht gewinnt.«

Jost schmunzelte. »Ich drück uns die Daumen. Die Kinder können kommen. Aber eines ist wirklich wichtig: Sie müssen im Keller bleiben, den ganzen Tag über. Nur ab und zu dürfen sie mal raus.«

Leo zögerte. »Eigentlich treffen wir uns jeden Tag ein Mal. Ein Freund und ich kümmern uns um sie. Wir unterrichten sie, feiern Schabbat, machen Ausflüge. Das gibt ihnen Lebensmut. Die Gruppe ist so etwas wie eine Familie.«

»Ich muss das Versteck schützen, ich kann sie nicht jeden Tag ziehen lassen.«

»Ab und zu vielleicht? Damit sie den Kontakt zur Gruppe nicht ganz verlieren?«

Jost schürzte die Lippen. »Ist eigentlich nicht vorgesehen. Aber gut, es sind Kinder. Ich überlege mir das einmal. Wo sind sie jetzt?«

»Laufen um den Block.«

»Sie sollen kommen. Ich hab für sie noch etwas Hammelspeck.«

Gerührt und zugleich besorgt trat Leo auf die Straße. Dieser Mann ist findig und umsichtig, aber zu gutmütig, dachte er. Und deshalb ist er vielleicht nicht vorsichtig genug. Doch eine andere Wahl hatte er nicht.

32

Berlin, 8. Mai 1943

Jost hatte gemeint, dass es am sichersten wäre, wenn die Kinder nach Einbruch der Dunkelheit kämen. Also wartete Leo, bis es dämmerte, dann ging er zur Kaiser-Wilhelm-Gedächtniskirche. Dort hatte er sich mit Hans und den Kindern, Leni und Konrad, verabredet. Erwartungsvoll sahen sie ihn an. Leo nickte ihnen zu. Da wussten sie, dass es zumindest für heute Nacht ein Quartier gab, zeigten ihre Erleichterung aber kaum. Die beiden waren neun und zwölf, doch der Verlust ihrer Eltern und die wenigen Wochen im Untergrund hatten sie hart und vorsichtig gemacht. Sie konnten ihre Gefühlsregungen schon gut kontrollieren. Die anderen Kinder und Jugendlichen, die bereits viele Monate im Untergrund lebten, waren darin bereits so perfekt wie Pokerspieler.

Sie folgten Leo mit einigem Abstand. Wer Hans und die beiden sah, hätte meinen können, ein Vater ginge mit seinen Kindern spazieren. So erschien es unverdächtiger, als wenn sie zusammen laufen würden. Ihre Kleidung war ordentlich und nicht schmutzig, darauf legten sie größten Wert, es war wichtig, nicht aufzufallen. Zum Glück war es nicht allzu weit bis zu Josts Kellern. Als sie vor dem Mietshaus anlangten, verabschiedete sich Hans mit einem Kopfnicken und verschwand zu seinem Quartier.

Als sie vor der schweren Haustür standen, wartete Leo, bis keine Passanten mehr zu sehen waren. Dann klingelte er, und Jost öffnete sofort, so als hätte er schon auf sie gewartet. Er lächelte sie freundlich an, und die Kinder schlüpften hinein. Leo atmete auf. Wieder war eine Last von seinen Schultern genommen, doch bald würde eine neue sie beschweren, so war es jeden Tag, frei und unbelastet fühlte er sich nie.

Nebel war aus der Spree und den Kanälen gestiegen und klebte in den Straßen. Mit kalten, nassen Fingern fuhr er über Leos Gesicht. Langsam schritt er auf der Straße, in der sich *sein* Keller befand, der, in dem Frieda und er in den letzten Wochen untergekommen waren. Jetzt wäre er dort allein, und ihm graute davor. Nur schwer drang das Licht der Straßenlaternen durch das gespenstische Grau, alles wirkte verschwommen und unwirklich. Zäh und kalt war der Nebel, so wie sein Leben in diesen Zeiten, fand Leo, fröstelnd unter seiner dünnen Jacke.

Er dachte an Frieda. Einsam würde er in dem kalten, feuchten Keller liegen, er könnte sich nicht mehr in ihren Armen verbergen. Ihre Küsse würden sein Herz nicht mehr wärmen. Frierend läge er auf der Pritsche, zugedeckt nur mit seinem Wintermantel, und würde den Ratten beim Umhertrippeln und Pfeifen zuhören. Und daran denken, wie sie nachts Kerzen angezündet und in dem Keller Liebe gemacht hatten. Manchmal hatte er eine Flasche Schaumwein organisiert, und die hatten sie dann auf der durchgelegenen Pritsche in dem muffigen Loch getrunken, als wären sie in einer Suite im »Adlon«.

Leo war bedrückt und missmutig, das kannte er gar nicht von sich. Es hatte ihm gutgetan, vor Frieda Zuversicht und Tatkraft zu zeigen. Oft hatte er das ihr zuliebe nur vorgetäuscht, sich in Wirklichkeit schwach, ausgelaugt und ängstlich gefühlt, doch er wusste, wie wichtig es für sie war, dass er Lebensmut und Hoffnung ausstrahlte. Und auch für die Kinder ihrer Gruppe war das unverzichtbar. Und mit der Zeit war ihm diese Pose zur zweiten Haut geworden. Er fühlte dann wirklich, was er fühlen wollte, weil er es musste.

Leo blieb stehen und erstarrte für einen Augenblick. Halb verborgen in einem Hausflur lauerte ein Mann und spähte hinaus. Leo drückte sich an eine Wand und dankte Gott für den dichten Nebel. Dieser Mann stand nicht zufällig da. Leo sank der Mut, denn im Keller waren die meisten seiner Habseligkeiten. Ein Notkoffer befand sich zum Glück noch in einem Versteck in einem verlassenen Schrebergarten.

Das musste Gestapo sein. Oder Greifer. Das waren Juden,

die mit der Gestapo zusammenarbeiteten, die in Berlin bleiben durften und am Leben gelassen wurden, wenn sie nach anderen Juden fahndeten und sie auslieferten. Sie hatten Privilegien, jede Nacht ein warmes Bett zum Schlafen, genug zu essen, und dafür verrieten sie ihr Volk. Leo versuchte, sie nicht zu hassen, weil er überzeugt war, dass Hass die Seele krank machte, doch es fiel ihm schwer. Er wusste, einige taten das nur, um ihre Familie zu retten, aber manche stellten ihr Leben einfach über alles andere. Und es gab welche, die Juden mit größtem Ehrgeiz jagten, die ihren Selbsthass auf andere lenkten, als trügen die Untergetauchten die Schuld daran, dass sie zu Verrätern geworden waren.

Leo schob sich in einen Eingang und wartete. Spähte. Versuchte, in der nebligen Dunkelheit etwas zu erkennen. Der Mann im Hausflur hatte ihn anscheinend nicht entdeckt. Lag irgendwo noch einer auf der Lauer? Da sah er, wie eine Zigarette aufglomm, in einem Torbogen genau gegenüber von dem anderen Mann.

Leo stierte in die Finsternis und glaubte, die Umrisse eines weiteren Mannes zu erkennen. Das konnte kein Zufall mehr sein. Leos Ahnung hatte ihn nicht getrogen. Der Hausmeister hatte sie also verraten, er wusste Bescheid. Hatte er sie heimlich belauscht? Ihre Geheimnisse geteilt? Ihnen beim Liebemachen zugehört? Oder warteten die Männer auf jemand anderen?

Doch natürlich wäre es zu riskant, jetzt in den Keller zu gehen. Er könnte morgen wiederkommen und sehen, ob immer noch Beamte auf der Lauer lagen. Er hatte die wenigen Fotos von seinen Eltern in einem Regal mit Werkzeug versteckt, in einem Kasten mit Schrauben, der dicke Mantel war hinter der Kohlenkiste, mit etwas Geld und Lebensmittelkarten. Den wertvollen Schmuck seiner Mutter, mit dem er die Fluchthelfer bezahlen wollte, hatte er zum Glück in dem verlassenen Schrebergarten vergraben. Er hatte seine Sachen gut im Keller verborgen, doch wenn die Gestapo ihn durchsuchte, würden die Beamten sie finden. Oder der Hausmeister hatte schon gestohlen, was er brauchen konnte.

Leo seufzte. Seine Schultern wurden wieder schwer, als trüge er zwei Zentner Kohlen auf dem Rücken. Und er spürte diese Spannung in der Brust, die immer nur kurz nachließ, wenn er in Friedas Armen lag. Sie war wie ein Panzer aus Blei, der sein Herz zusammendrückte. Nein, diese Nacht würde er keine Ruhe finden. Diese Nacht musste er sich allein in den Straßen um die Ohren schlagen, denn alle Notquartiere, die sie für die Gruppe gesucht hatten, waren besetzt. Für diese Fälle hatten Hans und er ein Notprogramm mit dem Namen *Straßennacht* entwickelt. An das würde er sich jetzt halten.

Eine Kirchenglocke schlug elf Uhr. Zwei Stunden würden die Bahnen zum Glück noch verkehren. Leo schlich langsam, an die Hauswände gedrückt, den Weg zurück und ging zur nächsten U-Bahn-Station. Bald würde die harte Zeit beginnen, denn zwischen ein und fünf Uhr morgens ruhten die Berliner Verkehrsbetriebe fast vollständig. Bis dahin würde er noch Bahn fahren, die belebten Routen in der Innenstadt. In Straßen-, S- und U-Bahnen fiel man weniger auf, als wenn man allein durch die nächtlichen Straßen irrte. Zwar wurde auch in den öffentlichen Verkehrsmitteln kontrolliert, doch saß man in einer Bahn, hatte das mehr den Anschein, einen guten Grund zu haben, nachts unterwegs zu sein. Außerdem hatte er sein Parteiabzeichen und den Ausweis des Wehrmachtsoffiziers. Und er hatte sich eine plausible Legende zurechtgelegt, die er vorbeten würde, sollte er kontrolliert werden.

In der U-Bahn wurde er wieder missmutig und zweifelte. Er dachte an Frieda, wie es ihr wohl ging. Die letzte Nacht hatten sie beide wach gelegen und sich gar nicht loslassen wollen. Und geflüstert hatten sie, über die Flucht, vor allem aber hatten sie sich ihr zukünftiges Leben in Palästina in bunten Farben ausgemalt. Er hatte lange mit sich gerungen, ob er Frieda wirklich allein auf die gefährliche Reise schicken konnte. Sie war nicht so nervenstark wie er, geschulte Gestapo-Beamte würden ihr schnell die Angst anmerken, sollten sie Frieda im Zug kontrollieren, ein bisschen Druck reichte aus, damit sie zusammenbrach. Andererseits schien Gertrud Eisner eine ruhige, besonnene und starke Person zu sein. Bei ihr war Frieda in guten Händen. Und zwei Frauen mit einem älteren Mann entgingen einer Kontrolle wahrscheinlich eher, als wenn er mit dabei wäre. Aber dann, allein im Wald in der Schweiz, da konnte viel schiefgehen, da könnte sie ihn, den Pfadfinder, den nervenstarken Mann, gut gebrauchen.

Und wie er Frieda vermisste! Wie schön es wäre, wenn sie jetzt neben ihm säße und sich an ihn schmiegen würde. Aber die Kinder konnte er nicht aufgeben. Die meisten von ihnen kannte er schon aus der Zeit vor der Deportation. Würde er jetzt Frieda folgen, wären die Kinder verloren, das könnte er sich nie verzeihen.

Und um ehrlich zu sein, da machte er sich nichts vor, brauchte er die Kinder wie sie ihn. Sie hielten ihn am Leben, waren seine Luft zum Atmen. Ohne die Verantwortung für andere würde er wohl nicht jeden Tag aufs Neue Tatkraft und Lebensmut aufbringen. Nur allein ums Überleben zu kämpfen, Tag für Tag um ein sicheres Quartier zu bangen, so wie jetzt nachts stundenlang einsam durch die Stadt zu fahren – es würde ihn missmutig machen, ihn ins Grübeln bringen, ihn mutlos und unvorsichtig werden lassen. Genauso, wie er sich im Moment gerade fühlte. Er brauchte das, für andere da zu sein, für eine Idee zu leben, deshalb war er Lehrer geworden, deshalb engagierte er sich für einen jüdischen Staat in Palästina.

Um kurz nach ein Uhr stieg Leo in eine der beiden Straßenbahnlinien, die die ganze Nacht über in Betrieb waren. Die eine fuhr von Nord nach Süd, die andere von Ost nach West durchs Stadtgebiet. Für alle Illegalen waren sie eine Art Lebensversicherung. Von dieser Station dauerte es etwa eine Stunde bis zur Endstation, eine Stunde würde er im halbwegs Warmen sitzen können, dann den Weg wieder zurückfahren. Die Strecken wurden für die Arbeiter in den Rüstungsfabriken offen gelassen. Die Fabriken produzierten unablässig im Drei-Schicht-Betrieb, damit der Kriegsdrache gefüttert werden und unbarmherzig weiter Feuer speien konnte.

Leo musterte die wenigen anderen Fahrgäste. Manche trugen Arbeiterkleidung, andere Anzüge. Möglich, dass es Betriebsleiter waren, doch er dürfte nicht der einzige Illegale auf dieser Linie sein. Merkwürdigerweise war er auf der Nachtlinie noch nie kontrolliert worden. Auch im ausgeklügeltsten Schreckenssystem existierten Schlupflöcher, die von den Folterknechten übersehen wurden, Gott sei Dank. Wenngleich es in Hitlerdeutschland immer weniger davon gab.

Um sich wach zu halten, um sich zu stärken, dachte Leo an das Leben in Palästina, das sie einmal führen würden. Der Glaube an einen unabhängigen Staat, an Eretz Israel, hielt ihn genauso sehr am Leben wie die Liebe zu Frieda, wenn nicht sogar mehr. Dieser Idee, diesem Traum hatte er sein Leben gewidmet. Als er als Jugendlicher, noch bevor die Nazis die Macht ergriffen hatten, zum Zionismus gefunden hatte, war er in der jüdischen Gemeinde belächelt und schief angesehen worden. Sein Vater hatte ihm sogar Vorhaltungen gemacht. Er hatte die Idee, nach Palästina zurückzukehren, als großen Irrtum empfunden, die ganze zionistische Bewegung als Rückschritt. »In Deutschland haben wir alles erreicht, was wir uns je gewünscht haben«, hatte er einmal gesagt. »Wir sind gleichberechtigte Staatsbürger, keine bedrängte Minderheit mehr. Wir werden als Deutsche angesehen, nicht mehr als Juden. Wir dürfen wählen, es gibt jüdische Minister, und eines Tages wird es einen jüdischen Reichspräsidenten geben. Die Zeit der Diskriminierung ist endgültig vorbei! Was willst du da für einen Judenstaat in der Wüste kämpfen?«

So wie sein Vater sahen das die meisten liberalen und assimilierten Juden. Doch nachdem die Nazis an die Macht gekommen waren, änderte sich die Haltung vieler. Zionistische Jugendbünde so wie der, für den Leo sich engagierte, gewannen an Zulauf. Denn was nach 1933 geschah, zeigte, dass das Leben in der Diaspora eben *immer* Diskriminierung, Unterdrückung und Entrechtung bedeutete. Dass Juden niemals dauerhaft in Sicherheit leben würden. Seit Jahrhunderten war es so gewesen, auch in der Weimarer Zeit hatte es Antisemitismus gegeben, nicht nur bei der extremen Rechten. Und Antisemitismus gab es in Frankreich, England, Italien und den USA. Denn vor den Juden hatten die Menschen Angst. Den Juden fühlten sie sich unterlegen. Denn Juden waren gebildet, reich, ehrgeiziger und klüger als sie. Auf Schwarze und Slawen sahen die *christlichen* Europäer herab, aber vor Juden hatten sie höllischen Respekt, da traten ihre Minderwertigkeitsgefühle offen zutage. Und die Politik nutzte diese Stimmung: Juden waren schuld, dass Menschen hungerten und arbeitslos waren. So lenkte sie vom eigenen Versagen ab. Statt an der himmelschreienden Ungerechtigkeit des kapitalistischen Systems etwas zu ändern, schob man ihnen die Schuld zu. Und indem man die Stimmung gegen die Juden befeuerte, schützte man die Reichen, die die Arbeiter ausbeuteten. Und selbst jetzt, wo fast ganz Europa unterm Hakenkreuz stand und die Welt wusste, was die Deutschen den Juden antaten, wollten die freien Länder kaum Juden aufnehmen! Wer an Mitgefühl und Toleranz, Menschenrechte und Demokratie glaubte, hatte die Geschichte nicht verstanden. Diese Versprechen galten bestenfalls für die eigenen Leute.

Leo spürte, wie Zorn in ihm aufstieg, wie er unwillkürlich die Fäuste ballte. Die Juden waren allein in der Welt, waren es immer gewesen, wurden verleumdet, ausgeraubt und totgeschlagen, deshalb war ein jüdischer Staat die einzige Lösung. Nur in einem jüdischen Staat würden sie auf Dauer sicher sein. Nur in einem Staat Israel würden sie nicht in ständiger Angst leben müssen, wären nicht gezwungen, sich fremden Kulturen anzupassen und die eigene nur im Verborgenen und in steter Angst auszuleben.

In Eretz Israel würden sie eine menschenwürdige Form des Sozialismus verwirklichen, anders als die terroristische Diktatur Stalins, einen demokratischen jüdischen Sozialismus. Sie würden der Welt zeigen, dass das möglich war, und die Welt würde sie darum beneiden, Menschen aus aller Welt würden ihre Kibbuzim besuchen und von ihnen lernen!

Erst dann, wenn sie selbst stark waren, wenn jeder Jude eine Waffe trug, wenn sie ihre Grenzen mit einer eigenen Armee verteidigen könnten, würde die Welt sie respektieren.

Leo spürte, wie diese Gedanken ihm Kraft und Zuversicht gaben. Wie das Adrenalin wieder durch seinen Körper floss und der Missmut verschwand.

Für Eretz Israel würde er alles tun. Noch immer hatte er seine Fäuste geballt. Sowie er in Palästina wäre, würde er der Hagana beitreten und kämpfen. Er würde dafür sorgen, dass die Briten aus Palästina verschwanden, und sie würden sich nur mit Kugeln und Granaten vertreiben lassen.

Im Ersten Weltkrieg hatten die Briten Palästina aus Kalkül zugleich den Juden und den Arabern versprochen, um beide als Verbündete zu gewinnen. Und nach Kriegsende, nachdem das Osmanische Reich auseinandergebrochen war, hatten sie sich fast den gesamten Nahen Osten unter den Nagel gerissen. Den Briten ging es ums Öl und um einen Korridor zwischen Indien und dem Mittelmeer. Doch mittlerweile waren ihnen die Konflikte zwischen Juden und Arabern über den Kopf gewachsen, sodass sie Palästina gern loswerden würden. Dort gab es kein Öl, anders als im Irak. Und während Juden in ganz Europa deportiert und getötet wurden, hatte die britische Regierung die Einreise von Juden nach Palästina streng limitiert! Wohl wissend, was mit den Juden im Osten geschah!

Leos Brust brannte vor Zorn und Stolz. Und wären die Briten erst vertrieben, gehörte Israel endlich den Juden, würden sie ihr Land, ihre Freiheit, ihre Heimat und ihre Zuflucht, ihr Glück und ihre Zukunft, ihren wahr gewordenen Traum bis aufs Blut mit Nägeln, Zähnen und Waffen verteidigen.

Um vier Uhr morgens verließ Leo die Straßenbahn am Brandenburger Tor. Er war so müde, dass er die Augen kaum noch offen halten konnte. Sein Zorn, sein wildes Brennen für Israel, seine Sehnsucht nach Frieda waren einer bleiernen Mattigkeit gewichen. Der zähe Nebel der Stadt griff in ihn hinein und umfasste mit eiskalter Hand sein Herz.

Die vorletzte Etappe seiner Straßennacht, bevor die Kaffeehäuser öffneten und er sich einen heißen Muckefuck gönnen, sich aufwärmen und Zeitung lesen würde, war die Staatsoper

Unter den Linden. Am Sonntagmorgen wurden die Karten für die Veranstaltungen der kommenden Woche verkauft. Schon in der Nacht zum Sonntag bildete sich daher vor der Verkaufsstelle immer eine Schlange. Und auch heute Nacht war sie wieder lang: Die Menschen sehnten sich in den harten Kriegszeiten nach Zerstreuung.

Leo reihte sich ein. Es war nur ein paar Wochen her, dass er mit Frieda im »Adlon« beim Dinner gewesen war. Als sie fein herausgeputzt hier entlangflaniert waren. Vor ihm warteten etwa hundert Leute, viele mit Schemeln und Decken, manche hatten Thermoskannen und Stullen dabei. Hier stand Leo regelmäßig, nicht nur, weil es ein Schlupfloch war und die Wartenden noch nie kontrolliert worden waren. Ein Theater- oder Opernbesuch war für die Kinder ihrer Gruppe genauso wichtig wie für die kriegsmüden Berliner. Leo erinnerte sich, vor zwei Wochen hatten sie die Volksoper »Der Evangelimann« gemeinsam gesehen. Sie saßen mit all den Kindern in einer Reihe und taten so, als kennten sie sich nicht. Dann sang der Evangelimann die Worte aus der Bergpredigt: »Selig sind, die Verfolgung leiden um der Gerechtigkeit willen, denn ihrer ist das Himmelreich.«

Leo sprangen Tränen aus den Augen, als er das hörte, und wie er zu den Kindern blickte, sah er, dass sie weinten.

Möge Gott, betete Leo, sie alle schützen.

33

»Ich möchte Sie nicht mehr sehen«, rief Wildt erzürnt ins Telefon. »Ich mag nicht mehr mit Ihnen sprechen.«

Martin war überrascht von Wildts Emotionalität. Bei seinem letzten Gespräch hatte Wildt durchweg Contenance gewahrt. Offenbar hatte Martins Bohren etwas bewirkt, möglicherweise hatte der Greis schlaflose Nächte gehabt, waren Erinnerungen zurückgekommen, hatten ihn Zweifel und ein schlechtes Gewissen gequält.

»Dann sehe ich mich gezwungen, meine Informationen an die Medien weiterzugeben. Und dann haben wir beide keine Kontrolle mehr, was damit passieren wird.«

Wildt schwieg. Martins Stimme machte sehr deutlich, dass er es ernst meinte. Er konnte das Entsetzen des alten Mannes, seine Wut und seinen Schmerz durchs Telefon hören.

»Sie wollen mich quälen«, sagte er mit brüchiger Stimme. »Keinen Helden, aber einen Unschuldigen wollen Sie ans Messer liefern. Sie wollen mein Ansehen und meinen Ruf zerstören. Ist es das, was sich diese Frau Wolff wünscht? Ist sie dann zufrieden, wenn ich am Boden liege, wenn sie mein Leben zerbrochen hat?«

Martin schwieg. Irgendetwas in ihm rief, dass der Mann recht hatte, dass er mit kalter Unerbittlichkeit einen unschuldigen alten Mann quälte, und er spürte Zorn in sich aufwallen, Zorn auf sich und vor allem auf Elvira Wolff. War er die Marionette ihres Hasses? Diese Juden, hörte er eine Stimme in sich rufen, wollen und können uns Deutsche nicht in Ruhe lassen, sie wollen uns quälen und in Schuldknechtschaft halten. Martin schämte sich für diese Stimme, er wollte gar nicht wissen, woher sie kam, aus welch faulem Morast sie emporgestiegen war, aber sie war da, war immer schon da gewesen, nicht an der Oberfläche, sondern tief in ihm verborgen.

Auch Wildt schwieg. Hörte auch er diese Stimme in Martin rufen? Hoffte er, dass sie ihn zur Vernunft bringen würde?

»Herr Wildt«, sagte Martin, zu dem alten Mann und zu sich selbst, »Stadtarchivar Cornelius Muntprat ist ermordet worden, sicher haben Sie davon gehört.«

»Hab ich gelesen. Wollen Sie mir das auch anhängen?«

»Ich kann nicht ausschließen, dass sein Tod mit Ihrer Vergangenheit zu tun hat. Entweder ich kann jetzt zu Ihnen kommen, oder ich informiere eine befreundete Journalistin darüber, was ich herausgefunden habe.«

Kurz war es still. Martin sah vor seinem geistigen Auge, wie Wildt in seinem Rollstuhl zusammensackte.

»Mit Muntprats Tod habe ich nichts zu tun«, beharrte er. »Gar nichts! Genauso wenig wie mit dem von Leo Kaiser oder Franz Haffner. Aber kommen Sie. Sie lassen mir ja keine Wahl. Sie setzen einem alten Mann die Pistole auf die Brust.«

Markus Mohren saß im Schatten des alten Apfelbaums auf einem Stuhl und ruhte sich aus. Seine Stirn glänzte vor Schweiß, trotz der Hitze schien er Gartenarbeit zu verrichten.

Mohren hob die Hand. »Auf ein Wort, Herr Schwarz«, sagte er und winkte Martin zu sich heran. Die Adern seiner muskulösen Arme traten hervor, und seine Miene wirkte verkrampft.

Martin ging zu Mohren in den Schatten des Baums und blickte auf das Loch im Stamm und die wulstartigen Wucherungen drum herum. Unglaublich, dachte Martin, dass der Baum trotzdem lebte und kerngesunde Äpfel produzierte.

»Der Professor ist ein herzensguter Mann«, sagte Mohren. »Ich kenn ihn schon seit über vierzig Jahren. Nie hat er mich unfreundlich oder herablassend behandelt, immer hat er mich besser bezahlt, als er müsste. Ich habe stets gern für ihn gearbeitet.«

Mohren schluckte. Er wirkte unsicher, dachte wohl, er hätte noch nicht genug Gutes über seinen Arbeitgeber gesagt.

»Der Professor wollte mir nicht sagen, worüber Sie mit ihm reden. Aber das letzte Gespräch ist ihm ziemlich an die Nieren gegangen. Danach ist er erst nervös mit seinem Rollstuhl durch die Wohnung gefahren und saß dann teilnahmslos am Küchen-

tisch. Ich glaube, er hat geweint. Jedenfalls hatte er seine Brille
nicht auf und wischte mit dem Ärmel über die Augen, als ich
ins Haus kam. Das hat er nicht verdient! Seien Sie vorsichtig
mit ihm.«
»Danke für Ihre Einschätzung«, sagte er und ging zum Haus.
Am Ende seiner Rede hatte Mohren beinahe drohend geklungen.
Diesmal gab es keinen Tee und keinen Kuchen. Draußen
schien unbarmherzig die Sonne, und die Luft über den Feldern
flimmerte. Martin hatte sich schon auf die Kühle von Wildts
Haus gefreut, doch es war drückend und schwül. Hatte er die
Klimaanlage absichtlich abgestellt? Hoffte er, Martin so schneller vertreiben zu können?
»Die Klimaanlage ist kaputt«, sagte Wildt, als könnte er Martins Gedanken lesen. »Tut mir leid, wir müssen heute in der
Hitze sitzen.«
Martin nickte. Auf dem Tisch vor Wildt standen eine Fla-
sche Wasser und zwei Gläser, mehr Gastfreundschaft wollte
der Professor ihm, dem hartnäckigen Einbrecher in seine Ver-
gangenheit, diesem Rächer von Elvira Wolffs Gnaden, nicht
gewähren.
»Haben Sie also weiter recherchiert?«, fragte Wildt mit einem
spöttischen Unterton. »Lassen Sie mich raten: Sie haben im
Landesarchiv Düsseldorf gestöbert? Vielleicht sogar schon in
Berlin-Lichterfelde?«
Martin blinzelte unwillkürlich, so als hätte Wildt ihn ertappt.
Tatsächlich waren Zwille, Alexandra und Isabel Wind inzwischen dort gewesen. Im Moment saßen sie im Militärarchiv in
Prag. Dort lagerten Bestände des ehemaligen Kriegsarchivs der
Waffen-SS. Natürlich wusste Wildt, was über ihn in den Akten
stand, was man über seine Vergangenheit in Erfahrung bringen
konnte. Und natürlich hatte er sich eine Strategie zurechtgelegt,
hatte für jedes fragwürdige Detail eine plausible, harmlose Er-
klärung.
Martin fühlte sich mutlos. So neu die Entdeckungen aus Düsseldorf und Berlin für ihn waren, für Wildt waren sie es nicht.

Außer unangenehmen Fragen hatte er nichts zu befürchten. Warum sollte Wildt die Morde an Haffner und Kaiser gestehen? Darüber gab es keine Akten und keine Zeugen mehr. Und auch für eine Verwicklung Wildts in den Mord an Muntprat gab es keine Hinweise.

Der Alte erkannte Martins Unsicherheit. Jedenfalls lächelte er wieder nachsichtig. »Ich habe gestern mit meinen Kindern über all das gesprochen. Sie glauben mir. Und sie haben mir auch ihre Unterstützung zugesagt, sollten Sie irgendwelchen Schmutz an die Öffentlichkeit zerren. Ich soll Ihnen übrigens ausrichten, dass sie in keinem Fall mit Ihnen reden wollen.«

»Schmutz?«, fragte Martin.

Wildt machte eine abwehrende Handbewegung. »Was Sie tun, ist eine Qual für mich. Aus unlauteren Motiven zwingen Sie mich zu etwas, das ich nicht will. Beweisen Sie sich so, dass Sie ein guter Deutscher sind? Ein edler Nazijäger, mit einem reinen Gewissen? Und dafür muss ein alter Mann leiden, der in einer Zeit leben musste, die Sie nicht verstehen? Nicht verstehen können?«

Wildts Hände zitterten, Schweiß stand auf seiner Stirn. »Nun ja. Ich möchte Sie bitten, mir zügig Ihre Fragen zu stellen und dann zu gehen.«

»Ich darf mich setzen?«, fragte Martin.

Wildt nickte widerwillig. »Wenn es denn länger dauern sollte.«

Martin setzte sich. Er würde mit harmlosen Fragen beginnen. »Es geht noch einmal um Ihren freiwilligen Beitritt zur SS. Sie haben bei unserem letzten Gespräch gesagt, dass Sie sich aus Kriegsbegeisterung bei der SS meldeten. Und dass Sie sich davon Vorteile für eine spätere Zulassung zum Studium versprochen haben.«

»Stimmt.«

»Solche Vorteile gab es nicht. Ich habe mit zwei Historikerinnen gesprochen: Über die Bevorzugung von SS-Leuten bei der Studienplatzvergabe ist nichts bekannt. Es gab auch keine gesetzliche Grundlage dafür.«

»Tja, damals wurde uns das in der HJ so erzählt. Ich hatte keinen Grund, daran zu zweifeln. Ich habe meinen Vorgesetzten vertraut. Und ich habe Ihnen ja schon gesagt, dass mein Hauptmotiv tatsächlich Kriegsbegeisterung gewesen ist: Ich glaubte, dass Deutschland von Polen angegriffen und nach dem Ersten Weltkrieg ungerecht behandelt worden war.«

»Im Spruchkammerverfahren haben Sie sich 1946 anders geäußert.« Martin holte ein Papier heraus. »Damals sagten Sie: ›Ich hielt meine Meldung für die kämpfende Truppe der SS als selbstverständliche Pflicht eines aufrichtigen Deutschen, um unsere eigene wie auch die europäische Kultur gegen die Bedrohung des Bolschewismus zu verteidigen und ein neues Europa aufzubauen.‹ Und weiter: ›Das war der eigentliche Sinn dieses Krieges, wie er von meiner Generation gesehen wurde.‹«

»Und?«

»Das klingt nach nationalsozialistischer Ideologie. Für Hitler war der Bolschewismus Teil der jüdischen Weltverschwörung, und ein neues Europa war in Hitlers Vorstellung eines, das von den Deutschen unterjocht und versklavt wurde.«

Wildt schüttelte mit einem spöttischen Lächeln den Kopf. »Ich dachte, Sie seien Historiker, Herr Schwarz, und könnten solche Aussagen einordnen? 1946 hatte der Kalte Krieg praktisch schon begonnen. Für den Westen und gerade für die Briten war nun der Kommunismus der Hauptfeind, nicht mehr der Faschismus. Ich befand mich damals schon seit einem Jahr in der britischen Zone in einem Gefangenenlager. Sehen Sie es mir nach, wenn ich da den britischen Militärbehörden ein wenig nach dem Mund geredet habe.«

Clever pariert, dachte Martin. Oder einfach nur die Wahrheit?

»Ihr Dienst begann im Oktober 1939. Sie kamen zu einer Maschinengewehr-Kompanie der Waffen-SS und nahmen am Krieg gegen Frankreich teil. Sie wurden dann schnell Kompaniemelder.«

Wildt zuckte mit den Achseln.

»Ein verantwortungsvoller Posten für einen jungen SS-Soldaten. Sie haben Meldungen des Kompaniechefs an den Bataillonsstab, an Nachbarkompanien und Zugführer übermittelt. Sie waren das Gesicht der Kompanie. Ohne Vertrauen der Führung geht das nicht.«

»Aus meinem Ehrgeiz habe ich nie einen Hehl gemacht.«

»Ihre Einheit war beim Frankreichfeldzug dabei und hat auch in Dünkirchen gekämpft. Sie wurden als junger Soldat unmittelbar mit Toten und auch Kriegsgefangenen konfrontiert.«

»Auch das ist richtig. Und es war nicht leicht.«

»Im November 1940 – ein Jahr nach ihrem Dienstantritt – wurden Sie SS-Rottenführer, also Gefreiter. Im Frühjahr 1941 besuchten Sie eine sogenannte Junkerschule in Bad Tölz: Dort wurden SS-Offiziere ausgebildet. Sie haben schnell Karriere gemacht.«

»Stimmt alles, Herr Schwarz. Nur was heißt das? Himmler trieb damals die Expansion der Waffen-SS voran, um eine eigene Truppe neben der Wehrmacht aufzubauen. Der Bedarf an SS-Führern wuchs ständig. Man suchte gezielt nach jungen Männern, die Abitur hatten und sich in HJ und Krieg bewährt hatten. Ich war einer – von vielen.«

»Sie waren einer von zwanzig SS-Männern aus Ihrem Regiment. Ich finde, das ist nicht viel.«

»Wenn Sie meinen.«

Martin setzte nach. »Ich habe nachgelesen, was junge SS-Männer bei diesen Lehrgängen gelernt haben. Die sogenannte weltanschauliche Schulung war ein Pflichtfach und wurde neben dem Fach Taktik in der Gesamtnote des Abschlusszeugnisses am höchsten bewertet. Hauptthemen waren *Blut und Boden*, *Judentum* und *Bolschewismus*. Sie wurden auf den Vernichtungskrieg und den *Rassenkampf* vorbereitet, Himmlers monströser Judenhass und die Vergöttlichung der *arischen Rasse* wurden Ihnen Stunde für Stunde eingeimpft. Ich vermute, auch das haben Sie einfach über sich ergehen lassen, ohne die Ideologie wahr-, geschweige denn in sich aufzunehmen?«

Statt zu antworten, griff Wildt nach dem Wasserglas und trank einen Schluck. Er hatte sich offenbar wieder beruhigt und zitterte kaum noch. Wahrscheinlich wollte er Martin mit dieser Geste zeigen, dass all diese Anschuldigen an ihm abperlten und wie sehr er ihn, den Nachgeborenen, für seine Anmaßung und Unwissenheit verachtete.

»Im April 1941 wurden Sie dann SS-Unterscharführer, also Unteroffizier …«

»… was automatisch nach bestandener Zwischenprüfung erfolgte …«

»… und im Juni 1941 Oberscharführer, was bei der Wehrmacht dem Rang eines Feldwebels entsprach.«

»Wieder eine automatische Beförderung, nach Ende des Lehrgangs.«

»Kurz vor Ihrer Beförderung sind Sie aus der Kirche ausgetreten. Sie nannten sich nun gottgläubig, so wie die meisten SS-Größen.«

»Ich war ein Freigeist, schon als Schüler.«

»Der Austritt hatte also nichts mit Ihrer neuen SS-Gesinnung zu tun?«

»Es mag meinen schon länger gehegten Beschluss gestärkt haben.«

»Drei Monate später waren Sie mit gerade einmal zwanzig Jahren Untersturmführer der Reserve, also Leutnant. Eine erstaunliche Karriere, würde ich sagen.«

Wildt wandte sich stumm dem Fenster zu.

»Eine Karriere, die Sie bei der Wehrmacht nicht so schnell gemacht hätten.«

»Was ich bei meinem Eintritt in die SS nicht wissen konnte. Meine Vorgesetzten sahen in mir einen tapferen Soldaten mit Führungsqualitäten. Man lobte meinen Mut, zugleich meine Besonnenheit. Die mir anvertrauten Soldaten folgten mir gern. In der Sowjetunion führte ich eine Maschinengewehr-Kompanie mit über hundert Mann.«

Wildt brach ab und blinzelte. Jetzt hat er einen kleinen Fehler gemacht, dachte Martin. Den Stolz, der gerade deutlich geworden war, hätte er besser nicht gezeigt.

»Sie waren Teil des Vernichtungskriegs im Osten. Ihre

SS-Kompanie war an der Hungerblockade Leningrads beteiligt. Offenbar mit Erfolg, denn ein paar Monate später wurden Sie zum SS-Obersturmführer befördert.«

»Ich war Teil der kämpfenden Truppe, kein Schlächter.«

»Die Wehrmacht hat Leningrad eingeschlossen, zweieinhalb Jahre lang. Über eine Million Menschen verloren in der Stadt ihr Leben, starben auf jämmerlichste Weise. Um Munition zu sparen, sollten die Menschen verhungern. Meine Mitarbeiter haben recherchiert, wo Ihre Einheit stand: in Sichtweite von Leningrad. Und hinter der Front rotteten Einsatzkommandos, Gestapo- und SS-Verbände zusammen mit Wehrmachtseinheiten die jüdischen Gemeinden aus. In der Kleinstadt, in deren Nähe Sie stationiert waren, hat eine Einheit der Gestapo sämtliche Mitglieder der jüdischen Gemeinde ermordet. Und davon wollen Sie nichts mitbekommen haben?«

Wildt starrte immer noch nach draußen, so als könnte er die im gleißenden Licht liegende Landschaft sehen. Inzwischen war es so heiß in Wildts Haus, dass Martins und Wildts Haut vom Schweiß glänzten. Die Luft war stickig. Martin spürte, dass seine letzten Sätze Wildt berührt hatten, dass etwas durch diese Mauer aus Verdrängung, Schuldabwehr und Selbstmitleid gedrungen war.

Martin trank einen Schluck, auch um die Worte noch ein wenig wirken zu lassen. Das Wasser war warm und schmeckte abgestanden.

Martin fuhr fort, er würde den Druck erhöhen. »In Ihrem Spruchkammerverfahren haben Sie behauptet, von alldem nichts bemerkt zu haben. Sie meinten, Sie hätten nur durch Hörensagen davon erfahren, gesehen hätten Sie das nie. Auch von Kriegsverbrechen wie den Erschießungen von Kriegsgefangenen, die bei den Truppen der Waffen-SS alltäglich waren, wollen Sie nur am Rand etwas mitbekommen haben. In Ihrer Kompanie hätte es nie solche Erschießungen gegeben, und wenn solche in Nachbarkompanien vorkamen, seien diese – so Ihre Überzeugung – nur eine Reaktion auf Erschießungen auf russischer Seite gewesen.«

Wildt schwieg noch immer. Jetzt hielt auch Martin inne. Er würde warten, bis der Professor das Wort ergriff. Wildts Ausdruck hatte sich verändert. Das Abwehrende, Abschätzige, leicht Spöttische war verschwunden und einem Ausdruck von Unsicherheit, vielleicht auch Trauer und Scham gewichen. Seine schweißbedeckte Haut hatte alle Farbe verloren, sie war fahl und grau wie Staub.

»Das war gelogen«, sagte Wildt, und auch sein Tonfall war plötzlich ein anderer, traurig und fast sanft. »Auch in meiner Kompanie wurden einmal sowjetische Soldaten erschossen, als Vergeltung für getötete Kameraden.«

Wildt brach ab, als müsste er sich neu sammeln.

Es dauerte eine Weile, bis er fortfuhr, und seine Stimme war noch brüchiger geworden. Schweiß lief in kleinen Rinnsalen Gesicht und Hals hinab, sein Hemd war durchnässt, Martin machte sich Sorgen. Durfte er den Greis noch weiter traktieren?

»Und ich habe auch gesehen«, fuhr Wildt fort, »mit eigenen Augen gesehen, wie eine Einsatzgruppe in dieser Kleinstadt gewütet hat. Wie die Polizisten Frauen, Männer und Kinder in ein Waldstück vor der Stadt trieben und erschossen. Es waren ein paar hundert Menschen, und es hat Stunden gedauert. Manche Polizisten, die gerade Pause hatten, haben in aller Seelenruhe gegessen, während ihre Kollegen Frauen und Kinder erschossen. Manche Kinder wurden auch erschlagen, um Munition zu sparen, vor den Augen ihrer Mütter. Ein Mann hat ein Baby totgetreten und es dann wie Müll in die Grube mit den Leichen geworfen.«

Wildt blickte ihn an, zumindest wirkte es so. Martin konnte seine Augen nicht sehen, doch so trostlos, so schwach, wie seine Stimme klang, war der Schmerz aufrichtig.

»Solche Gräueltaten waren unvorstellbar für mich. Da habe ich erst verstanden, worum es in diesem Krieg ging. Da habe ich *wirklich* kapiert, was sich Hitler unter dem neuen Europa vorstellte.«

Wildt verstummte. Wieder tat er Martin leid. Die Ergriffenheit, das Grauen angesichts der Grausamkeit schienen nicht gespielt. Doch konnte es sein? Wildt war ein hoher SS-Offizier gewesen, er hatte die Junkerschule besucht, musste unzählige Reden Hitlers und Himmlers in sich aufgesaugt haben: Er kannte die brutale Ideologie bis in die kleinsten Verästelungen, diesen grausamen Mythos der rohen Gewalt und Ungleichwertigkeit der Menschen, er war jahrelang auf sie eingeschworen worden, er *wusste*, was konkret mit *Rassenkampf* gemeint war, er war stolzer Teil dieses obskuren SS-Ordens und als Soldat, als Offizier am Aushungern einer Millionenstadt beteiligt gewesen – und dann war das brutale Morden eines Einsatzkommandos eine solche Überraschung? Natürlich wussten die kämpfenden Truppen im Osten, was hinter ihrem Rücken geschah, zumindest gehört hatten sie davon.

Hatte Wildt vielleicht nur die Taktik geändert?

Setzte er jetzt auf Martins Mitgefühl?

»Es ist etwas völlig anderes, von so etwas zu hören und es tatsächlich zu sehen«, fuhr Wildt mit schwacher Stimme fort, als hätte er wieder Martins Gedanken gelesen. »Den Gegner zu vernichten, *Parasiten auszurotten, den Volkskörper zu reinigen, das Volksfremde zu eliminieren*, an eine solche vergiftete Sprache kann man sich gewöhnen. Die Bilder, die Sie damit verbinden, können sehr abstrakt sein, so war es wohl bei mir. Dann zu sehen, was es tatsächlich, in menschliche Handlung übersetzt, bedeutet, das Schreien der Kinder zu hören, ihre zerschmetterten Körper und die fassungslosen Blicke der Mütter zu sehen ... Das ist etwas völlig anderes. Ich weiß, dass das schwer zu verstehen ist.«

Martin wollte etwas erwidern, rufen, dass er ihm nicht glaubte, dass er auf der Junkerschule doch in Prüfungen über die Vernichtung der Juden philosophiert hatte, dass er als Soldat vor Leningrad gesehen haben musste, wie Menschen verhungerten oder verzweifelt bei einem Ausbruch im Geschützfeuer der Waffen-SS und der Wehrmacht starben ...

Doch dann hätte Wildt sich wieder verteidigt.

Er musste anders vorgehen, alles tun, damit Wildt die Tür, die er soeben einen Spaltbreit geöffnet hatte, nicht wieder schloss.

»Und deshalb haben Sie die kämpfende Truppe verlassen?«
Wildt schluckte, sein Oberkörper zuckte plötzlich, fast so
wie bei einem epileptischen Anfall, sodass Martin erschrocken
aufsprang.
»Herr Wildt!«, rief Martin. »Um Gottes willen!«
Er drückte seine Hände auf Wildts Schultern, hatte Angst um
das Leben des Hundertjährigen, glaubte schon, ihn umgebracht
zu haben, als Wildt sich allmählich beruhigte.
Wildt schnaufte, er war völlig außer Atem.
Martin gab ihm zu trinken.
Gierig leerte der Alte das Glas.
»Soll ich einen Arzt rufen? Soll ich Sie ins Krankenhaus fahren?«
»Es geht schon wieder«, sagte er schwach. »Vielleicht holen
Sie uns etwas kaltes Wasser? In der Küche finden Sie eine Flasche im Kühlschrank.«
Über dem kleinen Esstisch in der Küche hingen Fotografien
an einer Pinnwand. Es waren ältere, teilweise fast verblichene
Fotos von den beiden Kindern Wildts, ein Urlaubsfoto mit der
ganzen Familie, Wildt hatte den Arm um die Schultern seiner
Frau und seines Sohnes gelegt, Stolz und Glück sprachen aus
seinen Zügen.
Wieder im Wohnzimmer schenkte Martin Wildt ein Glas
Wasser ein. Draußen schien die Sonne immer noch unbarmherzig, es war noch stickiger geworden.
»Soll ich ein Fenster öffnen und etwas frische Luft hereinlassen?«, fragte Martin.
»Auf keinen Fall«, murmelte Wildt. »Zug ist nicht gut für
mich.«
»Soll ich gehen?«, fragte Martin unsicher, obwohl er nicht
wollte. Er war jetzt nah dran an der Wahrheit, dachte er. Doch
Wildt sah aus, als würde er jeden Moment in Ohnmacht fallen.
»Nein. Es geht schon wieder. Sie sollen es hören. Alles. Ich
will das hier hinter mich bringen.«

34

Heinz seufzte. Petra und er hatten gerade unterm Sonnenschirm im Garten Eiskaffee getrunken und Rhabarberkuchen gegessen. Selbst gebacken, versteht sich. Jetzt spülten sie zusammen das Service. Heinz hatte ihr von seinen Gesprächen mit Josef Klämmerle erzählt.

»Ich fühl mich nicht wohl dabei, dem Klämmerle so auf den Zahn zu fühlen. Ich spiele da den harten, unerbittlichen Hund, um ihn ein wenig aus der Fassung zu bringen. Aber sosehr mich seine Ausflüchte ärgern, so sehr tut er mir auch leid. Und ich komme mir wie ein Moralapostel vor. Ich glaube, ich zerstöre da das Bild, das er von seinem Vater und seinem Onkel hatte. Und da frage ich mich: Muss das sein? Muss ich diesen Mann so quälen? Er kann ja nix für die Sünden seines Vaters und Onkels.«

»Ihr ermittelt in zwei Morden«, entgegnete Petra, »und noch in dem an Muntprat.«

»Die Wahrscheinlichkeit, dass die Klämmerles damit etwas zu tun haben, ist gering, wenn du mich fragst.«

»Dennoch haben die Vorfahren ja offenbar Dreck am Stecken.«

»Weiß ich, ob ich anders gehandelt hätte? Und war es so schlimm, was die beiden gemacht haben? Dieser Eberhard war beim Finanzamt ... Keine Ahnung, vielleicht wäre ich als junger Mann aus kleinen Verhältnissen auch zur Gestapo, einfach um eine Stelle zu bekommen.«

»Du alter Sozi?«, fragte Petra ungläubig.

»Wenn ich sonst nichts bekommen hätte? Oder wenn ich Hitler gut gefunden hätte? So auf eine naive Art, zum Beispiel weil ich geglaubt hätte, dass er die Wirtschaftskrise beseitigt hat?«

Petra schmunzelte. »Also ich hätte dich eher bei den Kommunisten gesehen. Aber trotzdem: Es geht ja bei euren Ermittlungen nicht darum, die Klämmerles moralisch zu verurteilen. Zunächst einmal wollt ihr herauskriegen, was damals geschehen ist. Und ganz ehrlich: dass du einer alten Frau die Wohnung wegnimmst, weil du weißt, dass sie stirbt – das hättest du auch im *Dritten Reich* nicht übers Herz gebracht. Und ich wäre da ganz sicher nicht mit dir eingezogen.«

»Kannst du dir da so sicher sein? So viele haben vom NS-Regime profitiert, das ist mir inzwischen klar geworden. Und wenn sich alle die Finger schmutzig machen, verliert man vielleicht seinen moralischen Kompass. Stück für Stück wird man zum Täter, ohne zu merken, dass man Schlimmes tut. Man stumpft ab. Verdrängt. Schlittert da sozusagen langsam hinein.«

Petra wiegte den Kopf. »Das denkst ausgerechnet du? Mit deinen hohen Idealen? Ich glaube, da schätzt du dich moralisch schwächer ein, als du bist.«

»Hm«, machte Heinz.

Liebevoll sah Petra ihn an. »Jetzt noch mal zu den Klämmerles und ihrer Haltung zu ihren Vorfahren: Dazu habe ich gestern was in der Südzeitung gelesen, warte mal.«

Sie ging zu dem Stapel, wo sie die alten Zeitungen aufbewahrten.

»Hier, hör dir das mal an: Neunundsechzig Prozent aller Deutschen glauben, dass ihre Vorfahren nicht unter den Tätern des Zweiten Weltkriegs waren. Und neunundzwanzig Prozent sind überzeugt, dass ihre Vorfahren Verfolgten geholfen haben, also zum Beispiel Juden versteckten.«

Heinz lachte bitter. »Das glaub ich gern. Darüber haben die Vorfahren ja auch nicht die Wahrheit gesagt. Wenn sie überhaupt darüber gesprochen haben. Ich habe auch keine Ahnung, was mein Vater im Krieg getrieben hat. Darüber hat er kaum ein Wort verloren, auch wenn ich ihn als Kind gelöchert habe. Später wollte ich es lieber nicht so genau wissen.«

»Jetzt schätze mal, wie viele Deutsche wirklich Verfolgten geholfen haben.«

»Puh, fünf Prozent?«

»Nö. Null Komma eins Prozent.«

»Nur? Oje. Ganz schön traurig.«

»Von daher tut eine gewisse Ernüchterung ganz gut, auch den Klämmerles. Du kriegst übrigens Besuch«, meinte Petra und blickte aus dem Küchenfenster hinaus in den sonnigen Nachmittag.

»Ist es Martin?«, fragte Heinz, mit dem Geschirrtuch in der Hand. Er war gespannt, ob er noch einmal mit Hermann Wildt gesprochen hatte.

»Eher nicht. Oder fährt der seit Neustem einen Rolls-Royce?«

»Ach, sieh an! Das ist der alte Klämmerle.«

Petra bekam große Augen. »*Der* Klämmerle?«

Heinz nickte gewichtig. »Der Seniorchef.«

»Na halleluja.« Petra sah skeptisch hinaus. »Er hat einen riesigen Strauß Blumen in der Hand. Was will der denn von dir?«

Heinz schmunzelte. »Ich hab ihm von deinem Schweinsbraten erzählt.«

Petra stemmte die Hände in die Hüften. »Und jetzt glaubt er, ich mach ihm einen für einen Strauß Blumen, oder was?«

Heinz zuckte mit den Achseln. »Ich glaube, der Herr hat gerade ganz andere Sorgen.«

Es klingelte.

»Schön, dass i Sie grad erwisch, Dörflinger«, sagte Klämmerle mit seinem Patriarchenlachen, bei dem heute allerdings das Majestätische zugunsten des Jovialen zurückgenommen war. Er trug einen edlen Anzug, als ginge er hinterher noch in die Oper. »Un des isch also Ihre Frau, wo de weltbeschde Schweinsbrade macht?«

Klämmerle reichte Petra feierlich den Blumenstrauß. Beschämt blickte Heinz auf das bunte Riesengesteck. Dafür hat er sicher fünfzig Euro berappt, schätzte Heinz und hatte ein schlechtes Gewissen. Er brachte Petra nie Blumen mit. Vielleicht sollte er mal.

»Danke sehr«, meinte Petra, sichtlich geschmeichelt, und reichte Klämmerle die Hand. »Heut gibt's allerdings saure

Nierle mit Spätzle. Aber erst um acht, wir hatten grad Kaffee und Kuchen. Einen Kaffee und ein Stück Rhabarberkuchen hätt ich aber noch.«

»Wunderbar!«, sagte Klämmerle und rieb sich die Hände.

Sie setzten sich ins Wohnzimmer. Der Seniorchef ließ seinen Blick wohlwollend über ihre bescheidene Einrichtung schweifen: den alten Bauernschrank, die Ikea-Regale und das abgewetzte Sofa. Er bemitleidet uns, dachte Heinz beschämt und spürte Zorn in sich aufflammen.

Kurz darauf brachte Petra Kaffee und Kuchen.

»Herrlich«, sagte Klämmerle, ein Stück Rhabarberkuchen im Mund, und zwinkerte Petra zu, als hätten die beiden ein Geheimnis miteinander. Petra zwang sich zu einem Lächeln.

Sie mag ihn nicht, frohlockte Heinz, trotz der Blumen. Sie durchschaut ihn. Er atmete auf. Heinz liebte Petras untrüglichen Blick fürs Wesentliche, der sich weder von einem Fünfzig-Euro-Strauß noch von einer Nobelkarosse oder feinem Zwirn trüben ließ.

»Was verschafft mir die Ehre?«, fragte Heinz, als Petra sie verlassen hatte.

Klämmerle seufzte und setzte eine betroffene Miene auf. »Es geht um Ihre Nachforschungen. Was Sie da herausgefunden haben, ist mir ganz schön unter die Haut gegangen.«

Heinz hob die Brauen. »Das glaub ich gern.«

Der Patriarch holte tief Luft, als lastete etwas schwer auf seiner Seele. »Ich will mich entschuldigen, dass ich so ausfällig geworden bin. Das war nicht angemessen, Herr Dörflinger, und es tut mir aufrichtig leid.«

»Schon vergessen«, sagte Heinz.

»Wissen Sie, dass der Willi bei den Nazis mitgemischt hat – das kann ich mir vorstellen, so weh es auch tut. Aber einer alten Frau die Wohnung wegnehmen? Diese Kaltschnäuzigkeit hat mir zugesetzt. Es macht mich fertig! Ich habe letzte Nacht kein Auge zugemacht.«

»Würde mir genauso gehen.«

Klämmerle sah ihn an wie ein Hund, dessen Herrchen gerade

gestorben ist. Doch Heinz nahm Klämmerle die zur Schau gestellte moralische Zerrüttung nicht so ganz ab.

»Und dann die Sache mit meinem Vater, dass er an der Ausplünderung der Juden beteiligt war ... Das war schon starker Tobak für mich! Mein Vater ist für mich immer ein Held gewesen, einer, der in seinem Leben Großes vollbracht und nie etwas falsch gemacht hat. Ein Vorbild in jeder Hinsicht. Er hat mir nach dem Krieg erzählt, dass er eine Zeit lang beim Finanzamt war. Aber er hat behauptet, es seien nur nebensächliche Tätigkeiten gewesen, die keinem geschadet hätten.«

»Kein Mensch macht nie etwas falsch.«

Klämmerle lächelte reumütig. »Freut mich, dass Sie das so sehen.«

Heinz nickte.

»Wie gesagt, für unsere Familie, gerade auch für meinen Sohn, ist das ein sehr schwerer Schlag. Ich habe mit ihm auch schon besprochen, dass wir all diese Vorgänge von einem namhaften Historiker genauestens untersuchen lassen werden. Da werden wir weder Kosten noch Mühen scheuen.«

»Sehr löblich.«

»Direkt nach unserem Firmenfest werden wir uns mit aller Kraft der Aufarbeitung dieses unrühmlichen Kapitels widmen.«

»Das Jubiläum ist im nächsten Frühling.«

»Schon Ende April.«

»Und in den Monaten bis dahin passiert ... nichts?«

Klämmerle seufzte. »Wissen Sie, wie viel Zeit, Geld und Energie wir schon in diesen Festakt gesteckt haben? Und wie viel Aufwand uns das noch in den nächsten Monaten kosten wird? Neben dem Alltagsgeschäft! Wir haben im Moment nicht Zwölf-, sondern Sechzehn-Stunden-Tage. So ein Unternehmen zu führen und gleichzeitig so einen Festakt vorzubereiten ist kein Zuckerschlecken.«

»Eine Mordermittlung auch nicht.«

»Glaube ich sofort.«

»Hm«, meinte Heinz. Er würde den Teufel tun und selbst aussprechen, was Klämmerle im Sinn hatte.

»Also!«, sagte Josef.

Jetzt kommt's, dachte Heinz.

»Wir wären Ihnen und auch Herrn Schwarz mehr als verbunden, wenn Sie Ihre Ermittlungsergebnisse zunächst einmal diskret behandeln würden.«

»Und das heißt?«

»Bloß nichts an die Presse! Vorerst. Sie wissen, wie heikel das Thema ist. Wenn die Presse von diesen Verdachtsmomenten Wind bekommt, ist unser guter Ruf möglicherweise ruiniert – mit unabsehbaren Auswirkungen für unser Unternehmen! Wir sind weltweit vernetzt, die Konkurrenz ist hart, so eine Rufschädigung kann uns die Existenz kosten. Und damit auch unseren dreihundertfünfzig Mitarbeitern.«

Flehend sah Klämmerle zu Heinz, als hingen Gedeih und Verderb der Klämmerle-Werke von ihm ab.

Der wiegte den Kopf.

»Wollen Sie diese Verantwortung für dreihundertfünfzig Arbeitsplätze tragen?«, setzte Klämmerle nach.

»Wie bitte? Ich? Bin ich in die Wohnung einer alten Frau eingezogen, die zu der Zeit im Krankenhaus lag, wohl wissend, dass sie entweder stirbt oder deportiert wird? Habe ich ein Steuersystem mitentwickelt, um Juden auszurauben?«

Klämmerle machte eine besänftigende Geste. »Das war absolut nicht in Ordnung, Herr Dörflinger. *Wenn* es so stimmt. Wie gesagt, wir alle tragen schwer an diesem Fehler.«

»An dieser Schande, würde ich sagen. Und die Quellen scheinen mir da eindeutig.«

Klämmerles Ausdruck war leidend und nachdenklich. »Sicher, Sie haben recht. Aber es war auch eine andere Zeit. In einem Unrechtsstaat wird das Unrecht möglicherweise nicht mehr so stark als solches empfunden, weil es eben alltäglich geworden ist.«

»Da mag was dran sein.«

»Wissen Sie, was ich manchmal denke? Wir Deutschen sollten vielleicht auch irgendwann einmal die Vergangenheit auf sich beruhen lassen. Irgendwann muss ein Schlussstrich gezogen werden. Immer in diesen Wunden herumzustochern verhindert doch, dass sie heilen. Und es lähmt die Nachfahren.«

»Wenn die Wunde eitrig ist, weil sich noch Schmutz darin befindet, muss man sie wieder aufschneiden und ihn entfernen. Sonst wird das nix mit dem Heilen.«

Klämmerle lächelte unbeholfen. »Ich meine, wir Deutschen haben uns doch in den letzten fünfzig Jahren intensiv mit dem Nazispuk auseinandergesetzt. Wir haben die Sache ehrlich aufgearbeitet. Das hat wehgetan, und zu Recht. Im Ausland sind wir deswegen hoch anerkannt. Ich habe Geschäftspartner in Israel, die mir das wiederholt bestätigt haben.«

Daher weht also der Wind, dachte Heinz.

»Wissen Sie«, fuhr Klämmerle fort, »ich denke auch an die junge Generation. Dieses ständige Rühren in der Vergangenheit, dieses Wachhalten von Schuld und Scham – das kann zersetzend wirken. Man verliert Entschlossenheit und Tatkraft, den selbstbewussten Blick in die Zukunft, den unsere jungen Leute heute dringender denn je brauchen. Der globale Wettbewerb ist hart, ich könnte Ihnen da –«

»Was ist mit den Nachfahren der Opfer?«, unterbrach Heinz. »Gebietet es nicht der Respekt vor ihnen, dass wir uns kritisch mit den Taten unserer Vorfahren auseinandersetzen?«

»Ich weiß nicht«, sagte Klämmerle skeptisch. »Was ich jetzt sage, wird nicht jedem gefallen, aber vielleicht wäre es auch für die Nachfahren gut, die Wunden heilen zu lassen und nach vorn zu blicken. Sonst kreist man immer um das widerfahrene Leid und kommt nicht vom Fleck. Und so wichtig und unumgänglich die Aufarbeitung der Hitlerzeit gewesen ist – daran ist natürlich überhaupt nicht zu rütteln! –, es kann doch auch nicht sein, dass man uns Deutsche noch fast hundert Jahre später dafür in Geiselhaft nimmt. So ein Opferkult –«

»Ist es an uns, das zu entscheiden?«, unterbrach Heinz. »Sagen wir den Nachfahren der Opfer, ob und wie sie sich zu erinnern haben? Treten Sie vor Ihre israelischen Geschäftspartner und sagen: Stellt euch nicht so an, jetzt ist mal Schluss mit dem Holocaust?«

Klämmerle blinzelte. »Sie können das doch nicht so vereinfachen! So war das nicht gemeint!«

Doch, genau so, dachte Heinz.

Klämmerle machte eine Pause. »Was ich mir wünsche, Herr Dörflinger«, fuhr er fort, »worum ich Sie inständig bitte, ist, dass Sie die Sache mit meinem Vater und Willi bis zum Jubiläum auf sich beruhen lassen. Danach machen wir uns unter Zuhilfenahme eines namhaften Historikers an die Aufarbeitung unserer Familiengeschichte, ohne Wenn und Aber. Wie wäre das?«

»So läuft das nicht, Herr Klämmerle. Wenn Täter ihre Taten untersuchen lassen, geht das schief. Denken Sie nur an die katholische Kirche.«

»Wissen Sie, wie viele kleine Unternehmen an uns hängen? Vom Caterer über die Putzfirma bis hin zum oberschwäbischen Werkzeugfabrikanten!«

Heinz schwieg.

»Herr Dörflinger, auch wenn es für mich schmerzhaft ist, ich bin Ihnen im Namen des ganzen Unternehmens zu großem Dank verpflichtet, dass Sie sich so intensiv um die Aufarbeitung unserer Firmengeschichte gekümmert haben. Fleiß, Sorgfalt und harte Arbeit weiß ich zu schätzen. Das würde ich auch gerne angemessen honorieren. Ich meine, trotz allem haben Sie doch viel für uns getan.«

Wohlwollend, warmherzig, zugewandt sah Klämmerle Heinz an.

Der war sprachlos und musste noch verdauen, was Klämmerle da gerade von sich gegeben hatte.

»Und so eine neue Wohnzimmereinrichtung – darüber würde sich Ihre Frau sicher freuen!«

»Raus!«, donnerte es plötzlich durchs Wohnzimmer.

Verdutzt blickte Heinz auf.

Klämmerle fuhr erschrocken hoch.

Petra stand im Türrahmen, mit ihrer Küchenschürze und dem Spätzleschabmesser in der rechten Hand.

»Ich glaub, ich hör nicht recht! Haben Sie denn keinen Anstand? Sie wollen meinen Heinz kaufen? Und Ihrer Firma eine weiße Weste?«

Sie fuchtelte mit dem großen Messer in Richtung Klämmerle, dass es Heinz angst und bange wurde. »Schäbig ist das, jämmerlich und schäbig. Sie verlassen jetzt augenblicklich mein Haus. Sonst ruf ich die Polizei!«

Klämmerle schaute entsetzt zu Petra, die ihn mit einem Racheengel-Blick durchbohrte.

Doch der Patriarch hatte seine Fassung schnell wiedergefunden.

Gewichtig stand er auf.

»Überlegen Sie sich sehr genau, was Sie tun«, sagte Klämmerle. »Ich habe Verbindungen, und das wissen Sie.«

Alles Reuevolle und Schuldbewusste war mit einem Schlag verschwunden. Es klang wie eine gefährliche Drohung.

Dann verließ er das Wohnzimmer, nahm ohne einen Abschiedsgruß seinen Mantel vom Haken und ging mit einem eisigen, hochmütigen Lächeln hinaus. Heinz saß starr im Wohnzimmer, noch vom Donner gerührt.

Als Klämmerle zum Auto lief, riss Petra die Haustür auf und pfefferte ihm den Fünfzig-Euro-Strauß hinterher.

»Den können Sie sich in den Hintern schieben!«, rief sie so laut, dass es sicher auch die Nachbarn hörten.

35

Draußen hatte die Sonne ihren Zenit erreicht und schien erbarmungslos. Kein Vogel flog, nichts regte sich, das Licht war gleißend, nichts war zu hören. Die Luft war noch stickiger geworden. Ein unangenehmer Geruch nach altem Mann lag im Zimmer. Martin schlug noch einmal vor zu lüften, doch Wildt wollte das nicht.

Der Professor griff wieder zum Wasserglas und nahm einen großen Schluck.

»Zwei Tage nachdem ich den Erschießungen beigewohnt hatte, war meine Kompanie in ein schweres Gefecht mit der Roten Armee verwickelt. Es war nicht das erste dieser Art, das ich erlebte, doch so schlimm war es noch nie gewesen. Ein Drittel meiner Soldaten starb, einige verloren Arme und Beine oder ihren Kiefer, auch ich wurde von einem Granatsplitter am Fuß verletzt. Die Verletzung heilte schnell, doch etwas war mit mir geschehen. Erscholl Artillerielärm oder MG-Feuer, begann ich unwillkürlich zu zittern. Schon eine Granate reichte, und ich konnte kein Glas Wasser mehr halten. Eine Weile versuchte ich es zu verbergen, hoffte, dass das Zittern wieder verschwinden würde, aber das tat es nicht. Ich war ein Kriegszitterer und als solcher an der Front nicht mehr zu gebrauchen. Hinzu kamen Depressionen, ein Gefühl absoluter Freudlosigkeit und Mattheit.«

»Heißt das, Sie haben nach dem Erlebnis mit der Einsatzgruppe und dem Tod Ihrer Soldaten am Sinn des Krieges gezweifelt?«

»Würden Sie mir das denn glauben?«

»Ich weiß es nicht«, sagte Martin ehrlich.

»Es war wohl eher so, dass schon länger gehegte Zweifel eruptionsartig an die Oberfläche drangen. Sie haben schon recht: Ich war ein glühender Anhänger der Ideologie, bis dahin. Ich habe mich verführen lassen, und das werfe ich mir bis heute vor. Sie müssen verstehen, ich war ein schwärmerischer junger Mann aus einem engstirnigen Bauernhaus, idealistisch, sehnsüchtig nach Anerkennung, unbedingt bereit, mein Leben für eine Idee zu opfern. Und ja, ich war empfänglich für den Mythos der SS. Ich fühlte mich auserwählt, genoss es, zu diesem elitären Orden zu gehören, ein schwarzer Ritter zu sein. Ich gebe es zu, Herr Schwarz: Ich wollte ein politischer Soldat sein, ein Vorkämpfer für den Führer.«

Wildts Blick veränderte sich, er bekam etwas Sehnsüchtiges, nach innen Gewandtes.»Und die SS wusste, wie sie uns Jungen kriegte! Diese Esoterik der Sonnenwendfeiern ... Lächerlich aus heutiger Sicht, aber damals? Stellen Sie sich vor, Sie stehen als junger Mann auf einem Hügel in der Nacht, ein großes Feuer brennt, und ein hoher Offizier spricht von der *Sendung des deutschen Blutes, das ewig jung aus deutscher Erde wächst.* ›Wir geloben zu glauben an das Volk, des Blutes Träger, und an den Führer, den uns Gott bestimmt hat ...‹ Das waren unsere Worte. Diese Art der Religion war ergreifender, mächtiger als der Protestantismus, den ich kannte. Deshalb bin ich aus der Kirche ausgetreten. Ich war überzeugt, das Richtige zu tun, ich machte mich auf die Suche nach einem neuen Glauben, einem neuen Gott. Ich wurde verführt als junger Mann, oder – ich will es ehrlich sagen – ich ließ mich allzu leichtfertig, allzu gern verführen.«

Wie entrückt saß Wildt in seinem Rollstuhl. Die Erinnerungen schienen ihm Kraft zu geben. Es waren Erinnerungen an eine Zeit, in der er glücklich gewesen war. In der sein Leben eine klare Bestimmung hatte, er Erfolg hatte, es klare Ziele gab, er von einer unerschütterlichen Mission und Kraft erfüllt war.

Hätte Martin damals gelebt, er könnte nicht die Hände dafür ins Feuer legen, dass er als junger Mann der Faszination dieser kruden Mystik nicht auch verfallen wäre. Doch er wäre nicht – das hoffte er zumindest – freiwillig in den Krieg gezogen.

Wildt räusperte sich.»Ich weiß, dass das ein Fehler gewesen ist. Aber ich habe auch bezahlt dafür. Die Ernüchterung, die

Zeit im Internierungslager, die Erkenntnis, für welch grausames Regime ich mein Leben geopfert habe. Dass ich es für die verbrecherischste Organisation eines verbrecherischen Regimes geopfert habe!«

»Und warum haben Sie sich ausgerechnet zur Gestapo nach Singen versetzen lassen, wenn Sie doch der Ideologie abgeschworen hatten?«

»Ich wollte nach Hause, zurück an den See. Und keine Leute mehr totschießen. Mein Kompaniechef war mir wohlgesonnen. Er kam aus Konstanz und hatte Verbindungen zum dortigen Gestapo-Leiter. In der Außenstelle Singen gab es eine Vakanz, und er hat mich beim dortigen Leiter wie auch bei der Gestapo-Leitstelle in Karlsruhe empfohlen. Ich war froh, dass alles so unkompliziert verlief, und freute mich auf eine untergeordnete Bürotätigkeit fernab von der Front.«

»Leiter der Singener Außenstelle war Wilhelm Klämmerle.«

»Das ist richtig.«

»Der hat Sie akzeptiert?«

Wildt zuckte mit den Achseln. »Keine Ahnung, ob von oben Druck auf ihn ausgeübt worden ist. Aber wir haben uns verstanden. Wir haben schnell gemerkt, was wir wollten: einfach überleben.«

»Und Sie konnten einfach so zur Gestapo versetzt werden? Ohne polizeiliche Ausbildung?«

»Das war damals nicht ungewöhnlich. Es war politisch gewollt, SS-Leute in den Kommissariaten zu installieren, um sie zu überwachen und auf Linie zu bringen. Wobei mir das natürlich fernlag.«

»Wenn Sie erkannt haben, zu welcher Grausamkeit das Regime führte, warum sind Sie dann ausgerechnet zur Gestapo? Warum haben Sie sich nicht einen zivilen Beruf gesucht? Mit Ihrem Leiden dürfte das doch ohne Weiteres möglich gewesen sein.«

»So stark war ich nicht. Ich war am Ende. Mir fehlte die Kraft, eigenständig nach einem neuen Beruf zu suchen, ich hatte ja keine Ausbildung. Wie gesagt, ich wollte zurück in die Heimat.

Außerdem sollte es nicht zu lang sein. Ich hatte mich schon seit Längerem für ein Studium an der Uni Freiburg beworben und hoffte, das bald antreten zu können. Und ich nahm mir fest vor, Menschen zu helfen. Als Gestapo-Mann konnte ich das – indem ich Denunziationen nicht weiterverfolgte, Menschen warnte ... Ich habe es Ihnen ja erzählt.«

Wildts Gesicht war zu Martin gewandt, als könnte er ihn sehen, als wollte er überprüfen, ob er ihm glaubte. Martin tat es und tat es nicht. Es klang stimmig und zugleich zu glatt.

»Wie war Willi Klämmerle als Vorgesetzter?«

Wildt lächelte. »Willi war, nun ja, weder der Hellste noch der Fleißigste. Er tat Dienst nach Vorschrift. Ich konnte ihm klarmachen, dass die Tage des Regimes gezählt waren und dass er an seine Zukunft denken musste. Dass die Leute, denen wir jetzt halfen, sich nach dem Krieg an uns erinnern würden. Ich brauchte eine Weile, um Willi zu überzeugen, aber letztlich gelang es mir. Sie wissen ja, dass das Grenzpolizeikommissariat die illegalen Grenzübertritte nie so richtig in den Griff bekam.«

»Aus dem Entnazifizierungsverfahren gingen Sie 1948 als Mitläufer hervor. Eine milde Bestrafung für einen SS-Offizier und Gestapo-Beamten.«

»Ich saß drei Jahre in Internierungshaft, Herr Schwarz. Ich habe bezahlt. Ich beklage mich nicht, die Strafe war angemessen. Und ja, manche Gestapo-Leute wurden härter bestraft. Aber man hat mir während des Verfahrens genau zugehört. Man ist einem fehlgeleiteten jungen Mann mit Nachsicht und Verständnis begegnet.«

Wildt machte eine kurze Pause. »Was Depression heißt, habe ich erst im Lager wirklich erfahren. Es stimmt, bis zu dem Massaker in der kleinen Stadt war ich ein Überzeugungstäter, aber nur bis dahin. Dann ist mein Weltbild, sind meine Überzeugungen in sich zusammengestürzt. Ich bin ein idealistischer Mensch, auch wenn das für Sie wie Hohn klingen mag. Ohne moralische Überzeugungen kann ich nicht leben, und nun lag ich wie gelähmt auf der Pritsche, in den Trümmern meiner geistigen Welt, umgeben von ehemaligen SS-Leuten, die sich für nichts schämten. Dafür will ich kein Mitleid, es geschah mir ja recht, aber so war es.«

»Warum sind Sie noch vor Kriegsende ins Ruhrgebiet geflohen?«

Wildt zögerte. »Ich bin geflohen, ja. Ich habe auch falsche Papiere benutzt. Ich hatte Angst vor den französischen Besatzungsbehörden. Die Franzosen haben unter der deutschen Besatzung stärker gelitten als die Briten. Ich hoffte, die würden weniger streng mit einem jungen Soldaten sein.«

»Sie hatten zahlreiche Entlastungszeugen, die Sie im Gegenzug teilweise auch entlastet haben. Wilhelm und Eberhard Klämmerle gehörten dazu. Die Brüder haben sogar beide behauptet, dass Sie kommunistische Widerstandskämpfer in Ihrer Wohnung versteckt hielten. Und Sie haben im Gegenzug ausgesagt, dass die Klämmerles Juden bei der Flucht in die Schweiz geholfen hätten.«

»So war es. Aber ich erwarte nicht, dass Sie mir Glauben schenken.«

»Man konnte weder die Kommunisten noch die Juden ermitteln. Kannten Sie ihre Namen denn nicht?«

»Glauben Sie, diese Leute hätten mir Ihre wirklichen Namen anvertraut? Oder dass ich die hätte hören wollen? Ich habe nicht so weit gedacht, dass das für mich später einmal wichtig sein könnte.«

Wer's glaubt, dachte Martin und spürte, wie er innerlich wieder auf Distanz zu Wildt ging.

»Viele Juden haben sich später an ihre Retter gewandt und sich bedankt.«

»Ich weiß, Sie denken, meine Zeugen seien alles Lügner oder selbst Nazis gewesen und dass wir uns gegenseitig Persilscheine ausgestellt hätten. Aber es haben sich auch namentlich bekannte Singener zu Wort gemeldet und ausgesagt, dass ich sie vor einer Festnahme geschützt habe.«

»Meine Mitarbeiter haben in den Entnazifizierungsakten zwei solcher Aussagen gefunden.«

»Und das reicht nicht? Nachgewiesenermaßen zwei Leben, die mit meiner Hilfe geschont wurden?«

Wildt wandte sich ab.

Er verhärtet wieder, dachte Martin. Bei den Aussagen hatte es sich um Gefälligkeiten gehandelt, davon war er überzeugt. Er seufzte. Mehr wusste er nicht, er hatte nichts mehr, womit er Wildt unter Druck setzen konnte. Heute würde er nicht weiterkommen. Nach einem Moment der Schwäche, in dem sich die Tür zur Wahrheit ein wenig geöffnet hatte, spielte Wildt wieder sein altes Spiel des Verdrängens, Zurechtbiegens und Lügens, zumindest erschien es Martin so: leugnen, relativieren, sich in ein positives Licht setzen. Sollten Alex, Zwille und Isabel Wind nicht auf neues Material stoßen, würden sie Wildt wohl nicht knacken. Wer Leo Kaiser und Franz Haffner ermordet hatte, würde für immer ein Rätsel bleiben. Ebenso wie der Mord an Cornelius Muntprat.

Da fiel ihm noch etwas ein. »Sie kannten Eberhard Klämmerle?«

»Willis Bruder, der Unternehmer«, sagte Wildt und lachte kurz in sich hinein.

»Warum lachen Sie?«

»Warum interessiert Sie das?«

»Nun, Eberhard Klämmerle hat den Betrieb 1937 von einem Juden übernommen.«

»Das stimmt.«

»Wir fragen uns, ob diese *Arisierung* wirklich so einvernehmlich verlaufen ist, wie die Familie Klämmerle das nach außen hin darstellt.«

»Sie stellen interessante Fragen«, sagte der Professor.

Gespannt sah Martin ihn an, doch Wildt sprach nicht weiter.

»Herr Wildt«, sagte Martin. »Ich glaube Ihnen. Ich glaube, dass Sie in Russland einen Zusammenbruch hatten. Ich glaube, dass Ihre geistige Welt nach dem Massaker an Frauen und Kindern in Trümmern lag, dass Sie Hitlers Ideologie dauerhaft abgeschworen haben. Ein Kollege hat zu Ihrer Vita nach 1945 ermittelt. Es ist beeindruckend. Sie waren ein beliebter Professor, ein engagierter Zeitgenosse, ein überzeugter Demokrat. Sie hatten die Kraft, sich zu wandeln. Davor habe ich großen Respekt.«

»Sie schmeicheln mir auf einmal?«

»Ich bin mir auch sicher, dass Sie nichts mit dem Tod von Leo Kaiser und Franz Haffner zu tun haben. Ich glaube Ihnen, dass Sie bei der Gestapo untertauchen und Gutes tun wollten. Was ich Ihnen jedoch nicht glaube, ist, was Sie über Willi Klämmerle erzählt haben. Es passt nicht zu dem Bild, das uns Thomas Hinze, der Bruder des Fluchthelfers Walter Hinze, vermittelt hat. Der Mann hat ein erstaunliches Erinnerungsvermögen. Warum sollte er uns hinsichtlich Willi Klämmerle anlügen?«

Wildt lächelte vielsagend – und schwieg.

»Wissen Sie, mir geht es darum, den Fall von Leo Kaiser aufzuklären. Das ist mein Auftrag. Nicht, einen Zaudernden nach so langer Zeit öffentlich an den Pranger zu stellen. Und da glaube ich Ihnen einfach nicht, dass Sie nichts von Franz Haffner und dem Verschwinden von Leo Kaiser gehört haben. Und ich würde gern wissen, wer Cornelius Muntprat ermordet hat. Was wir in Ihren Akten gefunden haben, mag Zweifel aufwerfen, doch da ist nichts, was den Mord am Stadtarchivar rechtfertigen würde. Von daher vermuten wir, dass Muntprat auf belastende Quellen zu den Klämmerles gestoßen ist.«

»Das mag sein. Doch warum sollte ich Ihnen glauben, Herr Schwarz? Wer garantiert mir, dass Sie mich nicht doch öffentlich bloßstellen werden?«

»Erzählen Sie mir die wahre Geschichte der Klämmerles, und ich verspreche Ihnen, dass Sie nichts über sich in der Zeitung lesen werden.«

Wildt schwieg. Wägte ab, überlegte, ob er Martin trauen konnte. Natürlich konnte er das nicht. Doch Martin vermutete, dass Wildt seinen Ruf um jeden Preis schützen wollte. Und er konnte hoffen, dass Martin ihn in Ruhe lassen würde, wenn er ihm etwas gegen die Klämmerles in die Hand gab.

Nach einer Weile begann der Alte zu sprechen. »Es stimmt, was Thomas Hinze über Willi erzählt hat. Willi war ein scharfer

Nazi. Und Eberhard Klämmerle, die große unternehmerische Lichtgestalt, war ein völlig anderer Mann, als der er heute dargestellt wird.«

Gespannt blickte Martin ihn an.

»Was ich Ihnen jetzt sage«, begann er dann, »ist nur für Ihre Ohren bestimmt. Ich werde es nicht wiederholen, und wenn Sie es weitererzählen, werde ich alles widerrufen. Erst wenn ich mir wirklich sicher bin, dass Sie mich in Ruhe lassen, werde ich mich eventuell bereit erklären, eine weitere Aussage zu machen.«

»Das ist in Ordnung für mich. Ich bin gespannt«, sagte Martin.

Wildt hob den Zeigefinger. »Nicht so schnell. Ich werde Markus anrufen. Er wird kommen und Sie untersuchen. Nicht dass Sie aus Versehen noch mit Ihrem Handy das Gespräch aufnehmen.«

36

Berlin, 29. August 1943

Sie saßen alle im Zug, jeweils zu dritt in einem Waggon. Er hatte Leni und Konrad bei sich, die beiden Jüngsten. Obwohl mittlerweile sechs der zwölf Kinder in Josts Kellern wohnten, waren sie getrennter Wege zum Vorortbahnhof gegangen. Allerdings glaubte Leo nicht, dass sie hier entdeckt würden. Es war Sonntag, und ganz Berlin fuhr mit dem Zug in die kleine Sommerfrische an die Seen im Umland. Die Sonne schien, draußen war es warm, und durch die geöffneten Fenster strömte die Luft, die nach Wiesen und Frieden roch.

Hier, dachte Leo, waren sie am sichersten, denn heute wollte sich die *Herrenrasse* entspannen und hegte keinen Argwohn. Auch dass es mit dem Endsieg wohl nichts mehr werden würde, war heute schnurzpiepe: Gelächter, Kindergesang und fröhliche Stimmen schwappten durch die Abteile.

Leo gegenüber steckte ein Berliner Arbeiterpaar die Köpfe zusammen. »Kennste den?«, fragte der Mann leise. »Hitler besucht ein Irrenhaus, schreitet die Reihe der Insassen ab. Jeder Patient schreit: ›Heil Hitler!‹ Nur am Ende der Reihe steht einer ganz still. Hitler ist stinkig. ›Warum grüßen Sie nicht?‹, fragt er ihn. Meint der Mann: ›Ich bin der Wärter, ich bin nicht verrückt.‹«

Der Berliner lachte laut.

Auch seine Frau grinste. »Pass bloß uff, wem de det erzählst!«

Misstrauisch sah sie zu Leo, der erwiderte ihr Grinsen. »Wissen Sie, was man am Babelsberg über Klumpfuß-Goebbels sagt?«, fragte er.

Die beiden schüttelten erleichtert die Köpfe und sahen ihn neugierig an.

»Lügen haben kurze Beine.«

Es dauerte einen Moment, da brach der Mann in schallendes Gelächter aus. »Hahaha, der is jut! Den merk ick mir!«

Leni und Konrad sahen ihn verdutzt an. Leo lachte verschmitzt und zwinkerte ihnen zu. War das möglich?, dachten sie wohl. Eben hatte ein Jude am helllichten Tag in einem voll besetzten deutschen Zug einen Witz über Goebbels gemacht, für den auch ein *Arier* ins KZ kommen würde.

Der Sonntag war für die Kinder der Höhepunkt der Woche. Im Sommer gingen sie zum Baden, im Winter unternahmen sie Wanderungen und machten Pfadfinderübungen in der Umgebung Berlins. Hans und er hatten ein Wochenprogramm aufgestellt, und meistens traf sich die Gruppe einmal am Tag für ein paar Stunden. Das war wichtig für den Zusammenhalt, aber auch, um die Kinder auf andere Gedanken zu bringen. Montags besuchten sie das Theater oder die Oper, wenn Hans oder er Karten ergattern konnten. Dienstags machte er Geschichte und Hebräischunterricht mit den Kindern, mittwochs tauschten sie sich über ihre Erlebnisse aus, außerdem gaben Hans und er Adressen von neuen Quartieren oder Leuten weiter, von denen sie Verpflegung bekamen. Donnerstags gab es Religionsunterricht und Palästinakunde, der Freitag war frei, und am Samstag feierten sie Schabbat.

Am schwierigsten war es, einen Ort für ihre Treffen zu finden. Anfangs hatten sie sich meist in einer Helferwohnung getroffen, aber das wurde immer schwerer. Oft halfen ihnen christliche Frauen, die mit Juden verheiratet waren, aber die Gestapo erhöhte den Druck auf sie. Außerdem wurden diese Wohnungen häufig observiert. Alle Helfer hatten zunehmend Angst vor ihren Nachbarn: Die meisten flogen auf, weil sie von Leuten im Haus verraten wurden. Deswegen war beim Betreten und Verlassen von Helferwohnungen größte Vorsicht geboten: Sie erschienen immer nur zu zweit, in einem Abstand von mindestens fünfzehn Minuten, und der Unterricht fand im Flüsterton statt.

Weil immer weniger Menschen bereit waren, ihnen zu helfen, trafen sie sich im Frühling, Sommer und Herbst und sogar an milden Wintertagen in einer stillen Ecke im Tiergarten, an der Havel oder im Tegeler Wald. Sie saßen abseits der Wege versteckt hinter Büschen. Das Hebräischbuch war mit dem Völkischen Beobachter als Umschlag versehen. Trotz der Angst, die sie nie verließ, war die Stimmung oft ausgelassen und heiter.

Leo dachte an Frieda. Zwei Wochen nach ihrer Flucht hatte er Gertrud Eisner an der Nikolaikirche getroffen, das hatten sie noch am Bahnsteig abgemacht. Die Flucht hatte geklappt, Frieda befand sich in einem Flüchtlingslager in Genf und wartete auf ihre Ausreise nach Palästina. Gertrud Eisner hatte ihm einen Brief Friedas überreicht, den ein Schweizer Abgesandter des Roten Kreuzes für sie nach Berlin geschmuggelt hatte. Sie hatte ihm die Flucht in allen Details geschildert und geschrieben, wie gut es tat, weg aus Nazideutschland zu sein, freie Luft zu atmen. Er solle rasch kommen, hatte sie gefleht, dann wären sie bald zusammen in Palästina. Aber das konnte er nicht.

Noch nicht.

Er sah sich um im Zug. Alle Klassen waren unterwegs, Arbeiter und Angestellte mit Rucksäcken voller Badesachen, Körben mit Fressalien und Picknickdecken. Die Bonzen hockten in der ersten Klasse. Draußen flogen die letzten Berliner Häuser vorbei, dann begann der Grunewald.

Leo schmunzelte. Es war verrückt, was sie taten, sonntagmittags zum Baden und Picknicken in den Grunewald zu fahren. Leni und Konrad blickten sehnsüchtig nach draußen. Einmal in der Woche war das Leben fast normal. Unbeschwert. So wie es sein sollte.

Leni sah ihn an und sagte ernst: »Ich möchte, dass jeden Tag Sonntag ist.«

Da lachten der Berliner und seine Frau.

»Da haste recht«, meinte er und klopfte sich auf den Schenkel. »Da haste verdammt noch mal recht!«

Eine Stunde später lagen Leo und Hans mit hundert *Ariern* in der Sonne an einem kleinen See. Die Kinder waren alle im Wasser, lachten, tunkten sich gegenseitig, prusteten, schrien. Als sie herauskamen, spritzten sie Leo und Hans nass, bevor sie sich johlend auf die Decken fallen ließen, um sich aufzuwärmen. Leo schloss die Augen: Lachen, Kindergeschrei, Planschen, fröhliches Geplauder von Erwachsenen, irgendwo stritt sich ein Paar in aller Öffentlichkeit, weil der Mann die Bratwürste vergessen hatte. Es roch nach moorigem Wasser und Gegrilltem, sodass Leo das Wasser im Mund zusammenlief. Nie fühlte er sich besser, als wenn er sonntags im Sommer in der Badehose im Grunewald lag.

»Sin det alles Ihre?«, fragte ihn ein schmerbäuchiger Mann, der mit einer Frau neben ihnen lagerte.

»Nein, ich bin der Lehrer. Ihre Väter sind im Osten gefallen. Ich bin selbst kriegsversehrt, und da kümmre ich mich ein bisschen um sie. Und gönne den Müttern mal eine Auszeit.« Leo seufzte. »Glauben Sie mir, lieber würd ich im Osten kämpfen.«

Der Mann nickte beeindruckt. »Det nenn ick Volksjeist!«

»Heil Hitler!«, sagte Leo im Brustton der Überzeugung und hob die Hand zum Gruß, ohne mit der Wimper zu zucken. Es war wichtig, das immer mal wieder zu üben. Unglaublich, wie leicht ihm mittlerweile das Lügen fiel.

»Heil Hitler!«, erwiderte der Dicke ergriffen und riss seine rechte Hand nach oben. »Is janz wichtig, det die Knaben so männliche Vorbilder haben. Mit Lehrern wie Ihnen wird det noch wat mit dem Endsieg!«

Am Nachmittag saßen sie weit abseits der Wege im Wald. Vögel zwitscherten, es roch nach Harz und Moos. Sie lasen Schillers »Räuber« mit verteilten Rollen, aus zwei zerfledderten Reclam-Heften, mehr hatten sie nicht. Das Stück gefiel den Jugendlichen, vor allem die Räuberszenen, schließlich lebten sie auch so ähnlich wie Räuber. Und der Franz Moor, der war in ihren Augen so einer wie Hitler.

Danach unterrichtete er sie in Palku, Palästinakunde. Hier im Wald konnte sie niemand hören. Er beschrieb ihnen die grünen Hänge am See Genezareth, das Tote Meer in der Wüste, dessen Wasser einen wie eine weiche, warme Matratze trug, die fruchtbaren Ufer des Jordan und die weiten goldenen Strände am himmelblauen Mittelmeer, an denen Fische gebraten wurden und gelacht und getanzt wurde. Er schilderte alles in bunten Farben, als wäre er schon einmal dort gewesen, dabei kannte er Palästina nur von Schwarz-Weiß-Fotografien.

Nie musste er die Kinder zum Lernen zwingen. Sie sogen allen Stoff begierig in sich auf, besonders wenn es um Israel und die Geschichte der Juden ging. Das Lernen lenkte sie nicht nur von ihrem Alltag ab, es stärkte sie auch in ihrem Jüdischsein, und sie teilten seinen Traum von einem Leben in Israel. Der Traum trug sie durch die dunklen Tage, so wie ihn. Und er hatte diese brennende Sehnsucht in ihnen entfacht.

Leo seufzte und beobachtete die Kinder, wie konzentriert sie waren, wie sie seine Erzählungen aufsogen und zu Bildern in ihren Köpfen formten, wie Freude und Hoffnung sie erfüllte, als gäbe es keine Gefahr.

Doch bald würde es dämmern, und dann müssten sie zurück, zurück in die graue Stadt, wo hinter jeder Ecke der Tod auf der Lauer lag.

37

Berlin, 15. Dezember 1943

Gertrud Eisners Gesicht war aschgrau, so wie die Trümmer, die um sie herum auf der Straße lagen. Auch die Falten, schien es Leo, hatten sich tiefer in ihr Gesicht gegraben. Sie trafen sich vor den rußgeschwärzten und teilweise zerstörten Fassaden des Kaufhauses des Westens. Die Fensterscheiben waren geborsten, die dunklen Öffnungen sahen wie leere Augenhöhlen aus, und die schwarzen Dachbalken ragten wie ein Saurierskelett in den schieferfarbenen Winterhimmel. Ein amerikanisches Flugzeug war vor drei Wochen ins Dachgeschoss gestürzt, woraufhin das Warenhaus fast vollständig ausgebrannt war.

Seit Mitte November flogen die Alliierten verstärkt Angriffe auf Berlin, ganze Stadtteile waren bereits zerstört, auch die Kaiser-Wilhelm-Gedächtniskirche, wo er sich mit den Kindern aus Josts Kellern traf. Die Bomber nahmen gezielt Wohnviertel ins Visier, Tausende Berliner waren gestorben, Hunderttausende obdachlos. Lange hatte Hitler den Krieg aus Deutschland heraushalten können, jetzt war er mit Gewalt ins Reich gedrungen, sodass ihm niemand mehr ausweichen konnte, und die drohende Niederlage wurde wohl nur noch von den verblendetsten Nazis erfolgreich verdrängt.

Gertrud Eisner prüfte die Umgebung, als Leo zu ihr trat, dann lächelte sie. »Schön, Sie zu sehen. Wie geht es Ihnen?«

Er seufzte. Nicht gut. Wirklich nicht gut. »Alles in Ordnung«, sagte er. Sie sah sein Leid und senkte traurig den Blick.

Es war fast nicht mehr möglich, das Leben der Gruppe zu organisieren. Jetzt, wo ständig Bomben fielen, gab es kaum noch Quartiere für sie. Er hätte nicht gewusst, was er tun sollte, wenn nicht sechs Kinder bei Jost Unterschlupf gefunden hätten. Auch Hans schlief inzwischen bei ihnen, sodass sie immer einen Betreuer um sich hatten. Doch in der Nähe waren schon Häuser zerstört worden, und Leo wollte sich nicht ausmalen, was passierte, wenn die Kinder ausgebombt würden. Oder wenn noch Schlimmeres geschehen würde.

Er räusperte sich. »Immerhin habe ich vier Kinder außerhalb Berlins auf Bauernhöfen unterbringen können.«

Auch dabei hatte Jost geholfen. Seine Frau hatte vorsichtig herumgefragt und einige Bauern gefunden, die ihr Christentum nicht vergessen hatten und zudem Arbeitskräfte brauchten. Mit den Kindern traf er sich immer noch fast jeden Tag. Seit Kurzem wohnte er bei einer sozialdemokratischen Lehrerin, die Frau riskierte viel für ihn, doch er merkte, dass sie zunehmend Angst hatte und ihn eigentlich nicht mehr bei sich haben wollte, sich aber nicht traute, ihn fortzuschicken. Ihm blieb nichts anderes übrig, als ihre Scham auszunutzen, bis er etwas anderes gefunden hätte.

»Ich habe einen Brief für Sie, von Frieda.«

Gierig nahm er ihn entgegen.

»Sie hat es geschafft, in zehn Wochen wird sie nach Palästina ausreisen. Und sie hat es sogar möglich gemacht, dass Sie mit ihr kommen können.«

Sprachlos sah er sie an.

Sie grinste. »Ich glaube, mittlerweile weiß man sogar in der Jüdischen Gemeinde in New York, was Sie hier für die Kinder im Untergrund tun.«

»Ich kann nicht«, hauchte er.

Kurz waren sie still.

»Wie geht es unserem Kind?«, fragte Leo.

»Gut. Wohl sehr gut. Herr Schmitz vom Roten Kreuz meint, Frieda sehe aus wie das blühende Leben. Es wird ein Mädchen, meint sie.«

»Eine kleine Chawera«, sagte er gerührt. Chawera und Chawer, das hieß »Kameradin« und »Kamerad«. So nannte er die Mädchen und Jungen aus seiner Jugendgruppe.

»Sie müssen bald zu ihr gehen«, sagte Eisner eindringlich und sah ihn fest an. »Die Briten und Amerikaner werden erst aufhören, Berlin zu bombardieren, wenn Hitler aufgegeben hat oder die ganze Stadt in Schutt und Asche liegt. Auch die Lage an der Schweizer Grenze wird von Tag zu Tag schwieriger. Wir haben bisher über zwanzig Juden über die Grenze gebracht, und das spricht sich herum. Die Gestapo vor Ort und der Zoll wissen, dass etwas im Gange ist. Die Grenzkontrollen wurden noch einmal verstärkt. Ich habe keine Ahnung, wie lange wir überhaupt noch tätig sein können. Unser Helfer riskiert jedes Mal sein Leben.«

Verloren blickte Leo auf die Trümmer des KDW. »Ich brauche noch Quartiere für sechs Kinder. Die sind noch hier in der Stadt versteckt. Ich will sie aber raushaben. Es ist viel zu gefährlich für sie, seit der Bombenkrieg begonnen hat. Ich kann hier noch nicht weg.«

Mitleidig sah sie ihn an. Er wusste, dass sie ihn verstand. Auch sie setzte Tag für Tag ihr Leben aufs Spiel, auch sie musste das nicht tun.

»Beeilen Sie sich mit der Suche«, sagte sie und schaute sich um. Sie sollten nicht zu lange zusammen hier inmitten der Trümmerhaufen stehen. »In zwei Wochen wieder an dieser Stelle, vielleicht haben Sie es bis dahin ja geschafft, die Kinder unterzubringen. Aber viel mehr Zeit haben wir nicht.«

Leo nickte. Er gab Eisner einen Brief für Frieda. »Sie soll ohne mich gehen. Unbedingt. Sagen Sie dem Mann vom Roten Kreuz, er soll dafür sorgen, dass sie in jedem Fall geht.«

»Wenn Sie sicherstellen wollen, dass Frieda nach Palästina auswandert«, sagte sie, schon halb abgewandt, »sollten Sie in den nächsten Wochen fliehen.«

Als Leo gedankenverloren in die Straße bog, in der Josts Mietshaus lag, sah er Gestapo-Wagen vor der Tür. Sofort schlug ihm das Herz im Hals, doch äußerlich blieb er ruhig. Im Untergrund hatte er gelernt, seine Gefühlsregungen in einem Maß zu kontrollieren, wie ihm das noch vor wenigen Jahren unvorstellbar gewesen wäre. In einem anderen Leben war Leo einmal ein impulsiver, spontaner, vertrauensseliger und argloser junger Mann gewesen.

Gestapo vor dem Haus – das konnte nur eines heißen: Jemand hatte Josts Versteck verraten. Leo war schockiert, aber nicht überrascht. Jost verbarg ein Dutzend und mehr Juden in seinen Kellern. Das sprach sich herum im Untergrund. Und wenn die Gestapo einen untergetauchten Juden in die Finger bekam, wurde er in die Mangel genommen: Wo hast du gelebt? Bei wem hast du dich versteckt? Wer gab dir zu essen? Wie viele von euch Ratten huschen noch durch unsere Straßen? Und wer nicht sprach, der wurde gefoltert. Auch der Stärkste gab irgendwann auf, knickte ein, ließ sich brechen. Es war ein Wunder, dass das Versteck so lange geheim geblieben war.

Vor dem Haus standen Passanten, wahrscheinlich Nachbarn, vielleicht war der Verräter unter ihnen. Leo trat zu ihnen, als hätte er nichts zu befürchten.

»Was ist hier los?«, fragte er.

Der Mann neben ihm sah ihn an, skeptisch, bis sein Blick auf das Parteiabzeichen am Kragen fiel.

»Die haben den Keller gestürmt. Dreißig Juden sollen sich darin versteckt haben. Unter unser aller Augen!«

»Das war der Jost, der Hausmeister«, wusste ein anderer. »Mir war der immer suspekt. Es heißt, er sei Kommunist. Wollte nie den Hitlergruß machen. Und immer rumgemäkelt hat er am Führer und am Endsieg. Sogar einen Durchbruch zum Nachbarhaus soll er gegraben haben, da sind die durch.«

»Das war eine tragende Mauer«, meinte der Erste wichtigtuerisch. »Der hat unser aller Leben für das Pack aufs Spiel gesetzt! Aber dem werden sie in Sachsenhausen schon die Hammelbeine langziehen!«

»Die Juden sind entkommen?«, fragte Leo und unterdrückte die Hoffnung in seinem Tonfall.

»Das werden wir gleich sehen«, erwiderte der Mann. »Die sind jetzt schon über zehn Minuten drin.«

Da kamen die ersten Gefangenen heraus. Zwei Frauen und ein Mann, flankiert von zwei Gestapo-Beamten mit Maschinengewehren. Einer hielt eine Leine mit einem kläffenden Schäferhund. Als Nächster wurde Jost mit Handschellen herausgeführt, zwei Männer hatten ihn in ihre Mitte genommen.

»*Judenknecht!*«, rief einer der Umstehenden, »Aufhängen, den Volksverräter!« ein anderer.

Herausfordernd blickte Jost den Nachbarn in die Augen. Weder Scheu noch Scham, dafür Trotz und Stolz lagen in seinem Blick. Das schmächtige Männchen mit den eingezogenen Schultern wirkte trotz der Handschellen wie ein starker Mann, der wusste, was das Richtige war. Das schien den Umstehenden Respekt einzuflößen, vielleicht kniff den ein oder anderen auch das Gewissen, jedenfalls blieben sie für einen Moment still.

»Erst macht er uns das Haus kaputt, jetzt wird er auch noch frech«, meinte der Wichtigtuer, aber so leise, dass Jost ihn nicht hören konnte.

Da fanden Josts Augen Leo.

Hans?, formten Leos Lippen.

Jost schüttelte den Kopf.

Die Kinder?

Der Hausmeister zuckte mit den Achseln.

Kurz darauf wurde Hans aus dem Haus geführt, und Leos Herz hörte für einen Moment auf zu schlagen. Hans wirkte abwesend, wie in Trance. Die Gestapo-Männer führten ihn zum Wagen. Da entdeckte er Leo. Trostlos sah er ihn an. Sie haben die Kinder, dachte Leo, und alle Kraft schien aus seinem Körper zu schwinden.

Leb wohl, sagte Hans stumm.

Und rannte plötzlich los, mit den gefesselten Händen auf dem Rücken. Er hatte die Trance nur gespielt, wollte ein letztes Mal seine Jäger täuschen.

»Halt«, schrie sein Wächter. »Sofort stehen bleiben!«

Die Männer ließen die bellenden Hunde los.

Sie rannten hinter Hans her und kamen unerbittlich näher.

Hans lief weiter, Leo schloss die Augen.

Hörte das Gekläffe.

Er wusste, warum sein Freund das tat.

Eine Maschinengewehrsalve knatterte durch die Straßen und mischte sich mit dem Gebell.

Als Leo die Augen öffnete, lag Hans blutend auf der Straße.

Drei Hunde zerrten an seinen Gliedmaßen. Zwei Männer packten ihn unter den Achseln und schleppten seinen Leichnam zu einem Wagen. Sein Körper zog eine Blutbahn auf dem Asphalt, der die Hunde gierig schnüffelnd und kläffend folgten.

»Einer weniger«, meinte ein Passant hämisch.

»Die sollten gleich das ganze Pack erschießen!«, sagte ein anderer.

Wie erbärmlich, dachte Leo. Sie wollten sich bei der Gestapo lieb Kind machen. Den Beamten und sich gegenseitig ihre Linientreue beweisen. Und auf diese zur Schau gestellte Kälte waren sie auch noch stolz. Glaubten, harte Kämpfer für die Volksgemeinschaft zu sein. Und wahrscheinlich hassten sie die Juden wirklich. Gaben ihnen die Schuld daran, dass es Bomben auf Deutschland regnete und die freie Welt dieses Land für Jahrhunderte gering schätzen würde. Sie würden alles tun, um nicht mit dem Finger auf sich selbst zeigen zu müssen.

Leo kämpfte mit den Tränen. Doch er durfte hier nicht weinen. Hans war in den Tod gerannt, um sich den Verhören und der Folter zu entziehen. Um ihn und die Kinder auf den brandenburgischen Höfen nicht zu verraten. Hans hatte sich für sie geopfert, wobei er gewusst hatte, dass in jedem Fall der Tod auf ihn gewartet hätte.

Leo hätte das Gleiche getan.

Dann kamen die Kinder. Eins nach dem anderen kamen sie aus dem Haus, alle sechs, eingeschüchtert, mit eingezogenen Schultern und gesenkten Häuptern, eskortiert von Wachmännern und Hunden. O nein, dachte Leo, sie waren verloren.

Leni und Konrad entdeckten ihn in der Menge und blickten ihn bittend an. Doch was sollte er tun? Er hatte keine Waffe. Und gegen die Übermacht hätte er keine Chance. Würden sie ihn verraten? Würden sie ihn um Hilfe rufen?

Er könnte es ihnen nicht verdenken. Da sah er, dass Konrads Arm heftig blutete. Einer der Hunde musste ihn gebissen haben. Wahrscheinlich hatten sie versucht, durch den Durchbruch in das andere Haus zu fliehen, und da hatten die Nazis die Schäferhunde durch die dunklen Gänge gehetzt.

Die Kinder wurden zu einem Mannschaftswagen geführt. Am liebsten wäre er mit ihnen gegangen. Schon morgen, nachdem die Gestapo-Schergen das letzte Geheimnis aus ihnen herausgepresst, sie den letzten Rest Kindlichkeit, Würde und Menschenvertrauen zerstört und die Kinder notgedrungen ihre Helfer verraten hätten, würden sie in einem Güterwaggon Richtung Osten sitzen. Wenn sie die Nacht überhaupt überlebten.

Es ist vorbei, dachte Leo.

Doch die Kinder riefen ihn nicht. Als Leni stehen blieb und zu ihm blickte, zog Konrad sie weiter. »Komm!«, hörte Leo ihn streng sagen.

Kurz darauf saßen sie in dem Mannschaftswagen.

»Kennt das Mädel Sie?«, fragte eine Frau neben ihm misstrauisch.

»Was?«, sagte Leo abwesend.

»Das Mädel kennt Sie doch!«, sagte sie und starrte auf das Parteiabzeichen. »Sind Sie etwa auch einer von denen? Ich hab Sie hier nämlich noch nie gesehen.«

»Unsinn«, sagte Leo und ging los, weg von den Passanten, weg vom Haus.

»He!«, rief die Passantin zu den Gestapo-Leuten. »Hier ist noch einer von denen!«

Leo bog um die nächste Ecke und begann zu rennen.

»Der Jude haut ab!«, schrie die Frau.

Leo rannte. In jeder Sekunde erwartete er einen Schuss. Sah sich schon hart aufs Pflaster aufschlagen. Er rief sich Friedas Gesicht ins Gedächtnis. Stellte sich vor, wie sie vor ihm stand, schwanger mit seinem Kind. Strahlend.

Am Ende des Blocks dreht er sich um. Erschöpft, mutlos, mit Tränen in den Augen. Doch niemand war ihm gefolgt. Die Gestapo-Meute hatte genug Beute gemacht. Sie würden sie in ihr Quartier schleppen, um sie zu fressen.

Am nächsten Abend, es war schon dunkel, schlich Leo um das Sammellager in der Großen Hamburger Straße. Dorthin wurden die aufgegriffenen Flüchtlinge gebracht. Früher war in dem Gebäude die Mittelschule der Jüdischen Gemeinde gewesen. Die Hausfront wurde von Scheinwerfern angestrahlt, um Fluchtversuche der Häftlinge zu erschweren.

Leo wartete, bis ein Mann das Gebäude verließ. Es war ein jüdischer Ordner, den er von früher kannte. Er war hier einmal Lehrer gewesen.

»Elias!«, rief er.

Erschrocken blieb der Mann stehen. Seine Augen weiteten sich, als er Leo erkannte. Er folgte ihm in einen Hauseingang.

»Bist du verrückt?«, flüsterte Elias. »Die Nazis wissen von dir.« Er zeigte auf das angestrahlte Lager. »Dein Name ist dadrinnen in aller Munde!«

»Wie geht es den Kindern?«

»Wie soll es denen gehen? Stundenlang wurden sie verhört und auch geschlagen. Beamte sind schon los, um eure Helfer festzunehmen. Ihr seid aufgeflogen, alle.«

»Und der Jost? Hast du von ihm etwas gehört?«

Elias schüttelte den Kopf. »Aber seine Frau und seine Tochter haben sie vorhin hergebracht. Wenn die was wissen, wird die Gestapo es aus ihnen herauspressen.«

Elias sah ihn mitleidig an. Sicher war er weiß wie eine Wand. Dass wenigstens die Kinder bei den Bauern überlebten, war seine letzte Hoffnung gewesen. Doch vielleicht würden Jost und seine Frau schweigen. Jost würde sagen, dass seine Frau von nichts gewusst hatte. Und die Frau war sicher schlau genug gewesen, ihrer Tochter nichts von den versteckten Juden zu verraten. Mit viel Glück gab es vielleicht eine Chance.

Hoffnung, er brauchte Hoffnung.

»Was passiert mit den Kindern?«

»Morgen werden sie deportiert. Wir werden sie nie wiedersehen. Sieh zu, dass du verschwindest«, sagte Elias. »Ich muss weiter, und du tauchst unter, sonst sitzen wir beide morgen auch in dem Zug.«

Da ging Leo los, allein in die Nacht.

Sie lag vor ihm wie der Schlund der Hölle.

38

»Er will Sie nicht sehen«, hatte Fridolin Klämmerle am Telefon gemeint, als Heinz um ein weiteres Gespräch gebeten hatte. »Und ich Sie auch nicht.«

»Hören Sie zu«, sagte Heinz daraufhin, »wenn ich nicht mit Ihnen sprechen kann, werden Sie das, was wir herausgefunden haben, der Presse entnehmen. Mir geht es nicht darum, Ihnen zu schaden, aber die Sache wird an die Öffentlichkeit kommen.«

Am anderen Ende der Leitung herrschte eisige Stille.

Heinz fuhr fort. »Ich möchte Ihnen die Möglichkeit geben, erst selbst zur neuen Sachlage Stellung zu beziehen, bevor wir weitere Schritte erwägen.«

»Sie haben etwas Neues?«, fragte Fridolin skeptisch.

»Das kann man wohl sagen.«

Ein Seufzen. »Also gut«, sagte Fridolin widerwillig. »Kommen Sie. Aber nur ich rede mit Ihnen. Meinen Vater regt das zu sehr auf.«

»Das ist vielleicht auch besser so«, sagte Heinz.

Jonas Werner empfing Heinz mit einem Blick, als hätte er seine Augen ins arktische Meer getaucht. »Mein Onkel liegt im Krankenhaus«, sagte er, »und Sie haben ihn dort hingebracht.«

»Sie meinen, ich hätte mich von Ihrem Onkel bestechen lassen sollen, um seine Gesundheit zu retten?«, fragte Heinz schonungslos.

Überrascht sah Werner ihn an. Vom Besuch seines Onkels bei Petra und ihm schien er nichts zu wissen. Er kniff die Lippen zusammen, und ohne ein weiteres Wort zu verlieren, führte er Heinz ins Herrenzimmer.

Wenig später saß Heinz zum dritten Mal in dem weichen Ohrensessel, während Werner Frido Klämmerle holte. Heinz blickte auf das Porträt von Eberhard Klämmerle, mittlerweile hatte er für den Mann nur noch Verachtung übrig. Was Hermann Wildt über Willi und Eberhard Klämmerle gesagt hatte, warf ein neues Licht auf die pompöse Villa, die steinernen Löwen und dieses Porträt, das den Unternehmer als furchteinflößenden Herrscher zeigte.

Womöglich diente das alles dazu, die Wahrheit zu verbergen und die, die etwas wussten, einzuschüchtern und vom Reden abzuhalten. Und wahrscheinlich sollte der Prunk auch vergessen machen, dass dieses Unternehmen auf Lügen und Niedertracht gegründet worden war. Möglich, dass Eberhard Klämmerle mit dem Reichtum seine Scham und sein schlechtes Gewissen verdrängen wollte. Dass er sich Tag für Tag vor Augen führen wollte, dass ein solch immenser Erfolg die Mittel rechtfertigte.

Jedenfalls, dachte Heinz, würde das Gespräch nicht einfach werden.

Er lächelte mit Mühe, als Fridolin Klämmerle zusammen mit Jonas Werner das Zimmer betrat. Der Juniorchef trug einen maßgeschneiderten hellgrauen Anzug, der seinen durchtrainierten Körper betonte. Sein abschätziger Blick, seine angespannte Körperhaltung, seine festgefrorenen Gesichtszüge brachten seine Verachtung so unverhohlen zum Ausdruck, dass es Heinz fröstelte.

Der junge Klämmerle machte keine Anstalten, sich zu setzen, sondern stützte seine Ellbogen auf den Ohrensessel, in dem Josef Klämmerle das letzte Mal gesessen hatte. Mit versteinertem, finsterem Ausdruck sah er Heinz von oben herab an. Über ihm prangte Eberhard Klämmerle. Wie ähnlich sich die beiden sind, dachte Heinz.

»Herr Dörflinger«, sagte Frido Klämmerle kühl, »ich kann nicht sagen, dass es mich freut, Sie wiederzusehen.«

»Sehr nett, danke«, sagte Heinz säuerlich. »Ganz meinerseits übrigens«, setzte er hinzu.

»Lassen Sie mich vorab eine Sache klarstellen. Ich weiß nicht, ob Ihnen bewusst ist, was Ihre Ermittlungen für meinen Vater bedeuten. Er wirkt jovial und robust, aber die Geschichte zerrt an seinen Nerven. Es klingt dramatisch, aber ich würde sagen, nach dem letzten Gespräch mit Ihnen ist er um Jahre gealtert. Er macht sich Sorgen um die Reputation der Firma, das auch, aber sein Vater bedeutet ihm alles. Sein Ehrgeiz als Unternehmer hat viel damit zu tun, dass er sich ihm zeitlebens beweisen wollte. Und ich glaube, er will das immer noch. Die moralische Integrität Eberhard Klämmerles stand für ihn nie in Frage. Diesen Glauben zerstören Sie gerade und damit seinen Seelenfrieden. Ist Ihnen das bewusst?«

Heinz zuckte mit den Achseln. Das hatte er so ähnlich schon einmal von Jonas Werner gehört, doch so ganz nahm er den beiden ihren Kummer um den armen Josef nicht ab. Was sie trieb, argwöhnte Heinz, war die Sorge um das Wohl der Klämmerle-Werke.

»Mir liegt in erster Linie der Seelenfrieden meiner Auftraggeberin am Herzen, Herr Klämmerle. Deren Vater ist ermordet worden, und Ihr Großonkel ist möglicherweise einer der Täter. Ein wenig Mitgefühl sollte Sie das verstehen lassen.«

»Worum geht es also?«

»Um Anton Spiegel und seine Firma.«

Fridolin verdrehte die Augen und lachte abschätzig. »Diese alte Geschichte?«

»Ihr Vater sagte, Anton Spiegel sei in einem Vernichtungslager gestorben.«

»Und?«

»Das stimmt so nicht. Er starb im Konzentrationslager Dachau.«

»Was macht das für einen Unterschied?«

»Er starb bereits am 12. November 1938. Ein knappes Jahr nachdem er die Firma an Ihren Vater verkauft hat.«

»Ich kann nicht ganz folgen.«

»Vom 9. auf den 10. November war die Reichspogromnacht. Am 10., nach dem Brand der Konstanzer Synagoge, wurden etwa sechzig jüdische Männer in der Konstanzer Gestapo-Stelle in der Mainaustraße inhaftiert. Danach wurden die meisten von ihnen mit einem Sonderzug ins Konzentrationslager Dachau deportiert. Dort wurden diese Männer von Angehörigen der SS geschlagen, getreten und gedemütigt. Die meisten kamen zwar lebendig zurück, viele jedoch schwer traumatisiert. Ein Mann überlebte die Torturen nicht: Anton Spiegel.«

Fridolin war still. Heinz sah, wie es in ihm arbeitete, dass er ahnte, worauf er hinauswollte.

»Das Sterberegister des Konzentrationslagers belegt, dass Anton Spiegel in Dachau gestorben ist. Demnach hat er sich am 13. November 1938 in seiner Zelle das Leben genommen. In Wahrheit ist er wohl ermordet worden. Offiziell schrieb man dann Selbstmord als Todesursache.«

»Das ist schrecklich«, sagte Fridolin. Seine Stimme war belegt. »Aber ich verstehe immer noch nicht, was das mit uns zu tun hat.«

»Willi Klämmerle hat zu der Zeit für die Konstanzer Gestapo gearbeitet. Die Gestapo hat den Transport nach Dachau organisiert. Und wir haben eine Zeugenaussage, die besagt, dass Ihr Großonkel den Transport nach Dachau begleitet hat.«

»Was für eine Zeugenaussage?«, fragte Fridolin, nach außen ungerührt.

»Sagt Ihnen der Name Hermann Wildt etwas?«

»Nie gehört.«

»Ein ehemaliger Soziologieprofessor, der in Konstanz gelehrt hat und hier lebt. Er ist einhundertzwei Jahre alt und war ein Kollege Wilhelms bei der Singener Gestapo.«

Fridolin schluckte.

»Professor Wildt hat noch mehr erzählt. Nach seiner Aussage hat Spiegel seine Firma nicht freiwillig verkauft, sondern er wurde massiv unter Druck gesetzt. Im Sommer und Herbst des Jahres 1937 saß Spiegel in Schutzhaft, auf Anordnung Ihres Onkels. Er wurde auch in der örtlichen NS-Presse öffentlich wegen seiner angeblichen Homosexualität diffamiert, und zwar auf übelste Weise. Wir haben im Stadtarchiv einen Hetzartikel in der Bodensee-Rundschau vom August 1937 gefunden. So wurde Druck auf Kunden ausgeübt. Druckereien weigerten sich, weiterhin Werbeanzeigen für Spiegels Firma zu drucken.

Dieser Brief, den Sie mir gezeigt haben, entstand unter Zwang. Anton Spiegel wurde im Gestapo-Quartier massiv bedroht und misshandelt. Und zwar von Willi Klämmerle. Spiegel hat sich wohl lange widersetzt, ist dann aber zerbrochen. Den Kaufvertrag hat Spiegel nur unterzeichnet, weil er um sein Leben fürchtete.«

Fridolin war alle Farbe aus dem Gesicht gewichen. Er schüttelte den Kopf. »Lügen! Nichts als Lügen! Worauf stützt sich das alles? Nur auf die Aussage eines Greises, der angeblich der Kollege meines Vaters gewesen ist?«

»Die beiden waren Kollegen. Ihr Großonkel hat gegenüber Wildt damit geprahlt, wie er dafür gesorgt hat, dass Spiegel Elektro in die Hände von Moritz Straub und Ihres Großvaters fiel. Spiegel wollte seine Firma nie verkaufen. Er hat auch 1937 noch geglaubt, dass sich die Dinge in Deutschland wieder zum Guten wenden würden. Er wollte auch nie in die USA.«

Fridolin schwieg.

»Was mich so entsetzt, Herr Klämmerle, ist diese außerordentliche kriminelle Energie und diese kalte, skrupellose Intelligenz Ihres Großvaters und Großonkels. Die beiden haben sich nicht mit dem Kaufvertrag begnügt, sie wollten Spiegels Tod. Wobei es wohl Ihr Großvater war, der den Plan gefasst hat. Er hat sehr vorausschauend gedacht und geahnt, dass es mit dem NS-Regime irgendwann vorbei sein würde. Er hat gefürchtet, dass Anton Spiegel dann alles aufdecken und seine Firma zurückfordern würde. Also musste er sterben.«

»Nein«, sagte Fridolin. Es sollte entschieden klingen, doch das tat es nicht. Nervös, fahrig rieb er seine Hände. »Wenn das stimmen sollte, wenn auch nur ein Körnchen Wahrheit in dieser Unterstellung liegt, warum ist Spiegel dann nach der Unterzeichnung des Kaufvertrags nicht ausgereist?«

»Das wissen wir noch nicht. Aber so leicht waren Ausreisen Ende 1937 nicht mehr. Visa fürs Ausland waren kaum mehr zu bekommen. Außerdem war der Mann gebrochen, sein Ruf ruiniert. Wie es aussieht, hat Willi Klämmerle ein psychisches Wrack aus einem strahlenden Unternehmer gemacht.«

»Das ist doch unglaublich!«, rief Fridolin und richtete seinen Zeigefinger wie eine Pistole auf Heinz. »Sie haben nichts! Nichts als die zweifelhaften Aussagen eines alten Mannes. Existiert dazu etwas Schriftliches? Irgendwelche Dokumente, die das belegen? Für mich gibt es zwei Fakten: den Brief Spiegels und den Kaufvertrag.«

»Wir haben die Aussage Wildts in schriftlicher Form«, log Heinz.

»Das ist sehr dünnes Eis, Herr Dörflinger. Sehr dünnes Eis.«

»Ich bin noch nicht fertig«, sagte Heinz und trotzte Klämmerles einschüchterndem Blick.

Fridolin Klämmerle richtete sich auf und verschränkte die Arme vor der Brust.

»Professor Wildt behauptet außerdem, dass nur eine Rate des Kaufpreises gezahlt worden ist. Es gab wohl eine Zusatzvereinbarung, wonach die Summe in vier Raten über vier Jahre gestreckt gezahlt werden sollte. Nun, die Akten des Konstanzer Finanzamts sind noch vor Kriegsende auf Anweisung des damaligen Leiters vernichtet worden. Da sollten Spuren verwischt werden. Es gibt also keine Bankbelege. Oder haben Sie die in Ihrem Firmenarchiv?«

»Das muss ich überprüfen«, sagte Fridolin unsicher. »So etwas wird in der Regel nicht archiviert.«

»Ich frage mich auch, wie Herr Straub und Ihr Großvater diese große Summe für den Firmenkauf aufbrachten. Keiner der beiden verfügte über Vermögen. Moritz Straubs Eltern waren kleine Angestellte, die Eltern Ihres Großvaters einfache Arbeiter. Woher kam das Geld? Die beiden müssten einen außergewöhnlich hohen Kredit von einer Bank bekommen haben. Auch dafür muss es Belege geben.«

»Ich werde das klären«, sagte Fridolin. »Und bis dahin rate ich Ihnen, nichts von diesen Unterstellungen nach außen zu geben.«

Heinz stand auf und lächelte mit gespielter Freundlichkeit. »Von Ihnen und Ihrer Familie nehme ich keinen Rat entgegen.«

Als Heinz sich zur Tür drehte, sah er zu seiner Überraschung, dass der Assistent neben der Tür stand. Offenbar hatte er dem Gespräch beigewohnt. Beim Hinausgehen spürte Heinz die wasserblauen Augen des Mannes in seinem Rücken, und ein Schauer lief über seine Haut.

39

Als Wildt im Rollstuhl öffnete und Martin ihn begrüßte, sah er ihn unwirsch an. »Was wollen Sie noch?«, knurrte er. »Ich hab Ihnen doch alles gesagt! Mehr bekommen Sie nicht von mir. Wir hatten eine Absprache, Herr Schwarz!«

Er wollte die Tür sofort wieder schließen, doch da trat Elvira Wolff hinter Martin hervor und stemmte die Hand dagegen.

»Halt! Sie reden jetzt mit uns, sofort!«, sagte sie laut, so scharf, dass Wildt zusammenzuckte.

»Wer sind Sie?«, fragte er erschrocken. Dann dämmerte ihm, wen Martin da mitgebracht hatte, und seine Züge entglitten ihm für einen Augenblick. Ungläubig wandte er sein Gesicht mit der dunklen Sonnenbrille zu Elvira Wolff.

»Sie hier?«, rief er aufgebracht. Die Stirn lag in Falten, er musste die blinden Augen weit aufgerissen haben. »Ich will Sie nicht hier haben! Ich will nicht mit Ihnen sprechen! Sie haben überhaupt kein Recht, mich hier zu überfallen! Herr Schwarz, Sie sind ein Lügner! Eine schriftliche Aussage zu den Klämmerles können Sie vergessen! Was schleppen Sie diese Frau hier in mein Haus?«

»Wir werden nicht gehen, Herr Wildt«, sagte Martin leise. Es klang bestimmt, doch Martin war unsicher, hatte Skrupel und Angst, dass Wildt vor Aufregung einen Herzinfarkt erleiden könnte.

Der alte Mann war völlig außer sich, seine Hände wussten nicht, wohin sie sollten, hilflos rutschte er in seinem Rollstuhl hin und her.

Martin betrachtete ihn voller Mitleid, er konnte nicht anders.

»Hilfe!«, schrie Wildt plötzlich. »Ein Überfall! Ich brauche Hilfe!«

Martin wusste nicht, was er tun sollte. Wie gelähmt stand er da und blickte sich ängstlich um. Sahen die Nachbarn schon aus den Fenstern? War dieser Markus Mohren in der Nähe? Sicher würde er dem Professor zu Hilfe eilen.

»Lassen Sie uns besser gehen«, sagte er unsicher zu Elvira.

»Nichts da«, entgegnete sie und zwängte sich an Wildt vorbei ins Haus.

»He!«, rief Wildt. »Das dürfen Sie nicht!« Er war nun völlig außer sich. »Was maßen Sie sich an!« Seine Stimme hatte sich überschlagen.

»Seien Sie still«, zischte Elvira Wolff, packte die Schiebegriffe und schob den Rollstuhl ruckartig hinein.

Wildt zeterte, zog die Bremse, doch Elvira schleifte ihn mitsamt dem ruckelnden Rollstuhl ins Wohnzimmer. Es war ein grotesker Anblick: eine fast Achtzigjährige, die mit aller Kraft einen Rollstuhl mit einem widerborstigen Hundertjährigen durchs Haus schleppte.

»Ich rufe die Polizei!«, schrie Wildt. »Geben Sie mir das Telefon! Das ist Nötigung! Hausfriedensbruch!«

»Vergessen Sie es«, sagte Elvira kühl und gefasst, doch sichtlich außer Atem. Sie schob Wildt ans Sofa und setzte sich ihm gegenüber. »Niemand hört Sie hier drinnen.«

Keuchend, immer noch fassungslos starrte Wildt in Elviras Richtung. Elvira schwieg, Martin wagte nicht sich zu bewegen, und allmählich schien der Alte sich in sein Schicksal zu fügen. Martin war froh, dass die Schreierei ein Ende hatte. Er fühlte sich überhaupt nicht wohl bei dem, was sie gerade taten. Es war Nötigung, Freiheitsberaubung. Er wollte sich gar nicht ausmalen, welche Konsequenzen ihr Handeln haben könnte, wie Steck toben würde. Doch er sagte nichts. Weil er wusste, dass es ihre einzige Chance war.

»Wenn wir fertig sind«, sagte Elvira, »können Sie anrufen, wen Sie wollen, aber zuerst reden Sie mit uns.«

»Warum sollte ich das tun? Sie hassen mich! Sie wollen mich quälen! Nur darum geht es Ihnen doch!«

Wildt war leichenblass, er keuchte noch immer. Sein Brustkorb hob und senkte sich schnell. Der alte Mann schien am Ende seiner Kräfte, mit einer Hand fasste er sich ans Herz, doch Martin hatte den Eindruck, dass Wildt absichtlich übertrieb.

Elvira schwieg. Martin setzte sich neben sie aufs Sofa. Es war wieder angenehm kühl in der Wohnung, fast zu kühl, und die Luft roch frisch nach einem Reinigungsmittel.

»Ich weiß noch nicht, ob ich Sie hasse«, sagte Elvira ruhig. »Um Sie geht es mir auch nicht in erster Linie. Ich will endlich wissen, was mit meinem Vater geschehen ist. Und Charlotte Förster will wissen, was mit ihrem Vater geschehen ist. Haben Sie einmal erwogen, dass nicht nur Sie, sondern auch uns die Vergangenheit quält? Was uns jedoch unterscheidet, ist, dass Sie wissen, was damals passiert ist.«

Wildt stöhnte. »Und wenn Sie mich tausend Stunden quälen«, sagte er matt, »wenn Sie meine Hände in Schraubstöcke legen oder mich mit glühenden Eisen traktieren, ich weiß es doch nicht!«

Da stand Elvira auf, ging zu Wildt und nahm ihm mit einer schnellen Bewegung die schwarze Brille ab.

Überrascht, neugierig blickte Martin zu Wildt. Es gab keinen Zweifel, dieser Mann war blind. Seine Augen waren trüb, es sah unheimlich aus. Wo die Pupille sein müsste, war ein bleicher gräulicher Fleck, umrahmt von einer braunen Iris.

»Was erlauben Sie sich!«, rief Wildt und wollte Elvira packen, doch seine Hände griffen ins Leere. »Sie unverschämte Person! Geben Sie mir sofort meine Brille zurück!«

Wildt klang schwach, unsicher und verletzt. Martin musste sich beherrschen, um Elvira nicht die Brille aus der Hand zu nehmen und sie dem alten Mann wieder aufzusetzen. Der Alte wirkte nackt, entblößt, gedemütigt und entstellt.

Elvira hatte bewusst Wildts Würde verletzt.

»Das werde ich nicht tun«, sagte sie mit einer Seelenruhe, die Wildt zur Weißglut treiben musste. »Ich will Ihre Augen sehen, wenn ich mit Ihnen rede. Damit ich merke, ob Sie lügen.«

»Kein einziges Wort werde ich mit Ihnen wechseln«, sagte Wildt und schloss seine trüben Augen.

»Wir haben Neuigkeiten«, sagte Martin ruhig.

Der Alte schwieg.

»Eine Art Bewerbungsschreiben. Von Ihnen.«

Martin sah, wie Wildts Pupillen unter den Lidern nervös hin und her fuhren.

»Sie wollten weg aus Singen. Sie wollten sich im letzten Kriegsjahr noch beruflich verändern.«

Martin sah, wie Wildts Lider nervös zuckten. Er wartete, ob er von sich aus etwas sagen würde, doch Wildt schwieg.

»Sie haben sich im März 1944, ein paar Wochen nach dem Tod von Franz Haffner und Leo Kaiser, für die Einsatzgruppe F beworben.«

»Unsinn. Absoluter Blödsinn«, entfuhr es Wildt.

Doch seine Hände zitterten leicht.

»Die Einsatzgruppe F folgte der Wehrmacht bei deren Einmarsch in Ungarn. Von der Junkerschule in Bad Tölz kannten Sie einen Mitarbeiter Theodor Danneckers, der im Leitungsstab eines der Einsatzkommandos war.«

»Alles gelogen. Ich habe mich nicht beworben, nirgendwo!«

»Es war ein ganz besonderes Einsatzkommando, dem Dannecker zugeordnet war, das Sonderkommando Adolf Eichmann. Ja, der berühmte Eichmann, der Leiter des sogenannten *Judenreferats* IVB 4 des Reichssicherheitshauptamts. Das Kommando sollte kurz vor Kriegsende die Deportation der ungarischen Juden organisieren. Und es war ausgesprochen erfolgreich. Zwischen April 1944 und Februar 1945, als die Rote Armee Budapest eroberte, wurden über vierhunderttausend Menschen deportiert und vernichtet. Das heißt, kurz vor Ende des Krieges, im Angesicht der drohenden Niederlage, war dieses Kommando noch einmal maßgeblich am Völkermord beteiligt. Und Sie wollten zu diesen Männern gehören. Aus eigenem Antrieb. Ohne Druck, ohne Not.«

»Unsinn«, sagte Wildt und lächelte kalt. »Wer behauptet das? Woher stammen diese Verleumdungen?«

Wie erstarrt saß er in seinem Rollstuhl. Sein ganzer Körper stand unter äußerster Anspannung, als wollte er jeden Augenblick aufspringen, als könnte er sich nur mit größter Anstrengung im Zaum halten. Die Augen hatte er zusammengekniffen, und seine Hände krallten sich am Rollstuhl fest, als würde er immer noch von Elvira Wolff durch sein Haus gezerrt.

»Wie passt eine solche freiwillige Meldung zu einem jungen Mann, der sich gerade erst von der Ideologie losgesagt hat?«, fuhr Martin fort. »Dienst im Osten, im Angesicht der vordrängenden Roten Armee, war bei der Gestapo alles andere als beliebt, man riskierte dort sein Leben. Und wer nicht ganz verblendet war, musste wissen, dass die Tage des Regimes gezählt waren. Wer konnte, drückte sich. Und meldete sich ganz sicher nicht freiwillig. Doch Sie haben es getan.«

Wildt schwieg. Trotzig, mit eiserner Miene hatte er sein Gesicht nach draußen gewandt.

»Ich habe Ihnen geglaubt, Herr Wildt. Zumindest Ihr Zaudern, Ihr Zweifeln angesichts des entfesselten Vernichtungskrieges, dass Sie Depressionen hatten … Aber das passt nicht. Oder wollten Sie Ihre Zweifel an Ideologie und Regime abtöten, indem Sie sich an der Shoah beteiligten? Schämten Sie sich für Ihre Zweifel? Wollten Sie sie mit Aktivismus verdrängen?«

»Dieses Schreiben gibt es nicht«, beharrte Wildt trotzig. Doch Martin hatte den Eindruck, dass der alte Mann kurz vor dem Zusammenbruch war, dass er mit allerletzter Kraft die Contenance wahrte.

»Sie haben recht«, fuhr Martin fort, »die Dokumente fanden sich in keiner Akte zu Ihrer Person. Doch Ihr Kollege von der Junkerschule, der Mitarbeiter Theodor Danneckers, hat sie aufgehoben. Er hieß Joachim Berger. Sie befanden sich in seinem Nachlass. Seine Tochter hat diesen Nachlass testamentarisch dem Zentrum für Antisemitismusforschung vermacht. Sie wollte sich wohl zu ihren Lebzeiten nicht mit den Verstrickungen ihres Vaters auseinandersetzen, der Nachwelt die Dokumente aber nicht vorenthalten. Für die Forschung ist das ein Glücksfall, denn es waren zahlreiche bisher unbekannte Dokumente aus dem Reichssicherheitshauptamt in seinem Besitz. Eine Gruppe von Historikern, die diese Akten gerade auswertet, ist da auf Ihren Namen gestoßen.«

»Ich glaube Ihnen kein Wort«, behauptete Wildt mit einem zynischen Lachen. »Das ist doch ein schäbiger Trick!«

»Ich lese Ihnen einfach vor, was in den Dokumenten steht«, sagte Martin. »Dann können Sie entscheiden, ob Sie mir glauben wollen.«

Martin machte eine kurze Pause. »Sie haben sich im März 1944, wenige Wochen nach dem Tod von Leo Kaiser und Franz Haffner, brieflich an Theodor Dannecker gewandt. In Ihrem Bewerbungsschreiben betonen Sie Ihre ideologische Überzeugung und Berufserfahrung. Ich zitiere: ›Gerade in Zeiten der Not zeigt sich wahrhaftige Gesinnung. Um Reich und Führer an vorderster Front dienen zu können, möchte ich all meine Kräfte für den Endsieg und die *Endlösung der Judenfrage* einsetzen. Meine mehrjährige Führungs- und Kampferfahrung als Obersturmführer wie auch meine erfolgreiche Tätigkeit bei der Gestapo lassen mich hoffen, bei dieser besonderen Mission Reich und Führer zu Diensten sein zu dürfen.‹«

»Eine Lüge«, sagte Wildt. »Das hab ich nie geschrieben.«

Doch Martin sah, wie plötzlich ein Zittern Wildts Körper erfasste, es war in den Armen und Beinen, noch nicht allzu stark, doch deutlich wahrnehmbar.

»Es finden sich auch einige Empfehlungsschreiben bei den Dokumenten. Ihr Regimentschef von der Waffen-SS lobt Sie in den höchsten Tönen. Ebenso Wilhelm Klämmerle. Und auch Walter Schick, der damalige Leiter der Gestapo-Leitstelle in Karlsruhe, ist voll des Lobes. Die Verfasser zeichnen ein etwas anderes Bild von Ihrer ideologischen Orientierung im Jahr 1944, Herr Wildt. Nicht von depressivem Zaudern ist da die Rede, sondern von unerschütterlichem Glauben an den Endsieg und von absoluter ideologischer Zuverlässigkeit. Und was Ihre Tätigkeit als Mitarbeiter der Gestapo-Stelle Singen angeht: Da wird von brennendem Ehrgeiz und großen Erfolgen geschrieben, vom – ich zitiere – ›Enttarnen und Inhaftieren einer sozialdemokratischen Zelle‹. Auch ist von der Festnahme einiger Juden auf der Flucht die Rede. Und Walter Hinze war nicht der einzige Fluchthelfer, den Sie inhaftierten, auch einen

Arzt aus Hemmenhofen und einen Singener Pfarrer haben Sie ins KZ gebracht. Zudem haben Sie mit Klämmerle eine sogenannte bolschewistische Widerstandsgruppe – wahrscheinlich handelte es sich um geflohene Zwangsarbeiter – ›ausgeräuchert und eliminiert‹. Was bedeutet, dass Sie an der Exekution von Zwangsarbeitern beteiligt waren. Ich zitiere Walter Schick: ›Obersturmbannführer Wildt schreckt vor nichts zurück, um Volksfeinde aufzuspüren und ihrer Bestimmung zuzuführen.‹«

Mittlerweile strichen Wildts Hände fahrig auf den Armlehnen des Rollstuhls auf und ab. Die Arme zitterten, die Oberschenkel zuckten, sein Kopf wanderte im Raum umher, als suchte er etwas in der Dunkelheit, ohne zu wissen, was. Er hatte die Augen geschlossen, kniff sie regelrecht zusammen, doch die Lider davor waren in ständiger nervöser Bewegung.

Was sah er vor seinem inneren Auge? Konnte es sein, dass Wildt diese freiwillige Meldung erfolgreich verdrängt hatte? Wie auch seine anderen Verbrechen? Dass sie in seinem Geist verschwunden war und jetzt wieder an die Oberfläche drängte?

»Sie lügen doch!«, rief Wildt auf einmal laut. »Das ist eine Verschwörung! Stecken da die Klämmerles dahinter? Haben die sich mit dieser Wolff zusammengetan? Ich ... ich hör mir das nicht länger an!«

Wildt verstummte, doch seine Augen fuhren immer noch nervös hinter den Lidern umher, er war außer Atem, Arme und Hände fanden keine Ruhe.

»Hauen Sie ab«, rief er, und seine Stimme war von Zorn und Hass erfüllt. »Lügen! Nichts als Lügen! Zerstören wollen Sie mich! Ein Leben vernichten! Ein gutes Leben! Ich ... Verschwinden Sie! Für immer!«

Erschöpft brach der Alte ab. Elvira beobachtete ihn hoch konzentriert, studierte seine Züge, las seine blinden Augen.

Martin sprach weiter, ruhig und klar. »Sie hatten wieder Glück, würde ich sagen. Ihre freiwillige Meldung wurde abgelehnt. Es gab Zweifel an ihrem Gesundheitszustand, wegen Ihres nervösen Leidens. Ansonsten hätten Sie sich wohl weiterer und noch schlimmerer Verbrechen schuldig gemacht.«

Wildt schwieg.

»Jedenfalls wusste Cornelius Muntprat von dem Nachlass Ihres Kollegen Berger. Er hat mit einer Historikerin aus der Forschungsgruppe telefoniert, zwei Tage vor seinem Tod. Er hatte von ihr sogar einige Kopien zugeschickt bekommen.« Kein Wort von Wildt. Er tat so, als hörte er ihm gar nicht mehr zu.

»Kann es sein«, fuhr Martin fort, »dass Muntprat wegen dieser Kopien sterben musste? Er hat Sie erpresst, nicht wahr, Herr Wildt? Muntprat hatte hohe Spielschulden. Wahrscheinlich dachten Sie, Muntprat besitzt das Original. Vielleicht hat er das sogar behauptet.«

»Und dann bin ich im Rollstuhl ins Stadtarchiv gerollt und habe Muntprat erschlagen?«, sagte Wildt zynisch. Er hatte sich wieder ein wenig gefangen, Hände und Augen hatten sich beruhigt.

Martin zuckte mit den Achseln. »Ich glaube, Sie haben Markus Mohren dazu gebracht, für Sie einen Mord zu begehen.«

»Was Sie sich alles ausdenken! Sie haben eine blühende Phantasie!«

»Er liebt Sie. Deshalb schützt er Sie. Er wird für Sie ins Gefängnis gehen. Er verdankt Ihnen viel.«

Wildt schwieg.

»Mohren wird seit heute Vormittag von Kommissar Steck verhört. Sein Team hat bereits Nachforschungen angestellt. Auch wenn man es nicht glauben will, wenn man Ihren freundlichen Angestellten sieht: Mohren saß wegen Raubmordes fünfzehn Jahre im Gefängnis. Nach der Haftentlassung haben Sie ihn als freiwilliger Bewährungshelfer unterstützt. Dank Ihnen hat er wieder im Leben Fuß gefasst. Mohren muss Ihnen sehr dankbar sein.«

»Er war es nicht. Mit dem Mord haben wir nichts zu tun. Hören Sie, Walter Schick und Klämmerle haben das geschrieben, ja. Weil ich wegmusste. Weil ich Klämmerles Brutalität nicht mehr ertragen habe. Ja, ich habe gelogen, als ich gestern behauptete, Klämmerle gezähmt zu haben. Den konnten Sie nicht zähmen! Er war ein Sadist, ein brutaler Dummkopf, er genoss es, Folterknecht zu sein. Diese Schreie aus dem Keller der Singener Gestapo-Stelle ... Ich konnte nicht mehr. Deshalb habe ich mich an Joachim gewandt. Wir waren befreundet. Und in meiner Verzweiflung hoffte ich, dass er mir weiterhelfen könnte. Er erzählte mir dann von der Einsatzgruppe. Ich –«

»Hören Sie auf!«, rief Elvira.

Wildt brach ab. Wandte kurz die Augen zu ihr und senkte den Blick. Matt hing er in seinem Rollstuhl. Wusste wohl, dass er alle Glaubwürdigkeit verspielt hatte.

Auch Martin schwieg.

»Wenn diese Papiere an die Öffentlichkeit dringen«, sagte er nach einer Weile kraftlos, »wird mich das zerstören. Und meine Kinder.«

»Hören Sie auf zu jammern«, sagte Elvira trocken. »Machen Sie reinen Tisch, jetzt!«

Erschöpft hob Wildt den Kopf.

Öffnete seine blinden Augen.

Er sieht aus wie ein Toter, dachte Martin erschrocken.

Der alte Mann saß da und schwieg. Dachte nach. Wägte ab, welche Optionen er noch hatte, wie er den Kopf noch aus der Schlinge ziehen könnte und was vielleicht noch zu retten war.

Wie zäh Wildt war, dachte Martin. Doch worum ging es ihm noch? Seine Freunde und ehemaligen Kollegen dürften tot sein. Seine Forschungen waren heute überholt und vergessen, sie wären nicht mehr gefährdet. Sorgte er sich wirklich um sein Ansehen bei den eigenen Kindern? Seinen Enkeln?

Nein.

Es ging um ihn. Nur um ihn.

Um die zwanghafte Aufrechterhaltung einer grandiosen Lebenslüge.

»Ich bin unschuldig am Tod Ihres Vaters«, sagte Wildt plötzlich, etwas Kraft schien zurückgekehrt. »Sie werden es gleich verstehen: Ich habe ihm nichts, rein gar nichts getan.«

40

Singen, 14. Februar 1944

Leo war erleichtert, als er in Singen ankam. Auf dem Bahnsteig und den Gleisen lag frisch gefallener Schnee. Die Zugfahrt war dramatisch gewesen: Einmal hatte die Lok wegen schwerer Bombenangriffe für eine Stunde im Flakfeuer auf der Strecke gestanden, unter einem blitzenden Himmel, dann war Leo zweimal kontrolliert worden. Doch als Offizier der Luftwaffe und mit dem Parteiabzeichen flößte er den Schaffnern Respekt ein, weshalb sie vor ihm salutiert und keine weiteren Fragen gestellt hatten.

Leo sog die reine, kalte Nachtluft ein. Noch heute würde er in die Schweiz gehen, morgen vielleicht schon Frieda in den Armen halten und dann mit ihr nach Palästina aufbrechen. Gertrud Eisner hatte ein Foto von ihm an den Fluchthelfer geschickt, sodass der ihn erkennen würde. Gespannt schaute Leo den Bahnsteig entlang. Nah dem Ausgang sah er einen großen, hageren Mann, der ihm zunickte. Das musste er sein. Er kannte seinen Namen nicht, auch Frieda hatte ihn in ihren Briefen nicht erwähnt, um ihn zu schützen.

Langsam setzte sich der Mann Richtung Ausgang in Bewegung. Leo zögerte. War er das wirklich? Hatte er ihn erkannt? Oder war das eine Falle der Gestapo? Würden sie ihn gleich stellen und fragen, wem er da zu folgen glaubte? Er hätte eine gute Legende, um zu erklären, warum er hier in Singen war, doch es war etwas anderes, eine solche Legende gegenüber einem Schaffner als gegenüber einem Gestapo-Beamten zu verteidigen.

Leo folgte dem Fremden mit seinem Rucksack. Der Mann ging vom Bahnhof weg in eine ruhige Nebenstraße. Er war athletisch und hatte dichtes schwarzes Haar. So hatte Gertrud Eisner den Mann beschrieben. Dennoch erfüllte Leo Angst, jeder Schritt im Schnee machte Mühe, als zöge er schwere Eisenketten hinter sich her. Der Mann vor ihm bog in eine dunkle Gasse, Leo folgte.

Er stand in einem unbeleuchteten Hauseingang. »Werner Apfel?«, fragte er leise, als Leo ihn erreicht hatte.

Leo nickte. »Offizier der Luftwaffe. Ich bin der Verlobte von Frieda Wolff.«

Der Mann steckte sich eine Zigarette an. Das Feuerzeug erhellte kurz sein Gesicht, die Züge waren kantig, der Blick entschlossen und furchtlos, fast schon abgeklärt. Er zog an der Zigarette, die rote Glut schwoll an, und Leo musste an die Gestapo-Leute denken, die in Berlin seinen Keller beobachtet hatten.

»Heute Nacht können wir noch nicht über die Grenze. Sie müssen in einem Hotel übernachten.«

Der Mann sprach in einem starken Dialekt. Leo verstand ihn nicht, und der Helfer musste seine Worte wiederholen.

»Hier im Grenzgebiet übernachten? Wieso das denn?«, fragte Leo beunruhigt. »Es war doch abgemacht, dass wir sofort über die Grenze gehen.«

»Schauen Sie«, sagte der Mann und zeigte auf den Weg, den sie gekommen waren.

Leo brauchte eine Weile, bis er verstand. »Fußspuren«, sagte er tonlos. »Grenzpolizisten könnten unsere Fußspuren sehen.«

Der Helfer nickte. »Vor allem auch meine, wenn ich Sie über die Grenze gebracht habe und wieder zurückgehe. Morgen soll es den ganzen Tag kräftig schneien, da sind die Spuren schnell verschwunden, und im Schneegestöber werden wir zusätzlich geschützt sein. Wir gehen morgen Abend.«

»Und was mache ich so lange? Kann ich mich bei Ihnen verstecken, so wie Frieda?«

Der Mann schüttelte den Kopf. »Die Gestapo hat mich im Visier. Mein Haus wird beobachtet. Heut Abend stand wieder einer da, und ich musste warten, bis er gegangen war. Mein Nachbar ist zudem ein Wehrmachtsoffizier. Er ist gerade zu Hause, Fronturlaub. Wenn der Sie bei mir sieht, sind wir geliefert.«

Verloren starrte Leo auf die Glut der Zigarette.

»Übernachten Sie in einem Hotel«, sagte der Mann besänftigend. »Sie haben Ihren Ausweis und das Parteiabzeichen. Fahren Sie nach Radolfzell, dort wird nicht ganz so streng kontrolliert wie nah an der Grenze. Wir treffen uns morgen Abend um achtzehn Uhr hier am Bahnsteig. Wir fahren mit dem Zug ein paar Ortschaften weiter, von dort gehen wir in die Schweiz. Sie tun so, als würden Sie mich nicht kennen, und halten Abstand. Sie setzen sich auch nicht zu mir. Sie folgen mir unauffällig. Es ist überall Gestapo unterwegs. Und die wissen, dass hier heimlich Juden über die Grenze gebracht werden.«

»Gut«, sagte Leo. Was sollte er auch sonst sagen? Verloren stand er im Hauseingang, als der Helfer schon fort war. Eben noch hatte er gehofft, in wenigen Stunden in der Freiheit zu sein, und jetzt? Musste er noch eine Nacht und einen Tag in diesem Land des Todes verbringen, und das an der Grenze, wo jeder Fremde misstrauisch beäugt wurde, wo der Feind besonders auf der Hut war.

Es wurde mucksmäuschenstill im Speisesaal des Hotels »Zur Sonne«, als Leo eintrat. Die wenigen Gäste sahen mit Befremden auf das Parteiabzeichen und die SS-Zeitung Das Schwarze Korps, die er zur Tarnung in der Manteltasche trug. Und als die Gäste ihre Unterhaltungen wieder aufnahmen, wirkte die Stimmung gedrückt.

Er hörte nicht, was die Leute sagten, sie sprachen leise, wollten wohl nicht, dass der vermeintliche SS-Mann vernahm, was sie sich zu sagen hatten. Nach der Begeisterung für Hitler und den anfänglichen Kriegserfolgen machte sich jetzt überall im Reich Ernüchterung breit. Auch in den Kaffeehäusern Berlins, die er in der Früh nach einer Straßennacht immer aufgesucht hatte, hatte er das mitbekommen. Manche nahmen selbst in der Öffentlichkeit kein Blatt mehr vor den Mund, um das Regime zu kritisieren. Sie beschwerten sich, betrogen worden zu sein, dass der Krieg nicht ihre Schuld gewesen sei. Erbärmlich kam Leo das vor: Solange es Siege zu feiern und Beute zu verteilen gab, hatten die Deutschen begeistert ihren rechten Arm hochgerissen und dem Führer zugejubelt, jetzt begann der Katzenjammer, und alle Schuld wurde Hitler zugeschanzt.

Leo aß ohne Appetit. Das Schnitzel war so dünn wie ein Blatt Papier. Er hatte auch keinen Hunger, doch er brauchte Kraft. Er aß schnell, um dieser bedrückenden Atmosphäre zu entfliehen. Den Rest des Abends würde er in seinem Zimmer verbringen.

Mitten in der Nacht klopfte es laut an der Tür, erschrocken fuhr Leo aus dem Bett.

»Gestapo, aufmachen, und zwar schnell!«, rief eine strenge Stimme.

Mit Herzklopfen, fahrig sprang Leo aus dem Bett. Wo waren seine Sachen? Musste er irgendwas verstecken? Den teuren Schmuck, mit dem er den Helfer bezahlen wollte, hatte er in die Innenseite des Rucksacks eingenäht, zumindest auf den ersten Blick dürfte er nicht auffallen.

»Moment«, sagte Leo und staunte über seinen ruhigen Tonfall. »Bitte warten Sie kurz, ich ziehe mir noch etwas an.«

Leo glaubte, sich angezogen sicherer zu fühlen und besser zu wirken. Der Polizist sollte sein Abzeichen sehen, und im Anzug wirkte Leo eher wie ein Offizier der Luftwaffe.

Leo öffnete die Tür, nahm Haltung an, hob den rechten Arm und sagte scharf: »Heil Hitler!«

Der Beamte musterte ihn. Er wirkte überrascht und misstrauisch zugleich. Der junge Mann war baumlang und muskulös. Er hatte kluge Augen, feine Gesichtszüge und lange, schlanke Hände. Ihm würde er so leicht nichts vormachen können. Leo versuchte, sich nichts anmerken zu lassen, nicht mit der Wimper zu zucken oder sich nervös am Kopf zu kratzen.

»Wie kann ich helfen?«, sagte er mit einem freundlichen Lächeln.

Der Hüne hielt Leos Ausweis in der Hand, den er am Abend beim Portier abgegeben hatte. Leo sah, dass seine Hand leicht zitterte.

»Was macht ein Offizier der Luftwaffe, wohnhaft in Berlin, am Bodensee? Warum sind Sie nicht an der Front?«

Es klang feindlich, wie er das sagte.

»Heimaturlaub. Meine Eltern wurden ausgebombt. Ich suche hier für sie eine sichere Notunterkunft.«

»Und da fahren Sie so weit? Im Spreewald dürfte es auch ruhig sein.«

»Wir haben hier früher Urlaub gemacht«, log Leo. »Meine Mutter kommt aus der Gegend. Wir kennen da einen Bauern: Matthias Weinbrenner aus Rielasingen. Ich habe ihm geschrieben, und er meint, dass er meine Familie für ein paar Monate einquartieren könnte.«

Die Adresse hatte er von Gertrud Eisner bekommen. Den Bauern gab es, er hatte kein Telefon, einer schnellen Überprüfung würde die Legende standhalten.

Immer noch schaute ihn der Gestapo-Mann misstrauisch an.

»Ich habe den letzten Bahnanschluss dorthin verpasst und übernachte deshalb hier in Radolfzell«, sagte Leo mit einem verbindlichen Lächeln.

Der Mann nickte. Doch Leo sah ihm an, dass er ihm immer noch nicht glaubte. Sein Blick glitt durch das Zimmer und blieb an dem Rucksack hängen. Würde er ihn untersuchen und den Schmuck entdecken, wäre er verloren, dachte Leo. Wieder blickte der Mann prüfend zu ihm, suchte nach Anzeichen von Unsicherheit.

»Notunterkunft, Anschluss verpasst, soso. Ich werde das überprüfen, Herr ... Wie war noch der Name?«

»Apfel. Werner Apfel«, rief Leo, wie aus der Pistole geschossen. Das kam zu schnell, dachte er. Doch äußerlich war er ganz ruhig. Die Todesangst hatte er im Griff, er zitterte nicht einmal, im Gegensatz zu dem Beamten. Warum zitterte er? Einerseits schien er scharf und entschlossen, andererseits lag etwas Verletzliches, Unschlüssiges, Sanftes in seinem Blick. Er wirkte wie ein junger Mann, der sich in seiner Haut nicht wohlfühlte, der zweifelte und zauderte, das aber zu überspielen suchte. Doch das war wohl typisch für SS- und Gestapo-Männer. Sie hatten verstanden, dass ihre Tage womöglich gezählt waren, dass sie sich mit Haut und Haaren etwas verschrieben hatten, das dem Untergang geweiht war.

»Manch einer lässt Volk und Reich in schwerer Stunde im Stich, statt für das Überleben der Volksgemeinschaft zu kämpfen«, sagte der Mann.

»Sie können gern alles überprüfen. Es freut mich, dass Sie so gründlich Ihre Pflicht tun«, fügte er hinzu ohne auch nur den leisesten Hauch von Ironie. »Entschlossene Männer wie Sie machen für mich den Endsieg zur Gewissheit.«

Überrascht blickte der Mann ihn an. Leo dachte, dass er es vielleicht übertrieben hatte und der Mann den Koffer untersuchen würde.

»Ja, der Endsieg«, sagte er nachdenklich.

Leo wartete, doch der Mann sprach nicht weiter.

»In Ordnung«, sagte er, deutlich milder. »Dann wünsche ich Ihnen Glück bei der Quartiersuche für Ihre Schwester.«

»Die Eltern«, korrigierte Leo.

Leo schloss die Augen und fiel wie tot aufs Bett, als der Mann sein Zimmer verlassen hatte.

41

Bei Beuren, 15. Februar 1944

Fröstelnd stand Leo am nächsten Abend mit seinem Rucksack
in Singen am Bahnsteig. Dicke Schneeflocken fielen in wildem
Gestöber zur Erde. Die Nacht über hatte er kein Auge zugemacht, jede Sekunde damit gerechnet, dass es wieder klopfen
und der Hüne ihn festnehmen würde. Erst dachte er an Flucht,
aber wohin hätte er fliehen sollen? Doch je später es wurde,
umso sicherer fühlte Leo sich. Offenbar hatte der Hüne die
Adresse des Bauern nicht überprüft. Vielleicht hatte Leo ihn
überzeugt, vielleicht wollte er sich für ein sterbendes Regime
nicht mehr die Finger schmutzig machen.
  Der Schnee fiel so dicht, dass man keine zwanzig Meter weit
sehen konnte. Gut für die Flucht, dachte Leo. Immer wieder
hatte er sich auf dem Weg vom Hotel zum Radolfzeller Bahnhof umgedreht, um zu prüfen, ob ihn nicht doch die Gestapo
im Visier hatte. Aber niemand schien ihm zu folgen, auch auf
der kurzen Zugfahrt von Radolfzell nach Singen war niemand
zu entdecken gewesen.
  Dort am Bahnsteig entdeckte er seinen Helfer, er stand etwa
zehn Meter von ihm entfernt. Er trug einen Rucksack mit Stö-
cken und sah wie ein Wanderer aus. Als ihr Zug einfuhr, nickte
er Leo zu, und sie stiegen ein. Leo setzte sich zwei Reihen hinter
ihn. Lange hatte er überlegt, ob er dem Mann von dem Gestapo-
Beamten erzählen sollte. Eigentlich hätte er das tun müssen,
aber dann hätte er ihn womöglich sofort zurück nach Berlin
geschickt. So weit war Leo schon gekommen, er konnte jetzt
nicht aufgeben, ihn trennten nur noch wenige Kilometer von
der Freiheit! Und wohin sollte er in Berlin? Da könnte er sich
gleich im Sammellager melden. Oder sich umbringen.
  Ja, wenn er zurück nach Berlin müsste oder die Gestapo
ihn festnehmen würde, brächte er sich um. Er würde dann

selbst sein Leben beenden und das nicht seinen Todfeinden überlassen.

Der Schneefall ließ spürbar nach. Der Zug fuhr an Feldern entlang, im Hintergrund stiegen bewaldete Hügel auf. Dort lag die Schweiz. Leo hatte gestern Abend noch eine Wanderkarte studiert, die im Hotel auslag, und sich den komplizierten Grenzverlauf eingeprägt. Leo dachte an die Stelle im Buch der Thora, wo Moses vom Berg Nebo aus das ersehnte Land zwar sehen, es aber nicht mehr erreichen konnte, weil er sterben musste. Plötzlich spürte Leo eine panische Angst in sich aufsteigen, so kurz vor der Freiheit doch noch verhaftet zu werden.

Doch sie waren die einzigen Menschen im Waggon.

Sie waren sicher.

Am Bahnhof Beuren am Ried stiegen sie aus. Sein Helfer zündete sich eine Zigarette an und ging in Richtung Ausgang. Ein Mann verließ einen anderen Waggon, Leo erschrak, doch es war nicht der Hüne von gestern Nacht.

Sie folgten einer Chaussee, in der Ferne waren Lichter, dort musste das Dorf Büßlingen liegen. Leo stellte sich die Karte vor, es befand sich direkt an der Grenze zum Kanton Schaffhausen. Sie waren die Einzigen auf der Straße, der Mann aus dem Zug hatte die entgegengesetzte Richtung eingeschlagen.

Es war bitterkalt, und noch immer fiel Schnee. Obwohl er einen dicken Wintermantel trug, fröstelte er. Der Helfer ging zu einer Scheune am Wegesrand und öffnete das Tor. Drinnen roch es angenehm nach Heu.

»Sie warten hier drin«, sagte er. »Ich verschaffe mir draußen ein Bild von der Lage, ob eine Patrouille unterwegs ist. Sie bleiben so lange hier.«

Er holte ein weißes Laken aus dem Rucksack. »Nachher, wenn ich zurückkomme, legen Sie sich das um die Schultern. Man sieht Sie dann kaum, wenn wir durch den Schnee laufen.«

»In Ordnung.«

Der Mann zögerte. Etwas schien ihm unangenehm zu sein. »Wegen der Bezahlung ...«, sagte er dann.

»Kriegen Sie, wenn ich in der Schweiz bin.«

»Nein. Ich hatte schon Leute, die fingen an zu verhandeln, als sie in der Schweiz standen. Ich will meinen Lohn jetzt.«

Leo schüttelte entschieden den Kopf. »Sie könnten mich hier in der Scheune sitzen lassen.«

Wütend blickte der Mann ihn an. »Warum sollte ich das tun?« Seine Stimme hatte einen scharfen Tonfall angenommen. »Glauben Sie, ich mach das hier für ein bisschen Geld? Glauben Sie, dass ich dafür mein Leben und das meiner Familie aufs Spiel setze?«

Beschämt, zweifelnd blickte Leo zu Boden. »Tut mir leid. Ich habe nur so große Angst, jetzt noch zu scheitern. Und der Schmuck ist alles, was ich noch habe.«

»Ich habe es Ihrer Verlobten versprochen, dass ich Sie über die Grenze bringe. Und ich halte meine Versprechen, nur deswegen sind Sie hier! Wissen Sie, welches Risiko ich eingehe? Denken Sie, ich würde jetzt noch, wo mir die Gestapo auf den Fersen sitzt, einen jungen Mann über die Grenze bringen? Jeder junge Mann, der nicht an der Front ist, ist verdächtig!« Der Mann zügelte seinen Zorn. »Ich brauche eine Versicherung für meine Familie, falls die Gestapo mich erwischt.«

Leo holte stumm den Schmuck aus seinem Rucksack, zwei Rubine, den goldenen Siegelring seines Großvaters und die schwere Goldkette seiner Großmutter. Eigentlich hatte er dem Mann nicht alles geben wollen, doch jetzt tat er es, weil er sich wegen seines Misstrauens schämte.

Der Mann überlegte kurz und nahm die Kette. »Das reicht. Der Rest ist für Ihren Neuanfang.«

Daraufhin trat sein Helfer hinaus in die Nacht. Leo setzte sich hinter einem Pferdewagen auf einen Melkschemel und wartete. Die Zeit floss träge dahin wie eine zähe Flüssigkeit. Bald hatte er eiskalte Füße und Hände und zitterte am ganzen Leib. Aber er konnte sich auch nicht aufraffen und ein paar gymnastische Übungen machen, dafür war die Anspannung zu groß.

Nach einer gefühlten Ewigkeit saß er noch immer schlotternd da. Hatte der Helfer ihn doch belogen? Hetzte er ihm die Gestapo auf den Hals und kassierte zusätzlich eine fette Belohnung? Nein, er tat dem Mann, der so viel für andere riskierte, Unrecht. Was war schlimm daran, dass er sich für seine Hilfe und die Lebensgefahr, der er sich aussetzte, bezahlen ließ? Zumal er vorhin den ganzen Schmuck hätte an sich nehmen können, Leo hätte nicht angefangen zu verhandeln.

Doch warum dauerte das so lang?

Da hörte er den Riegel am Tor.

Leo blieb still in seinem Versteck.

»Herr Apfel?«, fragte jemand. War das sein Helfer?

Eine große Gestalt betrat die Scheune. Leos Herz machte einen Sprung. Er war es! In ein weißes Laken gehüllt sah er im Dunklen aus wie ein Gespenst.

»Wir können jetzt los. Keine Patrouille unterwegs.«

Der Schneefall draußen hatte wieder zugenommen. Der Mann huschte über die Chaussee, Leo kam hinterher. Sie stapften über ein weites Feld. Bald war das Gestöber so dicht, dass Leo mehr seines Helfers Spuren als seinem Schemen folgte. Bis zu den Knien reichte die Schneedecke, das Fortkommen war beschwerlich. Doch niemand würde sie in dem Schneetreiben bemerken, dachte Leo, der Mann hatte recht gehabt, erst heute zu fliehen.

Auf einmal erkannte Leo einen bewaldeten Hang vor sich. Er atmete auf: Die Schweiz konnte nicht mehr weit sein.

Es ging steil bergauf. Sein Helfer war rüstig und gut zu Fuß; er legte in dem tiefen Schnee ein Tempo vor, das Leo außer Atem brachte. Kaum etwas war von ihnen zu hören, der Schnee schluckte alle Geräusche und hatte Laub und Zweige unter sich begraben.

Dann hatten sie den Hangrücken erreicht. Sie keuchten, Atemwolken stiegen in die Dunkelheit. Leo war erschöpft, die durchwachte Nacht steckte ihm in den Knochen. Der verschneite Wald sah märchenhaft aus, und Leo dachte, dass es vielleicht der letzte Schnee war, den er in seinem Leben zu Gesicht bekommen würde. In Israel fiel nur selten Schnee, soweit er wusste, und wäre er erst einmal dort, würde er das Gelobte Land nie mehr verlassen.

Da blieb der Mann stehen. »Noch zehn Schritte, und Sie sind über der Grenze.«

Leo stutzte. An nichts anderes hatte er in den letzten Wochen gedacht, und jetzt war er völlig überrascht, dass es die Schweiz wirklich gab und dass sie kurz davor standen.

Er lachte, und seine Augen wurden feucht. »Danke, haben Sie tausend Dank! Sie haben Ihr Versprechen wahr gemacht. Das werde ich Ihnen nie vergessen.«

Auf einmal erstarrte der Mann, führte den Zeigefinger zum Mund und blickte an Leo vorbei, zurück in die Richtung, aus der sie gekommen waren.

Langsam drehte Leo sich um und lauschte angestrengt, konnte aber nichts hören.

»Wir sind nicht allein«, flüsterte sein Helfer.

Leo gefror das Blut in den Adern. Vielleicht ein Tier, dachte er. Er hört ein Tier.

Die Augen seines Begleiters weiteten sich. »Laufen Sie, über die Grenze, schnell!«

Beide rannten sie los. Doch wegen des tiefen Schnees kamen sie kaum voran.

»Stehen bleiben!«, rief eine keuchende Stimme.

»Weiter!«, zischte sein Helfer.

Da fiel ein Schuss.

Der Mann schrie auf, wurde nach vorn gerissen und lag mit dem Gesicht im Schnee. Blut trat aus einer Wunde an der Schulter und färbte den Schnee dunkel. Leo erstarrte. Mühsam drehte sich sein Helfer um.

»Gehen Sie weiter«, sagte er matt zu Leo. »Laufen Sie!«

»Das würde ich besser nicht tun«, sagte eine strenge Stimme in unmittelbarer Nähe.

Leo erkannte sie sofort.

Es war der Hüne, der Gestapo-Mann aus dem Hotel. Er hielt eine Pistole in der Hand.

Schon löste sich seine große Gestalt aus dem fallenden Schnee. Ein zweiter Mann folgte ihm, ebenfalls mit einer Pistole. Er war zwei Köpfe kleiner als der Hüne und korpulent, ein grobschlächtiger Typ mit mitleidlosen Zügen. Beide waren wie sie außer Atem.

»Hab ich den Sauhund sauber erwischt«, sagte der Dicke.

»Wusste ich es doch, dass mit dem Luftwaffenoffizier Werner Apfel etwas nicht stimmt«, meinte der Hüne voller Stolz und Hohn zu Leo. »Ich bin nachts noch rausgefahren nach Rielasingen, und raten Sie mal, was ich herausgefunden habe?«

»Ich habe keine Ahnung«, sagte Leo tonlos.

»Matthias Weinbrenner kennt keinen Werner Apfel. Er hat den Namen noch nie gehört. Er vermietet auch keine Zimmer.«

Leo blieb stumm.

»Und dann habe ich noch ein paar Telefonate geführt. Wissen Sie, wo Werner Apfel gerade ist? Hm?«

Leo zuckte mit den Schultern.

»Er kämpft im Osten, wie es sich für einen anständigen deutschen Offizier gehört.«

»Wir sind in der Schweiz. Sie dürfen uns hier nicht verhaften«, sagte Leo.

Der kleine Mann lachte. »In der Schweiz? Ehrlich? Hast du das gehört, Wildt? Wer sagt das? Woher weißt du das? Und vor allem: Wen kümmert das?«

Leo zeigte auf seinen Helfer. »Der Mann braucht einen Arzt. Sie müssen uns helfen!«

»Für Volksverräter gibt's keine Ärzte«, sagte der Kleine. »Soll er ruhig verbluten, dann haben die Füchse was zu fressen.«

»Er kennt Sie?«, sagte Leos Helfer schwach und blickte zu dem Hünen.

»Ich hab ihn gestern Nacht im Hotel kontrolliert«, sagte Wildt voller Genugtuung. »Hat der Jude dir das nicht erzählt? Oder ist er ein Kommunist?«

Überrascht, enttäuscht sah der Mann zu Leo. »Er hat Sie kontrolliert, und Sie haben mir nichts gesagt? Sie hätten mir das sagen müssen!«

Ein leiser Zorn lag in seiner Stimme.

Sein Blick war ein einziger Vorwurf.

Leo wusste nichts zu antworten. Sein Herz war schwer und voller Scham.

»Haben Sie uns also in diese Lage gebracht«, sagte der Helfer, die Augen leer und trostlos.

»Bist ein Jud, was?«, fragte der grobe Mann mit einem hämischen Grinsen. »Wolltest dich von dem *Judenknecht* da über die Grenze führen lassen?«

Leo schwieg.

»Soll ich dir die Hose runterziehen und nachsehen?«, herrschte er Leo an. »Soll ich dir den Judenschwanz gleich stutzen?«

Leo schaute ihn an, und sein Blick verbarg nichts, die Verachtung, den Zorn, den Ekel, den er für diesen Menschen empfand.

Wollte er sich selbst verleugnen, jetzt, im Angesicht des Todes, vor seinem ärgsten Feind?

»Ja, ich bin Jude. Und ich habe Schmuck«, sagte Leo, »wertvollen Schmuck.«

Die Augen des kleinen Mannes weiteten sich. »Ach ja? Dann lass dein *Judengold* mal sehen«, sagte er, und Leo hörte die Gier in der Stimme.

Er holte zwei Rubine aus der Tasche und zeigte sie ihm.

»Schau an«, sagte der Kleine mit funkelnden Augen. »Das ist schon nicht schlecht, aber ich möchte wetten, du hast noch mehr! Eure geraubten Schätze wollt ihr doch alle mit ins Gelobte Land schleppen!« Er trat zu Leo und griff nach dem Rubin, doch Leo zog die Hand schnell weg.

»Ihr lasst uns gehen, dann kriegt ihr die Steine«, sagte Leo.

Da gab der Mann ihm eine schallende Ohrfeige, sodass er nichts mehr hörte außer einem pfeifenden Ton. Der Mann lachte kalt. »Und du glaubst, das bestimmst du, Jude? Die Zeiten sind schon lang vorbei, in denen ihr das Sagen hattet.«

»Der Schmuck gehört dem Reich, Wilhelm«, sagte Wildt. Er wirkte erschrocken darüber, wie sich sein Kollege benahm.

»Judengold gehört dem Volk«, meinte der andere. »Und ich bin das Volk. Wir holen uns nur zurück, was die Schmarotzer in

Jahrtausenden geraubt und gestohlen haben! Jetzt entschädigt ihr uns dafür, dass ihr unsere Brunnen vergiftet, unsere Häuser gestohlen und unsere Frauen vergewaltigt habt!«

»Willi!«, sagte Wildt besänftigend. »Wir nehmen die beiden mit zurück. Ich möchte wetten, dass uns hier ein dicker Fisch ins Netz gegangen ist. Wir werden von uns reden machen. Die Leitstelle wird sich freuen.«

Wildt wandte sich an Leos Helfer. »Name? Wohnort? Beruf?«

»Franz Haffner, Gottmadingen, Arbeiter.«

»Wie viele Juden hast du schon über die Grenze gebracht?«

»Er ist der erste«, log Haffner, der sich mühsam aufgesetzt hatte. Sein Gesicht wirkte fahl, Leo sah das viele Blut, das an seiner Schulter aus der Wunde getreten war und seinen Mantel und den Schnee färbte.

»Und wer hat dir geholfen?«

»Keiner.«

Da sprang Wilhelm zu ihm und trat fest gegen die verwundete Schulter, sodass Haffner in den Schnee gedrückt wurde und aufschrie.

»Du lügst, *Judenknecht*!«, rief er unbeherrscht und voller Zorn.

»Lass ihn«, sagte Wildt, um Fassung bemüht. »Wir nehmen sie mit, und dann kannst du die beiden nach allen Regeln der Kunst ausquetschten.«

»Du willst mir Befehle erteilen, Hermännle?«, rief Wilhelm spöttisch. »Wer ist hier Ober, wer Unter?«

Wildt blickte eingeschüchtert zu Boden, mit eingesunkenen Schultern. Leo merkte, wie Hände und Arme zu zittern begannen.

Wilhelm lachte abschätzig. »Der große Hermann Wildt: Obersturmbannführer, Schlauberger, Frontversager, Kriegszitterer. Und jetzt will er hier den großen Mann spielen. Ein Wort von mir an die Leitstelle, und du kommst in die Klapse.«

»Lass sie uns nach Singen bringen«, beharrte Wildt.

»Du willst Ruhm, hm? Willst dein Versagen im Krieg mit

einer Heldentat vergessen machen?« Wilhelm lachte kalt. »Mir reichen Gold und Edelsteine. Ich muss ein paar Reserven anlegen, falls es mit dem Endsieg doch nix mehr wird. Solltest du auch tun, Hermännle. Was willst du später mal machen, mit deinem Gezitter? Wenn der Haffner hier oben bleibt, wird es einfach aufhören mit den illegalen Grenzübertritten, und wir haben unseren Frieden. Mir reicht das, wenn der Druck aufhört, wenn wir unsere Ruhe haben. Karlsruhe wird denken, es liegt an unseren Ermittlungen, dass es wieder ruhig wird an der Grenze. Das ist doch ein schöner Erfolg, oder nicht? Außerdem, bald ist der Krieg vorbei, und dann haben wir die Angehörigen von denen auch noch an der Backe. Da sind schon genug, die kommen und mit dem Finger auf uns zeigen werden. Wir werden schon so genug zu tun haben.«

Er wandte sich an Leo. »Und den Juden könnten wir ja laufen lassen, wenn er uns seine Schätze gibt. Weil wir doch so gute Menschen sind! Hm?«

Im ersten Moment wollte Leo diesem Mann allen Schmuck geben, wollte seine Haut retten, um zu überleben, um zu Frieda zu kommen, um sein Kind zu sehen. Um Palästina aufzubauen.

Er wollte schon in seine Taschen greifen und den Rest des Schmucks herausholen, doch dann besann er sich. Niemals würde dieser Mordknecht ihn gehen lassen. Und außerdem konnte er Haffner, der ihm geholfen, den er belogen, der alles für ihn riskiert hatte, nicht hier lassen. Er hätte Haffner von diesem Wildt erzählen müssen, doch würde er sich jetzt freikaufen, wäre das ein viel schlimmerer Verrat.

Wilhelm wandte sich an Leo. »Gib mir die Steine bitte schön! Wär das dein Judaslohn gewesen, Haffner?«

Wilhelm streckte die Hand aus, da warf Leo die Rubine weg, so weit er konnte, in den Schnee.

»Du Drecksau«, schrie Wilhelm und boxte ihn fest in den Bauch. Leo ging zu Boden, da traf ihn Wilhelms Faust an der Schläfe. Leo wurde schwarz vor Augen.

Als er die Augen wieder öffnete, grub Wilhelm gierig und keuchend im Schnee nach den Rubinen. Jemand hatte Leo Handschellen angelegt, Haffner nicht, von ihm schien für die beiden keine Gefahr mehr zu drohen.

»Lass uns gehen«, bat Wildt. Immer noch stand er mit eingesunkenen Schultern und seiner Waffe in der zitternden Hand da, unfähig, etwas zu tun.

Ein schwacher Mensch, dachte Leo, ein gebrochener junger Mann, nur noch der Schatten seiner selbst. Als er Leo gestern im Hotel kontrolliert hatte, war dieser Hermann Wildt ihm stark vorgekommen, ein Mann mit Ambitionen, der zugleich an das glaubte, was er tat. Doch hier stand ein armes unsicheres Würstchen, das nicht wusste, was es tun sollte. Ein Rekrut, gelähmt von der Angst vor seinem Hauptmann. Was hatte ihn gebrochen? Schuld? Scham? Oder doch nur die Angst vor diesem Unhold Wilhelm und davor, was mit ihm passieren würde, wenn Deutschland den Krieg verlor?

Leo blickte zu Haffner. Er hatte die Augen geschlossen und den Kopf in den Schnee gesenkt. Sein Gesicht war aschfahl, der Atem ging nur noch schwach.

Sie lassen ihn hier einfach verrecken, dachte Leo.

Da sah er, wie Haffner zu Wildt und diesem Wilhelm schaute und seine Hände vorsichtig bewegte, sie vor der Brust zusammenführte.

Er zieht sich den Ehering vom Finger, dachte Leo.

Wilhelm achtete nicht auf Haffner, er grub weiter nach den Rubinen, kontrolliert und doch wie ein Besessener, und Wildt betrachtete angewidert und ängstlich seinen Vorgesetzten, mit der Waffe in der erschlafften rechten Hand.

Leo verfolgte, wie Haffner den Ring in seiner Hand verschwinden ließ und sie langsam zum Mund führte.

Wie er unter Aufbietung seiner letzten Kräfte den Ring hinunterschluckte.

Leo musste lächeln, trotz allem. Er bewunderte Haffner. Haffner wusste, dass sie diesen Ort nicht lebend verlassen würden, doch auf diese Weise trotzte er den beiden Schergen. Dieser

Wilhelm bekäme nicht den goldenen Ehering, und irgendwann, wenn man ihre Leichen vielleicht finden würde, wüsste man, wer da tot im Wald lag.

»Wilhelm, lass uns gehen!«, rief Wildt erneut, devot und bittend, doch ohne Überzeugungskraft oder Dringlichkeit. Der andere hörte nicht auf ihn und grub weiter. Die Gier hatte ihn übermannt, er wollte nichts weiter im Leben als Leos Rubine.

»Ha!«, rief er plötzlich. »Schau hier!« Seine Stimme war voller Triumph. Er hielt einen Rubin zwischen zwei Fingern und starrte voller Glück darauf, dann steckte er ihn in seine Brusttasche. »Jetzt fehlt noch einer. Den find ich auch!«

Und schon grub er weiter. Hilflos stand Wildt da. Es ist ihm peinlich, dachte Leo, er schämt sich. Er ekelt sich vor seinem Vorgesetzten und vielleicht auch vor sich selbst.

Kurz darauf hatte Wilhelm den zweiten Rubin gefunden. Er lachte und schnaufte und wandte sich spöttisch zu Wildt. »Musst ja keinen nehmen, wenn du nicht willst. Ist nur eine kleine Vergeltung für unsere Mühe. Weil wir uns so sehr für Führer und Reich aufopfern. Und ich möchte wetten, dass der Jude noch mehr hat.«

Sein Blick fiel auf Haffner. Halb tot lag er im Schnee. »Oder der *Judenknecht* hat noch was. Der hat sich doch bestimmt schon bezahlen lassen für seinen schmutzigen Dienst!«

Wilhelm stand auf und stapfte durch den Schnee zu Haffner. »Entweder er hat es hier oder zu Hause. Da werden wir morgen seiner Frau mal einen Besuch abstatten müssen, nicht wahr, Hermännle? Wer weiß, was er da für Judenschätze gehortet hat!«

Er beugte sich zu Haffner und fing an, die Taschen des Sterbenden zu durchwühlen.

»Wusst ich's doch! Wusst ich's doch!«, rief er wie im Rausch und lachte, die goldene Kette in seinen Händen. Hämisch schwenkte er sie vor dem sterbenden Haffner. »Hermännle, wir werden reich heut Nacht!«

»Dreckiger Mörder!«, sagte Haffner matt. Es war mehr ein

Flüstern. »Schande der Menschheit. Erstick an deiner Gier und schmor in der Hölle.«

Wilhelm reagierte sofort. Blitzartig drehte er sich um und schlug dem am Boden liegenden Haffner mit der Faust ins Gesicht.

»Von dir lass ich mir nichts sagen! Wart nur, was ich mit deiner Frau mache, wenn ich mit dir fertig bin!«

»Schmor in der Hölle, Abschaum!«, sagte Haffner mit blutigen Lippen.

Da zog Wilhelm seine Waffe. Mit kalter Lust, ohne auch nur den Hauch von Scham sah er Haffner in die Augen und zielte auf seine Brust.

»Wilhelm!«, rief Hermann.

»Du wirst vor mir in der Hölle sein«, sagte Klämmerle und drückte ab.

Der Schnee dämpfte den Schuss, als wäre es nicht real.

Stille.

Leo starrte zu Haffner, mit offenem Mund und reglosem Blick lag er im Schnee.

Auch Wildt schien entsetzt, doch er tat nichts, schien wie gelähmt, starrte mit der Waffe in der Hand auf seinen Vorgesetzten. Ohnmächtig und sprachlos stand er einfach nur da.

Da wurde Leo auf einmal hellwach. Alles war glasklar. Er würde das hier nicht überleben. Entweder würde er jetzt gleich den Raubmördern vor ihm zum Opfer fallen, oder sie würden ihn foltern, und er zweifelte, ob er stark genug sein würde, niemanden zu verraten. Auch Gertrud Eisner säße dann bald im KZ. Bestenfalls würde er noch ein paar Wochen leben, bis sie ihn in ein Vernichtungslager bringen würden.

Er musste, er wollte sterben.

Jetzt.

Trotz der Handschellen war Leo schnell auf den Beinen. Bevor die beiden es merkten, lief er los, durch den dichten Schnee.

»Schieß!«, hörte er Wilhelms Stimme. »Schieß den *Drecksjuden* tot, du verdammter Hurensohn! Schieß! Schieß!«

Leo rannte, doch er kam nur ein paar Meter, da durchbrach

ein Schuss die Stille der Nacht. Die Wucht der Kugel warf ihn nach vorn, er stürzte mit dem Gesicht in den Schnee.

Er spürte seinen Körper nicht mehr, nur seinen Schweiß, er brannte auf seinen eiskalten Wangen, oder waren es Tränen? Mit Mühe drehte er sich um. Da stand Hermann Wildt, mit der Waffe in der Hand. Der Zitterer hat mich erschossen, dachte Leo, obwohl er es eigentlich gar nicht wollte.

Leo spürte weder Kälte noch Schmerz. Er dachte an Frieda. Bald würde sie zusammen mit seinem Kind in Israel sein. Er konnte die Sonne auf seiner Haut fühlen, sah ihr Lachen, und die Luft roch nach Meer. Frieda würde sein Andenken bewahren, würde ihn ihr Leben lang lieben und seiner Tochter von ihm erzählen.

Leo lächelte.

Trotz allem hatte er, hatten sie gewonnen.

Er schloss die Augen.

Hörte noch, wie Wilhelm seinen Mörder beschimpfte.

Fühlte noch, wie Hände seine Taschen gierig durchwühlten.

Wie eine Stimme triumphierend schrie: »*Judengold*! Noch mehr *Judengold*!«

42

»So war das, Herr Schwarz! Ich habe immer wieder gesagt: Wir lassen die beiden gehen, hör auf, der Krieg wird bald vorbei sein! Niemand wird erfahren, was hier passiert ist! Doch dann hat Klämmerle seine Waffe gezogen. Und mir befohlen, ihm meine Pistole auszuhändigen. Was hätte ich tun sollen?«

Er schwieg, als erwartete er Zuspruch, wandte seine geschlossenen Augen fragend Martin zu. Seine Hände fuhren wieder nervös über die Lehnen seines Rollstuhls.

»Wilhelm war ein Tier, ein brutaler Sadist. Er hat nicht nur die Verdächtigen im Keller des Kommissariats gequält, auch mich. Ich sei ein Waschschlappen, ein Kriegszitterer, vor den anderen hat er mich düpiert, mich regelrecht zur Sau gemacht. Ich war jung, Herr Schwarz! Hilflos, orientierungslos, ich kämpfte mit Depressionen. Ich hatte diesem Schlächter nichts entgegenzusetzen. Er hatte mich in der Hand. Drohte, dass er mich bei der Karlsruher Leitstelle als dienstuntauglich hinstellen würde. Nein, ich konnte mich ihm nicht widersetzen. Ich musste weg von ihm, ich war damals zu schwach. Dafür schäme ich mich.«

Wildt seufzte, als trüge er immer noch schwer an dieser Scham. »Klämmerle hat die beiden, ohne mit der Wimper zu zucken, niedergeschossen und gedroht, dass er mir alles in die Schuhe schieben würde, wenn ich den Mund aufmachte! Er war ja gut vernetzt, mit der Konstanzer Gestapo, dem Zoll wie der SS- und NSDAP-Kreisleitung. Die wollten doch solche brutalen Mordgesellen wie ihn, solche kalten Vollstrecker. Die einzige Möglichkeit, die ich gesehen habe, um von Klämmerle wegzukommen, war die freiwillige Meldung. Kein Gestapo-Beamter wollte seine Stelle in der Heimat für einen Einsatz im Osten aufgeben. Das war meine Chance. Mir bleibt nichts anderes, dachte ich.«

Elvira Wolff blickte Wildt missbilligend an. Martin konnte

sehen, wie wütend sie war, was sie dachte: dass sie ihm kein Wort glaubte, dass sie in Wildt einen erbärmlichen Mann sah, der alles tun würde, um das, was er für seine Ehre hielt, zu schützen, um sich von jeder Schuld reinzuwaschen. Genau das schien sie Wildt ins Gesicht schreien zu wollen, doch Martin gab ihr ein Zeichen. Bat sie, noch zu warten.

Auch Martin glaubte Wildts Version vom Mord an Kaiser und Haffner nicht, war sich sicher, dass er Klämmerle mehr Verantwortung zuschanzte, als er hatte, doch er wollte ihm noch Zeit geben. Um die Wahrheit zu erfahren und auch, um Wildt eine Chance zu geben. Denn trotz allem mochte Martin den alten Mann, der mit sich haderte, der sein Leben lang mit einer Lebenslüge gerungen, sich hoffnungslos in ihr verfangen hatte und es nicht schaffte, sich zu befreien und ehrlich zu sich selbst zu sein. Doch er war kurz davor, glaubte Martin, und er würde es dem Mann gönnen, seine Würde wiederzuerlangen.

»Wer hat die Leichen beerdigt? Irgendjemand muss das getan haben«, fragte er.

»Das waren wir beide. Klämmerle hat mich dazu gezwungen. Er wollte den Vorfall nicht melden und die beiden einfach verschwinden lassen. Er wollte den Schmuck behalten und die Sache unter den Teppich kehren. Er hat mir gedroht, dass ich nichts sagen dürfe.«

Wildt holte tief Luft, wieder fuhren die Augen unter den Lidern hin und her. Er schien unter den Erinnerungen zu leiden. Sie mussten stark auf ihn wirken, dachte Martin, wohl weil er sie achtzig Jahre lang verdrängt und unterdrückt hatte. Diese Erinnerungen waren nicht verbraucht und verblichen, sie waren lebendig und schmerzhaft, waren Wildts Dämonen.

»Schon am Tag nach der Tat setzte Tauwetter ein«, fuhr Wildt fort, mit einem nach innen gewendeten Blick. »Da sind wir wieder hoch auf den Hügel, mit Hacken und Schaufeln, und haben die Toten begraben. Obwohl Klämmerle die Stelle markiert hatte, war es nicht leicht, die beiden zu finden, Schnee hatte sie bedeckt. Sie waren noch leicht gefroren vom Frost der Nacht.

Und unversehrt, die Füchse und Krähen hatten sie noch nicht gefunden.«

Wildt zögerte. »Ich war wie in Trance. Willenlos, schwach, von der Scham gelähmt. Ich wusste kaum, was ich tat. Zuerst haben wir Kaiser über die Grenze zurück nach Deutschland geschleppt. Dann haben wir lichte Stellen gesucht und gegraben. Die Stellen lagen recht weit voneinander entfernt. Nur die oberste Schicht des Bodens war gefroren. Trotzdem war es beschwerlich, durch all die Wurzeln zu hacken. Willi hat die Leichen in die Gräber gelegt. Ohne jeden Anstand hat er sie mit angewinkelten Armen und Beinen in die Erdlöcher gestopft. Ich habe sie dann begraben.«

Wildt schloss die Augen. »Glauben Sie mir, ich wollte das alles nicht.«

Elvira sah Wildt streng an. »Und dann haben Sie die Toten dort oben verrotten lassen und einfach vergessen. An den Schmerz und die Ungewissheit der Hinterbliebenen haben Sie keinen Gedanken verschwendet, nicht wahr?«

»Was hätte ich denn tun sollen?«

»Nach dem Krieg reinen Tisch machen«, sagte Elvira. »Mit mir und mit Haffners Ehefrau Kontakt aufnehmen. Die Sache klären.«

Wildt schüttelte den Kopf. »Sie verstehen immer noch nicht. Klämmerle hat Leo Kaiser mit meiner Waffe erschossen. Er hat sie mir doch abgenommen! Wer hätte mir geglaubt?«

Elvira Wolff ergriff das Wort. »Das ist jämmerlich, Herr Wildt. Erbärmlich, wie Sie immerzu um sich selbst kreisen und an nichts denken als an sich und das, was Sie als Ihre Ehre verstehen. *Meine Ehre heißt Treue*, war das nicht der Spruch der SS? Aber das Einzige, dem Sie treu sind, ist Ihr eitles Selbst. Jeder Satz, den Sie sprechen, ist eine Lüge, bestenfalls eine Halbwahrheit, einzig zu dem Zweck, sich zu entlasten. Das widert mich an, wenn ich daran denken muss, wie mein Vater und Franz Haffner durch Sie und diese satanische Witzfigur, diesen Naziwicht Klämmerle, zu Tode kamen.«

Wildt starrte mit seinen trüben entstellten Augen in Elviras

Richtung, und sein Ausdruck war voller Abscheu. Wenn er gekonnt hätte, glaubte Martin, wäre er aufgesprungen und ihr an die Gurgel gegangen.

Doch Elvira Wolff ließ sich nicht einschüchtern. »Sie glaubten an diese menschenverachtende Ideologie, an die Rechtmäßigkeit von Vernichtung und Völkermord, und zwar bis zuletzt. Ich nehme es Ihnen nicht ab, dass Sie beim Anblick der Massenerschießungen Ihren Glauben verloren. Sie waren einfach zu schwach, die Konsequenzen Ihrer eigenen Überzeugung mit anzusehen. Deshalb krochen Sie auch zurück hinter die Front, versteckten sich in der Provinz und jagten Juden und Kommunisten. Und Fluchthelfer. Die hassten Sie wahrscheinlich noch mehr als Juden, weil sie tausendfach anständiger und mutiger waren als Sie. Diese Männer und Frauen wussten, wie verbrecherisch dieses Regime war, und sie wagten es, sich Männern wie Ihnen entgegenzustellen! Die hatten die Charakterstärke, auf beruflichen Erfolg zu verzichten. Das hat Sie krank werden lassen vor Neid, Scham und Wut, nicht wahr? Hat Sie spüren lassen, zu welch verkommenem Menschen Sie geworden sind. Und dann wollten Sie noch Karriere machen und den Völkermord an den ungarischen Juden organisieren. Pfui Teufel!«

Elvira stand auf. »Mir ist inzwischen vollkommen wurscht, was genau da oben in dem Wald geschehen ist. Ich kenne nicht jedes Detail, aber ich weiß, dass Sie einer der Mörder meines Vaters sind, ganz egal, wer die Waffe geführt hat. Und meine Mutter, die den Tod ihres geliebten Mannes nie verwunden hat und am Kummer gestorben ist, haben Sie auch auf dem Gewissen. Ich werde dafür sorgen, dass es die Welt erfährt, zuallererst Ihre Kinder. Ein Paket mit Kopien der Dokumente zu Ihrer Bewerbung ist bereits unterwegs zu ihnen. Sie sollen erfahren, dass ihr Vater ein Mörder ist. Und sie sollen wissen, zu welch erbarmungswürdiger Kreatur ein Mensch werden kann, der für sich selbst keine Verantwortung übernimmt.«

Wildt rührte sich nicht. Für einen Moment fürchtete Martin, dass Elviras Anklage Wildt getötet hatte. Doch er atmete, wenn auch ganz schwach.

»Sie sind ein Unmensch«, sagte Wildt leise, »Sie atmen Rache und Hass, nur das hält Sie am Leben.«

Nein, dachte Martin, als er Elvira Wolff zur Tür folgte.

Du bist der Unmensch, Hermann Wildt, nur du.

43

Sie standen auf dem jüdischen Friedhof in Konstanz, unter großen Linden mit weit ausladenden Ästen, und waren umgeben von sehr alten, eng stehenden und von Flechten überzogenen Grabsteinen. Hier sollte Leo Kaiser seine letzte Ruhestätte finden. Viele Leute waren gekommen, darunter Zwille mit Jaron, Alex, Heinz und Isabel Wind. Martins Mutter blieb mit Kim und Charlotte Förster etwas abseits. Auch die Presse hatte Leute geschickt, ein Übertragungswagen des SWR parkte am Eingang. Oli Janser, stadtbekannter Fotograf der Südzeitung, hielt sich diskret im Hintergrund. In der letzten Woche war in dem Blatt groß über Leo Kaiser und Frieda Wolff und das Fluchthilfenetzwerk um Gertrud Eisner und Franz Haffner berichtet worden.

Alexandra hatte für den Spiegel einen einfühlsamen Essay zur Frage »Warum wir uns erinnern müssen« geschrieben, in dem sie den Fall Hermann Wildt eindringlich geschildert hatte. Daraufhin hatte in den Feuilletons ein Rauschen im Blätterwald eingesetzt, wobei die Frage, wie deutsche Universitäten mit der Nazivergangenheit ihrer ehemaligen Professoren umgehen sollten, breit diskutiert wurde.

Richtig heftig wurde in Konstanz über die Brüder Klämmerle gestritten. Die Südzeitung hatte vor allem über Eberhards Tätigkeit beim Mannheimer Finanzamt und Wilhelms Umzug in die Wohnung einer sterbenskranken Jüdin berichtet. Dass die Lichtgestalt Eberhard Klämmerle – Mitbegründer der Konstanzer CDU, Mäzen von Sport und Kultur und bedeutender Arbeitgeber – mit großem Ehrgeiz die Ausplünderung der Mannheimer Juden befördert hatte, erregte zahlreiche Gemüter.

Den Verdacht, dass der Verkauf von Anton Spiegels Firma an Klämmerle unter massivem Zwang erfolgt war, hatte die Südzeitung unerwähnt gelassen. Es gab auch keine Beweise, nur das, was Hermann Wildt gegenüber Martin mündlich geäußert hatte. Möglich, dass Josef und Fridolin Klämmerle ihre Kontakte hatten spielen lassen und der Verlag juristische Schritte fürchtete.

Dennoch hatte sich die Sache nicht unter den Teppich kehren lassen. Alex hatte für Widerborst, ein linkes Onlinemagazin für den Bodenseeraum, eine lange Reportage über die Klämmerle-Brüder verfasst, die alles enthielt, was Hermann Wildt gegenüber Martin preisgegeben hatte. Ein wutentbrannter Fridolin Klämmerle hatte daraufhin dem Magazin wie auch Alex mit Klagen gedroht, was weder Widerborst noch Alex davon abhielt, weiter zu recherchieren und darüber zu schreiben. Sie waren nicht die Einzigen, die jetzt in den Archiven gruben, um mehr Licht ins Dunkel um Anton Spiegel und die *Arisierung* seiner Firma zu bringen. Jedenfalls hatten die Klämmerles das geplante Firmenfest auf unbestimmte Zeit verschoben, und ein israelischer Großkunde hatte angekündigt, die Geschäftsbeziehungen bis auf Weiteres ruhen zu lassen.

Mit den Klämmerles hatte Martin kein Mitleid. Wie wichtig es war, darüber zu berichten, zeigte sich nicht nur an dem großen öffentlichen Interesse, sondern auch an den Abgründen, die sich in Leserbriefen und Kommentaren in den sozialen Medien auftaten. Dass hier unnötig ein großer Konstanzer demontiert werde, war häufig zu lesen. Ebenso, dass man in einer Diktatur nun mal nichts machen könne. Und dass endlich einmal ein Schlussstrich gezogen werden müsse. Auch von der unheilvollen Macht der Juden war die Rede. Diese Aussagen verdeutlichten Martin, dass die erfolgreiche Aufarbeitung des Nationalsozialismus, auf die Politiker in Reden gern verwiesen, bisher doch nicht so erfolgreich war.

Ebenso, wenn auch deutlich knapper, war in der Südzeitung über Markus Mohren berichtet worden, der inzwischen in Untersuchungshaft saß. Er hatte den Mord an Muntprat gestanden. Für ihn sei Wildt wie ein Vater gewesen, der seinem Leben nach seiner Inhaftierung eine Wendung zum Guten gegeben habe. Mohren habe gespürt, wie sehr das Wühlen in der

Vergangenheit und Muntprats Erpressungsversuch Wildt zugesetzt hatten. Angeblich war Mohren auf eigene Faust auf die Idee gekommen, Muntprat unter Druck zu setzen. Muntprat habe jedoch nicht mit sich verhandeln lassen und sei Mohren arrogant und drohend gegenübergetreten. Da habe er die Nerven verloren und den Archivar mit der Hermes-Skulptur in dessen Büro erschlagen. Danach sei er in Muntprats Wohnung gefahren und habe sie durchsucht. Steck vermutete, dass Mohren einen Helfer gehabt hatte, der sich Muntprats Wohnung vorgenommen oder vor Muntprats Haus Schmiere gestanden hatte, während Mohren oben stöberte, doch der beharrte darauf, allein gehandelt zu haben. Steck und Martin glaubten zudem, dass Wildt ihn zu der Tat gedrängt, sie zumindest angeregt hatte, doch Mohren stritt das ab.

Warum?, fragte sich Martin. Denn Hermann Wildt war inzwischen tot. Zwei Tage nach ihrem letzten Gespräch hatte er sich umgebracht. Wie Martin von Steck erfahren hatte, hatte Wildt sich schon vor längerer Zeit über Mohren einen Medikamentencocktail besorgt, wie er in der Sterbehilfe üblich war und der ihm einen weitgehend schmerzfreien Exitus beschert hatte.

Seitdem schlief Martin schlecht. Wildts Tochter hatte ihn am Tag nach ihres Vaters Tod angerufen und ihm erbost die Schuld am Suizid gegeben.

»Er war so ein warmherziger Mensch, ein feinfühliger Vater und zugewandter Professor«, hatte sie mit gepresster, Schmerz und Zorn mühsam unterdrückender Stimme ins Telefon gerufen, »und Sie haben sich zum Instrument von obskuren Rachegelüsten machen lassen. Sie haben ihn in den Tod getrieben. Ich verabscheue Sie, Herr Schwarz. Und ich hoffe, Sie schlafen schlecht.«

Das tat er nun. Es war starker Tobak, was die Frau ihm an den Kopf geworfen hatte, doch stimmte es nicht? Hatte er das Leben eines honorigen Mannes zerstört? Rechtfertigten Wildts Taten das, was Elvira und er offensichtlich dem Greis und seiner Familie zugemutet hatten?

Martin blickte zum Himmel. Graue Wolken zogen über den Friedhof und die großen, alten Bäume, und ein trockener, kühler Wind hatte Hitze und Schwüle vertrieben.

»Was ist?«, fragte Elvira, die neben ihm stand, und riss ihn aus seinen schwarzen Gedanken. »Sie sehen schlecht aus.«

»Haben wir richtig gehandelt, Frau Wolff? Wir haben viel Leid über Hermann Wildt und seine Familie gebracht.«

Verwundert, auch ein wenig unwirsch sah Elvira ihn an. »Moment mal, wer hat hier was über wen gebracht? Haben Sie Wildt das Gift eingeflößt?«

»Haben wir ihn nicht dazu gedrängt?«

Elvira Wolff schüttelte energisch den Kopf. »Schon wieder fallen Sie auf Wildts Spielchen herein! Sein Selbstmord ist der letzte Akt seines Dramas, in dem er versucht, die Schuld von sich auf andere zu lenken. Genau so hat er sich das vorgestellt: dass er als Opfer in Erinnerung bleibt und dass seine schwere Schuld hinter unserer vermeintlichen Kaltherzigkeit verschwindet. Zumindest bei seinen Kindern hat er genau das erreicht: Er steht als armes, unschuldiges, verführtes Opfer da und ich, die böse Jüdin, als Täterin. Und Sie als mein willfähriges Werkzeug. Also auch ein armes Opfer. Schuld sind mal wieder einzig und allein die Juden. Solche Mythen sind der Stoff, aus dem der Antisemitismus gewebt ist.«

Martin blickte sie zweifelnd an.

»Sehen Sie das denn nicht? Er hat sich dazu entschieden, sich umzubringen. Er hätte die Möglichkeit gehabt, reinen Tisch zu machen. Er hätte einfach nur seinen Kindern und uns sagen können: Ich habe sehr schwere Fehler begangen, ich bekenne und bereue sie. Ja, er hätte sich aus diesem Netz aus Lügen befreien müssen, mit denen er zeit seines Lebens sein Ego vor einem Schuldeingeständnis zu schützen versuchte. Das hat er jedoch nicht über sich gebracht. Deshalb hat er sich das Leben genommen.«

Sie holte tief Luft. Martin merkte, wie sehr auch ihr die letzten Tage zugesetzt hatten, dass wohl auch sie schlecht geschlafen hatte.

»Meinen Sie, ich hätte Wildt nicht verziehen?«, sagte sie.
»Hätte er damals wirklich anders handeln können?«, fragte
Martin, mehr sich selbst als Elvira. »Auch damit hadere ich.«
»Er war einer der zwei Mörder meines Vaters und Franz
Haffners. Natürlich hätte er die Morde verhindern können.
Niemand hat ihn gezwungen, die Identität meines Vaters zu
überprüfen oder diesen Bauern zu besuchen. Niemand hat ihn
gezwungen, Klämmerle von dem Fall zu erzählen. Niemand hat
ihn gezwungen, meinen Vater und Haffner durch den Wald zu
verfolgen. Ob Klämmerle sich allein getraut hätte, es mit zwei
starken Männern aufzunehmen, bei denen er nicht sicher sein
konnte, ob sie bewaffnet sind – das wage ich zu bezweifeln.
Was hätte Wildt denn passieren können? Er hätte auch einfach
vortäuschen können, dass er sich bei der Verfolgung den Fuß
verknackst hatte oder ihm die Luft fehlte. Er hätte anfangen
können zu zittern. Er hatte so viele Möglichkeiten, den Mord
zu verhindern. Das wollte er offensichtlich nicht.«
Martin nickte. Es war plausibel, was sie sagte.
»Alles andere – dass er offensichtlich nicht von seinem Kar-
riere-Ehrgeiz lassen konnte, dass er nicht die Kraft hatte, sich
von einer menschenverachtenden Ideologie zu distanzieren,
dass er nach dem Krieg über seine Verstrickung in das NS-Regime gelogen hat, dass sich die Balken biegen, sich gar zum
Widerstandshelden stilisiert hat – auch damit hat er in meinen
Augen Schuld auf sich geladen. Entscheidend aber bleibt: Er
hat zusammen mit Wilhelm Klämmerle mindestens zwei
Morde begangen. Und Mord verjährt nicht. Wir Hinterbliebenen haben das Recht zu erfahren, was geschehen ist, damit
wir unseren Frieden finden können. Daran sollten Sie denken,
wenn Wildts Familie Ihnen Vorwürfe macht. Und dass es Wildt
bei seinem Suizid letztlich darum ging, diese Morde zu verschleiern.«
Martin nickte. Elvira hatte recht. Sie hatten sich nichts vor-
zuwerfen. Wildt wollte sterben, das war seine Entscheidung.
»Seien Sie stolz auf sich«, sagte Elvira Wolff. »Dank Ihrer
Hilfe konnten wir zwei Morde aufklären und auch den an

Muntprat. Sie haben dafür gesorgt, dass meine Trauer jetzt einen festen Ort hat.«

Martin lächelte. »Apropos: Warum hier? Warum bestatten Sie Ihren Vater nicht in Israel?«

»Bei Ihnen weiß ich ihn in guten Händen«, sagte Elvira Wolff mit einem Augenzwinkern.

»Ach so?«

»Ich glaube, dass es wichtig ist, dass er in Deutschland liegt. Das sehen auch die beiden jüdischen Gemeinden hier so. Vielleicht besuchen Sie ihn ja manchmal und gedenken seiner, zum Beispiel am Todestag, und legen zu seiner Erinnerung ein Steinchen auf seinen Grabstein. Und möglicherweise wird seine Geschichte auch in Schulen erzählt, und Schulklassen kommen her und setzen sich mit Leo Kaisers und Josef Haffners Leben und Taten auseinander. Das würde mich freuen.«

»Wer weiß«, meinte Martin, »vielleicht gibt es ja irgendwann eine Franz-Haffner-Schule in Konstanz.«

»Das wäre jedenfalls besser als eine weitere Stauffenberg-, Bonhoeffer- oder Geschwister-Scholl-Schule.«

Verwundert sah Martin sie an.

»Ich weiß nicht, wenn die Deutschen Ihre Widerstandshelden preisen, hat das für mich so ein Geschmäckle, wie man hier zu sagen pflegt. Es geht doch darum, sich selbst zu beweisen, dass es eben auch gute Deutsche gegeben hat. Und zugleich kann man bei so tragischen Helden wie Bonhoeffer, Stauffenberg und den Geschwistern Scholl bequem darauf verweisen, dass es ja selbst solchen Ausnahmemenschen unmöglich gewesen ist, etwas gegen das Regime auszurichten. Ich bin mir ziemlich sicher, dass dies der Hauptgrund war, weshalb man nach dem Krieg diese Menschen als Helden aufs Podest gehoben hat: Sie waren auch eine Versicherung für die Deutschen, dass man nichts ausrichten konnte, selbst wenn man Leib und Leben riskierte. Eine Legitimierung des eigenen Wegschauens und Nichtstuns.«

Elvira lächelte. »Wenn schon nicht jüdische deutsche Helden – und ich kann ja verstehen, dass man sie braucht –, warum dann nicht Leute wie Gertrud Eisner und Franz Haffner? Die waren nämlich erfolgreich, indem sie ganz konkret Menschen gerettet haben. Das gefällt mir. Und Gertrud Eisner hat sogar überlebt. Was zeigt: Jeder konnte helfen, jeder hätte die Möglichkeit dazu gehabt, auch ohne seine Existenz aufs Spiel zu setzen. Schon jemanden nicht zu denunzieren, einen Koffer oder einen Menschen für eine Nacht zu verstecken, ihm ein Stück Brot zu geben war eine große Hilfe. Und dafür hat man nicht die Todesstrafe bekommen. Aber das haben die meisten Deutschen nicht hingekriegt. Statt zu helfen, haben sie Judengut gekauft oder sonstwie von der Verfolgung profitiert. Siehe Hermann Wildt. Deshalb wollten viele Deutsche nach dem Krieg von anständigen Leuten wie Eisner oder Haffner nichts hören.«

Da hat sie recht, fand Martin. Darüber hatte er noch nie nachgedacht.

»Noch besser fände ich es hingegen«, fuhr Elvira fort, »wenn sich die Deutschen in Zukunft auch an jüdische Sieger erinnern würden. Wie wäre es daher mit einer Frieda-Wolff- oder Leo-Kaiser-Schule? Denn ja, so würde ich meine Eltern nennen: Sieger. An die jüdischen Opfer erinnert ihr euch schon. Aber warum noch so wenig an die Juden, die den Nazis getrotzt haben, die schlauer, mutiger, zäher waren als sie? Die sie besiegt haben, indem sie sich dem Polizeistaat entzogen und untergetaucht oder geflohen sind? Und auch wenn mein Vater kurz vor der Schweizer Grenze von zwei hundserbärmlichen Nazischergen gestoppt worden ist: Er hat achtzig Jahre später manchen alten Schatten aufgescheucht und so manches Leben in den Grundfesten erschüttert. Er ist also immer noch da! Das ist doch was, oder was meinen Sie?«

Martin lächelte. Die Frau gefiel ihm. So einen klaren moralischen Kompass wie sie hätte er auch gern für sein Leben. Wobei sie den auf einem schmerzhaften Weg erworben hatte. Er würde jetzt Elvira sehen, wenn er an einen jüdischen Menschen dachte. Und Jaron. Ob sie die antisemitischen Klischees endgültig aus seinem Kopf vertrieben hatten? Wohl nicht, auch wenn er es sich wünschte. Dazu waren sie zu stark in ihm verankert. Doch vielleicht, hoffentlich, würden sie mit der Zeit verblassen.

Er räusperte sich. »Falls Sie am Samstag noch hier sind: Ich würde Sie gern zu uns nach Hause einladen. Wir machen ein kleines Sommerfest. Es werden alle da sein, die Sie kennengelernt haben. Es gibt Entenbraten mit Semmelknödeln. Und vegane Lasagne. Es wäre mir eine Freude. Und eine Ehre.«

»Freude reicht mir. Ich komme sehr gern. Ich liebe Entenbraten mit Knödeln.«

Es war das erste Mal, dass Martin so etwas wie Rührung in Elvira Wolffs Stimme gespürt hatte.

Martin freute sich auf dieses Sommerfest. Er sah es schon vor sich, wie seine Mutter, Petra und Elvira bei einem Glas Sekt angeregt plaudern würden, während der Duft des Bratens über die Terrasse zog. Wie Alex und Zwille die vegane Lasagne zubereiten und dabei über die Weltrevolution diskutieren und wie Heinz und er über Kretzer und Welse sprechen würden.

Und vor allem würde Kim da sein. Sie hatte gegenüber Elsa und Per darauf bestanden, dieses Wochenende bei Papi und Omi zu verbringen. »Mich kriegen keine hundert Einhörner nach Waldshut«, hatte sie im Brustton der Überzeugung ihrer Mama am Telefon gesagt. Sie wollte mit der Oma den Entenbraten und die Semmelknödel machen und dann noch einen Kuchen backen. Außerdem wollte sie nach dem Nachtisch mit allen »Mord in der Disco« spielen.

Zum Thema Sorgerecht hatte er von Elsa seitdem nichts mehr gehört. Sie hatten überhaupt nicht mehr miteinander gesprochen. Vielleicht verhieß das nichts Gutes, vielleicht war es die Ruhe vor dem großen Sturm. Vielleicht hatte Elsa aber auch eingesehen, dass Kim bei ihm besser aufgehoben war. Alex war bisher noch nicht dazu gekommen, zu Per zu recherchieren, aber das würde sie in den nächsten Tagen tun.

Und dann würde er auch bald mit Alex über ihre Beziehung reden, ob sie richtig zusammen sein wollten.

Wobei, waren sie das nicht schon?

Gegen Ende der Zeremonie wurde Leo Kaisers Grabstein enthüllt. Darauf war ein abgebrochener Baum eingemeißelt, ein Symbol für ein zu früh beendetes Leben.

Die Mazewa, den jüdischen Grabstein, hatte ein Steinmetz aus einem Felsen des Hügels bei Büßlingen geschlagen, auf dem Leo Kaiser beinahe die Flucht in die Schweiz gelungen wäre.

Nachwort und Dank

Dies ist ein Roman. Figuren und Handlungen sind fiktiv, allerdings stark von historischen Quellen und Darstellungen inspiriert. Die geschilderten Handlungen und Ereignisse zwischen 1942 und 1944 haben fast alle so oder so ähnlich stattgefunden, wenn auch teilweise an anderen Orten und in anderen Zusammenhängen. Nur sehr wenig habe ich mir ausgedacht.

So gab es verschiedene Fluchthelferinnen und Fluchthelfer sowie Fluchthilfenetzwerke in der Bodenseeregion, die viele Menschen vor dem mörderischen NS-Regime retten konnten. Von ihnen wissen wir vor allem dank der Zeugnisse überlebender Jüdinnen und Juden. Besonders gut ist die Quellenlage zu dem Fluchthilfenetzwerk um den Gottmadinger Arbeiter Josef Höfler und die Berliner Witwe Luise Meier, die achtundzwanzig Jüdinnen und Juden bei der Flucht in die Schweiz halfen. Unter anderem die Quellen dieser Geflüchteten waren eine große Inspiration für mich – im Anhang habe ich sie aufgeführt. Sie beschreiben nicht nur anschaulich und ergreifend die Flucht und die Helferinnen und Helfer, sondern auch jüdisches Leben im Untergrund.

Dass diese Verfolgten der Vernichtung entkamen, lag nicht nur an ihren Helfern und Glück, sondern auch an großem Mut, Charakterstärke und Einfallsreichtum, mit dem sie sich der Verfolgung entzogen. Diesen Menschen – den Helferinnen und Helfern und den Verfolgten – zu gedenken ist ein wichtiges Anliegen dieses Romans.

Dieses Buch hätte nicht geschrieben werden können ohne die Historikerinnen und Historiker, die die Geschichte des Nationalsozialismus im Bodenseeraum immer differenzierter erfassen. Besonders bedanken möchte ich mich bei Professor Dr. Jürgen Klöckler, der mir auch beratend zur Seite stand. Unter anderem seine Forschungen waren eine wichtige Quelle für meine Recherchen.

In diesem Roman schreibe ich auch aus der Perspektive von zwei fiktiven jüdischen Menschen zur Zeit des Nationalsozialismus. Ich habe mich sehr gefreut, dass Daniel Felder das Manuskript aus einer jüdischen Perspektive kritisch gegengelesen hat. Auch wäre dieser Roman ohne eine sehr eindrückliche Studienreise nach Israel, die unter anderem er geleitet hat, wohl nicht entstanden.

Bedanken möchte ich mich ferner bei der Historikerin Dr. Christiane Fritsche, die mich beim Thema *Arisierungen* im Nationalsozialismus ausgesprochen freundlich und kompetent beraten hat.

Ebenso gilt mein Dank dem Historiker Dr. Michael Stolle für seine sehr hilfreiche Beratung zur Gestapo.

Kriminalhauptkommissar Bernd Schmidt hat mich umfassend bei ermittlungstechnischen Fragen beraten. Ich danke ihm herzlich.

Professor Dr. med. Annette Thierauf-Emberger vom Universitätsklinikum Freiburg danke ich für ihre kompetente Beratung bei rechtsmedizinischen Fragen.

Dank auch an meine Agentin Beate Riess, für ihren guten Riecher, was Geschichten anbelangt, und ihre wichtigen Ratschläge.

Dank an meinen Lektor Carlos Westerkamp, der bisher alle meine Romane begleitet hat, für seine vielen wertvollen Anregungen und sein sorgfältiges Lektorat.

Dank an das hoch motivierte Team des Emons Verlags für seinen großen Einsatz und das Vertrauen.

Last, but not least gilt mein Dank meinen Zweitlesern Andreas Arbeiter, Dr. Stefan Schipperges und Frank Stetter.

Folgende Zeugnisse von Jüdinnen und Juden, die die Shoah überlebten, haben mich besonders beeindruckt:

Jizchak Schwersenz, Die versteckte Gruppe. Ein jüdischer Lehrer erinnert sich an Deutschland, Wichern Verlag, Berlin 1988.

Herbert A. Strauß, Über dem Abgrund. Eine jüdische Jugend in Deutschland 1918–1943, Campus Verlag, Frankfurt/Main 1997.

Lotte Strauß, Über den grünen Hügel. Erinnerungen an Deutschland, Metropol Verlag, Berlin 1997.

Unter anderem folgende Darstellungen von Historikerinnen und Historikern haben mir bei meinen Recherchen sehr geholfen:

Götz Aly, Hitlers Volksstaat: Raub, Rassenkrieg und nationaler Sozialismus, Fischer Verlag, Frankfurt/Main 2006.

Franco Battel, »Wo es hell ist, dort ist die Schweiz«. Flüchtlinge und Fluchthilfe an der Schaffhauser Grenze zur Zeit des Nationalsozialismus, Chronos Verlag, Zürich 2001.

Wolfgang Benz (Hrsg.), Überleben im Dritten Reich. Juden im Untergrund und ihre Helfer, C. H. Beck Verlag, München 2003.

Tobias Engelsing, Das jüdische Konstanz: Blütezeit und Vernichtung, Südverlag, Konstanz 2015.

Christiane Fritsche, Ausgeplündert, zurückerstattet und entschädigt – Arisierung und Wiedergutmachung in Mannheim (Sonderveröffentlichung des Stadtarchivs Mannheim – Institut für Stadtgeschichte), Verlag Regionalkultur, Ubstadt-Weiher 2013.

Jürgen Klöckler, Selbstbehauptung durch Selbstgleichschaltung: Die Konstanzer Stadtverwaltung im Nationalsozialismus, Jan Thorbecke Verlag, Ostfildern 2012.

Jürgen Klöckler, Lothar Burchardt, Wolfgang Seibel, Gutachten zur Tätigkeit von Dr. Bruno Helmle (1911–1996) während der Zeit des Nationalsozialismus und in den ersten Nachkriegsjahren, Konstanz 2012.

Jürgen Klöckler, Eine Ikone der Fasnacht am Bodensee. Zur NS-Vergangenheit des Konstanzer und Stockacher Fasnachters Willi Hermann, in: Schriften des Vereins für Geschichte des Bodensees und seiner Umgebung, 137. Heft, Jan Thorbecke Verlag, Ostfildern 2019.

Michael Stolle, Carsten Dams, Die Gestapo, C. H. Beck Verlag, München 2017.

Michael Stolle, Die Geheime Staatspolizei in Baden: Personal, Organisation, Wirkung und Nachwirken einer regionalen Verfolgungsbehörde im Dritten Reich, UVK Universitätsverlag Konstanz, Konstanz 2001.

Jens Westemeier, Hans Robert Jauß: Jugend, Krieg und Internierung. Wissenschaftliche Dokumentation, Konstanz University Press, Konstanz 2016.

Wolfram Wette, Stille Helden. Judenretter im Dreiländereck während des Zweiten Weltkriegs, Herder Verlag, Freiburg 2005.

Matthias Moor
FINSTERSEE
Broschur, 416 Seiten
ISBN 978-3-95451-173-0

Jakob von Werdenberg steht am Beginn einer vielversprechenden
politischen Karriere und besitzt alles, was sich ein Mann wünschen
kann: Er ist glücklich verheiratet, charismatisch, gut aussehend und
smart. Doch plötzlich wendet sich das Blatt. Er wird überfallen und
bedroht, die Polizei findet Kokain in seinem Wagen, Bilder von ihm
und einem mysteriösen Edel-Callgirl tauchen auf. Dann wird seine
Ehefrau entführt, es geschieht ein Mord ... und die Jagd auf einen
Schatten beginnt, der ein Leben zerstören will.

»Ein rundum gelungenes Debüt.«   Thurgauer Zeitung

»Ein fesselndes Buch.«   Südkurier

www.emons-verlag.de

MATTHIAS MOOR
Flammensee
BODENSEE KRIMI

emons:

Matthias Moor
FLAMMENSEE
Broschur, 384 Seiten
ISBN 978-3-95451-444-1

Vor drei Jahren verschwand am Bodensee der sechsjährige Tim. Damals fiel der Verdacht auf Katharina Mink, die Mutter des Jungen. Als jetzt die gleichaltrige Martha verschwindet, ist Katharina die Letzte, die das Mädchen lebend gesehen hat. Während die Polizei auf die Spur eines rätselhaften Mannes gerät, ermittelt Privatdetektiv Martin Schwarz im Kreis der Familien. Dort stößt er auf ungeahnte Verstrickungen und Abgründe – und ein verstörendes Geheimnis.

»Ein faszinierender und intensiver Psychokrimi voller Spannung und interessanter Wendungen, den man schwer wieder aus der Hand legen mag.« Südkurier

www.emons-verlag.de

Matthias Moor
GEISTERSEE
Broschur, 256 Seiten
ISBN 978-3-95451-979-8

Der renommierte Archäologe Alexander Stetten erhält ein Paket
mit verstörendem Inhalt, die Absenderin ist seine längst verstor-
bene Mutter. Nachts lockt ihn eine geisterhafte Erscheinung auf
den nebligen Bodensee, er überlebt nur knapp. Als ein grausam
zugerichteter toter Schwan in seinem Garten liegt, engagiert er
Privatdetektiv Martin Schwarz. Der stößt auf Ungereimtheiten –
auch im Leben seines Auftraggebers. Was geschah wirklich mit
Stettens Jugendliebe, die angeblich vor vielen Jahren Selbstmord
beging, und wo ist Stettens Lebensgefährtin, die sich vor einigen
Monaten von ihm trennte?

*»Der Konstanzer Autor Moor bleibt seinem See treu, mischt ge-
hörig Wahnsinn in das Wohlfühlwasser. Keine leichte Kost, dieser
Psychokrimi. Brillant.«* Thurgauer Zeitung

www.emons-verlag.de

Matthias Moor
FISCHERKRIEG AM BODENSEE
Broschur, 320 Seiten
ISBN 978-3-7408-1260-7

Am Bodensee sinken die Fischbestände dramatisch, die Fischer
fühlen sich von der Politik im Stich gelassen. Journalistin Alexandra
Kaltenbacher soll über die Lage berichten. Als sie in der Zeitung das
Foto eines ermordeten Mannes entdeckt, läuten bei ihr die Alarm-
glocken: Derselbe Mann hatte ihr kurz zuvor Hinweise über den
Verbleib ihrer Mutter versprochen, die einst am See verschwand.
Privatdetektiv Martin Schwarz soll Ermittlungen dazu anstellen.
Was er herausfindet, wirft ein neues Licht auf den alten Fall. Das
gefällt nicht jedem – und ein unerbittlicher Fischerkrieg beginnt ...

»Fesselnd. Sorgfältig recherchiert und mit feiner Ironie durchsetzt.«
Südkurier

www.emons-verlag.de

Matthias Moor
IRISCHE FINSTERNIS
Broschur, 304 Seiten
ISBN 978-3-7408-1135-8

Marc Wegener ist am Boden zerstört, als seine Verlobte kurz vor
der Hochzeit unter ungeklärten Umständen ums Leben kommt. Als
er auf einem Foto von ihr im Hintergrund seine alte Jugendliebe
Jane entdeckt, reist er in deren Heimat Irland in der Hoffnung,
dass sie Antworten für ihn hat. Doch Jane scheint spurlos verschwunden. Marc forscht weiter. Was er herausfindet, lässt die
Grenzen zwischen Gut und Böse verschwimmen.

*»Irische Finsternis«, mindestens so sehr Drama wie Krimi und
spätestens gegen Ende auch ein packender Thriller, ist Moors
Meisterstück.«* Südkurier

www.emons-verlag.de